U0438772

风声鹤唳

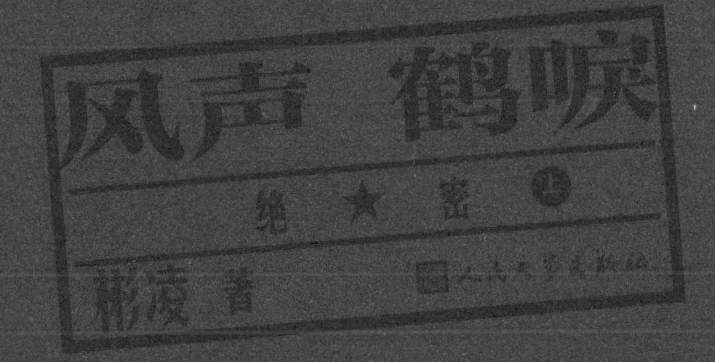

绝 ★ 密 上

彬凌 著   人民文学出版社

图书在版编目（CIP）数据

风声鹤唳：上下 / 彬凌著． —— 北京：人民文学出版社，2025
ISBN 978-7-02-018432-3

Ⅰ．①风… Ⅱ．①彬… Ⅲ．①长篇小说-中国-当代 Ⅳ．① I247.5

中国国家版本馆 CIP 数据核字 (2024) 第 008204 号

责任编辑　欧阳婧怡
装帧设计　陶　雷
责任印制　王重艺

出版发行　人民文学出版社
社　　址　北京市朝内大街166号
邮政编码　100705

印　　刷　三河市鑫金马印装有限公司
经　　销　全国新华书店等

字　　数　722千字
开　　本　890毫米×1290毫米　1/32
印　　张　26.125　插页4
版　　次　2025年4月北京第1版
印　　次　2025年4月第1次印刷

书　　号　978-7-02-018432-3
定　　价　98.00元（全二册）

如有印装质量问题，请与本社图书销售中心调换。电话：010-65233595

目 录

上 册

楔子　戴勋章的恶魔 ············ 001
第一章　鹊巢鸠占 ············ 011
第二章　王牌 ············ 015
第三章　同类 ············ 020
第四章　《西风颂》 ············ 024
第五章　红鸠 ············ 034
第六章　051 ············ 040
第七章　暗线 ············ 044
第八章　示警 ············ 052
第九章　审查 ············ 060
第十章　毒瘤 ············ 065
第十一章　伪善的刽子手 ············ 072
第十二章　信仰与牺牲 ············ 077
第十三章　步步惊心 ············ 084
第十四章　画像 ············ 088
第十五章　绯村凉宫 ············ 097
第十六章　破绽 ············ 102
第十七章　引蛇出洞 ············ 108

第十八章	鸢尾花计划	113
第十九章	钥匙	118
第二十章	扑朔迷离	124
第二十一章	仓库	129
第二十二章	收网	133
第二十三章	一网打尽	138
第二十四章	蜂后	143
第二十五章	突审	152
第二十六章	幕后之人	163
第二十七章	名字	172
第二十八章	危机四伏	186
第二十九章	推心置腹	194
第三十章	说客	199
第三十一章	蟹壳黄	204
第三十二章	陷阱	209
第三十三章	试探	216
第三十四章	拼图	223
第三十五章	变节	234
第三十六章	忠诚的代价	250
第三十七章	暗流涌动	262
第三十八章	《愤怒的葡萄》	266
第三十九章	直觉	271
第四十章	拒人千里	283
第四十一章	密室	287
第四十二章	第四个鱼钩	301
第四十三章	自投罗网	306

第四十四章　生死与共 ……………………… 313

第四十五章　毒蛇 …………………………… 322

第四十六章　下毒 …………………………… 332

第四十七章　审讯记录 ……………………… 338

第四十八章　1147 …………………………… 342

第四十九章　投名状 ………………………… 348

第五十章　破釜沉舟 ………………………… 352

第五十一章《奥赛罗》……………………… 359

第五十二章　LSD …………………………… 368

第五十三章　临危不惧 ……………………… 377

第五十四章　温泉关 ………………………… 381

第五十五章　守株待兔 ……………………… 387

第五十六章　黄金 …………………………… 392

第五十七章　旗鼓相当 ……………………… 401

第五十八章　暗流涌动 ……………………… 412

楔子　戴勋章的恶魔

1984年，第八局。

萧廷锴隔着单面镜凝视着审讯室里的人，那是一位风烛残年的老人，花白的头发梳理得一丝不乱，脸颊上每一道皱纹里都蓄满了岁月雕刻的沧桑，而那双眼睛却依旧澄澈，有着历尽千帆的从容淡定。

老人抬头，凌厉的眼神宛若鹰隼般犀利敏锐，落在萧廷锴的眼里，那老人不像是受审人员反而更像这里的主导者。

这间审讯室里装备有目前最先进的神经扫描监控系统，被审讯的人任何细微的神经变化都会被准确无误地捕捉到，而老人从进来到现在，所有生理指数都显示为没有丝毫起伏变化的直线。

萧廷锴记不清自己审讯过多少人，没有人能做到在这间屋里还能心如止水，而眼前的老人是他见过的唯一例外。这不由让萧廷锴暗暗惊诧，到底有过怎样的经历的人才能如此镇定。

反间谍侦查局，对外挂牌第八局，隶属于国家安全部。

作为中国最神秘也是戒备最森严的部门之一，主要行政职能是监管敌对势力在境内的间谍活动，在没有授权的情况下，别说是人，就是一只苍蝇也难飞进来。在局长萧廷锴的心中，这里俨然是一座密不透风，牢不可破的堡垒。

而这位不知名的老人，仅仅用了两个字便叩开了这座堡垒的大门——红鸠！

事实上，到现在萧廷锴也不清楚这两个字到底代表着什么，尽管在不久前，一封被破译的密电上，萧廷锴也看到过这两个字。

三个月前，第八局设在福建的监听站截获一段由台湾发出的加密电码，电码所采用的波段和加密方式都是第一次出现。

技侦局经过分析，确定电码是由一台英国3型Mk.II电台发出的。这种电台在"二战"时期是被使用最为广泛的间谍电台，但随着时间的推移这种电台早已被淘汰，现在没有间谍会采用如此陈旧的设备来发送和接收情报。

基于这些情况，起初第八局认为这段加密电码仅仅是台湾某个无线电爱好者的个人行为，但在随后的三个月内，加密电码总是在特定的时间出现，并且定向向大陆呼叫，像是在主动获取接触。

职业敏感让萧廷锴感觉这段突然出现的电码有着不同寻常的含义。同时，机要处在尘封的机密档案中找到了相同的波动——竟然是中华人民共和国成立前中社部建立情报传递的波动，而且这个波动的保密级别极高，直到现在都被列为绝密。

机密档案中的资料显示，中社部最后一次启用这个波动是在三十年前，最后一封电码的内容是让接收人长时间静默，直至下一次被唤醒，但在被唤醒之前不允许接收人主动联系。

萧廷锴这才知道，在台湾还有一位潜伏长达三十年的同志。可奇怪的是，档案中除了最后一封电码外再无其他资料，加之当年负责此事的中社部同志都已辞世，现在没有人知道这位潜伏同志的信息。

萧廷锴意识到这段用"二战"时期电台发回的电码一定承载了至关重要的情报，以至于这位静默了三十年的同志，不惜违反纪律试图重新建立联系。

萧廷锴立即安排技术人员对电码夜以继日进行破译，就在一星期前，电码终于被译出——

  台重启"鸢尾花"计划，派红鸠前往大陆接触并取回萤火虫情报，请求被召回，明月！

从电码中提到的三个代号，大致可以推测，明月应该就是那位潜伏同志的代号，而红鸠将是秘密潜回大陆的台湾间谍，至于电码中提到的

"鸢尾花"计划，萧廷锴一无所知。

而电码中的第四个代号——萤火虫——让萧廷锴震惊。

就在不久前，中央军委召开了歼-10的研制方案论证会，这种中国自主研制的高性能、多用途、全天候的第三代战斗机可达到国际同类战斗机先进水平。

而歼-10在北约的代号正是萤火虫！

因此从老人说出"红鸠"这两个字开始，萧廷锴就如临大敌般紧绷着神经。

从入境处得到的资料显示，老人是一名来自台湾的商人，无论是背景还是经历都异常干净，越是这样萧廷锴越可以肯定，老人的身份和背景都是经过精心伪造的，包括姓名在内的一切都是虚假的。

一名工作人员前来汇报，刚检查过老人随身携带的行李箱，里面并无异常物品，除了几套换洗衣服外还有两个盒子。

萧廷锴打开盒子，左边的盒子里是一枚黑色内盘加白色边缘形成的类似十字架形的徽章，下端刻有"1914"的字样；右边盒子的蓝色天鹅绒内衬中放着一枚金色五角星，金星的中央有一圈月桂花环，环绕着正中的银色五角星和金色的射线，背面刻有一串英文"FOR GALLANTRY IN ACTION"，翻译过来是"授予行动中的英勇行为"。

萧廷锴知道，一个是德国二级铁十字勋章，一个则是美国银星勋章。从年代来看，都是"二战"时期授予英勇作战人员的。

如果这两枚勋章的主人就是审讯室中的老人，那让人不解的是，"二战"时的两个敌对国，为什么会将代表无畏和荣耀的勋章授予同一个人。

"萧局，我外甥今天生日，特地请假提前下班，刚到门口就被叫回来，到底出了什么事？"一个浑厚的声音打断了萧廷锴的思绪。

"老陈，你来得正好。"萧廷锴指向审讯室中的老人对陈思源简短说明情况，"我观察了他一个小时。如果他是我们的敌人，绝对是一个难缠并且棘手的对手，到目前为止，我们对此人的身份、来历以及意图都一无所知。我需要一个与他旗鼓相当的人来负责审讯，所以我第一时间就想到了你。"

陈思源是第八局情报分析三处处长，还有一年退休，主要负责港澳台地区情报收集和分析，有极其丰富的反谍经验。无论是年纪还是阅历应该都与审讯室里的老人不相上下。

陈思源走进审讯室，单刀直入道："你既然来到这里，想必一定经过了深思熟虑……"

"可以吗？"老人打断陈思源，扬扬手里的烟盒和打火机，嘴角泛起笑容，声音和笑意同样谦逊，举手投足间有一种笑看风云的儒雅。

萧廷锴在外面留意到老人的右手，小拇指从第一节处截断，伤口平滑，可推断是很久以前留下的。

趁老人点烟，陈思源瞟了一眼手表。

"你赶时间？"老人漫不经心地问。

"这取决于你。如果我们的交谈能取得实质性进展，那么我们就能尽快结束，否则……我想你应该清楚，离开这里远比进来要难。"陈思源面无表情直视老人，"我们可以开始了吗？"

"可以。"

"达成共识需要双方建立信任。我是第八局情报分析三处处长。你的身份是？"

"我是一名间谍，隶属于台湾军情局，代号红鸠。"

老人的开诚布公让陈思源和萧廷锴有些意外，从未有受审的特工间谍如此直白地暴露自己身份。

"那我该怎么称呼你？"陈思源不动声色。

"对我来说，名字是为数不多的真实，一个连名字都无法保守的间谍还能指望他保守什么呢？"缭绕的烟雾中，老人眼神坚如磐石，"我只会将名字告诉自己信任的人，可建立信任需要时间，很遗憾，你似乎更愿意把时间花在其他地方而不是我身上。"

短短的交谈足以印证萧廷锴的猜想，老人远比自己预计的难以对付，原本指望陈思源能在审讯中占上风，现在看来老人自始至终都掌握着主导权。

不过，一个直言不讳说出自己间谍身份的人，会如此看重自己的名字，看来老人将获悉他的名字视为一种荣誉。

"他是一个在乎荣誉的人。换一个话题，从在他行李箱中找到的勋章切入。"萧廷错通过耳麦与陈思源沟通，"问他那两枚勋章的来历。"

"在检查你随身物品时发现两枚勋章，是你的吗？"

"是的。"

"你有收集勋章的爱好？"陈思源故意露出轻蔑的神色，"多少钱买的？"

"你习惯用钱来衡量荣誉？或者说你的荣誉可以用钱来兑换？"老人针锋相对。

"那就谈谈你的荣誉吧。"

"1934年，我刚考入大学，因为数学天赋被国民党的中华复兴社招募，也就是后来军统的前身，随后被秘密派往德国军事谍报局受训。在受训的四年内，我打败了同期那群以血统为傲的日耳曼精英。这枚二级铁十字勋章是为第一名准备的，只是授勋的教官怎么也没想到，会戴在一个中国人的领口。"老人弹着烟灰，一脸平静。

"可能是我孤陋寡闻，我没有听过关于你的任何记载，或者你说的这些在我这里根本不存在。"陈思源极力想掌握主动。

"我的教官告诉我，我以后将要战斗的地方被称为寂静战场，没有硝烟也没有战火，同时也没有姓氏，我的荣耀和我的人一样将会寂寂无闻，这是一名顶级间谍的职业素养。所以从我跨入战场那刻起注定一生都会是不为人知的无名之辈。"老人嘴角的笑意轻而易举瓦解了陈思源的强势，"你没有听过关于我的一切，事实上就是对我最大的褒奖。"

陈思源忍不住在心里重新审视坐在对面的老人。苍老孱弱的外表下有着深入骨髓的不屈和骄傲，但又让人感觉不到丝毫的傲慢无礼。

"你又是怎么获得银星勋章的？"陈思源从质疑慢慢变成好奇。

"日军发动了全面侵华战争，我被军统从德国召回，奉命对沦陷区日军谍报部门进行渗透破坏。1938年，我成功渗透进日军在上海的特高课。在整个抗日战争阶段，我截获大量日军作战计划和政治动向的情报，其中就包括日本海军秘密调动命令。根据后续获悉的气象数据，我分析出日军准备偷袭珍珠港。"

陈思源大吃一惊："你截获过偷袭珍珠港的情报？！"

"这份情报军统转交给了美军，但未引起重视，不过从此美国情报机构开始重视军统的情报来源。"老人从容镇定的脸上早已是宠辱不惊，"我传送的那些情报，协助美军在太平洋对日军进行了精准打击，抗战胜利后就被美军授予银星勋章。"

同样震惊到无言的还有外面的萧廷锴，他下意识看了一眼神经监控设备，每一项生理指标依旧显示为没有波澜的直线，这足以证明，如果老人不是一个极其善于编造谎言的间谍，那就是一个令人肃然起敬的传奇。萧廷锴一时间也无法分辨，因为第八局所有同事正严阵以待，通过老人话语中透露的线索从不同渠道全力核实，但到目前为止，还没有得到任何关于老人的记载，这情景就像一个根本不存在的幽灵坐在你面前，又真实又不可捉摸。

"你参加过抗日战争，还做出过重大贡献，我能不能理解成，你其实是一位被埋没的英雄。"陈思源的声音有些缓和。

"英雄……"老人的神色中多了一丝惆怅，"我曾经见过太多为了民族存亡而付出生命的人，他们才是真正的英雄。"

"曾经？"陈思源眉头皱起。

"对，曾经。"老人笑着点头，"从意识形态上区分，我是被你们视为恶魔的敌人。如果重回当年，哪怕有半分机会你们的人也会毫不犹豫将子弹射入我的胸膛，事实上距离我心脏最近的两处枪伤就是你们的人留下的。"

"你的讲述的确很精彩，但我也有一万个理由相信你在编造根本不存在的事情，至少你没有可以说服我的证据。"陈思源再次瞟了一眼手表，"当然，我承认你有过人的心理素质，不是每个人都能做到像你这样。不如我们节约时间,你能不能直截了当告诉我,你来这里的目的和意图。"

老人不假思索:"我此次的任务是取回萤火虫核心参数情报。"

陈思源笑了:"这个任务为什么必须由你来完成?"

"萤火虫的情报太重要,重要到不容有丝毫差池。"老人依然面带微笑,"越是重要的任务越该由最优秀的间谍来完成,军情局找不出比我更适合的人选。"

老人的笑容在陈思源眼中变成了嚣张的挑衅,在反谍战线工作这么多年,还是第一次遇到如此强大的对手。

"军情局有几斤几两我心里清楚。"陈思源和军情局明争暗斗了大半辈子,从未输过,"军情局干些小偷小摸的勾当还在行,可想要窃取歼-10的情报,未免是痴人说梦。你们是太高估自己能力了,还是太低估我们的防卫系统了?"

老人的笃定突然让萧廷锴感到一丝担忧,倘若老人说的都是真的,这将会是一起灾难性的泄密事件,后果不堪设想。

联想到一周前破译的密电,老人承认自己就是红鸠,这与电码上传回的情报吻合。潜伏在台湾的同志已经发出示警,由此可见战机参数泄密并非无中生有。

萧廷锴再次看向神经监控设备,依旧是几条直线,说明老人是在陈述事实,越是这样萧廷锴心里越是没底。

"不是窃取。"老人吐了一口烟,"这份情报将会被送出来。"

陈思源气势不输:"我倒是很好奇,谁有这么大本事,能将关系国防的绝密情报送出来?"

"国民党战败撤离大陆之前,军统秘密部署了一个计划,一批经过严格训练的军统精锐特工被安排潜伏下来。和其他潜伏人员不同,这批人执行的是战略潜伏,被称为'沉睡者',在被唤醒的那天到来之前,这批人只做一件事。"

"什么事?"

"如何成为一名优秀的共产党员。"

"那还真是难为他们了。"陈思源冷笑,"即便你说的都是真的,那也该是四十年前的事,这批人现在要么离世,要么行将就木,我不明白这个计划的意义何在?"

"这批沉睡者会暂时遗忘自己的身份,甚至比一名真正的共产党员还要忠贞坚定。随着时间的推移,正如你所说,他们中有一批会被淘汰,但剩下的那些人却已经渗透到你们很多重要部门,甚至有一些还会身居要职,能轻而易举接触到价值无法估量的重要情报,其中便有战机的核心参数,这就是'鸢尾花'计划。"老人在缭绕的烟雾中直视陈思源,"我也是这个计划中的人。"

萧廷锴倒吸一口凉气,如果老人不是在虚张声势,那么他所说的这些话无疑是一颗炸弹。

陈思源说:"你说的这些,还是没有人能证明,对吧?"

"一个能被证明的计划岂不是天大的笑话!"老人身子微微向前倾,目光犀利而狡黠,"你不应该想办法去证明我所说的话的真伪,你该设想一下,万一,哪怕有十万分之一的可能性,这批沉睡者同时被唤醒将会是怎样的局面。"

"我更愿意设想你在危言耸听。"陈思源故作不以为然。

"就在一个月前,第一名沉睡者被唤醒。"老人慢慢重新靠回椅背,"根据约定,沉睡者将会在今天下午7点,在嘉阳路的电影院与我接头。"

萧廷锴看了一眼手表,6:47。

不管怎样,老人会错过接头时间。

"那看来你来错了地方。"陈思源还是一脸不以为然。

"这名沉睡者会拿一份今天的《北京日报》,第三版的国际新闻会放在最上面。到电影院找座位,沉睡者会说,请问这里是5排13号吗?接头人会回答,不,这里是6排11号。沉睡者会接着说,那我应该在前排,而接头人会答,和我一起来的人临时有事,旁边的座位是空的。沉睡者在确定暗号无误后,会留下手中的报纸离开。"老人的声音极其平和缓慢,"接头人会在沉睡者留下的报纸中找到一枚数据卡,里面存储有国安局所有的通信密码，这是取回萤火虫情报的第一步，从此军情局便可掌握你们所有的通讯内容。"

萧廷锴越听越惊，忍不住想要立刻下令派人赶往电影院。

这时只听老人说："巧了，你也有一份《北京日报》。"

萧廷锴的目光落在陈思源旁边，一份折叠的报纸正放在他手旁——《北京日报》第三版的国际新闻——萧廷锴突然记起，陈思源来的时候手里就拿着这份报纸，如此重要的审讯他都没放下。

"对了，这名沉睡者叫陈思源。"老人像是猜透了萧廷锴的疑惑。

"你的确是个很善于编故事的人。"陈思源一边苦笑一边鼓掌，"能信手拈来将看到的东西编进你的故事里，我的同事现在一定会赶往电影院，但他们什么也找不到。"

"我刚才告诉过你，作为一名间谍，会质疑所有的可疑，即便只有十万分之一的可能也不会放过，无论我所说是真是伪，你的同事都会对你进行检查，他们会发现……"老人一边说一边从身上取出一张电影票，慢慢推到陈思源面前，"这是我的电影票，6排11号，而你的同事会在你身上找到一张5排13号的电影票，还会找到储存有国安局通信密码的数据卡。你从进来就在看表，因为你担心错过这次接头，你必须在7点之前赶到电影院。事实上你什么都没有错过，我就是和你接头的那个人。你一直问我能证明什么，我证明不了自己的身份，可我能证明你的身份。"

嘟、嘟、嘟……神经监控设备响起提示音，一直平滑的指针开始没有规律地大幅跳动，直线变成杂乱无章的波纹，各项生理指标在急剧升高。

示警音来自陈思源的监控，他的体温、脉搏、瞳孔以及神经末梢的各项指数都超过了常规值。几十年的反谍经验让萧廷锴很清楚这意味着什么，只是他不敢相信看到的一切，这毕竟是与自己并肩作战多年的同志和前辈。

警卫将陈思源带出审讯室，还没等萧廷锴开口，就见陈思源浑身抽搐，几秒后便倒地毙命。经过检查，陈思源牙齿中有氰化物胶囊。从他身上搜出来的电影票和数据卡在萧廷锴眼前异常醒目。

突如其来的变故让所有人不知所措。萧廷锴努力让自己冷静,一个资深间谍来指认自己的同伙,这背后隐藏的东西怕是深不可测。

萧廷锴摸了摸下巴,调整好情绪走进审讯室,同样也点燃一支烟,一言不发地注视着对面的老人。两人沉默良久。

"变节?投诚?你想从我们这里换取什么?如果你提供的情报有价值,我们会尽全力满足,当然,前提是不会违反我们的原则和底线。"还是萧廷锴先打破沉默。

"你不用质疑我的信仰,我和你一样对自己的信仰无比忠贞坚定,甚至可以为之付出生命。"老人收敛脸上的笑意,深邃的目光中透出坚毅。

萧廷锴示意他说下去。

"四十年前我有一个没有完成的任务。"老人取下手表推到萧廷锴面前,"我一生执行过无数次任务,都能出色完美地完成,但那些任务都没有这个重要。你可以认为是我不想留有遗憾,或者是我想兑现承诺,48小时后,我将离开这里去完成我这一生最后一次任务。"

萧廷锴斩钉截铁道:"我不知道你有什么遗憾,有对谁的承诺,但我很清楚,48小时后你不可能离开这里,你暂时哪儿都去不了。"

"一个能让我四十年都未完成的任务,不会轻松简单,我一个人无法完成,我需要有人协助。"

"谁将协助你?"

老人盯着萧廷锴的眼睛:"你。"

萧廷锴一脸平静:"给我个理由,一个让我可以去协助敌人的理由。"

"我可以先给你讲一个故事,如果你有兴趣听的话。"

"我当然有兴趣,不过我不认为一个故事能改变什么。"

"你可以听完之后再决定。"

萧廷锴神色凝重:"希望是一个精彩的故事。"

"1945年8月23日……"老人点燃第二支烟,声音和他讲述的故事一样沧桑久远,"我受国民党军统高层秘密指派,奉命打入上海地下党组织……"

第一章　鹊巢鸠占

1945年8月23日，重庆，虎头桥监狱。

秦景天一脸焦灼地来回在阴暗霉臭的牢房里踱步，从被抓捕到现在已有半个月。作为一名受训于临澧特训班的军统特工，秦景天很清楚军统对付共产党的手段，所以在被拷问前他就和盘托出了知晓的一切。

秦景天在心里盘算着如何为自己争取到最大的利益。作为一名变节的共产党员，自己为军统提供了重要的情报，可结果却远不像预计的那样。在交代出一切后，他像是被遗忘在了虎头桥监狱。虽然除了自由外，秦景天的所有要求都能及时得到满足，但越是这样越让他感到不安。

秦景天不小心踢翻地上发凉的饭菜，心烦意乱地拆开一包香烟，刚放到嘴角时，突然听到……

"能给我一支吗？"

声音从牢房的角落传来，秦景天吓了一跳但很快恢复了镇定，他都快忘了这间牢房里除了自己之外还关着另一个人，因为从来没听过这人说话，秦景天以为他是哑巴。

听到其他人的声音，让秦景天很兴奋。比起终日惴惴不安地等待，这不见天日的牢房里的孤独和空虚更让秦景天惶恐。

"你不是哑巴？"

"在某些时候我比较喜欢安静。"

那人从角落慢慢走过来，昏暗的光线勾勒出一张冷峻端正的脸，透着与年龄不相符的冷静和从容。

虎头桥监狱是军统的特殊据点，关押的犯人大多是被秘密逮捕的共产党。秦景天打量那人一番，递过去一支烟，警觉道："共产党？"

那人摇头："我是一名军统。"

秦景天长吁一口气："能在这里碰上也是缘分，兄弟是犯了什么事进来的？"

"你呢？"那人一边点烟一边反问，摇曳的火光衬出一抹阴郁。

"兄弟我误入歧途加入了共产党，在临澧特训班受训时被甄别出来，不过我已经改过自新准备为党国效力。"秦景天恬不知耻道。

"我以为信仰很难背弃。"那人淡笑。

"什么信仰不信仰的，这世道谁还不是想让自己活得舒服点，谁给官给钱我就信仰谁。兄弟我迷途知返，打算戴罪立功为党国建功立业。"秦景天叼着烟看向对面的人，"兄弟是在哪儿受训的？你我也算是患难之交，以后出去了还能相互照应。"

"德国。"

秦景天有些诧异："哦？能派往德国受训的可都是精英，兄弟前途无量啊，怎么会沦落到这里？"

"我在执行一项任务。"

秦景天越听越迷惑，环顾四周茫然问道："在牢房里能执行什么任务？"

"在德国受训时，有一项特殊课程，要求学员在极短时间内熟悉被谍报目标，这需要精准掌握目标人物的习惯、举止和神态。很多学员都未通过这项考核，因为在绝大多数时候，学员会忽视掉一些不起眼的细节，而最致命的破绽正是这些细节。"那人直言不讳道，"作为一名特工从来都没有纠错的机会，成败意味着生死，所以我必须确保没有遗漏任何细节。"

秦景天眉头皱起："这，这里有什么你需要注意的细节……"

刚问到一半，秦景天就看见那人手中多了一把匕首，刀刃的寒光映射在那人脸上像覆了一层冰霜。秦景天吓了一跳本能地向后退，却发现自己的手被那人紧紧抓住。在临澧特训班时秦景天学过格斗，可刚一出手就被那人轻易制服。他顿时惊慌失措地大声呼救，明明能清楚听到牢房外守卫巡逻的脚步声，却得不到任何回应。

秦景天的右手被按在了墙壁上，那人将自己的右手覆盖在上面。每一根手指都严丝合缝地重叠，只有小拇指处不同，秦景天的小拇指少一节指节。

当刀锋毫不犹豫地切下，带着体温的鲜血溅落在秦景天脸上时，他并未感觉到疼痛，只是惊恐地注视着墙上那两只右手。现在这两只手完全一样了，那人切断了自己的小拇指。

那人松开秦景天，面无表情地包扎伤口："这就是细节。"

秦景天噤若寒蝉，嘴角忍不住颤抖，对面的人看起来文弱儒雅，但举动竟如此狠辣果断。一个能对自己都这般残忍的人，想来对别人更不会怜悯。

"你，你想干什么？"秦景天踉跄向后退。

"你，你想干什么？"

秦景天更加惊恐，那人说着和自己一样的话，连语速、语调甚至表情都一模一样。秦景天感觉自己像站在一面镜子前。

"你，你到底是谁？"

"你，你到底是谁？"

那人依旧在重复秦景天的话，牢房里的氛围突然变得诡异起来。秦景天的慌乱在那人脸上聚集，慢慢凝聚成一抹微笑。

"刚才我告诉你的那项受训课程，最终的考核方式就是要求学员能毫无瑕疵地替代目标人物。你不是好奇我在执行什么任务，我需要在这半个月与你共处的时间内，完全掌握你的行为、心理等所有特征。"那人看向秦景天，举起刚包扎好的断指，渗出的鲜血染红了纱布，"当然也包括体态特征，你刚才所表现出来的恐惧说明我已经完成了这个任务。"

秦景天蠕动喉结，结结巴巴地问："你为什么要这么做？"

那人一边擦拭匕首上的血渍一边说："这项课程最难的地方不是如何替代目标人物而是如何挑选目标人物，因为目标不是单独存在的个体，目标的社交面越广其人际关系越复杂，认识目标的人越多替代的难度也越大。因此暴露的风险往往不是执行者本身出现纰漏而是被认识目标人物的人识破。"

"这能说明什么?"秦景天一头雾水。

"这说明你极具价值。"

"我已经交代了知道的一切,我愿意弃暗投明为党国效力。"秦景天的声音透着乞求。

"不,你还没意识到自己价值的所在。你交代的事都无足轻重,你真正的价值是你本身。"

"我本身?"

"秦景天,男,23岁,家中独子父母双亡,就读于东吴大学法学院,抗战期间学校搬迁重庆,途中遭遇日军飞机轰炸,你所有同学和老师死于空袭,你是唯一的幸存者。在重庆期间你接触到共产党组织,并作为预备党员被考察,随后你被军统招募派往临澧特训班受训。考虑到你的身份,共产党将你列为重点培养对象。在半个月前你被甄别后被秘密抓捕,你供出了唯一和你单线联系的上级,这意味着……"那人直视秦景天,"共产党根本不知道你已经暴露,同时也没有人知道谁是秦景天!"

秦景天已经明白了:"你到底是谁?"

"我代号'红鸠'。你应该听过'鹊巢鸠占',鸠不会筑巢所以只能侵占喜鹊的巢穴,但我要占有的不是巢穴而是其他人的名字和身份,最后成功替代这个人。"那人敲了几下牢门,紧闭了半个月的牢门被打开,那人步伐沉稳地走了出去。随着牢门重新关闭,光线慢慢被黑暗吞噬,那人转身看向暗无天日的牢房:"从现在开始,我就是秦景天!"

第二章　王牌

护士对断指的伤口进行缝合消毒，整个过程都没有听到那个男人发出丝毫呻吟。护士下意识瞟了他一眼，刚好与他的视线交织在一起。他眼角泛起的笑意亲和温柔看不出丝毫的戾气，透出的一丝温文儒雅的古典气质像一幅隽永绵长的古画，只是沾染在他身上的血渍将画卷染成触目惊心的血红。

一旁的证件上写着，陆军准尉，秦景天。

虎头桥监狱南侧三层小楼的顶层是监狱长办公室，他敲门进去时，敞开的窗户边正站着一个男人。藏青色的中山装在月辉照射下让那人看上去格外阴沉，男人脸上看不到任何表情，似乎永远无法猜到他到底在想什么。

男人的相貌很普通，属于那种走在大街上会被轻易遗忘的人。可偏偏正是这个其貌不扬的男人，从复兴社到调查局，凭借一己之力缔造了一个庞大且运作缜密的情报王国。

这个不抽烟、不喝酒、不拍照的男人有很多称谓，党内称其为局长，美国人称他是东方的希姆莱，而秦景天习惯在私下叫他戴老板。

戴笠转身看向他，像是看一件精美绝伦的艺术品。自己发现了这块璞玉，经过这么多年的雕琢已是手中引以为傲的王牌。他的目光落在刚包扎好的伤口上，眼神中多了一丝惋惜和愧疚。

"美国人为了表彰抗战时期你在情报战线做出的杰出贡献，授予你银星勋章。"戴笠走上前，将勋章佩戴在他胸前，"你是党国的功臣，为民族存亡大业做出过卓越的贡献，本该为你举行盛大的授勋仪式，让你在镁光灯下接受鲜花和掌声，可你应该知道，作为一名王牌特工你的身份永远也不能公之于众，所以我只能在这里为你授勋，委屈你了。"

他低头看了一眼胸前的勋章，取下来放回盒子再没多看一眼："我是秦景天。"

戴笠轻拍了几下他的肩膀，自己果然没有看走眼。德国军事谍报局对其给予了极高评价，称他将会成为东方一颗冉冉升起的间谍新星。从德国被秘密召回至今，红鸠总是能完成交代的任务，最重要的是他从来不会计较荣辱得失。

戴笠神色严峻道："我需要你执行一项绝密任务。"

"抗战打了十四年，这个国家满目疮痍，百废待兴，再也经不起第二次浩劫。您招募我时问过我信仰，我为这个国家复兴而战。"秦景天已猜到这次的对手是谁，"真的还要打下去？"

"党国的存亡亦是民族存亡，是谈是打不是你我能决定的。我们只是这台国家机器上一个微不足道的零件，我们存在的意义是保障这台机器能正常运作。"戴笠的手缩了回去，一脸严肃，"我们要确保在谈的时候有资本，在打的时候有底气，可现在我们有什么？"

戴笠声音加重，不怒自威："老头子身边有共产党，国防部也有，下面的将领身边就更多了。军统作为党国的情报部门，应该是一块密不透风的钢板，可就在不久前侦破的军统电台案，整整一个电讯组全是共产党；汉中特训班还在培训，受训人员的名单已经到了共产党的手里；派往解放区的潜伏小组，共产党竟然提前就知道时间、路线，人刚到就全军覆没。耻辱！这是耻辱！"戴笠抑制不住怒火，重重一巴掌拍在桌上，"在抗战前我们发动了清党，对共产党的情报机构几乎一网打尽，可这才过了多少年，他们又卷土重来，而我们一败涂地。是啊，你说得没错，和这个国家一样千疮百孔的还有我们的政党，长此以往党国危在旦夕！"

秦景天双腿一靠，挺直的腰像一把无坚不摧的剑："这次的任务是什么？"

戴笠站在窗边一言不发，悬挂在天际的明月光洁璀璨，清冽的月色笼罩在他脸上。良久后戴笠取下手表放在窗边："你看见了什么？"

背光的手表昏暗难明，可秦景天还是观察入微道："瑞士产的罗埃思腕表，时间9：43。"

"我不能说你的回答是错误的，不过这是普通人的回答。你是一名王牌特工，应该看到普通人看不到的东西，而被你忽视的反而是最醒目的东西。"

戴笠抬手指向窗外，秦景天刚好看见那轮皎洁明净的圆月。

"我没有指责你的意思，事实上我和你一样犯了同样的错误。明月每晚都会出现太过平常，当一样东西我们太熟悉时，反而会被忽略。"戴笠望着明月，语气意味深长，"这就是最完美的隐藏。"

秦景天听出戴笠的弦外之音："军统内部还有共产党的潜伏特工？"

"很多，多到触目惊心，但绝大多数都只能触及边缘。这批人获取的情报没有多大价值，虽然不可掉以轻心但还不是心腹大患。在抗战时期军统内部出现过多次重大泄密事件，这些被窃取的情报均是军统高层才有权获悉的机密，由此可见在军统高层之中有鼹鼠。谍报小组在共产党的中社部窃取到一份机密档案，显示有一名保密级别极高的间谍长期潜伏在军统高层，这名间谍直接受中社部指挥，只有极少数人知道此人的存在。"戴笠再次看向秦景天，"此人没有姓名、照片和过往经历，在窃取到的档案中只有一个代号，明月！"

秦景天从容镇定："我能做什么？"

"他们把自己的信仰赋予了红色，将渗透到我们内部的人员称为钉子、匕首或者是尖刀。"戴笠指了指胸膛的位置，"这些人距离我们心脏太近，对于我们来说是致命的，我需要你把这枚让我寝食难安的钉子拔出来。"

戴笠继续说："我用了两年时间布局试图引此人暴露，但此人行事谨慎，滴水不漏，是我迄今为止遇到的最难对付的红色特工。我始终无法确定此人身份，只锁定了明月的潜伏地点。"

"在什么地方？"

"上海。"戴笠掷地有声道，"你即刻动身赶往上海，不惜一切打入共产党在上海的地下组织！"

"是！"秦景天挺直腰接受命令，又忽然停住，"打入上海地下党组织？明月既然潜伏在军统上海站，我不是该从站内着手甄别？"

"明月属于战略潜伏特工，他不会因为无足轻重的情报而暴露自己，并且一旦感知到危险便会长时间蛰伏。他潜伏的时间越长越利于接触到军统高层核心，这是我最不希望看见的结果，因此不能用普通的甄别方式。像明月这个级别的特工，为了确保安全一定不会使用电台，当他需要传递情报时……"

"明月会通过上海地下党组织建立的情报传递通道。"秦景天立刻反应过来。

"能和明月直接联系的地下党级别同样不低，所以你不但要打入地下党组织内部，还要渗透到他们的核心，只有这样才有机会接触到明月。"戴笠点头，胸有成竹道，"秦景天的叛变是一个很好的契机。为了避免计划暴露，我们没有对和他单线联系的上级实施抓捕，而是制造了一场车祸让共产党相信此人是死于意外。秦景天在完成受训后会被分配到军统上海站，共产党很重视他这条线，一定会派人与之重新建立联系，这就是你打入上海地下党组织最好的机会。"

"是！"秦景天的回答坚定果断。

戴笠脸上的神色却更加凝重，他走到秦景天面前欲言又止："如果有谁能找出明月，我坚信那人一定是你。不过这次任务不同寻常，你是我手中的王牌，但你要交锋的对手同样也是一名王牌特工，我从未质疑过你的能力，可还是要提醒你切勿掉以轻心。在你动身前，我有两件事需要告诉你。"

"请局长指示。"

"这不是一个短期能完成的任务，对上海地下党的渗透也不会容易。我和共产党打过多年交道，他们之间的信任建立在对信仰忠贞的基础上。你所替代的秦景天只是一名还在接受考核的人员，想要成功渗透就必须符合他们的要求。你要谨记，你不是在扮演一名共产党，而是要时刻提醒自己，你就是一名共产党。我不需要你获取他们的情报，相反你要去保护他们,只有在确保上海地下党组织完整的基础上,你才有可能接触到明月。"戴笠郑重其事地问,"你明白我的意思吗?"

"我是你们的敌人!"

戴笠很满意这个回答,从一旁的公文包里拿出一份档案,沉默了片刻递给秦景天:"这是你的档案,仅此一份。在军统之中只有我看过这份档案,换言之只有我知道你的身份。这次行动的关键正是你的身份,一旦暴露便会导致整个计划功亏一篑。实不相瞒,我没有把握保证这份档案不会被泄露,或许在我身边就有第二个、第三个明月。"

秦景天听懂了戴笠的言外之意,不假思索从身上拿出打火机,点燃了面前这份唯一能证明自己身份的档案。

这正是戴笠异常器重他的原因,他总能当机立断做出正确的选择。

"这就是我要告诉你的第二件事,从此以后除我之外再没有能证明你身份的人。从现在开始你将是一个无名之辈,在你执行任务的过程中,你得不到任何支持和协助,并且还有可能被抓捕、刑讯拷打甚至枪决。"戴笠再次拍了拍秦景天的肩膀,"在万不得已的情况下,你可以说出自己的身份,但这意味着计划的失败。"

忽明忽暗的火光映照出秦景天脸上的沉静,他松手的那刻,档案被烧成灰烬,眼神里是一如既往的自信:"不成功便成仁!"

第三章 同类

开往上海的火车上，秦景天的思绪如同窗外疾驰而过的剪影被拉回到很久以前。

上海对于自己来说并不是一个陌生的城市。在这里他曾用鲜血书写过青春。和众多学子一样，他满怀憧憬和抱负步入象牙塔，目睹家国颓败，民众疾苦，在大时代思潮下凭一腔热忱愿为民族复兴而竭尽所能。

在反抗列强暴行的游行中，秦景天走在队伍的最前面，和同学手挽手迎着枪口坚定不移向前迈进。他曾经看到了希望，只不过希望在枪声中湮灭。他在医院醒来，肩口的枪伤让他重新审视自己的爱国之路。

游行、口号还有散发的传单改变不了现状，自己孱弱的身躯亦支撑不起这个积弱太久的国家。他的英勇和过人的数学天赋引起了复兴社的注意，出院后便加入了国民党。在登上前往德国货轮的那刻，他期待等自己回来时这个国家已经有所改变。

四年后，他重回上海，已褪去了脸上那抹青涩，唯一不变的是那颗赤子之心。刺眼的旭日旗和那些践踏在国土上的侵略者让他义无反顾投入战斗。

他很庆幸自己迎来了曙光，那是无数同仁用生命铸就的胜利，但战争似乎还没有结束。秦景天的思绪和窗外稍纵即逝的画面一样模糊。

"先生，能不能麻烦让让？"

声音打断了秦景天的思绪。穿长衫的中年男人一团和气，秦景天侧身时无意间碰到他的腰，眼底瞬间多了一丝异样。

"我帮你。"秦景天起身帮忙放行李，手再次碰到了中年男人的腰，仅凭触感他就能断定那是一把苏制托卡列夫手枪。

秦景天能闭着眼将这把枪拆分并重新组装，也很清楚它的性能。这种手枪射程短并且精度不高，不利于远距离射击，但在近距离情况下由于威力大致死率极高并且还能造成连带伤害。

封闭的车厢长度约25米，这个距离能将这把枪的优势发挥到极致。从中年男人严阵以待的神情能推断出他的目标就在这节车厢。

秦景天借抽烟离座，走到车厢连接处时已大致有了眉目。

第六排外侧穿中山装的年轻人，表情紧张且兴奋。长时间的精神集中让他身体处于紧绷状态，用布包遮挡的手上一定握着武器。

第四排靠窗的女人，用报纸遮掩了半张脸，露在外面的眼睛视线并没在报纸上。灌入车厢的风吹得报纸哗哗作响，很少有人能在这样的情况下安心看报。

加上之前那名中年男人，这三人呈楔形分布，是典型的攻击站位，第五排的其中一名乘客就是他们的目标。秦景天不清楚这些人的意图，但很显然这三人都是经验不足的新手。

秦景天试图在乘客中找出他们的目标。这时从第五排座位上站起一个男人，面带微笑地走到秦景天面前，手里拿着一支烟："借个火。"

秦景天递去打火机，目光还在逐一扫视乘客，忽然发现那三人的视线不约而同投向自己，立刻意识到他们关注的就是自己面前的男人。

这个男人，年龄和自己相仿，相貌硬朗英俊，身穿灰色三件套西装，剪裁得体做工精湛，一看就知价格不菲。修剪得干净工整的头发和指甲以及擦拭锃亮的皮鞋，都让人感受到他是一个精致并且严谨的人。

秦景天若无其事地问了一句："到哪儿？"

"上海。"男人的笑容里有一丝纨绔不羁。

得知男人的目的地，秦景天很快推算出沿途最佳的伏击地点："在上海高就？"

男人点头。外面传来响亮的汽笛声，火车在一处货运小站停留。男人掐灭烟头致谢后转身下了车，秦景天回到座位上，之前关注的三人也跟着男人离开。秦景天看向窗外的站台，停靠着几列废弃的火车，有不少旅客下车活动筋骨，站台上的小贩正在忙着招揽生意。

秦景天已经知道伏击将会在何时发生，那个男人恐怕没有机会活到上海。

这不关自己的事。秦景天反复在心里提醒自己，比起身上肩负的任务，一个素不相识的男人的死活完全可以无视。可秦景天不明白自己为何还会如此纠结，交叉的双手不停转动着拇指，在以往任何时候他都会毫不犹豫地选择置身事外。

秦景天还是下了车，看见从废弃火车后走出的男人停在一处摊贩前。男人手里正拿着一个刚剥好的茶叶蛋，发现走到身边的秦景天一言不发看着自己："怎么了？"

"有人想杀你。"

任何人听到这句话，第一反应应该是恐慌。可男人只是短暂一惊，随后在他嘴角泛起的笑容就像身后那轮艳阳一样灿烂："是吗？"

"在车厢内你被三人包夹，可他们不敢在火车上开枪，那样的话即便得手也会在下一个站点被军警围捕。沿途最好的伏击点就是这里，这处货站只有少量警察看守，为了不引起警察的注意……"

"他们会选择一个合适的时机动手，比如另一列火车进站时。"男人一脸从容地打断秦景天，在他说话时，刚好一列火车从远处缓缓驶来，"火车的汽笛声能掩饰枪声，他们能在警察毫无觉察的情况下杀掉我，并且还能全身而退。"

这和秦景天的推算不谋而合，自己显然低估了面前的男人："火车还有两分钟进站，你再不想办法离开，吃的就是枪子。"

"我还是比较喜欢吃茶叶蛋。"男人摊开手，掌心里是三个弹夹。一切都在男人的掌控之中。

"四个。"

"什么？"

"想杀你的人不是三个，而是四个。"秦景天淡定道。

"还有谁？"

"谋生的摊贩都会卖力吆喝招揽客人，从我们站到这里到现在，你听他说过话吗？"秦景天偏头看向一旁的小贩，"而且他的摊位远离靠站的火车，要么他无心做生意，要么他根本就不是……"

秦景天话音未落，小贩惊慌失措地从摊位下掏出一支枪，枪口距离男人近在咫尺。就在小贩要扣动扳机的瞬间，秦景天的手指准确无误地插入扳机同时按下卡簧，弹夹随即掉落在地，再顺势一拧已将手枪夺了过来。整个动作一气呵成，小贩在短暂的呆滞后转身逃逸，消失在进站的火车后。

秦景天熟练地拉动弹膛，一颗子弹跳落在他掌心，递到男人面前："留个纪念吧。"

男人接过子弹，脸上的笑意中透出一丝感激，诚恳地伸出手："顾鹤笙。"

"秦景天。"

俩人的手握在一起，在明媚的阳光下像两个久别重逢的故友。

"我还想活着到上海，不能再与你同行。"顾鹤笙将子弹收入西装口袋，"你住什么地方，等回到上海再谢你的救命之恩。"

"这么多人想要你的命，我还是离你远些好。"秦景天转身走向火车，忽然又停下脚步重新看向顾鹤笙，"你早就知道。"

"知道什么？"

"第四个人。"秦景天有点后悔自己的多此一举，"你之所以在摊贩前停留，是因为你早就识破了他的身份。"

顾鹤笙微微一笑："我很好奇你是怎么识破他们的？"

秦景天只留下一句"后会无期"便没入人流之中。顾鹤笙久久未动，直至火车消失在自己的视线里。一辆黑色别尔克轿车驶进站台，从车上下来的人快步小跑到顾鹤笙面前，神色举止都极为恭敬。看到顾鹤笙一言不发眺望远方，那人好奇问道："您在看什么？"

顾鹤笙的眼神渐渐变得深邃，若有所思地回答："同类。"

第四章 《西风颂》

有"远东皇冠"美誉的上海,即便是战火烽烟也掩盖不住它的色彩。上海的美在夜晚展现得淋漓尽致,五光十色的霓虹灯勾勒出城市的繁华,灯火通明的百乐门是这顶皇冠上最璀璨的明珠。

就在昨天日本在美国军舰密苏里号上签署投降书,标志着第二次世界大战正式结束。军统上海站为了庆祝,包下了百乐门二楼的舞厅。刚到上海的秦景天也受邀出席,一身笔挺的军装让他在尽情欢庆的人群中显得格格不入。

秦景天像一尊被人遗忘的雕像般安静,在角落坐了很久,手里还拿着调令和接洽函。若在以往,他会用目光逐一审视每一个人,但现在他的视线和这里所有人一样都聚焦在舞池的中央。

站在麦克风前的女子美艳动人,一袭素色旗袍将她的内敛含蓄衬托到极致。小巧的立领环着纤柔白皙的颈项,凹凸有致的线条紧贴着极具风韵的身躯,处处都显得精致典雅。

女子在钢琴的伴奏下唱着《夜上海》,独特的声线动听悦耳,宛若天籁,婀娜多姿的身体伴随音律摇曳。周遭男人的青睐和女人的艳羡让她像众星独捧的月亮,成为这灯红酒绿中最耀眼的风景。

一曲唱罢掌声雷动,女子笑意盈盈致谢毫无做作姿态,显然她对这样的场面早已习以为常。

"好看吗?"不屑的声音传来。

秦景天偏头看见倚在墙边的女人,轻晃着手里的酒杯,脸颊泛起的淡淡红晕,为她那张秀美的脸平添了几分妩媚。

"好看。"秦景天直言不讳。

"你们男人都喜欢这样的?"

"美本来就是用来欣赏的,但不代表一定要喜欢,至少你是不喜欢她的。"

"我为什么不喜欢她?"女人冷声问。

"你脸上写着嫉妒。"

"我会嫉妒她?"女人冷哼一声,夺过秦景天手中的调令,看了一眼后故意刁难,"我军衔比你高,你既然穿着军装,见到长官该怎么做?"

秦景天立刻起身,刚要敬礼就听见女人扑哧一下笑出声:"怎么是个木头。"

秦景天还没反应过来,女人就拿着他的调令消失在欢庆的人群中,片刻后女人折返回来,身边还跟着一个穿中山装的中年男人。秦景天立即整理军容,上前就是一个标准的军礼:"站长!"

"你认识我?"中年男人有些意外。

"在特训班所学的教材都是由您编写,训导处教官也多次提及您,您是党国楷模,怎能不认识。"

上海站站长沈杰韬,早在复兴社时期就是戴笠手下的得力干将,他见证并参与了军统这个庞大的情报帝国从萌芽到壮大的整个过程。

秦景天的回答让沈杰韬听着舒心,摆摆手示意他放下军礼:"今天是欢庆会,不用这么拘束。"

女人在一旁小声说:"在旁边坐了好久,也没人搭理他。我瞧他手里拿着局里的调令,里面还有戴局长的举荐信,这才让您来瞧瞧。"

沈杰韬眼睛一亮:"秦景天?"

"到。"

女人好奇:"站长认识他?"

"戴局长专门打过电话,说委派了一名临澧特训班优等生来上海站,再三叮嘱要重点培养。特训班每年受训的有那么多人,还是第一次有人被戴局长钦点,所以我记住了这个名字。"作为军人,沈杰韬对军姿无可挑剔的秦景天第一印象就极好,加之又是戴笠看重的人,更是好感倍增,"放松点,今天是欢庆舞会别搞得这么正式,我带你先认识认识同仁。"

"是！"

沈杰韬指向身旁的女人："秋佳宁，电讯处处长。"

"秋处长，景天不善言辞，有冒昧冲撞之处还望秋处长海涵。"秦景天主动伸出手致歉。

秋佳宁一脸豁达，大大方方握手："我倒是喜欢说实话的人。"

"你可千万别招惹咱们这位天姿国色的秋处长，她和你一样是特训班出来的优等生，刺杀、格斗、谍报、电讯样样精通。抗日战争期间她在沦陷区屡立奇功。"沈杰韬一边笑一边提醒秦景天，"日本人称她为'蜂后'，青竹蛇儿口，黄蜂尾后针，要是被她蜇到麻烦可不小。"

"景天一定铭记于心。"

"站长和你开玩笑呢，你还当真了。"秋佳宁妩媚一笑。

"站长。"一个高瘦精干的男人急匆匆走过来，浑身被雨水淋湿。

"你来得正好，给你介绍一下……"

"站长，我有事向您汇报。"男人打断沈杰韬。

"这里又没外人，有什么事你直接说。"沈杰韬看着男人，眉头一皱，"不是通知过你参加今晚的欢庆舞会，怎么穿成这样？"

"侦听组侦测到一个从未出现的电波，大致位置确定在闸北宝山路一带。我带人将范围缩小到两个弄堂之间的居民区，各个路口已经封锁。我打算今晚就展开搜查，行动组大部分都来参加舞会，所以……"

"让行动组立即执行任务。"沈杰韬当机立断。

"是。"男人雷厉风行，很快召集大批人迅速离开舞厅。

"陈乔礼，行动处处长，他这人不喜欢社交，不过办事倒是从来没让我失望过，你们先见个面，等明天回到站里再认识。"沈杰韬向秦景天介绍。

"我也去。"秦景天主动请缨。

沈杰韬摇摇手："抓一个共产党电台别搞得跟天塌了似的，有行动组就够了。日后有的是机会让你大展拳脚。"

"沈叔叔，今晚您可得陪我跳一支舞。"一个婉转动听的声音传来，刚才献唱的女子上前挽住沈杰韬的胳臂。

"跳舞是你们年轻人的事，我这老腰可经不起折腾。"沈杰韬摇头苦笑，对眼前的女子似乎格外亲切。

"这位是？"女子的目光落在秦景天身上，这身军装引起了她的兴趣。

"秦景天，刚调到上海。"沈杰韬指着身旁的女子介绍，"这位是叶君怡，上海金融富商叶书桥的独女。她可是上海滩名媛，也算是半个军统吧。"

"半个？"秦景天诧异。

"沈叔叔。"叶君怡羞涩一笑，抿嘴娇嗔。

"咱们站里有人对叶小姐情有独钟，都到了一日不见如隔三秋的地步。不过叶小姐眼光高还没点头答应，所以只能算半个。"秋佳宁在一旁解释。

"谁如此幸运能得叶小姐青睐？"

沈杰韬带众人走到钢琴旁，一个穿白西装的男人正倚着钢琴和人闲聊，他一手夹着雪茄一手端着酒杯，动作潇洒自如。秋佳宁一拍他，男人转过身，嘴角挂着玩世不恭的笑容，像一个不折不扣的纨绔子弟。

"情报处处长……"秋佳宁正要介绍。

"没想到这么快就见面了。"男人的眼里只有秦景天。

"是啊。"秦景天有些吃惊。

"你们认识？"沈杰韬问。

"我不是向您汇报过，回上海的火车上被共产党伏击，是他挺身而出救了我。"

"原来你们还有这样的渊源，这么说起来景天可是你的救命恩人。"

秦景天没想到会在这里再次见到顾鹤笙，更没想到他竟然是军统上海站的情报处处长。

"顾处长运筹帷幄早就洞悉危险，是我多此一举。"秦景天不卑不亢。

"站长，我可得恭喜您。"顾鹤笙对秦景天赞不绝口，"他的洞察力和应变力出类拔萃，我本来打算招募他的，没想到竟然是同仁，恭喜站长又得一名干将。"

沈杰韬看见秦景天还握在手中的行李箱："找到地方住了吗？"

"到上海后就立即前来报到，暂时还未找住处。"

"别找了，鹤笙现在住的地方是从汉奸手里收缴的别墅，就住了他一个人，你直接搬过去住。"

顾鹤笙一脸高兴："这要是别人来住我还真不乐意，可他来我完全没问题。不过就是他不一定愿意，怕沾染上我惹祸上身。"

秦景天也不推辞："若顾处长不嫌叨扰，景天就暂住一段时间，等找到合适的地方就搬走。"

沈杰韬大手一挥："不准搬，这是命令，好事不能全便宜了他。"

"是！"秦景天挺直腰。

"他拿着行李也不方便，我先带他回去顺便送君怡回家。"顾鹤笙对沈杰韬关切道，"您身体不好少喝点，我叫后厨做了些甜点，您多少吃点对胃好。佳宁，舞会结束后多安排几个人送站长回去。"

"知道了，知道了。"沈杰韬嘴里虽不耐烦，但心里甚为满意。

走出百乐门，秦景天怕自己耽误了顾鹤笙与叶君怡独处的时间："顾处长还是送叶小姐要紧，给我地址我能找到。"

"干吗这么见外，反正顺路。"顾鹤笙一把夺过行李，"你们先等着，我去取车。"

夜雨已歇，从屋檐垂落的雨滴掉落到街边的水泊中荡起涟漪，轻拂而过的夜风让人心旷神怡。秦景天一言不发站在百乐门外，身旁的叶君怡也变得安静。

"你好像不太喜欢说话。"叶君怡打破了沉默。

"我怕说错话。"

"鹤笙外向，你内向，他喜动，你喜静，你们俩性格刚好互补，我想你们能成为朋友。"

秦景天摸出一支烟放在嘴角："我不太擅长交朋友。"

"那我可以帮帮你，首先你得找一些共同的爱好，鹤笙喜欢古典文学，你呢？"

"喜欢。"

"巧了，我也喜欢，特别是莎士比亚的作品。"叶君怡望着街道上夜归的行人，一脸平静，"浅水是喧哗的，深水是沉默的。"

秦景天拿打火机的手悬停在半空中，沉默片刻后说："不，你可能记错了，这是雪莱《西风颂》的最后一句。"

"你也记错了，《西风颂》的最后一句是，'把昏暗的大地唤醒吧，西风！'……"

秦景天点燃了烟，火光中眼底闪过一丝惊诧，他深吸一口烟，把剩下的诗句说了出来："如果冬天来了，春天还会远吗？"

叶君怡说出来的是与自己接头的暗号。秦景天没想到和上海军统站上下打成一片的叶君怡是共产党。

"明天下午3点，复兴公园荷花池见。"叶君怡的声音沉稳而动听。

片刻后，一辆黑色轿车停在两人面前，顾鹤笙从驾驶室探出头，带着张扬不羁的笑容："上车。"

叶君怡又变回举止优雅的名门闺秀，坐到顾鹤笙的身边欢笑闲聊。秦景天沉默不语偏头看向天际那轮明月若有所思。情况比自己想象的要复杂，他倒不是怕顾鹤笙会泄密，反而担心的是叶君怡。

虽然只有一面之缘，但这个男人看似玩世不恭的外表下隐藏着一些东西。具体是什么秦景天也说不上来，可就是这些东西促使自己做出了向他示警的决定。事后秦景天反复思索过这个问题，最后归结于他有着和自己相似的地方。

如果顾鹤笙是自己的同类，那意味着他是一个极其危险的人。

顾鹤笙在后视镜中看了秦景天一眼："来过上海吗？"

"没有。"

"在上海有朋友或者认识的人吗？"

"没有。"

"等有空了带你到处转转。"顾鹤笙拉开领带，饶有兴致地问，"对了，你有女朋友吗？"

"没有。"

顾鹤笙一脸惋惜："你这样闷不行，人不风流枉少年，就你这长相该有很多女孩投怀送抱才对啊。"

"你怎么净教人坏的，不是每个人都像你这样。"叶君怡白了顾鹤笙一眼，"景天，你喜欢什么样的女孩，我身边朋友多帮你留意留意。"

"我这性子估计不讨女孩子喜欢，还是别麻烦了。"

闲聊中，车停在一座富丽堂皇的公馆门口。叶君怡下了车，告辞时说了句："注意安全。"

顾鹤笙目送叶君怡进了大门，示意秦景天坐到前排。车穿过几条街后，顾鹤笙终是没忍住："你是真不喜欢说话呢，还是觉得和我无话可说？你就不能找个话题我们聊聊吗？"

"顾处长想听什么？"

"你能不能别张口闭口'顾处长、顾处长'，我还是比较喜欢火车上的你。既然咱们以后同住一个屋檐下，先约法三章，下班以后我不想再从你嘴里听到'顾处长'仨字。"顾鹤笙一本正经道，"君怡在车上又不能抽烟，可把我憋坏了，帮忙点一支。"

秦景天点燃两支烟，顾鹤笙伸手从他嘴角取走一支。这是朋友间才该有的动作，可顾鹤笙做出来一点没让秦景天不适，反而有一种说不出的默契。

"为什么要进军统？"顾鹤笙问。

"学校搬迁到重庆的路上遭遇日本人飞机轰炸，就我活了下来，遇到军统特训班招人，稀里糊涂就去了，然后就被调到上海。"

"你是天生干这行的料，用不了多久你就能崭露头角，站长是爱才之人，你以后前途无量。"

"你呢？为什么加入军统？"

"天下兴亡匹夫有责，我原本是想参军的，在战场上正面和日本人打，后来发现我更善于在没有硝烟的战场上战斗。日军攻陷上海后我奉命留下进行对敌谍报，说真的，没想到能活下来。"顾鹤笙感慨万千。

"我也希望有一天能像你一样，成为党国的功臣。"

"别说我了，还是聊聊你吧。在火车上你就挺投我眼缘，我对你有一种一见如故的感觉。"顾鹤笙直言不讳，"你刚来上海，就当是报恩吧，我给你指点指点军统里的一些门道。"

"好啊。"

"知道想要在军统站稳脚最重要的是什么吗？"

"对党国的忠诚。"

"谁教你的？"

"特训班的教官。"

"净说些没用的，不忠诚的人能进军统吗？"顾鹤笙一脸嫌弃，"你的能力毋庸置疑，但能力不是最主要的，能被军统招募的人都不是平庸之辈。你想要脱颖而出首先需要一个女人。"

"女人？！"秦景天一愣。

"你别不相信，抗战时期这是军统衡量内部人员的一项重要指标。被派往沦陷区的特工，都抱着有去无回的打算，一旦身份暴露就面临死亡，除非投敌叛变。军统为了尽量避免这种情况出现，会挑选有妻小的特工执行任务，他们有牵挂而军统也有保障。一个没有成家的军统人员是永远得不到信任的。"顾鹤笙郑重其事地对秦景天言传身教，"所以，你想要在上海站稳脚，首先你得找一个女人。"

"我上哪儿去找？"秦景天苦笑一声。

"不急，这灯红酒绿的上海滩，各色莺莺燕燕会让你挑花眼。"顾鹤笙一副轻车熟路的样子。

车缓缓停下来，顾鹤笙招呼花贩买了一束鲜花，秦景天以为到了准备下车拿行李。

"不是这里。"顾鹤笙把他拉了回来，"你在车上等我一会儿，我要办点事。"

"哦。"

"我和你交心，也不瞒着你。"顾鹤笙打开车门迟疑了一下又关上，

"听过永麟班吗？"

"没有。"秦景天摇头。

"你这人太没趣了。永麟班是上海首屈一指的京剧班，永麟班的头牌叫洛离音，人长得那叫一个漂亮，台上扮相更是俊秀，在上海风头无人能及。我玩票也捧角，一来二去和洛离音成了知己。永麟班刚结束巡演，今晚是回上海的头一场戏，我答应了洛离音来捧场，赶上站里欢庆会走不开。"顾鹤笙和盘托出，"我送束花上去赔不是，你稍等我一会儿。"

"红颜知己吧。"秦景天听出顾鹤笙言语中的暧昧。

"我又不是不食烟火的神仙，酒色财气多少都得沾点。"顾鹤笙笑了笑，"这事你得给我烂肚子里，千万不能让君怡知道。"

秦景天点点头。

顾鹤笙快步走进楼房，不一会儿后顶楼的灯亮起。秦景天看向亮灯的窗户，白色的纱幔投影出一个女人曼妙的身影，片刻后一个男人的影子和女人贴合在一起。

夜风撩起纱幔，秦景天看见了正搂着洛离音腰的顾鹤笙，两人动作亲昵。顾鹤笙并没有夸张，洛离音风姿绰约，像画卷里的女子般古典婉约。

身穿睡衣的洛离音正埋头低嗅鲜花，余光却瞟向窗外："车上的是谁？"

"临澧特训班培训的一名特工，刚调派到上海。"顾鹤笙的手依然在洛离音腰上。

洛离音拉上窗帘，两人身影消失在窗边的那刻，顾鹤笙立即收回手，一同收回的还有脸上的轻佻放纵。

洛离音放下鲜花，神色严肃："没到约定的接头时间你就来这里，而且还带着一名军统特务，你必须为自己无组织无纪律的行为做出深刻检讨。我会将这个情况向上级汇报，你必须接受处分！"

"我接受组织的处分，但情况紧急我必须在今晚与你见面。"

"组织交给你的任务是确保身份不会暴露，在任何时候你的身份高于一切，你难道忘了自己是谁？"洛离音压低声音呵斥。

顾鹤笙埋头不语,他身上有太多伪装,有时候自己都分不清自己到底是谁。在军统局,他是雷厉风行的军事情报处顾处长;在外面,他又是风流倜傥、贪酒好色的顾公子。

时而狡黠如狐敏捷似箭,时而干净如水温暖似光,纵然身份重重,顾鹤笙的内心却从未沾染污秽,一颗爱国救国的赤子之心从不曾动摇。

他抬头看向洛离音,目光刚毅无畏:"我是明月!"

第五章　红鸠

顾鹤笙小心翼翼从身上拿出一袋被烧尽的纸灰，递给洛离音："立刻进行破译。"

"这是什么？"

"我今天去接沈杰韬参加庆功会时，在他办公室见到南京派来的特使，为沈杰韬带了一份机密文件。沈杰韬没有将文件交由情报处存档而是当场阅后即焚，文件的内容经过加密。"顾鹤笙一边倒水一边说，"这份文件上一定有重要情报，时间长了上面的字迹很难再修复，所以我今晚才来见你，你看看能不能想办法破译出来。"

洛离音立刻取出工具在灯下对纸灰进行拼凑："你一向很谨慎，为什么要带一名军统特务一起来？"

"我脱不开身，沈杰韬安排他和我住一起。"

"你可以拒绝啊，你身边有一名朝夕相对的特务，这无疑会加剧你暴露的风险。"

"沈杰韬不放心我一个人住，他需要有人监控我的一举一动。"

洛离音一惊："沈杰韬开始怀疑你了？"

"除了他自己，他怀疑每一个人，这是他的特工哲学，先假设所有人都是敌人，然后再找证据推翻自己的观点。抛开我们的身份，不得不承认他是一名优秀的情报人员，这也是沈杰韬成为戴笠心腹的原因。"顾鹤笙笑了笑，"这样也好，一来能打消沈杰韬的猜疑，二来我也需要身边有一个时间证人。"

"那你以后一定要多加小心。"

"说到小心，我在回上海的火车上被伏击了，是自己的同志。"顾鹤笙苦笑一声，"这已经是第四次了。"

"你没受伤吧？"洛离音一脸担心。

"我没事，我缴了他们的械并给他们留了撤离的时间。应该是上海地下党的同志，一上来就准备对我下死手，对我这个情报处处长恨得可够深的。"

"不能再这样了，我会把这个情况尽快向上级首长汇报。"

"不用，上海地下党组织并不知道我的存在，被共产党伏击也是对我身份最好的掩护。"顾鹤笙冷静地摇摇头，点燃一支烟，"再告诉你一个好消息，这次我到重庆述职，上面准备把沈杰韬升任军统副局长，让我接替他出任军统上海站站长。如果是这样的话，国民党在华东地区的情报网就全在我们的掌握之中了。"

"太好了！"洛离音兴奋不已，"我这次巡演回到了解放区，也见到了上级首长，他高度肯定了你的工作，同时也指出目前形势依旧很艰巨。国民党借和谈大量调动军队对解放区实施包围，他们一意孤行发动内战的野心昭然若揭，首长指示我们做好对敌斗争的准备。"

桌上的纸灰大部分被修复，将调配好的药水小心翼翼滴在上面，渐渐能隐约看见一些字迹。洛离音抄录下上面的代码，然后拿出早已获取的密码本进行破译。

"从文件的大致内容，我看不出有什么重要的地方，倒是有些奇怪。"洛离音皱眉道，"这份文件是戴笠直接向沈杰韬下达的，要求沈杰韬在近三个月内对上海地下党组织暂缓所有行动，只实施监控但不能抓捕。"

"暂缓所有行动？"顾鹤笙也对这条命令感到不解，"戴笠像是在用三个月时间秘密筹谋什么事，这件事的重要性甚至高于对上海地下党组织的破坏，到底是什么事呢？"

"文件中还提到了一个人，戴笠命令沈杰韬在这个人有需要的时候必须全力配合，必要时军统上海站的指挥权全权交由此人。"

"是谁？"

"文件损毁太严重，只知道这个人叫红、红鸟，鸟字只有一半，另外一半无法看到。"洛离音惴惴不安，"'红鸟'应该是一个代号，沈杰韬是戴笠手下'十人团'之一,在军统地位举足轻重,这么说这个红鸟的权力还在沈杰韬之上。"

"红鸟,红鸟……"顾鹤笙反复念着这个名字,忽然猛地从椅子上站起身,"不是红鸟,是红鸠!"

"你怎么知道?"

顾鹤笙脸上的慌乱让洛离音又惊又怕。他从来没有像现在这般惊慌失措。

"从现在开始,你立即切断与上海地下党组织的所有联系。"

"是。"洛离音一脸茫然地点头,"到底发生了什么事?"

"启用电台。"顾鹤笙来不及向她解释。

"啊?"洛离音愣住,"什么时候启用?"

"现在!"顾鹤笙斩钉截铁道。

"为了确保你的身份不被暴露,你的情报是由我直接向上级传递,不到万不得已是不能启用电台的,你应该知道组织的规定。"

"洛离音同志,作为你在上海的上级领导,我命令你立刻启用电台和中社部首长联系!"顾鹤笙异常严肃,"组织面临灭顶之灾,如果不及时将情报送出去后果不堪设想,这个责任你和我都负不起!"

洛离音据理力争:"首长下达给我的任务是不惜一切确保你的安全。启用电台会增加暴露的风险,我服从你的命令,但你必须给我一个合理的解释。"

顾鹤笙深吸一口气让自己平复下来:"红鸠。"

"就因为一个名字?"洛离音满脸疑惑。

"你不知道这个名字的出现意味着什么。"

"你认识红鸠?"

顾鹤笙默默点头,弹了弹烟灰,迟疑良久后补充道:"他是一位战友。"

洛离音一怔,更加不知所措:"战友? 红鸠是我们的同志?"

顾鹤笙的眼神中多了一丝惆怅:"上海沦陷后,为了加强对日情报收集，我被军统派往上海并成功打入汪伪特务机关总部。其间我送出大量重要情报，不过因为汪伪特务机关一直不受日军情报部门信任，所以很难获取到有战略价值的情报。"顾鹤笙一边回想一边娓娓道来，"我尝试过各种办法，始终无法触及日军情报机关的核心。但奇怪的是，无论是梅机关对国民党将领的策反计划还是特高课在国统区建立的情报网，以及日军军事调动部署和物资储备等大量战略情报，依旧源源不断被军统截获。"

"这些都是日军的机密啊。"洛离音大吃一惊。

"其中还包括日军在太平洋的军事动向，军统甚至提前掌握了日军偷袭珍珠港的情报，可惜未能引起美国的重视。"顾鹤笙继续说道，"这些情报的价值不可估量，甚至在很大程度上影响了战争的进展。从那时起我就意识到，在特高课内部还有一名潜伏级别远高于我的军统特工。"

洛离音听到这里也暗暗震惊："后来呢？"

"我将这个情况汇报给中社部首长，得到的指示是，为了民族大业务必团结一切力量，如果能确定对方的身份，对其尽全力保护和协助。"顾鹤笙抽了一口烟，"在一连串泄密事件后，特高课也觉察到内部被渗透，开始大肆清查和疯狂围剿，但始终无法确定这名潜伏者的身份。直到一名被抓获的军统人员叛变投敌，供出了一个代号。"

"红鸠？"

"至此，这名不为人知的军统王牌特工第一次浮出水面。"顾鹤笙肯定道，"即便如此，特高课所获取的信息也仅仅只有这个代号。特高课为了清除红鸠，与梅机关和76号实施内部排查甄别，精心设计了一个圈套，用一份假情报作为诱饵试图引诱红鸠现身。我提前获悉了敌人的阴谋但已没有时间将情报送出去。这份假情报敌人伪装得极好，红鸠一定会想方设法获取，一旦情报被泄露就意味着红鸠身份的暴露。"

洛离音若有所思："你在上海暴露就是因为这件事？"

"我和此人虽然在不同的阵营，但在抵御侵略者这件事上我们是战友。红鸠距离敌人的心脏更近，他的存在远比我更有价值，所以我以暴露为代价向红鸩发出警示。敌人以为我就是红鸩,展开了全城抓捕。"顾鹤笙说到这里忽然笑了,"我被逼到了黄浦江边一处民房内,剩下最后一颗子弹是我准备留给自己的,就在那时我听到外面的枪声。"

"发生了什么事?"

"房间里一片漆黑,我听到缓缓向我走来的脚步声。黑暗中那人对我说,你不是红鸩!"顾鹤笙吐了一口烟雾,"同类总是有相同的思维,所以他能在第一时间追踪到我。"

"那个人才是真正的红鸩!"

"我们在黑暗中握手,都没有看到彼此的样子,但握手的刹那就像两个久别重逢的朋友。我一直期待的见面却意味着生离死别。枪声引来了围捕的敌人,红鸩守在楼梯口打算掩护我撤离,我拒绝了。我和他只有一个人能活着出去,而活下来的人要继承另一个的使命,我不希望自己的暴露毫无意义,最后我向他提出了一个请求。"

"什么请求?"

"我不想被敌人抓获,我希望是一位战友送我最后一程。他明白我的意思,在敌人冲上来时他向我开了枪。我中弹坠江,可能是命大竟然侥幸生还。"顾鹤笙感慨万千,"我被送往了国统区,等着和这名不知相貌的无名战友重逢。一直等到抗战胜利,在军统所有人员档案中,我都没有找到关于他的记载,军统内部甚至都不知道红鸩的存在。他本该作为一名凯旋的战士得到应有的荣誉,可我再没有听到关于他的任何消息。我一度认为他牺牲了,直到今晚重新看见这个代号。"

洛离音终于明白:"这么说红鸩还活着。"

"我宁愿他牺牲了。作为战友他值得让我铭记一生,可作为对手,他具有致命的危险性。"顾鹤笙嘴角的笑容在慢慢收敛,"红鸩出现在上海只有一个目的,对上海地下党组织进行渗透。戴笠密令沈杰韬近三个月暂缓行动,就是给红鸩的渗透制造机会。我太了解红鸩的能力,一个能让日军在华东的情报部门陷入瘫痪的特工,一旦让其打入地下党组织,所造成的破坏力是毁灭性的。"

"现在怎么办？"

顾鹤笙神情严峻："立刻启用电台，将情况汇报给中社部，及时向上海地下党组织发出警示。在地下党组织自查和甄别的同时，请求上级协助我找出红鸠。"

洛离音连忙拿出藏匿的电台将情况汇报给中社部，等发报完成顾鹤笙才放下心。

顾鹤笙不能逗留太长时间，他拿起化妆台上的香水喷在衣服上，再从洛离音头上取下一根长发随意放在领口："电台启用后，军统会加大对这片区域的监控，你一定要注意安全。"

洛离音送顾鹤笙到门口，目光中尽是关切："红鸠出现在上海，你自己也得多加小心。"

顾鹤笙下楼后快步走回车上，一脸歉意："不好意思让你久等了。"

"出了什么事？"秦景天随口一问。

顾鹤笙一愣，身上的香水和领口的长发是故意给秦景天看的，但他却一眼看出自己刻意掩饰的忧虑。在火车上就领教过秦景天的洞察力，顾鹤笙只能以进为退："刚刚得知，一位多年未见的朋友来了上海。"

"他乡遇故知，这是好事啊。"

"时过境迁，就怕再见时已是物是人非。"

秦景天淡笑："何必患得患失，等见了面不就知道了。"

顾鹤笙与之对视，回以微笑："我很期待这一天。"

第六章 051

秦景天借置办生活用品的理由让顾鹤笙帮忙向站里请了一天假，提前到复兴公园观察环境，在约定的时间见到了叶君怡。

看到坐在长椅上的秦景天，叶君怡径直走上荷花池边的一艘双人游船，秦景天环顾四周后跟了上去。

两人将船划到一僻静处，叶君怡大方地伸出手，脸上的笑容真诚热情："秦景天同志，我代表党组织欢迎你。"

秦景天故作疑惑："我之前的联络人呢？"

"之前与你联系的同志遭遇车祸不幸身亡，组织委派我作为你在上海的单线联络人。我的代号是'精卫'，也是你的上级，以后你的代号是'051'。"叶君怡简明扼要地解释，"上海的情况复杂严峻，你在敌人内部要时刻小心。以后这里就是我们见面的地方，没有特殊情况你不能主动与我接触，这是组织的规定你必须严格执行。"

"你认识沈杰韬？"秦景天一边点头一边漫不经心地问。

"上海沦陷时沈杰韬作为军统在上海的负责人，曾经得到过我父亲的大力协助，甚至还救过他的命，所以两人交情很深。"

"你父亲也是……"

"他只是一位无党派爱国人士，并不知道我的身份。"

秦景天欲言又止："既然以后我们是单线联系，相互之间应该有所了解，有件事我不知道该不该问……"

"你想问什么？"

"你和顾鹤笙的关系……"

"这个人对我们很重要。顾鹤笙毕业于莫斯科中山大学，与蒋经国是同窗校友，归国后被蒋经国指派调入军统八处负责对敌谍报工作。因屡次破获日军间谍的计划，加之与蒋经国私交甚好，顾鹤笙在军统局平步青云。"叶君怡一五一十告知秦景天，"他现在担任情报处处长，所接触到的情报对于我们很有价值，所以党组织决定派我接近并伺机从他身上获取情报。"

秦景天摸出一支烟放在嘴角："我有一个建议。"

"你说。"

"顾鹤笙这个人没有你想得那么简单，你最好立即终止与他的接触。"

"我们从来不会低估敌人，在与之接触前我对他进行过全面了解，我有把握……"

"你没有！"秦景天斩钉截铁道，"他不是你能捕获的猎物，甚至我认为你才是猎物。你只有距离他最近的时候才会意识到他的危险性，不过那时已经晚了。"

叶君怡态度坚决："越是危险越能获取有价值的情报，我愿意为我选择的信仰付出一切。"

"过于乐观地评估身处的环境是一种盲目。如果牺牲毫无价值，那和送死没什么区别。"秦景天点燃烟，"我不认为你能从顾鹤笙身上获取情报。"

"秦景天同志！"叶君怡神色严肃，"我有必要提醒你，无条件服从上级领导指挥是组织的纪律。你虽然还不是一名正式的共产党员，但我希望你能尽快纠正自己的消极思想，否则我会怀疑你是否做好了面对斗争的准备。"

秦景天深吸一口烟，对叶君怡已经有了初步评估，她是一个信仰坚定的人，但在这条隐藏战线上她并不是一名合格的情报人员。

"我服从上级的命令。"秦景天选择了妥协，"我能不能有一个请求？"

"我虽然是你的上级，但在工作上会全力配合你，只要不违反原则组织会想办法满足你。"

"能不能换一个接头地点？"秦景天环顾一圈冷静地说，"复兴公园的外墙高度是2.2米，一共五个出口，一旦接头地点暴露，敌人只要把守住出口，我们就没有全身而退的机会。而且在游船上见面也不可取，敌人只需要在岸边守株待兔，我们甚至连反击的机会都没有。"

叶君怡显然没有考虑得这么周全："我会把这个情况向上级汇报，等有指示后再通知你。"

秦景天继续低声问："闸北宝山路一带是不是有我们的电台？"

"为了确保党组织成员的安全，相互之间都单线联系，除了我的上级和你之外，我并不知道其他同志。"叶君怡不解，"怎么了？"

"陈乔礼侦听到一处电台信号，地点就在闸北宝山路一带。他已经缩小了范围准备实施抓捕，如果是我们的同志必须通知立即撤离。"

"什么时候发生的事？"叶君怡一惊。

"昨晚在欢庆舞会上获悉的情报。陈乔礼已对这个区域加强监控，只等确定电台的准确位置。"

叶君怡没有再继续这个话题，用剩下的时间向秦景天阐述组织纪律和规定后结束了第一次接头。

秦景天回到家时顾鹤笙正在一丝不苟地擦拭皮鞋，见到抱着大包小包东西的秦景天连忙迎上去："买这么多也不提前说一声，早知道我把车留给你……"顾鹤笙帮忙接东西时音调有细微的变化，但很快恢复正常，"还有什么缺的，下次我陪你一起去买。"

"也不是太多，就是到处逛了逛熟悉一下环境，上海挺大的，差点都找不回来。"

秦景天轻描淡写地回答但心里一紧，刚才顾鹤笙声音突然的起伏极不寻常。秦景天快速思索自己在什么地方出现了纰漏，引起顾鹤笙的异样。

香水！叶君怡身上的香水味！

顾鹤笙一定很熟悉这个味道，但出现在自己身上就不同寻常。

"我今天遇到了叶小姐。"秦景天很清楚打消怀疑最好的方式就是说真话。

"哦，这么巧。"

"叶小姐好像很在乎你。"

"是吗？她是这样对你说的？"顾鹤笙毫不掩饰自己的得意。

"叶小姐没有明说，不过她准备策反我。"秦景天坐到沙发上直言不讳。

顾鹤笙笑出声："君怡策反你干什么？"

"叶小姐是担心你魅力过人会招蜂引蝶，让我帮忙看着你，如果你身边有其他女人就告诉她。作为交换，她会为我介绍女朋友。"

顾鹤笙笑着递过去一支烟："你答应了？"

"答应了。"秦景天回答得很干脆，"你不是说过，想要在军统立足先得找一个女人，现在有人为我介绍女朋友，我没理由拒绝。"

"没想到你这么快就学以致用。"顾鹤笙苦笑一声，"这么说，你现在是君怡安插在我身边的一名间谍。"

"我是双面间谍！"秦景天接过烟点燃，"我答应叶小姐能得到女朋友，我帮你保守秘密能得到住所，我既能帮你们维系良好的关系又能从中获取利益，在我看来这是一个很划算的交易。"

"看来君怡这次是所托非人。"

顾鹤笙仰头大笑。从语速、语调、瞳孔的收缩以及肢体动作，都能证明秦景天说的是实话。和他交谈有一种莫名的默契，但也正是如此让顾鹤笙格外谨慎，能建立默契说明他和自己有同样的实力。

秦景天也在笑。完美的谎言需要用百分之九十九的真话去掩饰，从顾鹤笙的反应，秦景天确定自己打消了他的疑虑。在反省自己疏忽的同时他开始担心叶君怡。顾鹤笙的敏锐和仔细都是一名顶级特工才具备的，叶君怡距离他越近暴露出来的破绽将会越多，如何保护叶君怡变成比找出明月更棘手的事。

第七章 暗线

正式到军统上海站报到第一天，顾鹤笙带着秦景天早到了半个小时，逐一给他介绍了站里各处和科室情况。上海站作为军统甲级站下辖六个处，加上外勤人员一共有三百多人，秦景天发现顾鹤笙的记忆力好得惊人，就连普通外勤的名字他都能记住，加之待人接物一团和气，在站里人缘极好。

顾鹤笙让秦景天先去自己办公室坐一会儿等站长。两人刚要上二楼就看见从外面疾步而来的沈杰韬，沈杰韬虽然年过半百但精力旺盛。秦景天断定沈杰韬无论是对下属还是对自己都是一个很严格的人。这一点从他还没走样的身材就能窥之一二，比起那些养尊处优的官僚，沈杰韬更像一名合格的军人。

"鹤笙，你跟我来。"沈杰韬神色凝重，走出几步停了下来，回头指了指一旁端正站立的秦景天，"你也来。"

顾鹤笙递上油条豆浆："是不是又没吃早饭，您胃不好，说了多少次早饭一定得吃。"

"气饱了。"沈杰韬心烦意乱地摆摆手。

"谁招惹您了？"

沈杰韬脸色铁青一言不发来到隔离审讯室，推开门见到正在洗脸的陈乔礼。秦景天瞟了一眼，陈乔礼满眼血丝想来是一夜没睡，白衬衣上有斑斑血迹，指骨上有几处擦伤，面前的水盆里满是血红，但在陈乔礼脸上看不到丝毫倦怠，双目反而透出兴奋的戾气。

"站长，您怎么来了？"陈乔礼连忙整理衣着。

"我再不来你都要翻天了。"沈杰韬瞪着陈乔礼火冒三丈，"我专门给你下过命令只监控不行动，你倒好转身就忘得干干净净，没经过我同意你就在昨天晚上搞出那么大动静……"

"共党发现被监视准备撤离，当时情况紧急来不及向您请示，再不动手人就放跑了。"陈乔礼不卑不亢打断沈杰韬，"处分我接受，但人我必须要抓。"

沈杰韬的声音缓和了些："你都折腾出什么结果了？"

"端了共党的一个联络站。共党负隅顽抗和我们发生交火，损失了六名弟兄，共党被当场击毙两人，最后一人准备畏罪自杀时被我们控制。还缴获电台一部，武器若干。可惜文件被他们提前烧毁。"

"抓的人呢？"

陈乔礼指向刑房内被吊着，浑身皮开肉绽奄奄一息的人："我亲自突审了一夜，扛了四个小时还是开了口。"

"交代了什么？"沈杰韬沉声问。

"根据他交代……"陈乔礼双目如刀，视线越过沈杰韬落到秦景天身上，"这位是？"

"哦，还没给你正式介绍，秦景天，临澧特训班毕业的优等生，被分配到上海站。"沈杰韬简短介绍，"这位是行动处处长，陈乔礼。"

"陈处长！"秦景天一个标准军礼。

陈乔礼将递给沈杰韬的审讯记录又收了回去，那双不大的眼睛异常犀利，像一个黑洞能让人迷失其中。

"临澧特训班教爆破的余江海是我同学，他左肩有日本人留下的枪伤，每逢换季变天就疼得要命，现在可好些了？"

"陈处长可能是记错了。余教官教的是格斗不是爆破。他的伤口是和日军拼刺刀时留下的，并不是枪伤，而且也不在左肩，在小腹。"秦景天对答如流。

"淞沪会战后我们就分开了，可能真是我记错了。"

陈乔礼像一只冷血狐狸，狡诈多疑同时冷静残酷，他不会阿谀奉承也不懂人情世故。在他眼里只有工作，这也是沈杰韬器重他的原因。

陈乔礼没有交出审讯记录，而是口述汇报："据他交代，他们是共党上海市委的一个行动组，负责一个交通站的安全。共党都是单线联系，每周五晚7点，有几条线的联络员会在这处交通站开会，要是能破获交通站就能顺藤摸瓜找到共党高层。"

"还真让你抓到大鱼了。"沈杰韬紧皱的眉头缓缓舒展，"交通站在什么地方？"

秦景天和顾鹤笙都暗自担忧起来。对秦景天而言，上海地下党遭受大规模破坏，无疑会加剧自己渗透的难度，找出明月远比抓获几名共产党要重要太多。

"小南门大街的六福茶楼。"陈乔礼继续汇报，"我们在他身上也搜到了六福茶楼的茶票，证明他是那里的常客。"

沈杰韬手背身后："你打算怎么做？"

陈乔礼的目光还停在秦景天身上："你呢？你有什么想法？"

秦景天看了一眼伤痕累累的受审人："他的口供有待商榷。"

沈杰韬转身看向秦景天："说说你的意见。"

"这个行动组的三人能和我们正面交火，在被包围的情况下还打死我们六名弟兄，可见他们具备一定的军事素养。整个交火过程没有缴械投降的迹象，说明他们都抱着必死之心。但在四小时后被抓获的人员就叛变了，这与他们之前的行为相矛盾。"秦景天心思缜密道，"我认为他要么是编造了地点，要么就是故意向我们透露这处地方。"

沈杰韬听后若有所思："说下去。"

"他既然负责交通站安全，对六福茶楼一定很熟悉。我会审问他关于六福茶楼的陈设、布置、格局等细节，然后派人前往茶楼进行暗中核对，如果他所说有误那就说明他在说谎。"

"如果吻合呢？"陈乔礼反问。

"我先假设他根本没有叛变，今天就是周五，他一定在想办法向同伙发出示警。他现在唯一能利用的只有我们，所以他才会选择叛变。如果茶楼和他所说吻合，我们会对茶楼实施监控，这样他的同伙就会发现异样及时撤退。"秦景天笃定道，"如果我的假设成立，那么真正的交通站是能看见六福茶楼的，我会以六福茶楼为中心，对四周能看见茶楼的区域进行排查。"

沈杰韬满意地点头，陈乔礼这才将手中的审讯记录递给沈杰韬："我也是这样做的。"

"查到什么？"沈杰韬问。

"他交代的内容和六福茶楼的一些细节对不上。我亲自核查了六福茶楼周围所有住户档案。"陈乔礼拿出一张照片，"此人名叫姜正，32岁，独居，住所就在六福茶楼的斜对面，是一家商贸公司的经理。不过他的身份和名字都是假的，户籍处根本查无此人。他的档案资料都是伪造的，商贸公司也是空壳公司，但每三个月都有一笔数额不小的资金准时汇入。如果我的推测不错，这是他们的活动经费，姜正的住所就是他们的秘密交通站。"

"做得好，你下一步打算怎么办？"沈杰韬点头赞许。

"我已派人对姜正和他的住所实施24小时全面监视。"

"你这次收获不错，处分就免了但下不为例。网你撒下去，顺着这几条线摸清共党人员和活动规律，但没有我的允许不能收网。"沈杰韬声音严厉。

"机不可失，我认为应该对其一网打尽。"陈乔礼据理力争。

"这是命令！"

"是！"陈乔礼只能服从。

沈杰韬一脸欣慰地看向秦景天："难怪戴局长会向我极力推荐你，果然有两把刷子，你想去哪个部门？"

"听站长安排！"

"总务处刚好有空缺，景天心思缜密干后勤挺不错。"顾鹤笙现在只有一个想法，无论如何不能让秦景天在一线。

"这人我要！"陈乔礼脱口而出，"行动三组原组长调职，职位现在还空着，我觉得他可以胜任。"

"陈处长用人一向严格，景天刚来还没过内审，陈处长就这么放心用他?"顾鹤笙笑着问,极力想挽回局面。

"已经审核过了,他就是我要的人。"陈乔礼态度坚决。

"难得有人能入你陈处长的法眼,既然你都开了口景天就归你了。"沈杰韬打定主意,"人我交给你,但你得给我用好了。"

"是。"

被分配到行动处是秦景天最愿见到的结果,越是在一线越是有利于自己的任务:"往后还请陈处长多指正提携。"

"提携是站长的事,指正不敢当,你做好分内事就行了。"陈乔礼依然没有任何客套。

沈杰韬又对陈乔礼说:"你也累了一晚先回去休息吧。"

陈乔礼穿好衣服:"对姜正的布控刚完成,我还是放心不下,我还得回去督促监视的人,等过了今天再休息。"

陈乔礼叫上秦景天离开审讯室,看着两人走远顾鹤笙心急如焚。陈乔礼对上海地下党组织具有极大危害性,现在身边又多一个秦景天,这无疑让党组织面临雪上加霜的险境。

沈杰韬走出审讯室后心情格外好,从顾鹤笙手里接过早点,路过电讯处时刚好遇到开门出来的秋佳宁,只见她面带倦色一身疲惫。

"你昨天就是穿这身衣服,"顾鹤笙眉头一皱,"该不会你也留在站里一整夜吧?"

"电讯处有些事需要处理所以留守了一夜。"秋佳宁揉了揉肩膀向沈杰韬汇报,"站长,我刚打算去找您。"

"什么事?"

"前天晚上电讯组值班人员侦测到一处电波,出现得很突然,在持续了两分钟后消失。我反复听过这段电波的录音,确定是共产党的电台。"

"你凭什么确定是共产党的?"沈杰韬问。

秋佳宁胸有成竹道:"每个发报人都有自己的特点,这次发报的是一个女人,手法娴熟发报技术一流。上海沦陷时我和共党特工曾有过情报交换,我接收过这个人发送的情报,所以她的手法我很熟悉。"

顾鹤笙猜到被秋佳宁侦测到的发报人正是洛离音，一脸平静地问道："锁定电台位置了吗？"

"大致锁定在七八公里的范围内。我已经在这个区域安排了侦测组，并派出侦听车辆来回搜寻，如果这个电台再次使用就能确定准确位置。"

"这几天共党怎么活动如此频繁？"沈杰韬的脸又沉了下去。

"这部第一次出现的电台不在我监听的电台序列之内。据我对这名发报人员的了解，对日作战时她就是中共一名潜伏级别很高的特工，一直都在我重点关注的名单上。静默这么久突然出现，我猜测她极有可能被唤醒，这说明共党一定有重要行动。"

"截获到电文内容了吗？"沈杰韬追问。

"电文是截获了，但加密方式与以往不同。目前我们只掌握了这一段电文，在没有密钥的情况下理论上无法破译。"秋佳宁冷静道，"不同的加密方式让我得出一个结论，这次发现的电台和上海地下党是两个不同的机构，这是一条我们从未发现的全新情报传送渠道。"

沈杰韬立即做出指示："密切关注这处电台动向，有任何进展立即向我汇报。"

"更有意思的还在后面。"秋佳宁将一份电文送到沈杰韬面前，"就在今天早上刚截获的共党电文，内容已经破译出来，是他们指挥系统发给上海地下党组织的。"

沈杰韬看完电文后眉头一皱，随手递给身旁的顾鹤笙，来回走了几步喃喃自语："让上海地下党立即进行内部自查和甄别？"

顾鹤笙看见电文内容反而踏实，上级已经将自己汇报的情况及时反馈给上海的同志。

"你怎么看？"沈杰韬询问顾鹤笙。

顾鹤笙一针见血："从电文内容上分析，共党内部应该是被渗透和破坏了。"

"问题就出在这里。上海的共党组织被渗透并不是什么稀奇事，可为什么这次共党要展开全面甄别，而且他们的指挥系统似乎很重视此事。

我认为，要么这次对共党的渗透已经危及他们的生存，要么这个进行渗透的人员与众不同，共党对其极为忌惮。"秋佳宁说到这里看向沈杰韬，"站长，能让共党闹出这么大动静，是不是您的手笔？"

"不要猜了。"默不作声的沈杰韬低声道，"陈处长有自己的情报来源，为了保密只有他一个人知道。共党的这次全面内部自查或许就和这条情报渠道有关。"

顾鹤笙心里暗暗盘算，以陈乔礼的级别应该不知道红鸠的存在，可他也不敢肯定。目前种种迹象表明陈乔礼在地下党组织内部成功安插了一条暗线，无论这个人是不是红鸠都已经对组织造成威胁，如果不及时将这个人揪出来，将会造成难以估量的损失。

现在的关键在陈乔礼身上，可偏偏这是一个根本无法接近的人。顾鹤笙相信无论用什么办法也难以从陈乔礼身上套出任何线索。

"陈处长的情报来源为什么情报处不知道？"

"这事陈乔礼事先向我请示过，是我同意的。这条线是他苦心经营多年的成果，为了防止泄密没有公布，如今看来的确有所收效。"沈杰韬为陈乔礼开脱，"他这个人你们也了解，不是为了什么独占功劳，他只是想把工作做好，你们相互理解一下。"

"那我也给您汇报一件工作。"顾鹤笙故作委屈。

"你也有重大发现？"

"我可没陈处长那么神通广大，更没秋处长恪尽职守。站里每季度都要进行内部人员审查，"顾鹤笙貌似心不在焉，"您看这个季度还查不查？"

"当然查！站里所有人无论职务高低统统都要查，从各处到外勤人员最后是家属，不能有任何遗漏。"沈杰韬一脸严肃，"先从我开始，你现在就跟我去办公室，我把这个季度的行程记录交给你核查。"

"您也真是够器重我的，把调查自家弟兄的事交给我来办。为了这件事，我一年要得罪站里弟兄四次，要不我给您推荐一位比我更能胜任的？"顾鹤笙叫苦连天。

"你推荐谁？"

"陈处长啊，他可是铁面无私，一视同仁，没人比他更适合搞人事审查了。"

沈杰韬瞪了他一眼："那我还要你这个情报处处长干什么？"

"您早就该把我给撤了。我就挂了一个情报处处长的职，情报还没行动处更新得及时，像我这样的闲人还留着干吗？"顾鹤笙抱怨道，"要不我去给您当机要秘书得了？"

秋佳宁在一旁偷笑。沈杰韬隐忍不发，让顾鹤笙跟他去了办公室，关上门就是劈头盖脸一阵骂："你看看自己像什么样子，你可是提着脑袋和日本人真刀真枪干过的党国功臣，刚胜利你就学着其他人争功邀赏。"

"我不是想多做点事为您分担嘛。"

"你别给我添堵就谢天谢地了。"沈杰韬叹息一声，语重心长道，"你这次回重庆难道还没听到风声，上面打算对你重点培养，我这个位置早晚都是你的，你急什么？"

"您消消气，我也就在您面前发几句牢骚。"顾鹤笙沏了一杯茶送到沈杰韬手中，"内部审查太得罪人了，站里上上下下防我比防共产党还严。"

"你就是和下面的人走得太近。教过你多少次，上位者一定要和下属保持距离，你和谁都称兄道弟以后还怎么约束下属？你要记住，敬畏比亲近更能让下属对你臣服。"沈杰韬苦口婆心，"我知道内审得罪人，交给你是因为站里这么多人我最信任的只有你。"

"我知道。"顾鹤笙赔笑。

沈杰韬拿出行程记录交给顾鹤笙："必须严格核查每一个人，有任何疑点的人员立即停职。"

"您就不需要了吧。"顾鹤笙把行程记录推了回去。

"为什么我就不需要？"

"您是站长啊。"

"谁告诉你站长就不能是共产党？"沈杰韬一脸严肃，"共党不会把字写脸上让你抓，越是不像的人越有可能是共党。"

第八章 示警

陈乔礼对姜正设立了三个监视站点，几乎涵盖了所有观测死角。陈乔礼在街道对面透过窗帘缝隙观察良久："有什么发现？"

负责监视的人报告："到目前为止没有任何异动。他早上起来就开始打扫房间，下楼取过牛奶但没有和人接触，吃完早饭就一直坐在阳台喝茶看报。"

"窃听器安装了吗？"陈乔礼沉声问。

"他一直没有出门没机会安装。"

陈乔礼脸色骤沉，怒视一旁的外勤人员："今天晚上会有共党秘密集会，这么重要的地点你居然没安装窃听器！他没出门是他的事，你就不能动动脑子把他逼出来？"

"您命令监视过程中不能暴露，我担心会打草惊蛇所以没有……"

"你这是渎职！"陈乔礼勃然大怒，"要是在战场上我现在就可以枪毙了你。"

秦景天在一旁冷静道："让卫生署对这条街的住户进行检疫消毒，消毒期间人员隔离，我们可以装扮成卫生署的人进去。"

"愣着干什么，按秦组长说的去做。"陈乔礼对秦景天的当机立断甚为满意，将望远镜交给他，"你对共党这处交通站怎么看？"

"姜正的住所在这条街的中间加之又是顶层，视线极佳便于观测街道两侧进出的车辆和人，如发现异常他能及时撤离。姜正养了很多花草并且都长势良好，说明他很擅长栽培，可偏偏将一盆喜阴厌阳的文竹放在阳台上，这应该是他和同伙事先约定好的暗号，表示这里是安全的。"秦景天有条不紊地说，"住所后面的房屋低矮，万一遇到突发情况，姜正极有可能通过屋顶逃离，我建议在后面弄堂各个巷口加派暗哨以策万全。

第八章 示警

"你观察得很仔细。"陈乔礼立即派出行动一组加强防范。

秦景天在望远镜中看着姜正,心里盘算着如何才能让他安全撤离,阻止今晚的密会。

实际上,陈乔礼的部署并非天衣无缝,如果是秦景天,他会让电话局以设备故障为由中断这片区域的电话线路,让姜正彻底与外界失去联系。即便他发现自己已经暴露,也无法通知其他同伴。

秦景天没有将这处细节说出来,这是他留给姜正也是留给自己最后的机会。

卫生署在一个小时后赶到,逐一对街道两边民房进行检疫消毒,按照要求消毒房间必须紧闭门窗半小时,这期间住户不能回家。离家的居民会聚在街头,嘈杂声引起姜正的警觉。他在阳台观察良久得知是卫生检疫才放下心,临出门时为了安全还是从阳台拿下了文竹。

等姜正下楼后,陈乔礼决定亲自带人安装窃听设备,还专门叫上了秦景天。进入住所后一部分人为房间喷洒消毒液,其余的开始仔细检查住所的各个角落。

"住手!"秦景天喊停一名正准备拉开抽屉的组员,"所有人都留在原地别动!"

"怎么了?"陈乔礼诧异地问道。

"姜正作为交通站的联络人,说明他在地下党中的职务不低,同样反谍经验一定很丰富。他一早起来就打扫房间,是在检查各个角落并且清楚记下每件物品的摆放位置。如书籍摆放的顺序、抽屉的深浅、座椅的位置这类的细节多到难以想象。我们不可能完全还原,只要让姜正发现一处不对他就会意识到自己暴露了。"

陈乔礼点头,环视房间一圈:"姜正不是普通的共党,我们走后他一定会重新检查房间,越是隐蔽的地方他检查得越仔细。"

"还有十分钟。"一旁的组员提醒。

"留声机的喇叭里。"秦景天从容道。

组员摇头:"用留声机掩饰谈话内容是他们反窃听的常规手段,安装在喇叭里根本没有效果。"

"正因为如此，姜正潜意识会认为留声机是安全的，他不会检查这个地方。"秦景天胸有成竹，"处长要的是共党今晚的谈话内容，他们不会在晚上十点还开着留声机，增加引人注意的风险，所以这是最佳的安装位置。"

"按秦组长说的做。"陈乔礼再三叮嘱，"不要移动房间里的任何东西。"

秦景天停在桌前对相框中的照片拍照，但心里清楚这些照片上的人和姜正虚假的身份一样毫无价值。

"最后三分钟。"在门口计时的人通报。

"安装完成。"

秦景天俯身对桌面玻璃下的照片拍摄，弯曲的身影刚好遮挡了其他人的视线。等他按下快门直起身时，桌上的闹钟已向前拨快五分钟。

这是唯一能向姜正发出示警的机会，如果他发现一定会做出反应。

确定万无一失后陈乔礼带人回到对面的监视屋，侦听人员已能接收到姜正住所的声音。陈乔礼拿着望远镜站在窗边继续观测，姜正回屋后第一件事是拉上窗帘，不久后耳机里传来留声机播放的音乐。

陈乔礼心里很清楚，此刻姜正正在仔细检查房间各个角落。音乐在持续了一个小时后停止，姜正拉开窗帘坐回到阳台。看着那盆文竹重新被摆放在阳台上，陈乔礼悬起的心终于放下，这意味着姜正已经消除了警戒。

秦景天点燃烟，在过去的几个小时中姜正并没有异常反应。秦景天看了一眼手表，距离密会的时间越来越近。

姜正路过书桌时停下来对着镜子整理头发然后回到房内。看不见姜正的身影让陈乔礼有些不放心，询问其他两个监视站点，被告知姜正一直留在卧室无法监视到。窃听器里传来窸窸窣窣的声音，但无法分辨声音的来源。

大约在二十分钟后，姜正重新出现在陈乔礼的视线中。

"他在打电话。"

外勤早就对姜正的电话实施监听。陈乔礼连忙接过耳机，也递给了秦景天一个。

耳机里传来姜正摇号的声音。

"刘老板吗，我订的红酒到了吗？"

"到了，一共两件。"电话那头的人回答。

"麻烦你把酒送过来。"

"真不巧，店里伙计都出去送货了，要不我安排人明天给您送去？"

"那怎么成，晚上我约了朋友。"姜正的声音透着不悦，"我还是自己过去取吧。"

姜正放下电话换衣服出门，陈乔礼立即让人追查电话是打给谁的。姜正身后是负责跟踪的人，确保他随时都在监视之中。秦景天看着姜正消失在街尾时，悬起的心终于放下。在姜正的房间里没有发现酒瓶和酒杯，而且在卧室床头有治疗肝病的药物，这说明姜正根本不喝酒。他所打出的那个电话是提前约定好的撤离暗号，他已经成功向自己的同伴发出警告。

陈乔礼在屋里来回走动，总感觉什么地方不对劲，焦急地催促查询电话的结果，忽然停下脚步冲到窗边。

"文竹还在！"陈乔礼心中一惊。

秦景天故作不知："这很正常，说明姜正还没发现我们。"

"文竹是用来向他同伙通风报信的，现在姜正不在家，他无法确定这里是否安全，他应该将文竹放下来才对，他不该有这样的低级失误，除非……"陈乔礼面色凝重，"除非他没有打算再回来！"

"报告，他刚才所拨打的是一处公用电话。"

这时传来急促的脚步声，一名外勤人员上气不接下气道："人，人跟丢了。"

陈乔礼怒不可遏，重重将望远镜砸在地上，一言不发地冲到姜正的住所。等秦景天上去时，见到面无表情的陈乔礼坐在卧室床上，他面前是一个火盆，里面全是烧尽的纸灰。姜正在他视线中消失的二十分钟就是在焚烧重要文件和资料。

秦景天以为陈乔礼会大发雷霆，没想到他很快就冷静下来，让行动组将屋里除了家具之外，无论是书籍、衣服、生活用品甚至垃圾等所有东西全都带回站里。秦景天借机调回闹钟时间消除隐患。

心力交瘁地回到别墅已经是晚上，秦景天老远就闻到菜肴浓郁的香味，打开门看见正在布置餐桌的顾鹤笙。客厅内关着灯，餐桌上的烛台摇曳着烛光。

秦景天愣在门口，顾鹤笙看了一眼挂钟同样惊讶："你今晚不是跟着陈处长执行任务吗？怎么这么快就回来了。"

"任务出了状况……"

"你买黑胡椒了吗？"厨房内传来女人的声音，戴着围裙的叶君怡走出来，"你不是说景天不回来吗？"

"你有口福了，君怡在国外留学时专门跟米其林餐厅大厨学过西餐，最拿手的就是黑椒牛排。"顾鹤笙故意岔开话题，又递给秦景天一瓶红酒，"这瓶玛歌庄园的红酒在市面上价值不菲，我在这座别墅的酒窖里找到整整一箱。之前住在这里的汉奸也不知道搜刮了多少民脂民膏，如今也该咱们享受享受了。"

"实在对不起，我不知道你和叶小姐烛光晚餐，我还是晚些再回来。"秦景天歉意地笑笑。

顾鹤笙想尽快知道抓捕行动的进展，将秦景天拉回来："你别把自己当外人，你现在也是这房子的主人，我总不能赶主人出门吧。"

"我本来就准备了三人的份，来了后才知道你不在。"叶君怡一边劝说一边催促顾鹤笙，"你愣着干吗，赶紧去买黑胡椒啊。"

顾鹤笙一拍脑门连忙出门。叶君怡侧身在窗边看着顾鹤笙的车灯消失，立刻神情焦急地问："你前天反映的情况我已经汇报给上级，但敌人还是快了一步，在昨晚突袭了我们在闸北的一处联络站，有三位同志和我们失去联系，上级让我尽快了解清楚情况。"

秦景天早猜到叶君怡出现在这里的原因："有两名同志当场牺牲，一名负伤被捕。"

"组织已安排与他们有接触的同志转移，被捕的同志能不能进行营救？"

第八章 示警

"不能。"秦景天摇头,"这位同志对组织是忠诚的,但错误估计了敌人的能力,敌人从他身上发现了交通站的位置。"

"交通站的同志暴露了?"

秦景天将今天发生的事告知叶君怡。

"你这次立了大功,我会向上级汇报申请给你嘉奖。"

"我写过入党申请,你知道这件事吗?"

"组织已经收到了你的申请,之前和你联系的同志死于车祸,现在由我负责对你进行考核。这是组织审查必要的程序,而且你还需要一名入党介绍人。"

"我上哪儿去找这个介绍人?"秦景天眉头一皱。

"如果你通过考核,我愿意当你的入党介绍人。"

"我们认识才几天,你凭什么就能相信我?"

"我感觉你会成为一位值得信任的同志。"

"感觉?"

"你战斗在敌人的内部,斗争经验比我丰富,而且你果断敏锐还很勇敢,你身上有很多值得我学习的地方。如果能和你成为同志,我一定会很开心。"

叶君怡目光中流露的真诚让秦景天有些不知所措,刚想要避开她的目光,就看见叶君怡准备去拿顾鹤笙的公文包。

"你干什么?!"秦景天上前一把抓住叶君怡的手。

"我接近顾鹤笙的目的就是为了获取情报,他的公文包里也许就有我们需要的东西。"

"我再警告你一次,顾鹤笙没有你以为的那样简单,他能在日伪特工眼皮底下活下来,就绝对不是滥竽充数之辈。上次我们见面,我一时疏忽忘记清理身上的香水味,结果一进门就被他发现了。"秦景天一脸严肃道,"他留下的东西一定会做记号,你要是动了他肯定会发现。他不但会怀疑你同时也会怀疑我,你现在的行为是将我们两人同时置于危险之中!"

"051,我命令你到窗前为我警戒!"

秦景天迟疑了一下，最终缓缓松开手默默走到窗边点燃烟。在叶君怡打开公文包那刻，秦景天无力地长叹一声，感觉保护叶君怡比窃取日军偷袭珍珠港情报还要难。

叶君怡熟练地对公文包内的文件拍照，还不忘批评秦景天："我们的工作本来就具有危险性，但不能因为危险就畏惧不前，有时候必要的冒险能换来意想不到的收获。"

秦景天懒得再去和她争辩。在秦景天眼中叶君怡俨然已成为无法摆脱的累赘，自己能做的就是思考如何帮她收拾残局。

赶在顾鹤笙回来前叶君怡收拾好公文包。买回黑胡椒的顾鹤笙去厨房帮忙，之后三人一边共进晚餐一边闲聊。晚餐结束后叶家司机来接叶君怡，顾鹤笙和秦景天将她送到门口直到看不见车尾灯。

顾鹤笙向秦景天要了一支烟："君怡动过我的公文包吧。"打火机的火光照亮顾鹤笙嘴角的笑意。

"也有可能是我。"秦景天镇定自若。

"我不可能挑选一个愚蠢自大的人当室友。"顾鹤笙信心十足。

"那你是说叶小姐愚蠢自大？"

"你这人怎么一点情调都没有，女人只有在乎你时才会检查你，她这样做在我看来还挺可爱的。"顾鹤笙浅笑。

"你真是这样想的？"秦景天忽然发现自己的担心好像是多余的。都说爱情让人盲目，看来说得一点也没错，连顾鹤笙这样精明的人都会判断失误。

"我还能怎么想，我总不能把她抓起来严刑拷问吧。"顾鹤笙摊摊手，搂着秦景天的肩回到客厅，"你还没说完呢，怎么突然回来了？"

"姜正发现了我们，不但通知了同伙还摆脱了跟踪。"

顾鹤笙今晚一直心急如焚，没想到秦景天竟然带回了同志安全的好消息，他极力压制内心的喜悦："陈处长一定气坏了吧？"

"他很平静，让行动组将姜正屋里的东西全带回去，我猜陈处长还没有放弃。"

"咱们这位陈处长胸中有丘壑,叶纳百万兵,怎会计较一城一池的得失。"

"什么意思?"

"我也是今天才得知,陈乔礼在地下党内部安插了一条暗线,他突袭闸北的共党联络站就是通过这条暗线获取的情报。"

"陈处长的人已经渗透进地下党?!"秦景天心里咯噔一下,"情报处难道不知道这件事?"

"陈乔礼的情报从来都不和情报处共享,这是得到站长默许的。"

秦景天想对陈乔礼有更多的了解:"我今天跟了陈处长一天,发现他好像对共党分子特别仇视。"

"共党搞什么土地革命,陈家在当地是家境殷实的地主,他父母带着保乡团不肯就范,交战中被共产党武装给打死,陈乔礼因此对共产党深恶痛绝,不共戴天。共产党革了他父母的命,他就要变本加厉革共产党的命。"

两人交谈到凌晨才各自回房睡觉。顾鹤笙躺在床上辗转难眠。陈乔礼不同于一般的敌人,此人集邪恶与智谋、暴戾与隐忍于一身,铁血阴冷,拥有极高的智商和冷静的头脑以及缜密的逻辑分析能力。陈乔礼不追名逐利,视共产党为毒瘤,一心为国民党肃清异己。

顾鹤笙深知陈乔礼对上海地下党组织的危害性,一直试图利用军统错综复杂的派系关系除掉此人。但陈乔礼处事滴水不漏,他始终没有找到合适的机会。

现在陈乔礼已经将魔爪伸到组织的内部,虽然暂时不能确定这个人到底是不是红鸢,但只要一天不找出这个人后果不堪设想。

同样难以入眠的还有秦景天,虽然成功和地下党组织建立起联系,但想要接触到他们的核心还有很长一段距离。目前最大的阻碍竟然来自陈乔礼,他派出的渗透人员极有可能破坏自己的任务。今天能让姜正成功逃脱完全是侥幸,只要这个人还存在就会持续对地下党造成破坏,秦景天不认为自己每次都能这么幸运。

秦景天掐灭烟头,重新制订了当前的目标,先除掉这名渗透人员。

第九章 审查

陈乔礼让所有人用了一个星期时间，把从姜正住所搬回来的东西整理分类。整个行动处犹如一间被堆满的仓库，陈乔礼像一个探宝人夜以继日地在这些物品中搜索着只有他能看见的宝藏。

姜正从摆脱跟踪那刻起，就不可能再出现，更不会留下任何有价值的信息。秦景天认为陈乔礼在做一些毫无意义的事，他重新找到姜正的可能性几乎为零。

按照秦景天的推断，陈乔礼在上次任务失败后一定会尽快与暗线取得联系，但陈乔礼这段时间根本就没离开过站里，唯一一次去澡堂泡澡还叫上了秦景天陪同。

陈乔礼像走火入魔般检查每一样东西，为了节约时间就在办公室搭了一张行军床。布满血丝的双眼说明他每天睡觉时间不超过四个小时。秦景天不知道陈乔礼到底在找什么，从他眼中看不到挫败和疲倦，只有困兽嗅查到猎物时的贪婪。

顾鹤笙敲开行动处的门时，迎面扑来一股酸臭刺鼻的味道，好几个人正围在地上对已经变质的生活垃圾进行分类。

顾鹤笙掩住鼻子蹑手蹑脚跨过去："这些都是什么东西？"顾鹤笙环顾四周。

"从姜正住所带回来的物品。"陈乔礼拿着放大镜起身，"顾处长找我有事？"

"我找他。"顾鹤笙将一个黑色本子递给秦景天。

"这是什么？"秦景天伸手接过。

"找你好几天都不见人影。这本子你收好，从现在开始你每天的行程必须事无巨细地记录在上面，并且每项行程都要有时间证人，每三个月为一期交到情报处审查。"

"这么麻烦？"

"我还嫌麻烦呢。要不是站长定的规矩，我才不想接这破差事，不但得罪人还烦琐得要命，每个人的行程都要审核一遍。"顾鹤笙抱怨。

陈乔礼并不抵触："我认为这是必要的措施。日本人就是这样做的，要求比这个还要严格，行程时间需要精确到分钟，有一个小时以上的空白区就会立即被停职审查。"

"陈处长能这样想最好。你这个季度的行程记录我刚审查完，有几处地方不太清楚，等你忙完了我们约个时间谈谈。站长催得紧，陈处长多担待。"

"我最近没时间。"陈乔礼穿梭在已编上数字的物品中。

"没关系，站里上上下下几百号人，审核完也得一个多月，陈处长什么时候有空再来找我。"

"顾处长有什么疑惑的地方，不如就在这里问吧。"

顾鹤笙看看屋里其他人："方便？"

"我做的事又不是不能见光，有什么不方便的？"陈乔礼面无表情，"顾处长的工作我会全力配合，一定知无不言，言无不尽。"

"6月10日晚上10点，陈处长回家，在行程记录上显示，你是在晚上7点离开办公室的，中间有三个小时没有记录。我查询过行动处其他人员的行程时间，这期间没有人能证明你这三个小时内的动向。"顾鹤笙单刀直入，"陈处长这段时间去了哪儿？"

"我去嘉定的黄裕号买了酒。"

"陈处长记性真好，过了这么久还能记得这么清楚。"顾鹤笙淡淡一笑，"白玫瑰酒就得喝黄裕号的，虽说开车去嘉定得一个多小时，不过绝对值得。"

"然后我去了吴兴寺。"

"陈处长信佛？"

"不信。"

顾鹤笙稍作停顿："陈处长所说可能找到时间证人？"

"没有。"

顾鹤笙慢慢放下遮掩气味的手："据我所知陈处长是一个洁身自好的人，向来滴酒不沾，为何专程驱车去嘉定买酒？"

"家父好酒，最喜黄裕号的白玫瑰酒。"陈乔礼对答如流，"家母生前信佛，是吴兴寺的香客，那天是双亲忌日我想独自祭拜，所以没有写在行程中。双亲亡故时间在我档案里都有，顾处长若有疑惑可调阅档案查证。至于时间证人，我去吴兴寺时寺门已闭，就在外面台阶上坐了一会儿，有几位修晚课的师父见过我。顾处长可以派人前往核对，兴许还有人能记得我。"

顾鹤笙对陈乔礼的档案烂熟于心，他所说的都能对上。原本是想借审查行程来判断陈乔礼与暗线见面的时间和地点，但陈乔礼的行程轨迹很干净，所有的时间都用在工作上，而且几乎不单独行动，因此每一项行程都能找到三个以上的时间证人。

而为数不多没有证人的时段成为顾鹤笙的希望，但顾鹤笙确定陈乔礼说的是实话。陈乔礼重孝，绝对不会拿他双亲忌日信口开河，而且陈乔礼也不会愚蠢到挑选如此远的地方和暗线接头，这种欲盖弥彰的做法反而会引起别人注意。

"瞧我这记性，忘了这一茬儿，站里上上下下都知道陈处长至孝，我这也是职责所在，有冒犯陈处长的地方，你千万海涵。"

"顾处长言重。"

"7月28日下午3点，根据陈处长的记录你是在办公室。但我核实过行动处的车辆出入登记，显示你3点开车出去，直到下午6点才返回站里。像这样的情况出现过很多次，我猜一定是陈处长在记录时写错了吧？"

陈乔礼在顾鹤笙进来后第一次抬头看他，放下手中放大镜似笑非笑道："还是没有瞒过你。"

顾鹤笙跟着笑："陈处长想隐瞒什么？"

"我去泡澡,日本人在虹口开的和歌浴场。"陈乔礼撩起裤腿,小腿肚露出一道斜斜的伤疤,"里面有日本人留下的弹片,医生叮嘱我要多热敷按摩。我讨厌日本人但不讨厌他们的浴场,每次腿疾发作我就会去泡上一会儿。"

"理解,理解,偷得浮生半日闲嘛。"顾鹤笙一边笑着点头一边追问,"谁能证明?"

"我能证明。"

"还有我。"

房间内是此起彼伏的回答声,顾鹤笙转头看见好多行动处人员都在点头。

"也不是什么秘密了,我每次去都会带上几个空闲的弟兄,这一来二去整个行动处有一大半都跟我去过。可毕竟是在工作时间,我怕站长责罚,所以……"

"懂了。"顾鹤笙心领神会,"谁还没有点私事,再说陈处长是为党国负的伤,去疗养一下合情合理。你放心,这事我会睁一只眼闭一只眼,不过……"

"不过什么?"

顾鹤笙走到陈乔礼身旁,压低声音:"和歌浴场是日本人开的?"

陈乔礼点头。

"里面有没有艺伎?"顾鹤笙笑意暧昧。

"我只是去泡澡没有留意,不过好像有。"

"这就是你不对了,这么好的地方居然没告诉我。"顾鹤笙笑着埋怨,"日本人不是东西,但艺伎真是不错。现在日本人都撤回本国,很难再遇到艺伎,回头等你有空了也带我去逛逛。"

"顾处长给我行方便,我怎么也得礼尚往来,不过最近是真没空陪你去,要不这样,地方好找你自己去。老板珍藏了不少顶级清酒,你报我的名字,所有开销挂在我的账上。"

"那我就却之不恭了。"顾鹤笙欣然道,"你先忙,我就不打扰你了。"

顾鹤笙哼着小曲回到自己办公室，笑意瞬间收敛，他感觉自己已经找到通往关键的钥匙。

顾鹤笙向工商署要来上海所有日本人浴场的经营地点，然后逐一标注在地图上。以军统站为中心，附近就有三家浴场，而陈乔礼去的和歌浴场在虹口，距离军统站和他家都不近。

陈乔礼并不是一个注重物质的人，他追求效率远高于享乐。如果真如同他所说是为了疗养，那么他应该挑选一处在军统站和家中间的浴场。可陈乔礼却舍近求远甚至不惜篡改行程时间，这说明和歌浴场有其他地方没有的东西。

顾鹤笙用红笔在地图上和歌浴场的位置画了一个圈，深吸一口烟，喃喃自语："就是这里。"

和顾鹤笙一同猜到的还有秦景天。对于和歌浴场他并不陌生，就在前几天陈乔礼还带他去过。之前秦景天并没有意识到问题的所在，直到陈乔礼告诉顾鹤笙他经常去这个地方，才觉察到异样。

陈乔礼视共产党为毒瘤，他手上沾过太多共产党的鲜血，因此换来"屠夫"的称号。对于这样的敌人，共产党一定会想方设法铲除。陈乔礼也意识到这一点所以他从来不单独行动，这也是他每次去和歌浴场都会带上人的原因。

表面上看这是陈乔礼戒备心重，有意识加强防范。但问题就出在这里，像陈乔礼这样精明狡猾的人，绝对不会让自己的行踪有任何规律，从而让仇视他的人有机可乘。如果他真是为了疗养，以陈乔礼的性格也会狡兔三窟，每次去的浴场都是随机决定。

他经常出现在一处固定的地点，无形中会危及自己的人身安全。陈乔礼不会犯这样低级的错误，除非和歌浴场有值得他冒着危险也要去的原因。

暗线！

秦景天得到了自己想要的答案。他们上次接头就在几天前，自己甚至很可能和那名暗线见过但竟然没有发现。陈乔礼一直都在用这种让人不易觉察的方式获取他想要的情报。

第十章　毒瘤

一大早出门竟然看见陈乔礼的车停在门口。距离上次监视姜正失败已经过去一个月，这还是陈乔礼第一次单独离开办公室。

陈乔礼是专门来等秦景天的。上车后陈乔礼一言不发，秦景天留意到他换了一身衣服还特意剪了头发，眼睛里没有疲态的血丝，这说明他昨晚睡得很好。

车停在马路边，这里的视线很好，能清楚看到四周川流不息的行人。陈乔礼的指头敲击在方向盘上像是在等待着什么。街边公用电话亭传来铃声，过往的行人都视若无睹。

过了一会儿后那部电话又响了，还是没人接听。可能是有人打错了电话，在电话第四次响起后再无动静。

"我看过你的档案，特训班对你的评价很高，但比起档案我更相信自己的判断。"陈乔礼打破车内的沉默，视线专注在街边的公用电话亭，"从车停下来到现在，你都观察到什么？"

秦景天脱口而出："公用电话亭的号码一共被呼叫了四次，每次间隔五分钟，响三声后挂断。期间从电话亭路过的行人一共二十三人，男的十四人，女的六人，小孩三人，其中有四人在电话亭有过短暂停留，马路上还经过了五辆车，第一辆车牌是二四四零……"

"够了。"陈乔礼没想到秦景天竟然连路过车的车牌都铭记于心，"知道我带你来这里的原因吗？"

"不知道。"

"姜正在发现我们监视后，第一时间拨打电话向同伙发出警示。"陈乔礼指向电话亭，"姜正的电话就是打到这里。"

"陈处长是在疑惑当时是谁接到姜正的电话？"

陈乔礼下车走到电话亭："刚才的测试结果你也看到了，路过的行人不会无端去接突然响起的电话。那么姜正凭什么能确定他的示警电话会被同伙接收到呢？"

陈乔礼又围着电话亭走了一圈："还有一个很关键的问题。姜正和同伙事先就约定好示警的暗号，一旦这个电话打出就说明情况万分危急，那么这条通信线路必须确保随时通畅，可问题是，姜正和同伙都不知道什么时候会发生突变。"

"陈处长的意思是，应该有一个人随时能接到姜正的电话。"秦景天环顾下四周，"但不可能有人一直守在这里。"

陈乔礼神色狡黠道："说明这个电话亭只是用来混淆视听的障眼法。"

"想来陈处长已经知道答案。"

陈乔礼带着秦景天走进一条弄堂，停在一处铁箱前，打开后里面是密密麻麻的线路。

"这是电话局的线路箱，负责这片区域所有住户、商户和公用电话线路传递。"陈乔礼的手指顺着一条白色线路移动，最后停在接口处，"这一条就是接到姜正电话的公用电话亭线路。"

秦景天低头一看，发现在接口处还有一条红色的断线："断的这条是什么？"

"这就是姜正所用的障眼法。共党事先就在公用电话上接了一条线到其他电话机，一旦这个号码被呼叫，就会被另一台电话接收到。"陈乔礼冷冷道，"这条线路只会被启用一次，只要接收到撤离暗号就会立刻剪断与这台电话的连接。"

"就是说，这条红色的断线曾经和这里面其中一部电话有连接。"

"174户！"陈乔礼点头，"我们要找的人就隐藏在这些线路的背后。共党聪明之处就在于，这部电话虽然能接收到公用电话的呼叫，但因为是非法线路占用，所以电话局也无从追查。"

"我个人认为这样追查可能会无功而返。姜正发出示警后，接收的同伙应该在第一时间撤离，即便我们能找到这部电话，想必早就人去楼空，抓到共党的机会微乎其微。"

"共党不会主动送上门，哪怕只有丁点机会我都不会放弃。"陈乔礼胸有成竹道，"共党为了保密采用单线联系，姜正当天只打了一个电话，说明他只负责发出警告，而通知其他人撤离是由另一个人完成，你知道这意味着什么吗？"

"这个人知道共党很多条线的联络方式。"

"这个人才是真正的大鱼。"陈乔礼脸上流露出对猎物的贪婪，"此人可以视为这几条线的枢纽，一旦他转移会导致这几条线之间失去联系，所以我断定此人不会轻易撤离。"

陈乔礼所说的秦景天也想到了，本想借故打消陈乔礼继续追查的想法，但没想到陈乔礼态度如此坚决，如果再劝阻反而会适得其反。

"我立刻带人对所有电话用户逐一排除。"

陈乔礼一脸严肃："范围太大会耗时很长。共党向来善于掩饰身份并且极其小心，排查未必会有结果还极有可能打草惊蛇。"

秦景天迫切想知道陈乔礼到底掌握了多少，试探着问："陈处长有什么好办法？"

"姜正在发现自己暴露后，由于时间紧迫不可能面面俱到，只能选择性销毁会直接危及共匪组织的重要文件。在我后来的检查中也证实姜正没给我们留下任何有价值的情报。"陈乔礼回到车里，从公文包里拿出一本记事簿递给秦景天，"但还是让我发现了这个。"

秦景天接过来翻看几页："账簿？"

"姜正对外的公开身份是商贸公司经理，但这个公司在没有正常商贸往来的情况下，每三个月会有一笔资金汇入。"陈乔礼指着账簿解释，"我反复核对过，这些资金都会在相同的日期被划拨出去，从数额大小可以判断，这笔钱足以维持五到六名共匪的组织运作。"

"行动队调查过这条线，但账面上收款人的名字都是伪造的，根本无从追查，也无法知晓这些资金的具体去向。"

"姜正能管理这笔资金，自然不会在这上面出纰漏。"陈乔礼狡黠地一笑,手指停在账簿其中一行,"关键在这里,资金在分拨出去后,姜正会留下足够自己三个月开销的钱。"

秦景天反复比对账簿中的记录,姜正每次留给自己的钱并不多,但数额相同,却还是不明白陈乔礼那抹笑容中的深意。

陈乔礼再从公文包里拿出一样东西。秦景天展开后发现是一幅上海城区地图,只是上面贴满各种各样的票据。

"这是什么?"秦景天不解。

"我和共匪交手多年,抛开政见和个人好恶,我承认这是一个纪律严明的组织,在某些方面甚至远远超越我们。姜正和这张地图就是最好的缩影。"陈乔礼不慌不忙地继续解释,"共匪的资金有限,他们必须确保每一分钱都不会被浪费。姜正作为这笔资金的管理者,即便是自己的日常开销也会事无巨细地记录下来。"

秦景天仔细查看地图,发现密密麻麻粘贴在上面的票据全是姜正的个人开销,大到家具小到火柴,在什么地点什么时间购买都记录详细。如今被陈乔礼贴在地图上,能一目了然看出姜正每天的活动轨迹。

"他以为自己销毁了所有线索,殊不知留下了最致命的破绽。"陈乔礼的手指在地图上慢慢游走,最终停在一处标红的地方,"姜正曾在这里购买过一个闹钟。"

秦景天的瞳孔瞬间收缩,票据上清楚记录,闹钟是在亨士利表行购得。秦景天猛地抬头,看见街斜对面的表行,门口的镏金大字在阳光下折射出刺眼的光芒——亨士利表行!

从上次抓捕姜正失败后,陈乔礼把自己关在堆满各种杂物和生活垃圾的办公室。臭气熏天的环境和枯燥凌乱的工作都让常人无法忍受,但陈乔礼对这一切似乎习以为常。落在秦景天眼中,陈乔礼有一种近乎病态的偏执,但也仅此而已,秦景天不认为陈乔礼会有什么收获。

可现在……

秦景天再次打量身旁消瘦的陈乔礼,突然意识到自己低估了这个内心潜藏着一头嗜血野兽的男人。哪怕有丁点血腥都足以让其追踪到猎物的踪迹。

这附近一共有174户用户有可能接到姜正的电话,而亨士利表行就是其中之一。

"也许只是巧合。"秦景天试图挽回。

"干我们这行最不该相信的就是巧合。"陈乔礼目光犀利,一边说一边在地图上画出一个圈,"从地图上的票据分布能看出姜正的生活轨迹。他作为一名重要的联络人,首先要做的是保护自己的身份,所以他的活动范围都固定在以住所为圆心的两公里之内。这个范围内有五家钟表行,距离姜正最近的步行只需要十分钟,他没有必要舍近求远,离开他的心理安全区去买一个闹钟,除非……"

"除非姜正所去的地方是他认为的第二个安全区。"秦景天知道现在已经没有办法打消陈乔礼的疑虑,"我先带人把表行监视起来。"

"不用。我已经部署行动队实施监控。"

秦景天再次环顾街面四周,很快辨认出陈乔礼设置的监视点,表行对面的报刊亭、坐在街边招揽生意的擦鞋匠以及停在不远处的黄包车……一共七处监视位将亨士利表行无死角覆盖。秦景天心里暗暗一惊,一直以为陈乔礼在一大堆垃圾里难有收获,没想到他竟然已走得这么远。

陈乔礼继续说:"我已经派人核实过表行店员,掌柜加上伙计和学徒一共有五人。从姜正逃逸到现在,表行的人都正常上下班,我敢肯定,这处联络站还在启用。"

"这五个人都有问题?"

"暂时还不清楚,不过这五个人都有机会接到姜正的电话。他们的底我都摸过了,掌柜叫吴成轩,上海人,干钟表行有些年头,加之在日本留过学,所以沦陷后表行有很多日本军官光顾,生意一直都很不错。至于其他店员和学徒,单从档案上看没有可疑的地方。"陈乔礼表情凝重,"倒是有件事有些奇怪。"

"什么事?"

"上海光复后不久，吴成轩将表行以极低的价格转卖给一名叫穆文月的女人，而他自己留在表行上班。我专门到税务署查过，亨士利表行盈利颇丰，完全没道理贱卖。"陈乔礼从公文包拿出一张女人照片，"她就是穆文月，有意思的是这个女人的档案包括名字在内都是伪造的。我对表行监视这么久，也从未见过这个女人出现。"

照片上的女人长相出众风情万种，秦景天看了一眼若有所思："或许这个穆文月就是陈处长要钓的大鱼。"

"有件重要任务，我思来想去还是交给你最合适。"

"查清穆文月的来历？"

"关于这个女人的事你暂时不用理会。我不是聪明的人，所以我采用的方式在别人看来很愚笨，不过有时候笨的办法往往最有效。"陈乔礼看着远处的亨士利表行，"既然这里是联络站，那么除了姜正之外还会有其他共党前来接头。可每天从表行出入的人太多，不可能逐一调查，所以我派人对这段时间所有进出表行的人都拍了照，一共有两千张照片。然后我再安排人对这些照片进行比对。"

秦景天心领神会，如果这些照片中有在相同时间反复出现的人，那么这个人就存在极大的可疑："有发现吗？"

陈乔礼竖起一根指头："我在照片中发现了一个人，在每周五都会出现在表行，每次去的时间都是下午3点整。"

今天刚好是周五，秦景天看了一眼手表，马上就到3点，他目不转睛看向表行，一辆车停在表行门口。当秦景天看见从车上走下来的人时，心骤然一紧。

叶君怡！

"我发现这件有意思的事时，表情和你现在一样。"陈乔礼正襟危坐道，"但很快就是后怕。假设她是我们的敌人，那共匪的触手已经无孔不入。"

"一定是搞错了，叶小姐和站长关系非同一般，加之她又是顾处长的女朋友……"

"从她出现在照片上那刻开始,她在我眼里只是一名进出可疑地点,身份有待考证的嫌犯。"陈乔礼加重语调纠正,"你现在和顾处长住一起,接触叶君怡的时间多,我安排你的任务就是摸清这个女人真正的身份,包括和她有接触的人。必要时……你可以连同顾处长一起考查!"

"你怀疑顾处长?!"

"在没有确凿证据洗脱叶君怡嫌疑之前,我有理由怀疑她身边每一个人。"陈乔礼面无表情,"之所以选你是因为你刚来,你是站里底子最干净的。这个女人上面是站长,下面是情报处处长,如果她真有问题那后果不堪设想。我不是针对自己同仁,我要做的是杜绝一切有可能发生的隐患,如果叶君怡是污染源,那我必须在她扩散之前将其根除掉。"

"叶小姐背景非同一般,是不是得先向站长汇报一下?"

"暂时不需要,出了什么事我会负责。"陈乔礼目光笃定,像一条蓄势待发的毒蛇,随时准备发动致命一击。

"是。"

秦景天处变不惊地点头,目送叶君怡的身影没入表行。他下意识蠕动喉结,心里盘算着如何才能破坏陈乔礼的计划。一旦叶君怡有什么闪失,自己与上海地下党的联系将彻底中断。

第十一章　伪善的刽子手

顾鹤笙敲开办公室门时，看见沈杰韬正在埋头对机要秘书呈报的公文逐一签字。

"你先坐，我忙完了和你谈。"沈杰韬头也没抬，指了指沙发继续公干。

一夜宿醉的顾鹤笙揉了揉昏涨的额头，手始终捂在衣领处，缩在沙发的角落避开刺眼的阳光。

等机要秘书关门离开，沈杰韬平静道："桌上的钱你收着。"

顾鹤笙这才看见茶几上厚厚一沓钱，好奇道："您这是打算买什么？"

"棺材。"

顾鹤笙一愣："给谁的？"

"被行动队击毙的两名共产党还停在验尸房，人都死了总不能一直这样放着，帮我买两口棺材。"

顾鹤笙认识沈杰韬的时间不短，但从未真正看透过这个敌人："您这可是通共行为啊。"

"疆场无对错，活着的时候各为其主所以才要生死相搏。现在对手死了一切归于尘土，老话说得好'死者为大'，这是我留给对手最基本的尊重。"沈杰韬神情泰然，"你办事细心，回头你亲自帮我寻一处僻静点的地方不要太招摇。收殓下葬的后事你操办一下，别让站里其他人知道。"

顾鹤笙一脸苦笑："军统站站长自掏腰包给共产党办后事，这事要传出去，局里会怎么看您啊。"

"我行得正坐得端，什么时候在乎别人怎么看。"沈杰韬合上文件走过来，闻到顾鹤笙身上的酒味，顿时脸色一沉，"手放下来！"

顾鹤笙慢吞吞放下手，衣领处那半枚口红印落在沈杰韬眼里，不用猜也知道顾鹤笙昨晚又鬼混在烟花之地。沈杰韬气得背负双手来回走动，停在顾鹤笙面前，半天没说出话。

"您消消气，我保证下不为例。"顾鹤笙连忙端上茶一个劲儿认错。

"给你五分钟出去整理仪容。"沈杰韬铁青着脸。

五分钟后一身军装的顾鹤笙重新站在沈杰韬面前，一扫之前的颓态，腰挺得笔直，浑浊的双眼也变得明亮。

"风纪扣！"沈杰韬沉声提醒，但态度已经缓和了许多。

顾鹤笙连忙整理军容。

"42年，你带俩人成功刺杀日军特高课课长南云造子，那时的你英勇无畏，视死如归。这才光复不到一年，就终日纸醉金迷，你身上哪儿还有军人该有的样子。"沈杰韬重重叹口气，"别以为日本人败了就高枕无忧，还不到坐享其成的时候。别让上海的灯红酒绿消了血性，磨了斗志。"

"站长句句振聋发聩，鹤笙一定铭记于心……"

"你再这样游戏人间早晚会毁了前程。"沈杰韬懒得听顾鹤笙的应付，语重心长道，"我宁可你当年以身殉国，也比你现在这样玩世不恭要好。你好歹也是情报处处长，就不能干几件给我长长脸的事？"

"站长教训的是，鹤笙有负于站长的栽培。"顾鹤笙满脸赔笑双手奉茶，"长脸的事暂时还没有，不过眼前倒是有件棘手的事得请站长定夺。"

"什么事？"

"上海在光复前，日本宪兵队没来得及处决的共产党都关押在大桥监狱，监狱被接管后这批共产党一直都没被释放。军调处的共军代表来交涉很多次，要求立即释放这批在押人员。"顾鹤笙面露难色，将手中的文件递上去，"警备司令部把事情推给您处理。"

"放……"

"那我现在就着手去办。"

"放虎归山！"

顾鹤笙心里暗自一紧："您的意思？"

"日本人没来得及处决的有多少名共产党？"

"十七名。"

"秘密枪决就地焚烧!"沈杰韬一脸阴沉,冷声道,"这笔账算到日本人头上,反正也死无对证。"

"枪决?!"顾鹤笙没有想到,"都是一起抗日的同胞,咱们在背后打黑枪不合适吧,您刚才不是还说要尊重对手。"

"我尊重的是死人!死人不会让我提防。他们活着就是敌人,和敌人不用讲合不合适,不是你死就是我亡,既然有先下手的机会怎能白白错过,何况还有日本人当替罪羊。"

褪去伪善的沈杰韬又恢复了屠夫的冷血。为了营救这批同志顾鹤笙早就开始部署,甚至秘密将消息透露给上海的各个报刊记者,希望能借助舆论向军统施加压力尽快放人。可如今沈杰韬动了杀心,被关押的同志危在旦夕,顾鹤笙在脑子里快速思索对策。

"现在是非常时期,国共正在南京和谈,是不是先静观其变再从长计议?"顾鹤笙深思熟虑道。

"谈?"沈杰韬不屑道,"老头子想看笑话,结果自己成了笑话。从北伐打到现在,老头子比谁都清楚谈判换来的东西最不可靠。"

顾鹤笙试探着问:"站长有南京和谈的内幕?"

"这还需要什么内幕,明眼人一眼就能看穿。老头子的算盘倒是打得好,国共矛盾尖锐,中共要是不赴渝,老头子就可以说中共拒绝和平谈判,把责任推到共产党身上;如果来了,给出几个内阁职位,条件是共产党交出解放区和军队,无论中共来与不来,老头子都立于不败之地。"沈杰韬喝了一口茶,"可中共已经今非昔比,早不是当年清党时候的中共。人家手里也有上百万的军队,不是几个内阁职位就能打发掉的。老头子这次棋差一着儿是骑虎难下啊。"

顾鹤笙向前凑近身子,压低声音:"这么说上面是想打?"

"你的政治触觉太不敏感。内战一触即发,老头子之所以还肯坐下来和中共谈也是无奈之举。共产党早已经控制了华北的大部分农村地区,而国军主力都集中在西北、西南地区,重新部署集结还需要时间,谈判就是用来换时间的。"沈杰韬靠在沙发上,"军队什么时候部署完成了,这和谈也就结束了。我们和中共早晚会有一战,今天放了他们的人,指不定将来会要了我们的命。"

"站长,鹤笙有句话不知当讲不当讲?"

"说。"

"站长为党国鞠躬尽瘁自然有目共睹,但未必人人都像站长一样赤胆忠心,我怕……站长将来会为此事抱憾终身。"

沈杰韬眉头一皱:"你想说什么?"

"委员长既然想以维稳来换取时间,肯定不希望这期间节外生枝。军统上海站要处决十七名共产党,站长需要向局座请示,鹤笙要是没猜错,得到的答复一定模棱两可。这事要是无风无浪还好,万一……泄露出去就是轩然大波。"顾鹤笙忧心忡忡道,"这个节骨眼上,破坏和谈的罪名怕是没人担得起。委员长为给中共交代一定会严查到底,局座可以推得一干二净,到时候站长就难脱干系了。就为了十七名共产党把站长您搭进去,这太不值当。"

沈杰韬细细一想,面色暗沉。

顾鹤笙看出沈杰韬的犹豫,连忙趁热打铁:"我倒是有一个两全其美的办法。"

"说来听听。"

"眼下这个局势,人是必须要放的但又不能白放。军统在解放区有不少暴露被抓的弟兄,我们可以用手里这批共产党交换,一来不给他人落下口实,二来还能换回同仁。我再安排一个新闻发布会,由站长亲自主持,经过记者报道后站长就成了民族大义者,委员长也能体会您的良苦用心,这么一来面子和里子都有了。"

沈杰韬挠了挠稀疏的头发,阴沉的脸慢慢舒展:"还是你想得周全,就按照你的意思去办。换回来的人要有价值,换谁由你斟酌挑选,至于和军调处中共代表协商交换事宜也由你全权负责。"

"是!"顾鹤笙在心里长松一口气。

"我今天找你来,还有件事需要你去办。"沈杰韬走回办公桌,回来时手里拿着一份文件递到顾鹤笙面前。

顾鹤笙翻阅几页:"日军战俘?"

"这是第一批战俘遣返名单。"沈杰韬点点头,"上面的人是警备司令部挑选出来的,都是特高课、梅机关和76号的日籍战俘。这些人都是后勤人员没有参与过作战,但因为隶属于情报机关,所以警备司令部希望我们再甄别一次。沦陷时你潜伏在他们内部,对这些人应该很熟悉,仔细核实一遍确保没有漏网之鱼。"

"甄别标准和范围是什么?"顾鹤笙问。

"警备司令部就是多此一举,在我看来搞情报的比扛枪打仗的更罪大恶极。如果让我处理,有一个算一个统统枪毙。"沈杰韬瞟了一眼名册,"甄别不用太细,但凡手里沾过我们弟兄血的人一个不留!"

顾鹤笙一边点头一边注视手中的名册,心中暗喜。这些天他绞尽脑汁想如何找出红鸠,可惜一直毫无头绪,没想到沈杰韬竟然将这份名册送到自己手上。这无疑是找出红鸠最好的突破口。

第十二章　信仰与牺牲

泰康路上的弄堂布局如棋盘，相连街巷短而窄，夹街小楼栉比鳞次，宛若一个纵横交错的迷宫。上午10点，叶君怡准时走进临街的咖啡厅。在不远处的街尾秦景天和陈乔礼正坐在车上，透过咖啡厅的碎花玻璃注视着叶君怡的一举一动。

今天是和叶君怡约定接头的日子。显然她采纳了自己上次提出的建议，新挑选的接头地点完全符合秦景天的要求，只不过现在他不能如期赴约。咖啡店对面的小楼和两侧街道都有行动处的便衣，刚才尾随叶君怡一同进入咖啡厅的男人也是。

叶君怡点了一杯咖啡，时而低头看表，时而抬头张望街面。秦景天点燃烟在心里盘算着下一步该怎么办。按照事先的约定，如果自己没出现就说明出现了状况，叶君怡会在十五分钟后离开。

秦景天暂时还不担心叶君怡的安危，毕竟陈乔礼的所有怀疑都建立在假设之上。但陈乔礼已经嗅到猎物的味道，一张密不透风的网正悄然落下，如何能让叶君怡全身而退成了秦景天要解决的最大难题。

叶君怡起身离开，训练有素的便衣紧跟其后。陈乔礼带着秦景天走进咖啡厅，坐在之前叶君怡的位置上，桌上的咖啡还没被侍者收走。

"留学英国学的是音乐，回国后凭借她父亲叶书桥的关系，频繁出入上海军政高层。"陈乔礼环顾四周，意味深长道，"可我怎么从这位叶小姐身上嗅到同行的味道。"

秦景天沉默不语。

"咖啡厅背后的弄堂地形复杂，她选择靠窗的座位，能在第一时间掌握街道四周的异样，而她的身后靠墙能确保不会被偷袭。通往弄堂的后门距离她只有几步，倘若有突发情况，还没等人进入咖啡厅，她早已隐身在巷曲之中。"陈乔礼双目如刀,"这处咖啡厅是经过精心挑选的,可一位养尊处优的名媛为何要如此谨慎?"

"单凭这些很难判定,也有可能是叶小姐的个人习惯。"

"习惯是需要时间去养成的,而且还和每个人的生活环境有关。逛街购物,唱歌跳舞可以是叶君怡的习惯,但熟练掌握反跟踪技术不该是她所具备的能力!"陈乔礼面色凝重,"可见叶君怡长期处于高度警觉的状态,并且有意识在规避危险。那么,叶君怡提防的人是谁?又是谁教会了她这些?"

秦景天最担心的就是叶君怡暴露在陈乔礼视线中太久,以陈乔礼的敏锐,即便是再细微的疑点也会被他无限放大。这些看似无足轻重的碎片会在他手中慢慢拼凑出完整的图案。

"我核查过叶小姐的档案,并没有任何可疑的地方。另外,据我所知共党对阶级的划分很严格,叶家属于共党打击和敌对的阶级,我实在想不出叶小姐通共的理由和动机。"

"档案是最不可信的东西,你得学会相信自己的眼睛和直觉。叶君怡在英国留学五年,这是一段空白期,没人知道她在这五年经历过什么事,接触过什么人。"陈乔礼坚信自己的判断,"至于你说的家庭背景,换一个思路去想,越是没有理由和动机,越能更好地掩护她的身份。"

"陈处长好像对叶小姐特别关注。"

"我不喜欢这个女人,从我第一眼见到她,直觉告诉我她一定隐藏着什么不为人知的秘密。"陈乔礼直言不讳。

"基于直觉的判断是不是太主观了,毕竟到目前为止我们并没有获取任何直接的证据能证明叶小姐有问题。"

"我向来对事不对人,我对叶君怡没有成见。只是她身上的确有疑点,加之她又和顾处长走得近,所以我不得不仔细。"陈乔礼面无表情,"直觉和证据是我坚信的两样东西,直觉告诉我叶君怡有问题,至于证据我需要你帮我找出来。"

"我能做什么?"

第十二章 信仰与牺牲

陈乔礼从身上拿出一个盒子，里面是一枚新型号袖珍窃听器："接触叶君怡，找机会安装窃听器，如果她真有问题早晚会露出破绽。"

秦景天收起窃听器离开咖啡厅，回到车上点燃一支烟。叶君怡完全没有觉察到危险的降临，陈乔礼的毒牙已经慢慢逼近她的咽喉。必须尽快和叶君怡见面。

秦景天找到顾鹤笙问上次叶君怡说为自己介绍女朋友的事。顾鹤笙给叶君怡打电话，秦景天相信叶君怡一定会明白自己的意图。果不其然，放下电话的顾鹤笙告知，叶君怡约他们晚上见。

晚上的聚会安排在百乐门。当秦景天走进卡座时，顾鹤笙、叶君怡还有她身旁的女人不约而同将目光定格在他身上。秦景天一改常态，换了一身深蓝色西装赴约，看上去多了几分优雅和俊秀。

叶君怡看得入神，秦景天的举手投足间有一种信手拈来的从容和谦和，像一名张弛有度的绅士。顾鹤笙有些好奇，一名只接受过特训班训练的特工为什么会具备这些特质。

"对不起，我来晚了。"秦景天打破沉默。

"我们也刚到不久，这位是谢若云小姐。"叶君怡回过神，指着身旁的女人介绍。

秦景天主动握手："幸会。"

顾鹤笙不知道秦景天对谢若云是否满意，但很肯定谢若云对秦景天是真心喜欢。从她见到秦景天第一眼起，目光就没有从他身上移开过，嘴角羞涩的浅笑透着相见恨晚的开心。

顾鹤笙开了一瓶酒，四人围坐闲聊。原本想着秦景天性格内向估计不善交际，顾鹤笙一直制造话题拉近两人距离。可随着话题的深入，秦景天侃侃而谈，他的见识和渊博的知识储备令顾鹤笙感到意外。叶君怡也不由对秦景天平添几分好感，而谢若云早已沦陷在秦景天的言语中难以自拔。

悠扬的舞曲响起，顾鹤笙邀请叶君怡共舞，想给秦景天和谢若云留下单独相处的时间。叶君怡却为难道："今天出来的时候脚崴了，现在还有些痛。"

顾鹤笙又转向秦景天，推波助澜："谢小姐的舞姿出类拔萃，你不请谢小姐赏脸跳一曲？"

"我不会。"秦景天回。

"来日方长，有时间让若云教教你。"叶君怡话锋一转，"你们两位都是舞林高手，不如今晚共舞一曲也让我们欣赏一下？"

谢若云想在秦景天面前展示自己，欣然接受叶君怡的提议，和顾鹤笙一起步入舞池。

"为什么没有按时接头？"等两人离席，叶君怡迫不及待地问。

"你被监视了。"秦景天开门见山。

叶君怡一怔，下意识准备环顾四周。

"别回头！"秦景天将冰块放入叶君怡的酒杯，谈笑风生道，"我负责带领行动处三组对你进行24小时监视，现在至少有五双眼睛盯着你。"

叶君怡处变不惊："发生了什么事？"

"亨士利钟表行是不是组织的一处秘密联络站？"

叶君怡暗暗一惊但她不能回答。按照组织纪律，不管在任何情况下，她不能和自己的下线共享情报，不过叶君怡的表情已经让秦景天知道了答案。

"陈乔礼从姜正的私人物品中发现线索，锁定了亨士利钟表行，我也是这几天才知道这个情况。"秦景天将大致情况简明扼要告知叶君怡，"你必须立即中断与亨士利钟表行的联络，千万不要尝试通知表行同志撤离。陈乔礼经过上次姜正逃脱的事情后，对新发现的联络站格外重视，亲自部署了监控，并且对表行进行全天候监听，里面的每一个人都在严密监视当中。"

"我暴露了吗？"叶君怡平静问道。

"你已经被陈乔礼盯上，只是暂时他还没掌握确凿证据。"秦景天一边倒酒一边说，"是他让我主动和你接触，目的是给你安装窃听设备。窃听器我会在今晚分手时放进你包里，你必须装成什么都不知道。"

叶君怡想了想："你不用管我。"

秦景天手中的酒瓶硬生生悬停在半空，不知道是自己说得不够清楚，还是叶君怡没意识到其中的严重性，他加重语调提醒："你现在的一举一动都在军统的监视之中，行差踏错半步都会万劫不复。一旦陈乔礼确定了你的真实身份，留给你的只有死路一条！"

"我有自己的安排。"叶君怡从容不迫。

"我到底要怎么说你才能明白，你半只脚已经踩在悬崖边，无论做什么都于事无补。"秦景天极力压制内心的怒火，再用一点劲就能捏碎酒瓶，"现在最重要的是确保你的安全，至于表行的同志我会想办法通知撤离。"

"我是为了你。"

秦景天一愣。

"我如果突然中断和表行的联络，一定会让陈乔礼起疑，他会重新审视各个环节，你是唯一和我有过接触的知情人。"

"这不是你需要考虑的事，我会想办法应对陈乔礼的盘查。"

"我是你的上级，在危险出现时我有责任保护自己的同志。而且你在敌人内部，存在的价值比我要重要，如果我们之间必须有一个人暴露，我随时做好牺牲的准备。"叶君怡临危不惧，举杯微笑，"不要尝试向表行发出警示更不允许擅自接触。你现在是军统行动处三组组长，你要时刻牢记自己的身份，并做符合这个身份的事，这不是请求，是命令！"

"我们认识不久，相互了解也不深，你就决定为了保全我而以身犯险，你就不怕死吗？"

"生命只有一次，没有人不畏惧死亡。但为了我们追求的理想和事业，为了这个国家的复兴我愿意付出一切。"叶君怡的眼神坚定而无畏。

秦景天看着叶君怡不由一怔，但很快恢复平静。现在还不是感慨的时候，他必须想办法说服叶君怡打消念头，毕竟她的安危关系着整个计划的成败。

"关于牺牲和送死这个话题，我们之前就探讨过，两者的区别在于付出生命所换取的东西是否有价值，如果有就是英勇就义，如果没有那就是白白搭上一条性命。"秦景天语重心长道，"在我看来，你现在的决定缺乏理性。"

"我……"

"你们在聊什么呢？"从舞池回来的顾鹤笙一脸好奇。

"我和景天在聊关于信仰和牺牲的问题。"叶君怡轻描淡写道。

"哦，这个话题很有深度。"顾鹤笙笑了笑。

"我坚持信仰需要用牺牲去捍卫，但景天似乎对此很消极。"

"我认同任何一种信仰都离不开牺牲作为基石，但牺牲未必能奠定信仰。"秦景天据理力争。

顾鹤笙苦笑一声："今天不是来喝酒跳舞的吗？怎么都聊到哲学高度了。"

"鹤笙，抗战时期你一直战斗在对日情报战的第一线，你怎么看这个问题？"叶君怡认真问道。

顾鹤笙一边倒酒一边看向秦景天："我倒是想听听你的想法。"

秦景天一脸平静："我没经历过，很难设身处地去回答。"

"闲聊而已，干吗这么认真。你就假设自己长期潜伏在日本人眼皮底下，是什么能支撑你坚持到最后？"顾鹤笙饶有兴致问道。

"起初会是对信仰的忠诚，但随着时间的推移，这种信念会慢慢淡化。假若我长期潜伏在敌人的阵营，每天会面临各种突发的情况，而且还要随时面临暴露的危险，我的每一个动作，说过的每一句话，甚至每一个眼神，都会在极短的时间内经过多次矫正筛选，最终选出最合适的一种。这样高度紧张的精神状态会对意志力和身体造成常人难以想象的负荷，而且维持这样的状态不是坚持一天，而是日复一日直到任务完结。在这样的情况下，我每天早上醒来想到的第一件事不会是信仰和使命，是如何活过这一天，是生存的本能支撑我坚持到最后。"秦景天点燃一支烟，然后看向叶君怡，"当然，我也会做好牺牲的准备，但我用牺牲所换取的东西一定远远高于我的生命。"

谢若云在一旁插话："我认为景天说得也没错啊，留得青山在不愁没柴烧嘛。"

"鹤笙，我说得没错吧，景天的想法真的很消极，有时间你得给他上上思想课。"叶君怡淡淡一笑，"你是最有发言权的，你就不想纠正一下他的错误观点吗？"

顾鹤笙笑而不语，心里却有些震惊，秦景天所说的正是他内心的答案。当然不是谢若云认为的苟且偷生，那是只有真正经历过炼狱般淬炼的人才能体会的感受。只有无畏的人才能坚持到最后，活着就是对信仰最大的忠诚。

顾鹤笙没想到一个没有经过战争洗礼的人却有着和自己一样的感受。顾鹤笙发现该纠正思想的人应该是自己，不知从何时起，自己竟然对一名敌人产生了莫名的好感。

顾鹤笙端起酒杯，和秦景天轻碰："敬活着！"

第十三章 步步惊心

在亨士利表行对面设置的监听站里,蜷缩在房间角落、头埋在双膝上睡觉的陈乔礼,乍一看像一具只有一张皮包裹的骷髅。可就是这个看似孱弱不堪的男人,身上却蕴藏着野兽般的毅力。

在某种程度上秦景天是佩服陈乔礼的,他身上有一种近乎变态的偏执。对表行的监视已有半个月,除非特殊情况陈乔礼几乎寸步不离守在这里。凌乱的头发、疯长的胡楂和深深凹陷的眼窝,让他看上去如同病入膏肓的病人。

"轻点,处长刚睡着。"一旁的队员小声说,"处长从昨晚一直监听到天亮。"

秦景天拿起桌上的记录本,上面清楚地记录着叶君怡的动向,甚至包括她吩咐用人送杯牛奶等细节。

在记录本上秦景天还看见自己的名字。叶君怡在回家后接到谢若云的电话,她希望叶君怡有时间能安排再见到自己。

"这次任务你完成得非常好。"苏醒的困兽声音有些嘶哑,但那双布满血丝的眼睛却透着精干,"叶君怡在昨天晚上12点13分和12点25分,分别接到和拨出过一个电话。"

陈乔礼用冷水洗脸让自己清醒,接着按下监听设备的按钮,里面传来一段录音。

"老家明天会来人,上次你预订的山货会一同到,你看什么时候有时间方便过来看看货。"

"有松茸吗?"

"有,不过不是太多。"

"好的,我抽空会过去。"

陈乔礼暂定了录音，神色有些得意："这通电话是从亨士利表行打来的，是不是很有意思，表行居然还会贩卖山货。如果我对叶君怡的怀疑是成立的，那么他们口中提及的老家应该指的是共党的根据地，至于带来的山货极有可能是重要情报。"

秦景天不动声色。叶君怡已经知道自己被监视，这通电话里也许有事先约定好的暗语，她极有可能是用这种方式向表行的人发出警示。

"另一个电话是什么内容？"

陈乔礼继续播放录音，第二个电话是叶君怡拨出去的。

"你要的松茸有货了。"

"我明天就过去，上午9点见。"

这通电话的内容很简短，接电话的是一个女人，从两人交谈的语气能推测关系很熟悉。

"接电话的女人是谁？"

"不知道。"

秦景天一愣，像陈乔礼这样雷厉风行的人，对这么重要的线索居然没有及时跟进。

陈乔礼看出秦景天的疑惑："我通过电话局查过，奇怪的是这通电话竟然无从查证。"

"所有的电话在电话局都有备案，为什么查不到？"

"不是所有，为了防止被监听，中统、军统、军政要员，还有其他秘密机构的电话线路是不在电话局备案的。"陈乔礼深吸一口气，"叶君怡联系的这个女人在使用我们内部的特殊线路。"

秦景天不清楚叶君怡到底想做什么，但她的举动明显在暴露更多的人，秦景天看了一眼手表——8：58。

陈乔礼已经站到窗边，拿着望远镜目不转睛地注视表行。

"来了。"陈乔礼声音中透着兴奋。

秦景天也拿起望远镜，只见两辆车一前一后停在表行门口，先下车的是叶君怡。秦景天心里暗暗忧虑起来。

叶君怡本该径直走入表行，可她来回张望了一眼，这个细微的动作相信已经被陈乔礼捕捉到。这防范无疑会加剧陈乔礼的怀疑。

从第二辆车上下来的女人打扮时髦，雍容华贵。陈乔礼突然变得激动，在监视布控图上取下一张照片，目光在那个女人和照片上反复交换。

"穆文月！"陈乔礼按捺不住自己的喜悦。

秦景天也认出那个女人，这个身份和名字是伪造的神秘女人第一次出现在视野中。她比叶君怡更让陈乔礼在意，越是神秘越说明有更多不为人知的东西可以挖掘。

两人走进表行，可惜叶君怡今天换了一个包，窃听不到两人的对话内容。大约半个小时后叶君怡和穆文月从表行出来，两人在街边交谈片刻后便分手各自离开。陈乔礼的注意力已经完全从叶君怡转移到穆文月身上，他如同海盗看见了宝藏，眼中闪烁着溢于言表的贪婪。

穆文月没有上车，交代了司机几句就独自汇入人流。陈乔礼当机立断，一边安排人跟住车一边跟踪穆文月。

"你还是好好休息一会儿，穆文月交给我就好。"秦景天想提前掌握这个女人的信息以便能保护叶君怡。

"她还是由我亲自调查。"陈乔礼一扫疲态，"这里暂时不需要你。站长命令警务处和行动处联合执法，行动处的弟兄都扎在这里脱不开身，你挑几个回去应付一下。你是组长就全权代表我，免得站长说我不够重视他的安排。回去后去找警务处曹处长，他会给你安排任务。"

秦景天无可奈何回到站里。曹达见行动处就来了几个人面露不满，招呼秦景天赶紧上车出发。秦景天坐到副驾驶位上才看见顾鹤笙在后面。

"情报处也要参加联合执法？"秦景天随口问了一句。

"我顺路，刚好搭你们便车。"顾鹤笙笑了笑问道，"怎么没见陈处长？"

"陈处长哪儿能瞧得上这些差事，人家可是党国栋梁，一门心思抓共产党，不稀罕跟着我们去抄家。"曹达在一旁奚落挖苦。

"抄谁的家？"秦景天越听越迷糊。

"日本人的。"曹达气不打一处来,"这群王八蛋被遣返还不老实,还想偷藏文物。站长让我们督查警察局对遣返人员进行全面搜查,发现有夹带违禁品的一律严惩不贷。"

"这可是肥差啊。上海沦陷这几年日本人可强取豪夺了不少珍贵文物,运气好指不定能搜出稀世珍宝。站里都知道你好这口,你这次可发财了。"顾鹤笙拿出烟盒笑着递上烟。

"真遇到好的,我也给你留几件。"曹达接过烟大笑,脸上的肉把眼睛挤成一条缝。

"还是你自己留着吧,我就一俗人没你那份风雅,欣赏不了那些瓶瓶罐罐。"顾鹤笙摆手,又将烟递到秦景天肩膀上方,"你要是有兴趣跟曹处长吱一声,回头给你弄几件字画古玩,免得白辛苦一趟。"

秦景天没有回应:"我们去哪儿?"

"战俘遣返营。"曹达一边回答一边点燃烟,看向顾鹤笙问,"你怎么也去?"

"这批遣返战俘里有日本情报机构的人员,站长让我核查一遍,看看里面有没有漏网的战犯,要是揪出手中沾过我们自己人血的……"顾鹤笙做了一个抹脖子的动作。

曹达心领神会:"逮到给我留一个,我他妈还没杀过日本人。"

顾鹤笙笑着点头,发现递过去的烟秦景天一直没接:"你发什么愣呢?"

"没什么。"

秦景天回过神将头转了回去。对于现在的自己来说,最危险的地方恐怕就是战俘营。在特高课长达五年的潜伏,留下太多无法抹去的痕迹。万一被人认出会直接导致任务失败。

第十四章　画像

在上海被缴械的近七万日军根据部队番号分别被监管在不同区域，江湾日军集中营就是其中之一。因为主要收容日军情报机构战俘所以营区规模并不大，里面的营房和设施都是战俘自己修建。在这方面战俘应该很有经验，毕竟日军曾在上海设立超过二十多座集中营。

秦景天曾多次往返于这些集中营，那段记忆是黑色的。饥饿、缺水、无医疗保障、寒冷的生活环境和惨绝人寰的严刑拷打，死亡的阴霾笼罩着集中营让其变成阳光无法照射到的地狱。

秦景天向负责检疫的医生要来口罩，走进营区却见另一番景象。如果不是周围缠满铁丝网的隔离带，这里俨然是一处井然有序的居民区。

搜查的重点集中在南面的军官营区，他们有独立的房间并且能携带家眷。曹达只搜查了两个房区便收缴出不少文物，其中有青铜重器和书画玉器，清明两代的官窑瓷器更是不胜枚举。

曹达对古玩倒是行家，真伪一看便知还能说出物件的来历和传承，指挥着旁边的部下登记在册。秦景天看记录簿上只记载了一些无足轻重的文物，而那些价值连城的却没写上去。

"收好，别让人看见。"曹达将一根金条偷偷塞到秦景天手心，"来都来了总不能空手回去。"

秦景天看了曹达一眼，如果是以前自己会对着他脑门开一枪。他有负于那些前赴后继共赴国难的同胞，他们用生命换来如今的胜利，而曹达像强盗般掠夺着他们为之捍卫的一切。

"就三根。"曹达见秦景天默不作声以为他嫌少，为堵住秦景天的嘴一咬牙，"再给你一根，剩下的还得分给下面的弟兄。"

"我先替陈处长收下。"秦景天将金条收起来，曹达看见秦景天在笑就放心了，只是他没看见那笑意中的失望。

秦景天从进来就逐一扫视每一名战俘，到目前为止没发现自己认识的人。他还翻查了监管在这里的战俘名单，曾经在特高课工作过的人员只有十来个，并没有秦景天熟悉的名字。自己接到撤离命令时日军在各条战线都节节败退，为挽回颓势特高课派遣精锐前往关东军情报本部，绝大多数认识自己的人都在那时离开上海。剩下认识自己的人官职都不低，应该在战败前就调遣回国。

秦景天一直悬起的心慢慢放下，初步判断这里没有能威胁到他身份的人。

顾鹤笙将审查安排在二楼会议室，并部署了哨兵戒严。为避免审查内容被其他人听到，顾鹤笙全程用日语与战俘交谈。

来之前他已经对审查名单进行过筛选，重点排查对象都集中在1939—1943年这段时间在特高课工作的人员，这个阶段正是红鸠第一次出现的时间。

但调查结果并不乐观。特高课的一线谍报人员早在日军投降前就奉命撤回日本本土，顾鹤笙现在接触到的只是一些从事后勤保障工作的战俘。他们的职务主要是译电、文书、电检和采购，接触到红鸠的可能性几乎为零。每次审查结束后，顾鹤笙都会随口问一句，你有听过"红鸠"这个代号吗？换来的都是茫然的摇头。

顾鹤笙虽然做好无功而返的准备，但在审查完第七名战俘后多少有些失望。第八名战俘走进来时顾鹤笙正点燃烟，在缭绕的烟雾里打量站在对面的人。圆框眼镜让这人看上去有几分斯文，但他半边脸的皮肤挤压收缩在一起，牵扯着五官也随之变形。从愈合的疤痕看他曾经遭遇过一场严重的烧伤。

顾鹤笙低头看了一眼档案，"高桥寺，文书部机要科员"。旁边的照片是他还没受伤前拍摄的，照片上的人英俊阳刚，和面前的男人判若两人。

毁容对一个人的心理打击很大，顾鹤笙好奇问了一句："你的脸？"

"一场意外。"高桥寺显得很平静。

顾鹤笙多少有些同情，举起烟盒："抽烟吗？"

"不会。"

高桥寺摆手时，顾鹤笙看见他右手只剩下两根指头："也是意外？"

"1944年2月20日，军统小组伏击特高课政务部渡边淳上尉的车辆，渡边淳上尉当场被炸死，我当时也在车上。"

顾鹤笙后来在军统任务简报中得知过此事。在自己暴露后不久，由三个军统潜伏小组联合伏击，渡边淳的车被打成了筛子，最后引发油箱爆炸。能在那次袭击中侥幸生还也算是奇迹。

"你记性不错。"顾鹤笙没有参与那次行动，事情过去这么久，他都记不起准确的时间。

"认识我的人都这么说。"高桥寺比其他战俘要从容自信，"我认识你。"

顾鹤笙从嘴角取下烟，仔细打量他一番并没有什么印象："你认识我？"

"我见过你两次。"

"在什么时候？"

"1942年5月8日，在特高课召开的谍报指导会议上我见过你，你坐在第六排左起第四个位置。"

顾鹤笙记得有这么一件事，但具体细节已经记不清。当时参会的近百人，顾鹤笙确信自己不会太醒目，那么高桥寺能记住自己唯一的原因，就是他记住了参会的每一个人。

"第二次见我是什么时候？"

"在特高课的绝密档案中我见过你的名字，但这些档案在投降前就全部销毁，有权获悉上面内容的人已经撤回日本本土。我因为是机要室记录员所以偶然了解到这份档案的内容。"

"档案上是什么内容？"

"特高课被军统特工渗透导致大量重要情报泄密，直到1943年2月16日，这名潜伏特工才被证实身份。这次泄密事件让特高课颜面扫地，为了不影响士气决定将此事封存。他们认为你就是那名代号'红鸠'的军统特工。"

顾鹤笙起初还不敢确定,可当高桥寺说出这个日期时,顾鹤笙才肯定他的确有惊人的记忆力。

1943年2月16日正是自己暴露的时间,也是在那一天自己和红鸠相遇,最终决定由自己掩护红鸠继续潜伏。

顾鹤笙快步到门口查看,确定无人后正准备关门时忽然一怔:"你刚才说,他们认为我就是红鸠……"顾鹤笙凝视高桥寺,"难道有人不是这样认为?"

"你不是红鸠!"高桥寺的声音平缓镇定。

顾鹤笙眉头微微一皱:"为什么?"

高桥寺抬头与之对视,目光和声音一样笃定:"因为我知道谁是红鸠!"

顾鹤笙又惊又喜,极力克制着自己的情绪:"你见过红鸠?"

"见过。"

"我需要你描述他的外貌特征。"

"你不是应该认识他吗?"高桥寺疑惑,"是你选择故意暴露自己来掩护红鸠,我一直以为你们相互是认识的。"

"你只需要回答问题。"

"哦,明白了,红鸠到现在都没有公开身份。是啊,像他那样优秀的特工就应该一直战斗下去。"高桥寺和其他战俘不一样,在他身上看不到消极和顺从,甚至在提到红鸠时他眼中还有兴奋的光泽。

顾鹤笙吐了一口烟雾:"我的审查结果会决定你是否能被遣返,如果你告诉我关于红鸠的事,我保证你会是第一批登上遣返轮船的人。"

高桥寺显然不愿轻易受人摆布:"我可以和你达成交易但必须是公平的。你们要求战俘和随军家眷强制隔离,如果你能让我的家人留在身边,我就告诉你关于红鸠的事。"

"你有什么资格和我谈条件?"顾鹤笙面无表情。

"每个人都有自己在乎的人,我能看出红鸠对你很重要,而对我来说最重要的就是家人。"高桥寺始终在交谈中不落下风,"至于资格,相信除了我之外没有人知道谁是红鸠。"

"如果你的家人能通过审查，我可以让其留在你身边。"顾鹤笙权衡再三做出让步，"但前提是你必须证明你的价值。"

"南云造子遇刺后特高课高层秘密召开过会议，我作为机要记录员参会并记录会议全部内容。会议上分析了课长被刺杀的经过，在梳理完所有细节后得出一个结论，有权掌握课长日程安排的人仅限于特高课中级以上的干部。"高桥寺将自己知道的和盘托出，"也就是从这件事后，特高课意识到内部被军统渗透。再综合之前多次重要情报被泄露，判定此人的潜伏时间至少五年。这个结论让高层为之震惊，下达命令务必全力甄别出这名间谍。"

顾鹤笙亲自参与过对南云造子的刺杀行动，他是在行动前一天才接到任务，这其中就有南云造子详细的行程路线。顾鹤笙当时就很吃惊这些情报是如何被获取的，自己所在的76号根本无法获取到特高课核心机密，这也能佐证高桥寺并非信口开河。

"说下去。"

"特高课为此秘密成立了调查小组，负责人就是渡边淳上尉，为防止再次被泄密，组员里没有中国人。很快调查小组抓获一名军统特工，他交代自己的任务是为潜伏在特高课的间谍传递情报。但这名间谍的潜伏级别极高，他无权与这名间谍见面，只能在指定地点取走情报。他唯一知晓的就只有一个代号，红鸠！"

"后来呢？"

"南云造子的行程路线就是被红鸠窃取的，由于时间紧急红鸠违反规定和特工直接见了面。特工没有看到红鸠的样貌，但记下了这个人的大致特征。"

顾鹤笙拿起笔："说详细点。"

"身高在1.8米左右，体型偏瘦，口音很混杂应该是刻意伪装。见面和分手时分别用了左右手握手，所以也不能确定惯用手。身上有烟味足见此人有抽烟的习惯。"

"只有这些？"顾鹤笙顿感失望。

"渡边上尉结合红鸠和特工见面的时间，将特高课所有符合以上条件的人召集起来，逐一让特工进行辨认。结果出乎意料，特工确信这些人中没有红鸠。"高桥寺继续说，"渡边上尉为了以防万一，还是将这批有嫌疑的人员全部隔离关押。"

顾鹤笙暗暗诧异。

"不久后又出现情报屡次外泄的事件，这其中还有被列为机密的密码译本。军统通过译本成功破译了联合舰队总司令官山本五十六赴太平洋岛屿视察的情报，并将其转告给美军直接导致司令官被美军飞机击落。"高桥寺神色黯然，"渡边上尉意识到自己判断有错，于是重新开始调查，并精心部署了诱捕行动，用一份假情报诱使红鸠主动出现。"

"那的确是一个缜密的计划，就连红鸠也没有意识到是一个圈套。"

"但却被你识破了。渡边没有想到会出现意外，你的主动暴露非但破坏了全盘计划，还让真正的红鸠有了警觉。"高桥寺平静说道，"更严重的是，在之后很长一段时间，你误导渡边错误地相信红鸠已被清除，导致大量重要的军事情报仍不断被泄露。"

"是什么让特高课怀疑我不是红鸠？"

"一年后，渡边在红鸠传递的那份南云造子行程安排的情报上有了重要发现。"

"一份已经失效的情报能有什么发现？"

"红鸠行事滴水不漏，为了不暴露笔迹，情报内容是直接打印的，而且还是采用日文。但在日文拼写中出现一处错误，这种拼写方式只会出现在惯用德文语系的人身上，因此渡边判定红鸠至少熟练掌握中、德、日、英四种语种。"高桥寺声音平缓，"与此同时，渡边也意识到自己另一个调查错误。之前他一直把重点放在特高课的中国人身上，可其中一些被泄露的情报是中国人根本接触不到的，渡边突然有一个大胆的猜想……"

"红鸠也许是日本人！"顾鹤笙也意识到关键所在。

高桥寺点点头："在德国受训并且有权限接触到泄密情报，再加上之前收集的红鸠特征，渡边将甄别范围缩小到七名日本人。"

"后来呢？"

"渡边将这七个人的资料发回本土，让警察厅协查他们的背景身份。不久后渡边接到警察厅的调查结果，证实其中一人和原档案不符，这说明此人在从德国被召回时就被人替代，而代替此人的正是红鸠。"

"那你们为什么没有抓到红鸠？"顾鹤笙疑惑道。

"渡边上尉在得到调查结果后正准备回特高课汇报，途中遭遇军统伏击当场身亡。对红鸠的调查一直都是秘密进行，整个甄别过程只有渡边知道，随着他的死所有的调查结果也不为人知。"高桥寺叹息一声，"事后我推想，对渡边的伏击应该就是红鸠实施的，他已经知道自己身份快要被识破所以想灭口。"

顾鹤笙目光敏锐："你当时也在车上，你见过那份档案？"

"见过。"高桥寺肯定地点头，"等我醒来时已是几天后，档案中的那个人已经不在特高课。我猜想他已经完成自己的使命被安排撤离了。"

顾鹤笙迫不及待追问："那份档案现在在什么地方？"

"档案在大火中被付之一炬。"

顾鹤笙的心猛然下沉。

"不过我记得那人，都记在这里。"高桥寺指了指自己的头，"参军前我学的是美术，特别擅长画人物肖像，我可以帮你把红鸠的样子画出来。"

"我马上给你准备纸笔，你什么时候能画完？"

"这取决于你。"

"你什么意思？"

"我们之前达成过共识，我会告诉你红鸠是谁，但你必须保证我的家人不会被带走。"

"我已经答应过你。"

"我凭什么要相信你？"

顾鹤笙深吸一口气,郑重其事道:"我以一名中国军人的名誉向你保证。"

"名誉……"高桥寺摇头苦笑,"你是一名间谍,最擅长的就是谎言和欺骗,你所谓的名誉在我看来一文不值。我不需要你的保证,我要陆军司令部的公文,你什么时候拿到我什么时候画出红鸠。"

顾鹤笙见高桥寺的态度极其坚决:"我马上联系陆军司令部,我能确保公文在两小时内被送来,到时你必须完成我要的画。"

高桥寺点头很平静地转身离开。顾鹤笙连忙去找陆军驻战俘营联络官,在楼下碰到协助搜查的秦景天。秦景天见顾鹤笙急匆匆的样子:"发现漏网之鱼了?"

"没有,只是有个别战俘反映了家属被强制隔离的问题,我得和陆军司令部协商一下,贯彻好优待俘虏的政策免得再生事端。"顾鹤笙心里着急,故作轻松地搪塞道,"你们的搜查有进展吗?"

秦景天淡笑:"曹处长收获倒是不少。"

顾鹤笙借故离开,秦景天瞟向审查战俘的矮楼。在楼下负责点名的士兵见秦景天站到身边连忙起身敬礼。秦景天随意翻看了顾鹤笙筛选的核查战俘名单,忽然感觉身后有人轻拉自己的衣角,回头看见是一个小女孩,手里抱着毛绒玩具一边眨眼一边望着自己露出天真烂漫的笑容。她用手向秦景天比画着什么。

"她是聋哑人。"旁边的士兵解释。

曹达刚巧经过见女孩打扮得漂亮干净,一脸厌恶地将女孩推倒在地:"小畜生日子过得挺滋润。"

"何必为难一个聋哑孩子。"秦景天拦在前面。

"日本人的种没一个是好东西。"曹达骂了几句继续去收缴文物。

女孩躲在秦景天身后,等曹达走远才敢探出小脑袋怯生生张望。秦景天蹲下身拍去女孩衣服上的尘土,和蔼可亲地摸摸她的头,用手语和女孩交谈。秦景天问女孩住在什么地方,女孩抬手指向不远处的军官营区。

高桥寺回到宿舍,撑起画板寥寥数笔就勾画出人物脸庞的轮廓。他笔下所画的是一个让自己刻骨铭心的男人，这个人的样貌从未在自己脑海中消失过，并且随着时间的推移越发清晰。

笔尖停在眉毛下，高桥寺突然不知道该怎么画那人的眼睛。那是一双不同寻常的眼睛，高桥寺一时难以下笔，始终想不出该用怎样的线条才能勾勒出神韵。

欢快轻盈的脚步声传来，门被推开的那刻，天使般的笑容伴随和煦的阳光照亮了房间。记忆中已经很久没有看见女儿这样开心，那是自己最珍贵的财富，高桥寺脸上绽放的笑意透着慈父的深情。但笑容很快硬生生凝固，跟在女儿身后的男人遮挡了阳光，长长的影子蔓延进来轻而易举吞噬了房间里的一切。

想起来了！

高桥寺终于想起该如何去刻画那个男人的眼睛。那是一双睿智、深沉、阴鸷、犀利的眼睛，像一个深不见底的深渊。

当你在凝视深渊时，深渊也在凝视你……

第十五章 绯村凉宫

小女孩偎依在秦景天怀中,将自己最珍爱的玩具分享给他。秦景天轻柔地抚摸着女孩的头,这个动作好似特别娴熟。

"我认识高桥君是在39年,我们是同一批被派遣到上海特高课的人员。我记得高桥君是长野人,他还有一个在上学的弟弟。高桥君很节俭,每月发了钱都会寄回家里。"秦景天一边拿起梳子帮女孩梳头,一边漫不经心问,"你记性比我好,我没有记错吧?"

高桥寺不语。

"高桥君不喜欢聚会,因为会花钱,所以除了工作之外几乎没有社交,时间久了高桥君就变成特高课里没人注意的透明人。不过他工作很认真,从来不会出现纰漏,人也不错。有一次我生病住院,高桥君还专程来看望过我,我记得他还带来亲手做的鳗鱼寿司,只是他的厨艺实在不敢恭维。"秦景天继续自言自语,"如果不是战争,我觉得他倒是一个可以深交的朋友。"

高桥寺依旧默不作声。

"对了,你们还是同乡吧。"秦景天慢慢抬头看向高桥寺,"谁会想到一场肺炎夺走了他的生命。我记得在告别式上你很难过,毕竟你是高桥寺为数不多的朋友。"

笔芯被压断在画纸上,无力的叹息和蠕动的喉结,让坐在画板面前的男人看上去很焦虑。

"你不想见到我。"秦景天笑了,"我只是因为在战俘名单上看见了一个我参加过葬礼的同事的名字,所以有些好奇。事实上我也没想到会见到你。"

"我现在该怎么称呼你,绯村凉宫? 红鸠? 还是说你现在所替代的名字？"男人开始反击。

"这是不是你最大的遗憾？"秦景天笑着反问，"关于我真正的名字？"

男人放下画板："中国有一句古话，成王败寇，作为败者我没有资格要求什么。"

"你们发动了一场错误的侵略战争，失败从一开始就是注定的。"秦景天似乎对他格外了解，"不过我相信你还没有也不打算接受战败的事实。但就我个人而言，你是一位值得尊重的对手。我承认自己差一点就掉入了你的陷阱，如果不是发生了意外，我们的重逢不会相隔这么久，你应该会在特高课的审讯室见到我。我说得没错吧，渡边上尉！"

渡边淳惨然一笑："我最大的失败是把你当成了推心置腹的朋友。"

"我的任务就是取得你的信任。"秦景天直言不讳。

"你是一名优秀的特工，作为同行我欣赏你的行为。我没有办法像你这样把个人情感和工作分开，我视你为知己，直到最后一刻我都不相信会是你。"渡边淳看着自己女儿叹息一声问道，"她呢？你对她也是一样吗？你应该知道她有多喜欢你，她把你当成另外一个父亲。在你离开后她伤心了很久，像失去了一位亲人。我想知道，你对她也是虚假的伪装吗？"

"孩子是无辜的，他们不该被卷入战争。"

"回答我！"渡边淳加重语气。

秦景天慢慢垂下手，沉默了片刻回道："你是我潜伏任务的关键，我反复研究过你的档案，她是你唯一的软肋，接近她就能接近你。"

"作为对手你做什么我都可以接受，可你利用一个视你为亲人的孩子，你不觉得可耻吗？"渡边淳无法抑制心中的怒火，"你要我以后怎么告诉她？当她问起你时，我是帮你继续欺骗还是让她知道真相？当那个五彩斑斓的泡沫破灭时，你知道她要承受多大的伤痛吗？"

"没有以后。"秦景天的话短促冰冷。

渡边淳的手也垂落下去，打开一旁的笔盒："我将名单缩小到七个人的时候就已经开始怀疑你，只是这个结果让我有些不敢去面对。我明明可以提前抓捕你，然后再等警察厅的核查结果，但我没有这样做，知道为什么吗？"

"在我执行的众多任务中，你是唯一一个识破我身份的人，直到现在我也很好奇，当时你为什么没下令抓捕。"

"如果你真的就是我要找的人，我不知道在抓到你之后该如何自处。我在等警察厅的协查结果也在等你离开。"渡边淳的声音哀伤低沉，"结果呢？结果我等到什么？"渡边淳指着自己被毁容的脸，"我等来的是子弹，你亲自策划并参与执行的刺杀。当你对着我开枪时，听着我在熊熊大火中哀号时，你有没有一丝愧意？"

"你曲解了朋友的定义。朋友是志同道合的知己，你之所以视我为朋友，是因为我能和你一起追剿反日分子，一样冷酷无情、杀伐无度，但你忘了最重要的一点，你内心有一头好战的野兽而我没有。你签署并处决的那些人是我的战友，你在集中营大肆杀害的那些人是我的同胞，你侵占我的国土，残害我的国人，最后你居然问我会不会愧疚？！"秦景天冷冷一笑，"你夺走过那么多无辜的生命，你有过丝毫愧意吗？"

"我是军人，服从命令是军人的天职！"

"军人应该浴血沙场而不是屠杀手无寸铁的平民！"秦景天义正词严道，"侵占掠夺是你们发动战争的本质，你很清楚自己犯下的罪恶，所以你才会冒用一个死人的身份，你知道一旦身份公开的后果。"

渡边淳看了一眼还偎依在秦景天怀中的女儿，目光中闪过一丝牵挂："我从来都不畏惧死亡。"

"对于这一点我从来没有否认过。军国主义的荼毒让你随时做好为效忠天皇而赴死的准备。你视死亡为一种无上的荣耀，即便明知必死无疑也会战斗到最后，就比如现在……"秦景天的目光移到渡边淳旁边的笔盒，他的手一直放在里面，"南部式？九四式？我猜应该是九四式，因为那是你最喜欢的手枪。你用这把枪杀过多少人恐怕你自己都不记得了吧，还在犹豫什么？我应该是你最想除掉的敌人。"

渡边淳迟疑不决地蠕动喉结，呼吸开始变得急促。但当他看到纯真可爱的女儿时,眼中慢慢凝聚的杀意瞬间荡然无存。

"像我们这样的人最不该拥有的就是情感,无论是爱情还是亲情,一旦有了羁绊就再也无法做出果断的抉择。"女孩的长发在秦景天手中被编织成漂亮的辫子,他习惯地抚摸着女孩的头,即便过了很多年,秦景天还是能准确拿捏到渡边淳的软肋。

"你想怎样?"渡边淳无力问道。

秦景天听到楼下传来嘈杂的脚步声,曹达已经带人开始对这片营区进行搜查。

"你必须偿还自己犯下的罪行。我留给你两个选择,第一,我揭露你的身份,你会作为战犯接受审判。"

"另一个呢?"

"引决自裁,就当是为你的天皇最后一次效忠。"

"有区别吗?"

"你和军统打了这么多年交道,很清楚军统的作风。你处决了我们那么多人,军统不会让你家人回到日本。这么大一座集中营,少一两个人应该没人会注意吧。"秦景天一脸平静道,"过会儿有人会对你房间进行搜查。枪支弹药是违禁品,你会和搜查的人发生争执,在僵持的过程中万一你不小心走火,就会被当场击毙。虽然两种选择的结果你都要死但后者只会被判定为事故,过段时间便不了了之。你是回不去了,但你女儿会登上回国的渡轮。"

在曹达进来之前,秦景天带着小女孩离开了房间,站在树后点燃一支烟,静静等待着渡边淳最终的抉择。争吵和呵斥声很快传来,渡边淳用手枪挟持着瑟瑟发抖的曹达走下楼,四周的士兵纷纷举枪瞄准。

对于这样的结果秦景天并不意外。这也是他从来不触及任何情感的原因,人一旦有了顾忌和牵挂就再难心无旁骛。

渡边淳已经被荷枪实弹的士兵团团包围。曹达吓得一脸苍白,结结巴巴地警告他不要乱来。刚好赶回来的顾鹤笙看见眼前这一幕顿感意外,命令所有士兵放下枪并劝说渡边淳投降。

渡边淳在人群中搜索，终于见到远处牵着秦景天手的女儿。还不知道发生什么事的小女孩冲着渡边淳微笑，落在他眼中变成一抹无奈的不舍。渡边淳的视线和秦景天交织在一起，秦景天像是明白了什么。

砰！

就在秦景天将小女孩的头背过去那一刻，渡边淳毫不犹豫对着自己的太阳穴开了枪。迸溅的鲜血洒了曹达一脸，他瘫软在地上，牙齿不断磕碰作响。

顾鹤笙的手无力垂下，刚拿到的安置公文飘落在地。他看着倒在血泊中的渡边淳一脸茫然，怎么也不敢相信渡边淳会在自己眼皮底下自杀。一个小时之前他还从这个人眼中看见了极强的求生欲，也看到了找出红鸠的希望，可现在一切都随着尸体的体温慢慢消失殆尽。

第十六章　破绽

空气中弥漫着硫黄的味道，汤池内氤氲的热水漫过颈脖，顾鹤笙尽量舒展身体，希望能借一池温泉扫去疲惫。

曹达被陆军司令部的宪兵带走，他作为战俘自杀事件的始作俑者将面临军事法庭的裁决。虽然顾鹤笙始终不相信渡边淳会自杀，但整件事的经过他反复核查过，渡边淳私藏枪械被发现，挟持曹达最后畏罪自杀。顾鹤笙找不出任何疑点，只能归结于是一场意外。

顾鹤笙懊悔自己太大意。最后在渡边淳的房间发现的那幅只有脸部轮廓的肖像，非但不能推测红鸠的身份反而让他更加神秘。

同样心力交瘁的还有秦景天。他将浴帕覆盖在脸上，身体在汤池中随着水波微微起伏，脑子里总是浮现出叶君怡的样子。已经三天没有关于她的消息，也不清楚陈乔礼的追查进展到什么地步。

顾鹤笙上半身裸露在汤池外，健硕的身体上布满伤疤，每一道都触目惊心。

"你是怎么活到现在的？"秦景天打量那些伤疤。

"我命大，好几处都险些要了命，好在挺过来了。"顾鹤笙不以为然。

"谁留下的？"秦景天指着腹部一道伤疤。

"淞沪会战时被日军炮弹击中，还有一块弹片在里面。"顾鹤笙摸了摸伤疤，轻描淡写道。

"这一处呢？"秦景天的手指移向顾鹤笙腰部。

"执行锄奸任务时被日本宪兵队围剿，这儿和这儿中了两枪。"顾鹤笙分别指着腰部和手臂，"要不是站长及时带人赶到，我早就以身殉国了。后来在床上躺了三个月才能动弹，虽保住了命但也留下病根，只要遇到刮风下雨腰就疼得直不起来。"

顾鹤笙身上每一处伤疤在秦景天眼中都是一枚值得尊敬的军功章。只是秦景天有些想不明白，这位满腔热血的赤子为何会变成流连花丛的纨绔。

"这是……"秦景天的目光定格在顾鹤笙的胸膛，"这是枪伤，而且还是被近距离射击，你能活着真是奇迹。"

顾鹤笙看着胸口这处伤疤迟疑了片刻五味杂陈道："这是一位朋友留下的。"

"是那位你多年未见的故交？"

"你怎么知道？"顾鹤笙诧异。

"上次你提及有朋友来上海时，就和现在同样的神情。"秦景天没再细问，"看来你和这位朋友关系很特别，有机会也介绍我认识一下。"

"事实上我并不知道这个人是谁。"

"你是说，一个你没见过的人对你胸口开了一枪，然后你还视其为朋友？"

顾鹤笙苦笑一声："大致是这样，至少曾经是朋友。不过我现在不敢确定我和他之间的关系，所以才像你所说的那样，对于这次重逢我很矛盾。"

秦景天还想继续话题，这时陈乔礼脱下浴袍走进汤池。顾鹤笙和秦景天的目光不约而同转移到陈乔礼身上。

和歌浴场，正是陈乔礼经常光顾的那家，顾鹤笙专门来这里是为了验证自己的假设，找出那名暗线。有同样想法的还有秦景天。

"我们在聊顾处长的一位朋友。"秦景天见陈乔礼过来，补了一句。

陈乔礼对此毫无兴趣："听说战俘营出了事？"

顾鹤笙把大致情况一五一十告诉陈乔礼："谁承想遇到这样糟心的事，来泡泡澡冲走晦气。好些天没见到陈处长，最近在忙什么？"

陈乔礼和秦景天双目对视，模棱两可地回答："我渎职让姜正跑了，打算亡羊补牢看看能不能挽救。"

"陈处长这么忙还有闲工夫来泡澡？"顾鹤笙随口一问。

"腿疾犯了疼得受不了。"陈乔礼揉着小腿解释。

秦景天在一旁岔开话题:"曹处长给了两根金条,让转交给你。"

"中共都在搞土改到处拉拢人心,他倒好只想着中饱私囊。"陈乔礼一听怒不可遏,"曹达被枪毙一百次也不为过,就是太多像他这样的蛀虫在蚕食党国的根基,长此以往国亡党亡!"

"那金条怎么处置?"秦景天问。

"上缴陆军司令部,就当是给曹达定罪的证据。"

"陈处长的心情我可以理解,但此事还是从长计议的好。曹达怎么说也是军统内部的人,关系到军统的颜面,要是曹达被定罪站长也免不了被追责。你在这个节骨眼儿上给陆军司令部送证据,岂不是亲者痛仇者快?"顾鹤笙连忙劝阻,"站里上上下下的弟兄往后还怎么看你。要不将金条上缴总务处,内部的问题咱们内部关上门处理,也不至于传出去让人看笑话。"

陈乔礼想了想,觉得还是顾鹤笙考虑得周全,让人去拿自己的藏酒款待顾鹤笙。顾鹤笙说自己选酒在行要亲自去,借机查看了陈乔礼在浴场的记账。除了浴资外陈乔礼每次都会消费一瓶价格不菲的清酒,可陈乔礼是个滴酒不沾的人,而且也不允许行动队的组员在工作时间饮酒,那么这瓶酒很可能是留给那个暗线的。

顾鹤笙和秦景天的想法一致,只要确保陈乔礼不离开自己的视线,应该就有机会见到那名暗线。但结果却出人意料,从泡澡、按摩、洗浴直到最后换好衣服走出浴场,陈乔礼自始至终都没有单独行动过。顾鹤笙和秦景天都没想通到底在哪一个环节出了错。

陈乔礼让秦景天送自己回家,顾鹤笙先开车离开。秦景天发现副驾驶位上的陈乔礼神色凝重:"出了什么事?"他一边开车一边问。

陈乔礼舔舐嘴唇,声音阴沉低缓:"上海军统站里有潜伏的共党!"

秦景天一脸镇定:"亨士利表行那条线居然会牵扯出这么重要的情报,陈处长打算下一步怎么走?"

陈乔礼眯眼瞟向秦景天:"正常情况下你该问这人是谁?"

"陈处长能告诉我这件事，说明这个人不是我。至于是谁，陈处长认为可以说一定会说，不能说即便我问也没有结果。"秦景天从容回复。

"还记得叶君怡打给穆文月的电话吗？"

"记得。"秦景天点点头，"不是说这条电话线路无从查证吗？"

"顺着查走不通我就反着查，所有秘密机构的内部线路我都逐一核对，发现有一条线路被私人使用而使用者正是穆文月。最离奇的是这条电话线路竟然是从军统站内部中转，但站里并没有这条线路的备案。"陈乔礼冷静道，"这说明有人偷偷利用军统站的资源建立了一条无法追查的秘密联络线路。"

"陈处长打算如何找出潜伏的共党？"

"守株待兔。"陈乔礼胸有成竹道，"穆文月已经暴露，只要盯住这个女人，就能从她身上顺藤摸瓜找出她背后的人。"

秦景天随口问了一句："叶君怡那边有什么发现吗？"

"她这几天没有什么反常举动。谢若云最近和她联系频繁，不过交谈的内容都和你有关。"陈乔礼从身上拿出一袋烧饼，递给秦景天一块。

秦景天咬了一口烧饼，嘴角忽然一紧——烧饼是热的！

如果烧饼是陈乔礼去和歌浴场之前买的，到现在应该已经冷了。秦景天心中暗暗盘算，这袋烧饼只可能是暗线交给陈乔礼的，里面一定有关于地下党组织的情报。但问题是陈乔礼是如何在自己视线中和暗线接触的呢？

车停在陈乔礼家门口，他望向窗外异常平静道："穆文月的真名叫赵婷，扬州人，嘉兴的一名中学语文教员。在上海沦陷后她化名穆文月出现，直到上海光复。这其中有八年时间她的经历完全是空白，直至这次出现在我们视线中。这个女人身上有太多疑点。"

"这么快就查到她的底细了！"秦景天不由得佩服陈乔礼的行动力。

"我们的人跟踪她到了珠宝店，她挑选了一套价值不菲的首饰。用支票付了钱。根据这张支票我们在银行查到她的真名。"说到这里，陈乔礼嘴角露出难得一见的笑意，"这一查还真把我吓到了。"

"能让陈处长都震惊的一定不是小事。"

"赵婷在嘉兴当教员时,每月工薪四十三块大洋。她到上海后没有工作处于失业状态。沦陷期间她的收入情况暂时不明,但光复后这个女人在中央银行开办了一个账户,短短数月之内,这个账号上的资金达到近二十万大洋。直到现在,账户上的金额还在不断增加。"

"谁在给她汇钱?"秦景天追问。

"我派人仔细调查过这个账户的资金来源,到目前为止和赵婷有资金往来的账户多达三十几个,都是一些盈利颇丰的店铺,种类包罗万象。这些店铺的店主会在每月按时向赵婷账户汇款。"

"赵婷的账户资金动向呢?"

"她动用一部分资金购置了多处房产和店铺,亨士利表行就是其中之一。还有一部分在上海各个票号、钱庄兑换金条。这些资金只占账户资产的三分之一,其余的钱频繁在上海各个银行之间进出,最后统一汇入花旗银行。"

"她在故意掩饰这笔资金的来源。"秦景天一语中的。

"联想到之前逃脱的姜正,我有一个大胆的假设。赵婷为共党成员提供经费同时又从其他渠道源源不断获得资金。"陈乔礼越说越兴奋,"这是共党组织一条重要的资金链!"

早在陈乔礼说出赵婷真实身份的时候,秦景天已经隐约怀疑到这一点。赵婷所掌握的资金足够支撑整个上海地下党的运作,一旦这条资金链被切断,会导致地下党组织陷入瘫痪,这远比抓获几名共党的作用更大。

"我能做什么?"秦景天问。

"我从行动队抽调了几名骨干,身份和政治背景都经过我亲自审核,由你带这些人负责对秋佳宁实施秘密监控。"

"秋处长?"秦景天一脸疑惑,"你怀疑她是共党?"

"能瞒过军统站内部审核建立秘密通信线路的只有处级以上干部才能做到。秋佳宁负责电讯处,她可以充分利用职务之便架设安全电话线

第十六章 破绽

路，而且还不会被人怀疑，所以她的嫌疑最大。"

"监视处级军官需要上峰首肯，在没有证据的情况下采取监视属于违抗军规。"秦景天慎重提醒，"此事是不是先向站长汇报一下？"

陈乔礼一脸严肃："你怎么就能确定站长不是共党呢？"

秦景天哑口无言。

"我并不是盲目猜忌。"陈乔礼拿出一张照片。

秦景天认出照片上的人是秋佳宁："这能说明什么？"

陈乔礼又拿出一沓照片，逐一摆在秦景天面前："这是赵婷在珠宝店购买的首饰。"

秦景天仔细看了一遍，眉头渐渐紧锁。从照片中能看到赵婷买的是一套翡翠首饰，质地通透，清澈晶莹。其中那件如意吊坠项链更是雕工精湛、品相完美，令人过目难忘。

而秋佳宁的照片上，她身穿一袭旗袍显得风情万种，颈部佩戴的那串翡翠如意项链竟然和赵婷买的一模一样。

第十七章　引蛇出洞

　　顾鹤笙拉起风衣领口遮挡清寒的夜风，从小贩手中接过千层烧饼，咬了一口酥脆咸香。这是他光顾的第六家烧饼摊，也是最令顾鹤笙满意的一家，不是因为烧饼的口味而是外面的那层透出油渍的纸袋。

　　上次从和歌浴场离开时陈乔礼手中也拿着同样的纸袋。顾鹤笙在不经意间用手背触碰过，隔着纸袋还能感知到烧饼的余温。顾鹤笙用两个小时找遍了和歌浴场附近所有的烧饼摊，目的就是为了验证自己的猜想。

　　顾鹤笙从这家烧饼摊走到和歌浴场用了十分钟，而烧饼的温度和那天刚好一样。这说明陈乔礼从浴场出来时还见过另一个人，他从这个人手中得到了烧饼，确切来说是得到了装在烧饼袋中的情报。可陈乔礼一刻都没有离开过自己的视线，顾鹤笙现在迫切想知道陈乔礼和暗线到底是用什么方式在传递情报。

　　换好浴袍离开陈乔礼包下的汤池时，顾鹤笙没想到会看见秦景天。热气腾腾的温泉中秦景天也同样充满意外。

　　"行动队这段时间挺忙的，你怎么还有工夫来泡澡？"顾鹤笙轻松问道。

　　行动队最近向情报处借了大量窃听设备，说明陈乔礼又在部署新的抓捕行动。而沈杰韬召开的各处会议上唯独陈乔礼没有汇报行动队的工作安排。顾鹤笙想起上次也是在这里，陈乔礼和秦景天相互对视的那一眼，很显然这两个人在刻意对自己隐瞒着什么。

　　这时一名日本女人端着清酒推门进来，秦景天摆了摆手，女人又退了出去。

　　顾鹤笙心照不宣地笑了笑："我来得真不是时候，不会扫了你雅兴吧？"

　　"陈处长跟站长回南京述职，我偷闲出来放松放松。"秦景天好奇反问，"你呢，怎么想着来泡澡？"

"佳宁约我今晚看电影，电影院刚好在这附近，我看时间还早就过来了。"

"她约你看电影？"

顾鹤笙一脸淡然："有什么问题吗？"

"她喜欢你。"秦景天单刀直入。

"是吗？"顾鹤笙故作不知。

"连我这个刚来的人都能看出来，你难道不知道？"

"你想多了吧。"顾鹤笙当然知道，但这层关系他不能说破也不能拒绝，秋佳宁所负责的电讯处对自己尤为重要，从她身上能第一时间获取到重要的情报，所以顾鹤笙有意和秋佳宁保持着若即若离的暧昧，"男女之间不一定非是情情爱爱，也可以是朋友，我和佳宁就是很好的朋友。"

对秋佳宁的监视已经布置下去，秦景天现在也不敢确定秋佳宁到底是不是共产党。更让秦景天焦虑的是，自己现在还无法确定叶君怡和秋佳宁之间是否有关联。

"你很了解秋处长？"

"何止是了解，我和她在上海沦陷时同属一个潜伏小组，我是她的上级，整个小组到最后就我和她活下来，她还救过我的命。"

"秋处长人长得漂亮，又和你是生死之交，你怎么就没和她再往前发展一步呢？"

"朋友是朋友，感情是感情，不能混为一谈啊。"顾鹤笙笑了笑说，"你不也一样救过我的命，总不能让我以身相许吧。"

"秋处长还救过你的命？"

"当时她是小组的联络员，从共党那边交换到汪伪特务机关准备实施大清洗的情报。她冒着被抓捕的危险通知我们撤离，撤退时发生枪战，她替我挡了一枪。"顾鹤笙指着小腹，一脸敬重道，"她不肯走怕拖累了我，抢了一颗手雷准备断后，是我把她打晕才背回去。"

"没看出来秋处长如此烈性。"

"你别看佳宁长得文秀，刺杀、格斗、谍报和电讯是样样精通，日本人悬赏一万想要她的人头。"

秦景天又随口问道:"秋处长在潜伏期间和共党有联系?"

"当然有,当时在上海潜伏的除了军统还有共产党的特工,相互之间建立过情报传递渠道,那段时间佳宁和共党的情报机构联系很密切。"顾鹤笙沉默片刻,又淡笑一下,"说实话我挺怀恋那段岁月,没有政见之分,也摒弃信仰不同,大家放下对彼此的成见,前赴后继同仇敌忾。"

顾鹤笙的感慨勾起秦景天的思绪,不由自主想起那个人,想起他让自己开枪时的无畏,想起自己对天鸣枪为战友送行时的悲痛。即便过去再久,每每回忆起来总能泛起一抹哀伤。

"是啊,那是一段值得去缅怀的岁月。"秦景天发自肺腑感慨。

"你缅怀什么,你又没经历过。"顾鹤笙摇头苦笑。

秦景天正想从顾鹤笙这里多了解一些关于秋佳宁的情况,刚开口就听见外面传来咒骂和东西被打破的声音,像是发生了什么争执。

两人穿上浴袍出去,只见公共浴池里七八个人大打出手。顾鹤笙顿时没了兴致,和秦景天去更衣室换衣服,结果一进去里面一片狼藉,好多存物柜都被砸烂,突然两个赤身裸体扭打在一起的人跌跌撞撞冲过来。其中一人顺手抄起一块木板拍去,另外一人闪避过去,可木板已接近顾鹤笙的脑门。秦景天眼疾手快,用小臂硬生生挡下,碎裂的木屑还是擦伤顾鹤笙的眉角。

顾鹤笙摸了一把满手是血,顿时勃然大怒,掏出枪朝天连开三枪。顷刻间,浴室鸦雀无声,所有人都怯生生望过来,还举着木板的人瑟瑟发抖。

"滚!"顾鹤笙沉声道。

众人连忙胡乱抓起衣裤夺路而逃。浴场的老板是日本人,在现在这个环境下本来就谨小慎微,如今军统军官在自己店里被人打伤更让老板吓得冷汗直冒。

老板的腰弯得像一只煮熟的虾,战战兢兢地向顾鹤笙道歉。

"到底为什么发生斗殴?"秦景天一边帮顾鹤笙止血一边询问。

"两位客人拿错了储物柜的钥匙,都以为对方是小偷,言语不和结果动了手。"老板解释。

"拿错钥匙换回来……"顾鹤笙稍稍停顿了一下，声音不像之前那样气愤，"一点小事何必大动干戈。"

"我先送你去医院包扎吧。"

"擦破点皮而已。"顾鹤笙按住已经止血的伤口，"我得先走了，再晚点赶不上电影了。"

老板毕恭毕敬地将两人送到门口，双手奉上的赔偿顾鹤笙也没要。比起今晚的收获这点伤算不了什么。顾鹤笙翻查过陈乔礼在浴场的账本，他除了单独包下一间浴池，还有一个更衣室的储物柜，号码是14号。

这就是陈乔礼和暗线传递情报的办法。每次来和歌浴场陈乔礼会将最新的命令放在储物柜中，暗线在取走时会留下获取的情报，这样两人即便不用见面也能顺利完成情报的交换。

秦景天在离开更衣室时不动声色地回头瞟了一眼，目光正好定格在14号储物柜，显然他也得到了想找的答案。

顾鹤笙拿出烟盒，递给秦景天一支烟："你明天有时间吗？谢小姐让君怡明天约你见面。"

秦景天一直盘算如何找机会见到叶君怡："明天刚好有空。"

"上午10点，站里在城西郊有一处靶场，我带君怡去过她知道在什么地方，你明天提前去接她们。"

"靶场？"秦景天一愣。

"谢小姐想学射击，想请你当老师。"顾鹤笙揉了揉伤口笑着说，"人家醉翁之意不在酒，还不是想找点和你共同的话题。"

"你明天不去吗？"

"站长准备用日本人关押的共党交换我们被抓的潜伏小组弟兄，我要和军调组的中共代表协商交换事宜，估计没三五天回不来。再说我去也不合适，君怡想让你和谢小姐有单独相处的机会。"

秦景天点头答应，走了几步又折返回来，敲开顾鹤笙的车窗："你过会儿见到秋处长麻烦帮我转告一下，行动处最近发现一条从军统站非法中转的电话线路，问问秋处长在电讯处是不是有备案，如果有尽快和行动队通报，免得安排人手去调查。"

"什么时候发现的？"顾鹤笙随口一问。

"最近例行检查时发现的，也许是电讯处在架设线路后忘了登记。本来我打算明天去找秋处长核实一下，这不，明天抽不开身。"

"好的，我会帮你转告。"

看着顾鹤笙的车灯消失在视线中，秦景天也开车离开，他需要找一处安静的地方让自己整理思路。

车停在街尾的拐角，关上车灯后和夜幕融为一色。秦景天一只手搓揉嘴唇，一只手有节律地敲击着方向盘。秋佳宁在今晚会从顾鹤笙口中得知从军统站中转的非法线路一事，如果秋佳宁就是潜伏的共党特工，她很清楚线路的暴露会直接危及自己的身份和使用线路人员的安全。

自己故意透露行动队还没开始调查，是留给秋佳宁补救的机会。如果这条线路是秋佳宁秘密架设，相信她早已抹去所有可疑之处，从军统内部无法查出任何蛛丝马迹。但行动队可以顺着线路查出使用者，所以秋佳宁一定会在第一时间截断这条线路并且通知使用者转移。

出于安全考虑，秋佳宁还不知道行动队是否已经对这条线路实施监听，因此她断然不会打电话示警。她唯一能做的只有以身犯险亲自去传递情报。

如果一切都符合自己的推测，那么足以证明秋佳宁就是潜伏在军统站的共党特工。

秦景天看了一眼手表，自己已在车上静坐了两个小时。他设想了所有可能，现在剩下的就是验证自己的猜想。

不一会儿，一辆黄包车停在不远处的街边，一个穿旗袍的女人从车上下来，异常警觉地张望四周后快步走进街边那栋公馆。

夜风吹散薄云，秦景天抬头看见那轮每晚都会出现，但从未有人去注意的明月。皎洁的月辉驱走了夜晚厚厚的阴霾，也照亮了那女人的脸。

秦景天深吸一口烟，忽明忽暗的灯火映照出他脸上那抹阴沉。几天前行动队确定了赵婷的住所，而就在刚才秋佳宁敲开了赵婷家的大门。

第十八章　鸢尾花计划

军调处驻上海执行部中共代表康斯成和往常一样走进接待室。他让警卫员留在院外并下达不允许任何人靠近的命令。在关上院门那一刻，康斯成再也按捺不住内心的激动，内院的屋中有一位多年未归的游子也是一位凯旋的英雄正在等着自己。

在没有硝烟的战场上战斗多年，顾鹤笙早已习惯掩饰自己的情绪，但在见到康斯成的瞬间他同样无法抑制住内心的喜悦。

顾鹤笙迎上前并伸出手，换来的却是康斯成的拥抱。抱得太紧以至于顾鹤笙觉得胸口被压迫得喘不上气，但也让他感觉到多年未有的温暖，悬停在半空中的手最终按在康斯成后背。

"多少年了？"顾鹤笙感慨万千。

"九年。"康斯成一拳又一拳捶打在顾鹤笙的背心，"整整九年了。"

上一次这样拥抱还是在莫斯科，两位战友在奔赴各自的战线时惜别，相互约定等到胜利时重逢。但两人都知道这或许就是永别。

"这些年我对你可是了如指掌。堂堂中共社会部反谍科科长，关于你的资料在我那儿装满了整整一抽屉。你可是军统的眼中钉。"

康斯成紧紧抓住顾鹤笙双肩久久不肯松开："遥想当年我们还只是满腔热血的爱国青年，没想到九年后你已经成为功勋卓越的英雄。"

"我只是一名战士，那些为我们共同奋斗的事业前赴后继捐躯的先烈才是英雄。"

"中社部的首长对你和离音同志的评价很高，称赞你们是无名英雄，一默如雷。现在形势瞬息万变异常严峻，首长指示你们做好应对复杂多变斗争形势的准备。"康斯成从公文包里拿出一份名单，"这是反谍科从抓捕的军统特务中挑选出来的人员名单。这批人都是改造教育中表现良好的,他们反对内战不愿成为民族的罪人,其中有个别主动愿意为我们工作。你就用名单上的人来交换我们的同志。"

"关于这次交换我个人有几点想法,我很庆幸这批同志能活下来,从他们的审讯记录来看都没有变节投敌,我不质疑他们的忠诚。但考虑到他们被关押时间长,我不建议将这批同志立即送往后方。他们在被捕前都在上海地下党工作,关于这些人的背景和经历在上海的同志最为熟悉了解。我建议从地下党组织抽调几名老同志成立审查小组先对他们进行政审。"

"你的想法和我不谋而合,中社部已经向上海地下党组织下达了接收并审查这批被释放同志的任务。"康斯成点头,"考虑到你身份的重要性,后续事宜你不便再跟进。"

"对红鸠的甄别有进展了吗?"

"中社部分析了红鸠突然出现的原因。这名国民党王牌特工在抗战时期就展露出非凡的谍报能力。他对上海地下党的渗透有些出乎我们意料,这个人应该出现在最为重要的地方,他所扮演的角色和你是一样的,属于战略级特工,只有在最为关键的时刻才会被起用。所以我们得出的结果是,红鸠出现的真正目标未必是上海地下党组织。"

"是我!"顾鹤笙深吸一口气。

"是的,红鸠是为了找出你!"康斯成郑重其事道,"这也是中社部首长让我来见你的原因。红鸠的出现说明敌人已经意识到你的存在,想通过地下党组织来确定你的身份,因此在往后的工作中你一定要时刻警觉。你和红鸠在上海有过一次短暂的接触,对这个人的能力你应该很了解,你必须做好随时迎敌的准备。同时中社部专门为你建立了一条情报传递渠道,由离音同志负责。"

"我通过一名日军战俘了解到一些关于红鸠的情况,此人精通德语。这让我联想到一件事,军统的前身复兴社曾秘密将一批人员送往德国受训,但这批人的档案都被列为机密。中社部可以根据这条线索从其他渠道来核实红鸠的身份。"

"我会向上级反映试图获取这批人的档案。"康斯成面色严肃,"现在由我传达中社部关于你的处分,你违规启用电台违反组织纪律,经研究决定对你记过一次。"

"我接受组织的处分。"

"考虑到你的安全,中社部销毁了你的档案,目前见过你本人的只有我和离音同志。"

"也就是说除了你和离音外,没有人能证明我的身份了?"

"敌人活动猖獗,上级首长经过再三权衡才做出这样的决定,这是确保你安全最好的办法。之前的电讯密码和通信协议全部作废,这是新的密码本和联络波段。"康斯成将一本《战争与和平》的译本交给顾鹤笙,再三叮嘱,"陈村路31号是我们的一处安全屋,里面有一台备用电台。你切记这处地址只有你知道,唯一的使用条件是在洛离音同志暴露,你和组织联系受阻的情况下才能启用。"

"明白了。"顾鹤笙将东西收好,"我不能在这里逗留太长时间,有两个情况需要你转告上级首长。《双十协议》签订的当天,何应钦就从重庆飞抵南京召开了全体参谋会议,在会上他亲自部署了作战计划。"

"党中央为了换取和平在谈判中一让再让,可国民党却无视四万万同胞的和平意愿,一意孤行兵戎相见。"康斯成重重一拳捶击在桌上,"既然国民党要打那我们只能奉陪到底。"

"军事部署方面,第四方面军由长沙、武汉调运山东地区,改为第二绥靖区并任命王耀武为司令官,主要控制济南、青岛。第三方面军汤恩伯部除守卫京沪外,分兵向苏北解放军进攻,与王耀武部南北会师,企图歼灭苏北解放军,打通津浦线。"顾鹤笙沉着冷静道,"另外成立东北保安司令长官部,以杜聿明任司令长官,为了能抢先全面控制整个东北地区,军队由上海转运秦皇岛均由美舰运输。"

康斯成愤愤道:"看来国民党早就筹谋已久,美国人一边打着调停的旗号一边助纣为虐。"

"最重要的是,胡宗南部准备进犯延安,这关系到党中央首长的安全，务必要提前做好准备。"

"这些情报太重要，我会立即向上级汇报。"康斯成如获至宝，"还有什么情况？"

"我想招募一个人。"

"谁？"

"此人叫秦景天，最近刚加入军统被调派到上海站。目前他和我住在一起。经过这段时间观察，我认为此人有极高的谍报天赋，在政治信仰方面没有极端化。"

"招募他的理由是什么？"

顾鹤笙不由自主笑了笑："我对他有一种很奇怪的感觉，每次见到他就像照镜子，能看见很多自己的影子。我甚至会把他当成朋友，但不是为了工作需要而去结交的朋友。你能明白我的意思吗，我是真把他当成朋友。"

"这不是理由！"康斯成的声音突然严厉，"这只是你的错觉，你不需要一名敌人当朋友。你现在的思想和行为都很危险，你对他的评估仅仅建立在个人的感觉上。你是老同志了怎么能犯这样的错误？你难道没意识到自己的感性在战胜你的理性？"

"你能体会每晚将手枪放在枕头下睡觉是什么感觉吗？能体会每天说谎是什么感觉吗？能体会因为怕说梦话每晚惊醒多次是什么感觉吗？"顾鹤笙点燃一支烟，像是在自言自语，"我每天最惬意的时候是清晨，因为又能看见太阳，这说明我又活过一天。但这种惬意仅仅只能维持几分钟甚至更短，然后我又要想着如何活过这一天。每一次有人叫我的名字，每一次有人推开我的门，我都会经历一次生死煎熬，因为我不知道自己是不是暴露。我上膛的手枪里永远都有一颗留给自己的子弹，如果全靠理性我早就疯了。"

"我体会不了，也无法承受你所经历的一切，但这正是组织派你潜伏的原因。"康斯成默默叹息一声，声音随之缓和，"你是我们之中最优秀的那个人。"

"秦景天让我想起你，想起我们在莫斯科的那段时光。我们聊各自的理想和对未来的憧憬，我发现自己竟然和他出奇地契合。但我并没有因此遗忘自己的身份，是的，他是我的敌人。如果把秦景天放在对立面，我可以向你保证他会成为一名难以估量的对手，但如果能把他发展成同志，我也可以向你保证他会是一名不可多得的战友。"

"我尊重并相信你的判断，但你对秦景天的接触仅限于观察，至于是否招募，由谁来招募需要上级领导决定。"

顾鹤笙诚恳地点头，吸完最后一口烟："下命令吧。"

"你怎么知道我带着命令来的？"康斯成一愣。

"你可是上了军统黑名单的人，你作为反谍科科长出现在军调组本身就不寻常，上级这次派你来一定委任了重要的任务。"

"沈杰韬这次返回南京是参加军统高层会议。根据其他同志截获的情报，戴笠将在这次会议上启动代号为'鸢尾花'的计划。"

"鸢尾花计划？"顾鹤笙眉头紧皱，"我从来没听说过。"

"中社部也是第一次获悉这个计划。敌人对该计划的保密程度异常严密，到目前为止计划内容、实施地点、参与人员规模以及针对对象和最终所要达成的结果等情况我们都一无所知。"

"可能是戴笠制订的新计划？"

"恰恰相反。通过反馈回来的情报显示，该计划前期部署已经实施了很久，据悉参与者仅限于军统核心层。这么高规格的计划一定不同寻常，我们从不同渠道尝试接触但都没有收效，唯一掌握的线索是该计划将由沈杰韬全权负责。"

"沈杰韬从未在我面前提及过这个计划。"

"他连你都隐瞒更加说明此事非同小可。"康斯成站起身神情严肃道，"上级首长命令你不惜一切截获鸢尾花计划的全部内容！"

第十九章　钥匙

为了这次约会谢若云精心打扮了足足一早上。和所有陷入爱河的女孩一样极力想把自己最完美的一面展现在秦景天面前。谢若云考虑到所有的细节唯独忽略了手枪的后坐力。

开枪的瞬间她被突如其来的冲击力掀翻在地，沾在身上和脸上的泥土让她看上去狼狈不堪。秦景天将她搀扶到座位，半蹲在地上仔细检查她的手确定没有扭伤。

"看来你不是一个好老师。"叶君怡一边帮谢若云清理身上泥土，一边笑着奚落。

因为秦景天正握着自己的手，谢若云忘记了疼痛，脸上泛起绯红："是我太笨了。"

"我在特训班的时候，有一位女学员也是因为没掌握射击要领导致手腕骨折。"秦景天淡笑，余光瞟向叶君怡那只装了窃听器的手包。秦景天不明白叶君怡为什么还要带来，自己一直没有办法和她交谈。秦景天用手按着谢若云的手肘："疼吗？"

谢若云心如鹿撞，抿着嘴摇头："不疼。"

"我事先可就劝过你的，看看电影或者逛逛街多好，你非要来打靶。"叶君怡在一旁浅笑。

"都怪我。"秦景天诚恳道歉，"幸好没发生意外，要是伤到谢小姐，我真不知道该如何交代。"

"你这道歉没有诚意啊。"叶君怡不依不饶，"若云大老远来靶场，还不是相信你这位老师能教好。结果却如此扫兴，你总不能只嘴上敷衍两句就完事了啊。"

秦景天不清楚叶君怡在打什么主意："叶小姐认为怎样才诚恳呢？"

"你收到惜瑶的邀请函了吗？"叶君怡问谢若云。

"收到了，我还没想好到底去不去。"谢若云一脸愁容。

"为什么不去啊？"

"她什么性子你又不是不知道，任性还霸道，处处都要压我一头，每次都被她气得够呛。"谢若云嘟嘴埋怨。

"我们和惜瑶有好多年没见了吧？"

"快八年了。"谢若云似乎很忌惮这个叫惜瑶的人，"上海沦陷前就出国，最近刚回来不久。"

"你就不想赢她一次？"叶君怡煽风点火。

"我要能赢她才行啊。她处处都比我强而且人长得也比我漂亮，她不欺负我就谢天谢地了。"谢若云神色委屈。

"你怎么这么没出息，这次你就有机会能赢她。"

"什么机会？"

"我打听了，惜瑶这次是一个人回来的。"

谢若云一脸茫然："那又怎么样？"

"你傻啊，她到现在还是单身，你就不一样了。"叶君怡指了指坐在一边的秦景天，"你要是带着景天一起去赴宴，郎才女貌得让多少人羡慕不来。惜瑶即便再心高气傲这次也会在你面前输得一败涂地。"

谢若云动了心，一来想借此机会出口气，二来如果秦景天答应陪自己赴约就等于确定了关系，她埋头羞涩道："不知道景天有没有时间？"

"表个态啊，赔礼道歉得拿出点实际行动吧。"叶君怡笑着附和。

秦景天一时无奈，叶君怡根本没给自己选择的机会，比起谢若云她似乎更希望自己能答应。

"什么时候？"

"下周末。"

"我把时间调一调，到时候我陪谢小姐赴约。"

谢若云一听满心欢喜。

叶君怡拿起桌上的手枪向靶场走去。谢若云生怕叶君怡重蹈覆辙，连忙让秦景天过去指导。

秦景天跟到叶君怡身边,转头目测了装有窃听器的手包和射击位的距离,确定两人现在的谈话内容不会被侦听。

"惜瑶是谁?"秦景天一边装弹一边问。

"我和若云的一位朋友。"

"我能借故不去吗?"

"不能。"叶君怡回答干脆。

"为什么?"

"这是任务。"

"陪她赴约也是任务?"秦景天心情烦躁。

"你赴约是为了接近楚文天。"叶君怡低语。

"楚文天又是谁?"

"他是上海青帮中一位举足轻重的人物,在荣社的地位仅次于黄金荣,和上海军政要员来往密切。目前楚文天掌控着上海各个码头的船运和黑市交易,你要利用自己军统的身份想办法接近他。楚文天有我们所需的运输渠道,这对我们至关重要。"叶君怡冷静解释,"下周末是楚文天的六十大寿,他女儿楚惜瑶为他举办寿宴,所邀请的都是政要高官和社会名流,因此你必须通过谢若云才能见到楚文天。"

秦景天没有表态,将装上弹夹的枪塞到叶君怡手中,还没等她反应过来已站到她身后,双手托起叶君怡握枪的手。

"调整你的呼吸,尽量让自己的呼吸趋于缓慢。"

叶君怡并非真打算开枪打靶,只是想脱离窃听器的侦听范围。突然被秦景天从身后环抱,她能感触到秦景天掌心的温度,后背能清晰感知到这个男人起伏的心跳,心中莫名泛起一丝悸动。

秦景天几乎贴上叶君怡的脸颊,手触摸到她细腻白皙的肌肤,但秦景天没有丝毫触动,目不转睛地望向远处的标靶。

"你心跳太快。"秦景天全神贯注,没看见叶君怡脸上透出的潮红。

砰!

秦景天按住叶君怡指头扣动扳机，后坐力让叶君怡后背紧贴在秦景天胸口。

"感觉到什么了吗？"秦景天在她耳边低语。

叶君怡感觉到自己心弦被拨动："看来我错怪你了，你是一位好老师，我居然能打出九环的成绩。"

"感觉到什么了吗？"秦景天加重语气。

叶君怡疑惑不解："我应该感觉到什么？"

"冰冷！你该感觉到枪的冰冷，子弹的冰冷！"秦景天虽然面带笑意，但声音却如寒冰，"你要学会熟悉这种感觉，因为当你变成一具尸体时，冰冷是你唯一能感知到的温度。"

"你想说什么？"叶君怡镇静自若。

"我早就向你发出过警示，到底是我没说清楚，还是你根本没意识到事态的严重。陈乔礼已经追查到表行并且将你列入重点怀疑对象，你不但没有及时规避风险反而更加频繁活动。"秦景天指着远处的标靶沉声道，"你现在在陈乔礼眼中就和那张标靶一样，随时都有可能被他击中。你应该考虑的是如何防备，而不是操心下周末给我布置的任务。事实上我不知道你还有没有命活到下周。"

叶君怡淡定反问："陈乔礼都查到了什么？"

"你带去表行的女人叫穆文月，陈乔礼已经查到她的真实身份，包括她所掌握的资金链。你和她现在都不是陈乔礼关注的重点，陈乔礼这次想要一网打尽。他在等赵婷身后的人现身，并且他还顺着这条线查出军统站内部有我们潜伏的同志。"

"陈乔礼有没有怀疑你？"

"快了。你的不慎已经暴露了太多同志和组织的机密，我猜用不了多久我也会因为你暴露。"

"你是不是很后悔有我这样的上级？"叶君怡依旧不以为然。

"我欣赏你的自信但希望不是自负，否则会有很多人因你而死。"秦景天郑重道，"现在弥补还来得及，但你必须按照我说的去做。"

"我只会听从上级和组织的命令。"叶君怡态度坚决。

秦景天突然有些控制不住自己的情绪,手暗暗用力握住叶君怡手臂:"你这样是在送死!"

"我比你更清楚隐蔽战线斗争的残酷和复杂,我和我的同志都做好牺牲的准备,但这并不代表我们会盲目送死,更不会幼稚到轻视敌人。"叶君怡诚恳地回答,"组织要培养一名打入敌人内部的同志很不容易,你的身份对于组织尤为重要,我暴露得越多反而让你更安全。至于我的安危你不用担心,我有办法应对这场危机。"

秦景天忽然意识到自负的那个人可能是自己:"有什么是我不知道的情况吗?"

"你现在不需要知道。"叶君怡胸有成竹道,"组织需要你继续保持下去。"

"保持?保持什么?"

"保持你军统特务的身份,你不能把这种身份当成伪装,而是要时刻提醒自己就是一名军统特务。必要时,你可以抓捕自己的同志,包括我在内,甚至可以严刑逼供!"

秦景天暗中苦笑,自己执行过无数次任务,但从来没有像这一次如此荒诞离奇。国民党要求自己变成一名信仰坚定的共产党,可共产党却要自己变成一名不折不扣的国民党。

"陈乔礼在地下党组织内部秘密安插了一个暗线,我已经找到他们传递情报的方式。但陈乔礼和暗线见面的时间暂时无法确定,我会想办法尽快找出暗线。"秦景天松开叶君怡的手,好像在这个女人面前他已经习惯了妥协。

"你反映的这个情况组织已经知道。"叶君怡终于表现出欣喜,"如果你能确定这名暗线的身份无疑帮组织化解了一场危机。"

"知道?"秦景天一怔,自己千方百计查询无果的暗线,上海地下党竟然早就知道,"既然知道为什么没有及时清除?"

"组织也是最近才收到消息,有国民党特务已经渗透进来,上级指示我们内部进行全面核查甄别。这名特务极其狡猾，据说是军统的王牌特工。此人的渗透将对上海地下党组织造成覆灭性的破坏，因此上级命令我们必须尽快找出这名特务。"叶君怡神色严峻，"我们现在只掌握了这个人的代号。"

"代号什么？"

"红鸠。"

秦景天低垂的手指不由自主抽动一下，叶君怡显然还不知道，暗线和红鸠根本是两个不同的人。但为了确保自己的任务不会被泄密，秦景天亲手烧毁自己的档案。现在从叶君怡口中听到自己的代号，还是让秦景天心中暗暗震惊。

"你是红鸠！"叶君怡突然一本正经看向秦景天。

秦景天默不作声，但手中的枪已经握紧。

"你这人一点幽默感都没有。"叶君怡莞尔一笑，"组织让我负责对你的审查，我已经向上级汇报过了，你是一位值得信赖的同志。"

"我们认识的时间并不长，你对我的了解似乎也不深。"

"我只是觉得你斗争经验尚浅，根本不可能成为国民党的王牌特工。"叶君怡直言不讳，"何况建立信任不一定需要时间，有时候只要找对了钥匙就能打开对方的心扉。"

"谢谢你的坦诚。"秦景天忍不住苦笑，忽然发现叶君怡话中有话，"你有这样的钥匙吗？"

叶君怡悄悄地从身上拿出一张纸条，推到秦景天面前："陈乔礼戒备心很重，他不会轻易相信任何人，这是你获取他信任的钥匙。"

说完叶君怡回到谢若云旁边。秦景天一边更换弹夹一边展开纸条，叶君怡留给自己的钥匙是一串数字——

513491。

第二十章 扑朔迷离

陈乔礼去南京前委任秦景天监管行动处，各个监视点汇总上来的报告渐渐拼凑出完整的图案，时间越长这幅图案越清晰。以亨士利表行为中心牵扯出来的可疑人物已多达四十几人，而这个数字每天都在攀升。随着不断补充的资料，这些人的身份以及相互之间的关系都一目了然地出现在秦景天正凝视的行动部署图上。

"亨士利表行内的暗室位于一楼西北角。"行动队组员指着两份平面图汇报，"从面积分析可容纳四到七人，有两处出入口，一处隐藏在衣柜后面，另一处与地下防空洞相通。已经加派人手把守各个出口。"

"表行掌柜吴成轩在今天早上接到一个从锦江国际饭店打来的电话，双方约定27号在表行见面。"

秦景天瞟了一眼桌上的日历，三天之后就是27号："确定打电话人的身份了吗？"

"已经派人前往核查。"

"立即召回！"秦景天沉着冷静道，"这个节骨眼儿上千万不能打草惊蛇。联系警察局协助让他们以临时检查户籍为由对饭店的住客进行排查，无论有什么发现都秘而不宣。"

"是。"

秦景天抬头注视着部署图上叶君怡的照片，漫不经心询问："叶小姐最近有什么动向？"

"她最近大多数时间都留在家里，暂时和其他目标人物没有往来，侦听组截获的窃听内容也没有有价值的情报。不过赵婷最近的异动倒是极其频繁。"

"她那边有什么情况？"秦景天追问。

"截止到今天，赵婷非法使用的电话线路已经静默两天。奇怪的是这条线路也在两天前从军统内部中转序列中消失，像是从来没有出现过。我们有理由怀疑赵婷已经停用了这条线路。"

这在秦景天的预料之中，自己故意打草惊蛇让秋佳宁知道赵婷暴露，就是为了验证她们之间是否存在联系。现在秦景天迫切想要证实的只有一件事——秋佳宁到底是不是自己要找的"明月"！

"赵婷经手的账户资金往来一直很频繁，可也在两天前突然停止运作，会不会是赵婷已经发现了我们的监视？"另一名组员忧心忡忡道，"是否有必要立即采取行动，防止她转移资金。"

"我们现在还不确定到底是赵婷有所觉察还是她常规的风险防范，贸然采取行动我担心会破坏处长的计划。"秦景天想尽力帮叶君怡拖延时间，"处长明天就回来了，还是等他决定下一步的行动部署。"

"赵婷在停止资金运作前还有一笔资金支出，转汇给一家叫恒昌的外贸公司。"

"转了多少钱？"秦景天追问。

"175美元。"

秦景天若有所思，让行动队继续对所有目标人物进行严密监视。关上门后秦景天来回走动，脑子里不停思索叶君怡留给自己的那串数字，起初以为是电话号码，但拨打后提示被叫号码不存在。秦景天也猜想过是某种密码，尝试过很多种解密方式都无功而返。叶君怡说过这串数字是一把钥匙，可秦景天绞尽脑汁也想不出对应的锁是什么。

秦景天拿出烟放到嘴角，刚要点燃，忽然眉头一皱。

175！

秦景天从嘴角取下香烟，在嘴里反复念叨这个似曾相识的数字。接着他连忙翻查赵婷所有的资金明细，果不其然从两年前开始，赵婷每隔三个月都会向恒昌外贸公司转款一次，转款金额不多不少刚好是175美元。

秦景天的手指又突然在明细表上的一处停下——513491，他又看见那串让自己百思不得其解的数字。这是恒昌外贸公司的账号。

秦景天立刻和海关总署取得联系，他查到这家外贸公司从成立到今天没有任何货物报关和出关的记录，简而言之这家公司根本没有对外做过买卖。而公司名下唯一的资产只有丰记码头附近的一处仓库。

秦景天的嘴角微微上扬，如果自己没猜错恒昌外贸公司的持有者也是赵婷。她利用这家外贸公司租赁了仓库，每三个月支付一次租金，是为了随时可以转移仓库里的货物。这说明里面存放着不能见光的东西，很显然叶君怡希望自己去发现仓库的秘密。

想到这里秦景天立刻动身赶往仓库所在的地址，刚要下楼就碰到秋佳宁，这让秦景天多少有些失望。如果秋佳宁就是明月，她在得知电话线路被行动队发现后，应该意识到她的身份岌岌可危，最稳妥的方式是立即撤退，可秋佳宁还出现在军统站，要么是她还没有意识到后果的严重性，要么就是她打算破釜沉舟。

可无论是哪一种都不符合秦景天对明月的勾画。

"顾处长说你有事找我？"秋佳宁笑盈盈问道。

"行动队在执行任务时发现一条经由军统站中转的电话线路，尚未确定是被外部人员非法架设还是没有备案的站内线路。"

"军统站内部通讯属于军用线路，和电话局负责的民用线路截然不同。按照保密原则，每一个打入和打出的电话都需要站内总机中转。"秋佳宁不假思索回答，"所以你所说的外部人员利用站内线路的可能几乎为零。即便有人架设了线路，通话内容也会被全程录音监听。"

"那就是说行动队发现的这条线路是属于我们自己内部的。"秦景天步步紧逼，"可为什么没有备案呢？"

"按说我不该告诉你的。"秋佳宁环顾四周压低声音，"站内的确有一条没有备案的线路，不光是上海站，军统下辖所有甲级站都有。这是一条备用线路，只有在战时和特殊情况下才会被启用，为防止被破坏所以没有备案。"

"有谁知道这条线路的存在？"

"我、站长,现在还有你。"

秋佳宁的直言不讳反而让秦景天有些不知所措:"谁有权启用这条线路呢?"

"我。"秋佳宁镇定道,"按照规定我必须时刻确保这条备用线路的畅通,行动队最好终止调查,因为备用线路一旦暴露就会被立即更换,这会造成没必要的人力和财力的损失。我个人建议还是让陈处长向站长汇报一下,免得以后站长追责下来行动队难逃干系。"

秋佳宁的解释无懈可击,非但洗脱了嫌疑还将责任推到行动队身上。秦景天点头附和:"既然是站内的机密,为什么要告诉没有权限知道的我?"

"我看你挺顺眼的。"秋佳宁淡淡一笑,"鹤笙在站里和谁都称兄道弟,不过他承认是朋友的就只有你,能让他信任的人我也信任。"

"秋处长抬爱了。"

"你别这么客气,鹤笙能当你是朋友,那你也是我的朋友。"秋佳宁直视秦景天,忽然一本正经道,"你小心点。"

"我为什么要小心?"

"最近街上疯狗多,也不知道是谁家的狗没关好,昨晚我还打断了两条狗腿。好久没摸枪手都生疏了,下一次再让我遇到就瞄着狗头打。你自己留意些免得被咬到就麻烦了。"秋佳宁意味深长道。

"多谢秋处长提醒,我一定会多加留意。"

这时一名神色慌张的外勤急匆匆上楼,上气不接下气地正准备汇报,看见一旁的秋佳宁立刻闭口不提。

"你们先忙。"秋佳宁知趣告辞,临走前一团和气地对秦景天说,"以后有什么需要我帮忙的地方可以随时来找我。"

秦景天点头致谢,等秋佳宁离开后沉声询问:"出了什么事?"

"派去跟踪秋处长的弟兄被发现,两人腿上都中了枪。"

"秋处长有没有发现是我们的人?"

外勤想了想摇头:"负伤的弟兄说当时距离很远而且又是晚上,秋处长是远距离开枪并没有走近查看,所以她应该不知道是行动队的弟兄。"

看来秋佳宁应该早就发现自己被行动队跟踪，她还故作不知开枪。加上之前她说的那番话，分明是敲山震虎在警告陈乔礼。能在晚上远距离准确无误击中跟踪人的腿，可见秋佳宁枪法有多精准。

秦景天当机立断："立即中止对秋处长的监视。"

"可处长命令……"

"对秋处长的监视没有得到站长同意，别说现在两名弟兄受伤，就是被打死也是咎由自取。"秦景天一脸严峻地打断外勤的话，"等处长回来我会向他汇报。"

第二十一章 仓库

上海自开埠以来船运贸易空前兴盛，每天川流不息的货船在港口吞吐下大量货物。不到两公里的外马路临江码头多达十六家，应运而生的仓库在附近更是星罗棋布。密密麻麻的货轮、喧嚣的码头以及忙碌的搬运工人成了这座远东贸易中心繁荣的缩影。

秦景天在赶到丰记码头前换了一身搬运工的衣服，按照地址很快找到赵婷租赁的仓库。码头附近的仓库都异常忙碌，工人们挥汗如雨往来于码头和仓库之间装卸货物。可恒昌外贸公司的这处仓库却大门紧闭，几名搬运工人无所事事地围在一起抽烟，见到秦景天立刻警觉起来。

"干什么的？"一名工人拦在秦景天面前。

进出仓库的路口各有两人，仓库楼顶四角各站一人，加上仓库门口的五人，这些人的位置几乎覆盖了仓库周围所有视野。

"请问董家渡是这里吗？"秦景天扛着一包货物客气问道。

"走错地方了。"工人一脸不耐烦地驱赶，"出去沿着江边向北走，过两个街口才是董家渡。"

秦景天转向工人手指的方向，但目光却落在那人的手上。常年在码头劳作的搬运工皮肤黝黑，手掌粗糙布满老茧，可这些人完全没有这些特征。

"有劳，借个火。"秦景天一脸赔笑，客客气气递上去一支烟。

工人虽然不耐烦但又不想多生事端，为了尽快打发走秦景天还是拿出火柴。秦景天从工人撩起的衣衫下看见枪柄，更让他确定这些人不是码头搬运工，他们在这里是负责警戒确保不会有人进入仓库。

秦景天走出街巷确定自己离开那些人的视野才停下。这处仓库勾起了他极大的好奇。回想起叶君怡信心十足地说过，这间仓库是获取陈乔礼信任的钥匙，秦景天迫切想知道里面到底存放了什么东西。

秦景天一直等到凌晨2点才重新摸回到仓库边，这个时间是正常人最疲惫的时候。避开来回扫视的探照灯，按照之前观察到的视线死角，秦景天悄然无息地潜入仓库，逐一检查一番后发现和寻常仓库无异，里面存放着大量粮油和一些舶来品。秦景天大致估算了一下货物的价格，按照目前的市价将仓库里所有货物清空也赚不回赵婷所支付的仓库租金。

秦景天继续向里面探索，闻到一股扑面而来的霉臭，用匕首划开一袋货物，里面全是发霉的茶叶。秦景天环视一圈，像这样大包大包的茶叶就直接放在潮湿的地上，他能想到的理由只有一个——防潮！

用大量茶叶来吸附仓库的湿气，只能说明仓库中有价值更贵重的货物。

秦景天的目光移到放在茶叶麻袋上的木箱，撬开其中一个后他瞬间愣住。木箱里面是满满一箱木屑，但从中透出的气味秦景天再熟悉不过。

伸进木屑深处再提起来时，秦景天的手中已多了一把崭新的汤姆逊冲锋枪。用于保养枪械的枪油在空气中散发着独有的气味。秦景天拂去厚厚一层木屑后在箱中看见M3冲锋枪、勃朗宁手枪、手榴弹以及大量子弹。

秦景天不由自主蠕动喉结，手电光缓缓移向仓库深处。像这样装满全美式军火装备的木箱竟有数十箱之多。

秦景天关闭手电静静站立在黑暗中，感觉自己反应有些迟钝。这批数量惊人的军火至少能装备百人。如果装备给战斗力强悍的作战连队，在火力上可以以压倒性优势压制营级建制的国军。

秦景天揉了揉额头，重新梳理整件事。目前能确定的是叶君怡是共产党，亨士利表行是共党的一处工作站，赵婷是他们中很重要的人物，她通过掌握的资金链秘密购置了这批军火，显然是准备运往他们的后方用于装备部队。

可要运送这么大一批军火不是件简单的事，所以叶君怡才要自己想

第二十一章 仓库

办法接触掌控码头船运的楚文天，想借助他的渠道来偷运军火。

不能确定的是秋佳宁在这件事中扮演什么角色，还有那个在赵婷身后没露面的人又是谁？从赵婷过往经历看她不像是能掌控全局的人，她只是一名执行者，幕后还有一个人在操纵这一切。这个人会不会就是自己试图要接触到的地下党组织核心人物？

这些疑惑都可以在后面慢慢去印证，当务之急是秦景天要想清楚自己下一步该做什么。

钥匙！

秦景天恍然大悟，这批军火就是获取陈乔礼信任的钥匙。叶君怡希望自己将发现的一切告诉陈乔礼。可秦景天百思不得其解，叶君怡这样做的目的到底是什么？

她不但让一大批共党成员暴露身份，还让陈乔礼掌握了组织运作的资金链，甚至还希望陈乔礼截获这批军火，难道仅仅是为了帮自己取得军统信任？如果不是事先知道叶君怡的身份，秦景天甚至都会怀疑她是军统安插的内线。

秦景天一夜辗转难眠，最终还是决定按照叶君怡希望的去做，在第二天见到陈乔礼后将获悉的一切和盘托出。陈乔礼听闻后大喜过望："现在事情已经清楚了，共党成员借亨士利表掩护交换情报，他们近期最大的行动就是转运这批军火。"

"我已经派人对仓库进行严密监视，这么大的事是不是该提前向站长汇报一下？"

陈乔礼摇摇头："现在一切都在我们掌握之中，在最终收网前没必要惊动站长，何况站里人多眼杂万一走漏风声就前功尽弃。"

"处长，有新的发现。"一名外勤急匆匆冲进办公室，"和亨士利表行掌柜通话的人身份已经查清，是两名苏联人，住在锦江饭店416号房间。其中一人叫伊万洛夫，另一个叫瓦西里，对外身份是黑海贸易公司驻华代表。从海关获取的出入境记录显示，两人在最近两年频繁往返于上海和莫斯科之间。在核查黑海贸易公司时发现和该公司唯一有贸易合作的只有亨士利表行。"

陈乔礼目露狐疑："查到这个公司从事什么生意了吗？"

"机械设备进出口。"

陈乔礼猛拍脑门，霍一下站起身："'二战'时美国援助过苏联大量美式装备，这两名苏联人很有可能就是这批军火的卖方，否则共产党就是手眼通天也不可能在上海买到这么大一批军火。"陈乔礼越说越兴奋，"看来这两名苏联人的身份也不简单，指不定就是苏共的人，如果能将他们人赃并获意义非同小可。现在苏联人掌管着东北，万一扶持共产党后果不堪设想。要是将此事曝光就能在国际上制造舆论遏制苏联援助共产党。"

"吴成轩在今天给416号房间打过电话，内容是第二批货可以交接。"外勤继续汇报。

"还有第二批军火？！"陈乔礼又惊又喜。

"巧合的是赵婷也在今天不但提取了她自己名下账户上所有资金，并且去花旗银行将那个我们无法追查的账户上的资金全部兑付成美金提取。"

"吴成轩和他们约定的见面时间是27号，看来他们会在后天完成交易。"秦景天补充道。

第二十二章　收网

沈杰韬刚从南京返回上海就立即召开部门会议，开会前通知顾鹤笙到自己办公室。顾鹤笙进去时沈杰韬正埋头处理公文，好像遇到什么棘手的事完全没注意到顾鹤笙站到面前。直到顾鹤笙将茶杯放到他手边，沈杰韬才回过神。

沈杰韬合起桌上的公文，很显然不想让顾鹤笙看见里面的内容："和共产党交换被俘人员的事呢？"

顾鹤笙将交换名单放到桌上："我和军调处的中共代表见过面，中共同意我们提出的交换方案。名单上是我经过筛选值得我们营救的弟兄，您要是没有异议就可以和中共商讨交换细节。"

"这事要尽快办。"沈杰韬只随便扫视一眼便在上面签了字。

"换回来的弟兄我安排了隔离地点，您看由谁负责审查？"

"不用审查。"

"这些人被共党抓获的时间都不短，我担心其中有人被赤化，还是谨慎些为好。"

"换回来的人发放安置费全部遣返原籍。他们的档案转传全国所有军统站点，这批人不得再被录用。"沈杰韬心思缜密道，"对待从共党那边回来的人的确要谨慎，既然无法确定谁被赤化那就假设他们都被赤化。"

顾鹤笙没期待这批换回来的人能发挥多大的作用，但也没料到沈杰韬会如此果断干脆。

这时秘书韩思成敲门进来汇报："警备司令部给您打过电话，近期上海发现多起军火走私案，请求军统站协助调查。"

"什么时候的事？"

"您去南京开会的时候。"

沈杰韬点头表示知道但没有做出答复，起身带着顾鹤笙去会议室，并且让秘书不记录会议内容。可见这次会议不同寻常，顾鹤笙第一时间想到鸢尾花计划。

"我现在传达南京军统局指示。"沈杰韬环视各处负责人，神情严肃，"目前进行的国共和谈存在很多不确定因素，军统必须做好应对最坏结果的准备。从现在开始进入战备状态，加强对共产党地下组织的情报收集，扩大监视范围，密切关注所有有亲共倾向的社会人士和民主党派。我要的结果只有一个，一旦和共党开战要在最短的时间内破坏并粉碎共党地下组织的运作。"

"是！"众人异口同声。

"你们都是打败过日本人的党国功臣，但在这里我需要提醒诸位，这也是局座再三强调的关键，从我们清党到剿共前前后后近二十年，共党非但没有被根除反而逐渐壮大，现在已经发展到和我们势均力敌的地步，这处顽疾若不能及时清除后果不堪设想。"沈杰韬深吸一口气，语重心长道，"诸位，党国的荣辱兴衰就系在你们身上。"

顾鹤笙心里暗暗一沉。

"电讯、情报、行动三处在第一线，从现在开始必须精诚团结，同舟共济。"沈杰韬的目光移到陈乔礼身上，"行动处的任何行动必须站内公开，各部门相互协助不允许再有人搞特殊。现在请陈处长通报一下近期行动处的工作。"

"站长……"

"这里没有你的敌人！"沈杰韬打断陈乔礼，指着窗外不怒自威道，"你要提防的是外面那些赤匪而不是自己的同仁。"

"行动队发现一条共党的资金链，目前掌握的资金数额庞大。同时还侦破共党秘密仓库一处，在里面发现大量军火。"陈乔礼无可奈何，"我暂时只能说这么多，具体详情会后我会向站长汇报。"

"大量军火……"沈杰韬若有所思，"警备司令部最近也在调查走私军火的案子，并且请求军统站协助。你们认为有没有必要把这个情报告知警备司令部？"

顾鹤笙心中一惊，没想到陈乔礼竟然秘而不宣调查到如此重要的事。如果让陈乔礼得逞，那对地下党将造成难以估量的损失。

"陈处长立了这么大的功干吗便宜警备司令部那些人。我们和上海驻军也没什么交情，再说前些日子他们还抓了曹达。"顾鹤笙摇头，如果警备司令部参与会让陈乔礼人手更充足。

"我倒是和顾处长想法相反，不但要说而且还要把查获军火的功劳全给警备司令部。"秋佳宁插话。

沈杰韬端起茶杯："说说你的想法。"

"曹达被抓不是他个人的事，这关系到整个军统。CC、中统以及党内其他派系都对军统极为抵触，曹达被抓后他们刚好可以借机发难。我认为当务之急是要保住曹达，因此必须和警备司令部搞好关系。"

"佳宁言之有理，这次我在南京，戴局长为此事还专门找我谈过话。当然，曹达的行为的确可耻但他终归是军统的人，他的一言一行代表了军统。把他看成一个点，如果他被突破那就意味着军统整个面都会受到波及。军统树大招风难免会有人落井下石。"沈杰韬点点头冷静说道，"行动队先查获这批军火然后转交给警备司令部，功劳就不要了但条件是让他们无罪释放曹达。"

陈乔礼本来就不在乎什么功绩，欣然点头答应。

"资金链又是怎么回事？"沈杰韬追问。

"我知道在座诸位对我个人存在看法。首先我要阐明一点，我对大家并没有成见，只是共党狷獗狡猾，我必须防止任何泄密的可能。我愿意与各位携手进退，但请再给我一天时间。"陈乔礼目光坚定地看向沈杰韬，"过了明天，行动处知道的也会让各位知道。"

沈杰韬沉默良久最终点头同意，散会后让陈乔礼单独留下。顾鹤笙心中焦急疑惑，沈杰韬并未在会议上提及任何与鸢尾花计划有关的事。既然戴笠交由沈杰韬负责，那说明鸢尾花计划的发起地点应该在上海。顾鹤笙绞尽脑汁也想不出会由谁来执行，不过可以肯定这个人不会是陈乔礼，否则他会参加在南京的计划部署会议。

等所有人出去后陈乔礼关上会议室的门。沈杰韬靠着椅背："你安插在地下党内部的暗线可以不说，除此之外你还有什么不能公开的？"

"军统站有潜伏的共党。"

沈杰韬骤然抬头："是谁？"

"我大致已经锁定了目标但没有确凿的证据，不过过了明天这个人就会浮出水面。"陈乔礼胸有成竹。

"还有谁知道这件事？"

"除了我就只有秦景天。"

"看来我也在你怀疑范围之内。"

"站长……"

"你做得很好。"沈杰韬摆摆手，非但没生气反而面露赞许，"我相信你的判断，干咱们这行就必须具备怀疑一切的素养。军统首先要内部干净才能确保机构运作的安全。一次情报的泄露很有可能会改变一次战局的结果，这关系到党国的生死存亡绝对不能掉以轻心。"

得到沈杰韬的首肯让陈乔礼更有底气，回到办公室看见正在等自己的秦景天。

"秋处长在十分钟前用内部线路拨出一个电话，通话记录和内容随后被清除，但她不知道我们已经安装了窃听设备。"

"她打给谁？"

"赵婷家使用的非法线路停用后，她在电话局申请安装了一条民用线路，但我没想到秋处长居然会直接呼叫这个号码。看来她有很紧急的事必须立即和赵婷取得联系。"

陈乔礼眼睛一亮："通话内容是什么？"

秦景天按下录音设备的播放按钮。

"货物受潮需转移。"秋佳宁的声音。

"什么时候？"赵婷问。

"立刻。"

第二十二章 收网

"家里的货怎么办?"

"已经派人去取。来人穿藏青长衫会向你借用电话,家里的货交给来人便可。"

……

录音里传来电话中断的忙音。陈乔礼走到部署图前,像一只闻到血腥的鲨鱼,声音阴沉冰冷:"是时候收网了!"

第二十三章 一网打尽

为了防止有漏网之鱼，在行动前陈乔礼亲自布置抓捕分工。

"这次任务分三个地点，第一处是赵婷的家。"陈乔礼指向一组组长再三强调，"你的人必须等到穿藏青长衫的人进入后才能实施突袭，一定要人赃并获。"

"是。"

"四组的任务是控制所有与赵婷有资金往来的人。"陈乔礼看了一眼手表，要求组长和自己对表，"这批人分布区域跨度很大而且人数众多，万一有人察觉逃逸会导致整个行动的失败。让你的人在晚上9点统一实施抓捕。"

"是。"

"二组由我亲自带队。"陈乔礼的手指停在地图上军火仓库的位置，"据目前掌握的情报，负责仓库守卫的共党配备有武器，而且军火中还有大量炸药包。我担心共党负隅顽抗会引爆炸药，所以提前安排狙击手占领仓库四周高点，如果发生交火必须在五分钟之内解决战斗。"

陈乔礼的部署滴水不漏，秦景天看着地图上密密麻麻的标注，犹如一张密不透风的网。

"军火仓库太危险，还是让我带人去吧。"秦景天说。

"越是危险的地方我越应该在。"陈乔礼身先士卒，手指在地图上移动最后停在亨士利表行，"我把这次抓捕任务中最重要的地方交给你。叶君怡一直是你在监视，她和赵婷在亨士利表行的密会很有可能会出现共产国际的人，这远比抓几个共产党要重要得多。我安排了几个报社的记者，你不但要完成任务还要协助他们对整个抓捕过程进行拍摄。"

"我担心记者会扰乱抓捕计划。"

第二十三章 一网打尽

"难度肯定很大所以我才委派给你。共党最擅长的就是借助舆论蛊惑人心，我们得学习，学习他们的长处，利用这次抓捕制造舆情。目前正处于国共和谈的关键时刻，我们成功捣毁共党私下囤积的军火并揭发其密会共产国际的人。这些事将在明天出现在上海各大报纸的头条，短短几天便能让全国民众知晓，是谁在破坏和谈又是谁想发动内战。"陈乔礼拍了拍秦景天肩膀，"这次我们不是仅仅为了抓几个共产党，而是在为党国争取谈判的筹码。"

接受行动命令后，各组按照部署进入目标区域。陈乔礼在监视点最后一次检查手枪，从墙角微微探出头便能看见不远处的仓库。忙碌的工人正在从仓库往外面的卡车搬运货物，四周负责警戒的人来回巡视。陈乔礼让跟在身旁的记者拍照，等到最后一箱军火装上车陈乔礼才挥手实施抓捕。

突袭比陈乔礼预想得要顺利，外围的守卫还未反应过来就被缴械控制，整个抓捕过程只持续了不到五分钟。陈乔礼撬开木箱确定里面是军火后才长松一口气，让记者对现场截获的军火以及被抓捕的人员逐一拍照。

他看了一眼手表，9点。第四组的抓捕行动也开始，陈乔礼在心里暗暗祈祷一切都能顺利。

引擎的轰鸣让有条不紊的抓捕现场突然变得紧张。急促的脚步声伴随枪栓拉动的声音从四周传来。陈乔礼抬手遮挡刺眼的灯光，从指缝中看见一辆挂着军用牌照的卡车停在面前。行动队的人全都暴露在卡车顶上的机枪枪口之中。

行动队的人仓促举枪防备，与那些荷枪实弹的士兵相互僵持。

"放下枪！"带头的人大喊一声。

陈乔礼环顾四周，一旦交火毫无胜算："军统执行任务。"

"证件！"站在灯前看不清样子的人严厉道。

陈乔礼缓缓从身上掏出证件扔过去，那人拾起看了一眼递给旁边的士兵，让其打电话到军统站核实。

"所有人留在原地并立即放下武器！"那人加重语调。

陈乔礼在短暂的犹豫后还是做出放下武器的决定。等了一会儿后前去核实的士兵回来在那人耳边低语。

"原来是自己人，一场误会还请陈处长海涵。"那人命令士兵收起枪，上前递还证件，"兄弟也是奉命行事，没想到大水冲了龙王庙。主要是现在共党无孔不入实在不能不防。"

陈乔礼接过证件，看见对面的人穿着陆军军装，肩膀上挂着少校军衔。

"你们也在执行任务？"陈乔礼问。

"我们是警备司令部的，最近在调查军火走私案，监视这处仓库很久了。得知今晚他们突然转移货物，上峰命令立即抓捕。"少校也拿出证件递给陈乔礼，"需要核实一下吗？"

"不用，不用。"陈乔礼摇摇头，想到沈杰韬准备用这批军火作为交换曹达的筹码，"军统已接到警备司令部的协查请求，可能是我们沟通不及时才导致误会。"

"辛苦陈处长了，改天亲自登门赔罪。"少校命令士兵将抓获的人员和军火一并带走。

"军火可以让你们带走，但人必须留给我们。"陈乔礼拦在少校面前，"根据我们掌握的情报，除了这批军火之外共党还有另一批军火准备交易。人由军统来审问，等有结果一定会向警备司令部通报。"

少校想了想点头："成，也不能让陈处长空着手回去，再说审讯的事你们军统比我们在行。人给陈处长留下，军火先由我们监管。"

陈乔礼在意的本来就不是军火，目送士兵开走装有军火的卡车后，让手下将抓获的人全部带回站里突审。这时一名组员前来汇报，第一组和第四组的抓捕行动已经圆满完成，所有被监控的对象无一漏网。陈乔礼听后长松一口气，现在只剩下亨士利表行那边还没有消息。

秦景天选择的监视视线很好，在十分钟前看见叶君怡和赵婷还有那两名苏联人相继走进表行。便衣在外面轻敲车窗，征询秦景天何时开始行动。

事到如今即便自己再拖延时间也于事无补，秦景天默默点头下达抓捕命令，埋伏在各处的队员立即按照事先部署实施行动。

"看见门口抽烟的人了吗？"秦景天从后视镜看向坐在后排的记者，"他是负责警戒的，待会抓捕开始场面会很混乱，要拍照最好是现在。"

"看见了。"后排的几个记者兴奋不已，拿起相机准备拍摄。

"这可是大新闻得拍清楚些，免得上了报纸一团模糊，别人还说你们捏造新闻。"秦景天随口提醒。

其中一名记者生怕错过这次难得一遇的机会，在徕卡相机上安装了闪光灯。按下快门那刻，稍纵即逝的强光在黑暗中格外醒目。表行门口抽烟的人立即望向光亮明灭的地方，看见了停在夜幕中的车也看见四周窜动的黑影。

在被便衣控制之前，抽烟的人还是按下了表行门口的门铃按钮。突如其来的变故打乱抓捕计划，组员纷纷掏出枪冲进表行，在后门先抓到准备逃逸的掌柜吴文轩。被掀开的衣柜后面露出暗室的入口，里面已经空无一人。桌上放着一个打开的箱子，里面装着价值不菲的手表。散落在地上的是没来得及带走的俄文文件。

两名苏联人刚撤到防空洞就被按倒在地。赵婷利用防空洞地形逃出第一层封锁圈，但还是在快到出口时被赶来的便衣堵截住。被抓获时她手里还紧紧抱着一个来不及藏匿的木盒。

叶君怡从另一条岔路撤退，没走出几步就被冰冷的枪口抵住后脑。

扑通！

敲击声和沉闷的倒地声几乎同时响起，叶君怡刚要回头，忽然一只手捂住她的嘴将其拽入漆黑之中。

那是一双温暖的手，让叶君怡感觉到一种莫名的踏实。那人将她重重按在冰冷的墙上，紧贴着自己的身体，叶君怡再一次感知到宽厚的胸膛在呼吸中起伏。昏暗的光线照亮那人阴郁而镇定的眼睛。

"我事先勘察过这里的地形，有一条出口行动队没有发现。"秦景天松开手，压低声音，"我现在带你出去。"

"你救不了我的。"叶君怡比秦景天还要镇定,"就算我能脱险可你就会暴露。"

"你如果早听我的就不会让事态演变到今天这一步。"

"作为同志,你对我缺乏最基本的信任。"

"现在没时间讨论这个问题。"

"是你在浪费时间,你现在应该做自己该做的事。"

"我应该做的就是竭尽所能确保你安全。"

叶君怡波澜不惊,低垂的手已经触摸到秦景天的手枪。她毫不犹豫扣动扳机,枪声很快引来其他围堵的便衣。

秦景天长叹一声,唯一能营救叶君怡的希望在枪声中破灭。

"你是军统特务而我是共产党。"叶君怡伸出双手,"你如果真的信任我,现在应该亲手抓捕我。"

第二十四章 蜂后

越是温和的人发火时越可怕，就像现在的顾鹤笙。或许是见惯了他一团和气以至于所有人都忘了他曾经令日伪特工闻风丧胆的样子。

陈乔礼右脸泛起的红肿是被顾鹤笙打的。他的衣领被紧紧拽在顾鹤笙手里，冰冷的枪口就抵在他脑门上。

"把叶小姐放了！"顾鹤笙像一头被激怒的野兽，站在旁边的行动队员没人敢上前。

"不能放。"陈乔礼始终面无表情。

顾鹤笙掰开手枪击锤。

"她是共产党。"陈乔礼泰然处之。

顾鹤笙愤怒的神情中多了一丝惊讶："这不可能。"

"叶君怡被抓获后我没有安排人对其进行审问，就是为了等顾处长亲自处理。"陈乔礼从容不迫道，"一旦叶君怡的身份被证实，顾处长的处境会很被动。如果是由顾处长亲自审问出来那结果就大不同。我不希望因为一个共产党让党国损失一名精英。相信以顾处长的审讯技术很快就能从她身上得到答案。如果是我抓错了人冤枉了她，无论顾处长对我做什么都是我咎由自取。"

"你有什么证据？"

"姜正逃逸后我从他私人物品中发现线索，追查到亨士利表行。我有理由相信表行是共产党的一处工作站。在监视过程中发现叶君怡与表行的人往来频繁。在随后的调查中又发现一名叫赵婷的女人，此人名下掌控着一条不正常的资金链。"陈乔礼指向墙上的行动部署图，"我相信顾处长自己能判断。"

顾鹤笙慢慢放下枪，看向部署图，上面清楚标注着每个目标人物相互之间的关系和活动区域。凭借自己多年的谍报经验,顾鹤笙已经觉察到其中的问题。

"赵婷利用手中的资金和共产国际的人交易军火。"陈乔礼上前指着地图上仓库的位置,"这是第一批被截获的军火。根据我们所掌握的情报,他们今晚在表行密会就是商谈第二批军火的交易细节。"

"军火数量有多少?"

"全美式装备足够装备一个连队。"

顾鹤笙越听越诧异,组织有如此重大的任务可自己竟然没有得到任何协助的命令,而且上海地下党组织的运作情况根本不具备执行这项任务的能力。更让顾鹤笙不解的是叶君怡为什么会被卷入这件事,难道真如陈乔礼所说,她也是自己的同志……

"共产国际不早就解散了吗?"顾鹤笙看着两名苏联人的照片问。

"共产国际这个组织的本质就是苏共对外的情报机构,所谓的解散无非是转入地下而已。苏共现在接管了日本关东军占领的东北,他们更倾向于扶持共产党。"

"你的意思是说被截获的军火是苏联人卖给共党的?"

陈乔礼点头。

顾鹤笙不动声色继续追问:"他们承认自己身份了吗?"

"正在突审,不过他们坚称只是普通商人和表行有钟表贸易往来。"陈乔礼胸有成竹道,"我已经通知了站长,他正在赶来的路上。只要站长得到军统局的授权我就能安排人对他们动刑,撬开他们的嘴只是时间问题。"

"在他们身上有什么发现吗?"

"从表行暗室缴获了一批手表和俄文文件,经翻译是钟表价格和合同。但这些钟表价格不菲,我怀疑是他们的掩饰,这些钟表型号的背后其实代表了枪械。"

陈乔礼所说的每一条都看似合理,可顾鹤笙细细推敲总感觉有不对劲的地方:"我听了这么久,你除了缴获一批军火外,没有任何证据能证明这些人是共产党。"

"如果他们没有问题干吗在暗室交易？被发现后为什么要逃跑？很显然他们有着见不得光的事。"陈乔礼信心十足，"赵婷在逃跑时手里一直拿着这个木盒，被我们的人抓捕时还试图销毁。"

在陈乔礼打开的木盒中顾鹤笙看见一块积家牌腕表。

"这能说明什么？"顾鹤笙拿起表看了半天，"你该不会认为她把情报藏在手表里吧？"

"你看看表冠。"

顾鹤笙翻转手表，在表冠上看见两个字母——"Y.Z"。

"这是一块定制手表，我怀疑是用来接头的信物。"

顾鹤笙久久凝视那两个字母："陈处长为党国鞠躬尽瘁而我却对你恶语相向，之前冒犯之处还望陈处长不要往心里去。"

"都是为党国效力，顾处长能理解就好。"

"叶君怡如果真有问题该怎么处置就怎么处置，陈处长不用顾及我的感受，而且我与她交往甚密不便参与审问，免得有串供的可能。"顾鹤笙将自己的配枪递到陈乔礼面前，"我建议陈处长最好也将我先隔离起来，等事情查明之后再说。"

"你但凡与此事有丁点关系，我就不会让你出现在这里。"陈乔礼把配枪推了回去，"请顾处长来是因为我需要你的协助，我希望能尽快从叶君怡身上打开突破口。"

"我认为叶君怡还是先放一放，毕竟她的身份背景不同寻常，还是等站长来了之后再定夺。万一这中间有什么误会，我和你都担不起这个责任。"

陈乔礼看了看表，想着沈杰韬应该快到了便点头答应。

顾鹤笙的目光定格在部署图的一张照片上："她也是……"

"我怀疑秋佳宁是潜伏在军统内部的共党。"

"她是不是共产党我不知道，但以我对她的了解，我们这里应该没人能让她开口。"

"我知道，所以我专门安排了一个人负责对她的审问。"

在审讯室门口的铁窗缝隙中顾鹤笙看见了秦景天。他的确是最适合审问秋佳宁的人，因为他们彼此并不熟悉，秋佳宁无法掌控秦景天的心理。

和以往常见的刑讯不同，秦景天显得很和气，甚至都没有给秋佳宁戴手铐还专门为她准备了一杯热水。

"行动队查获一处共党军火仓库，找到包括赵婷在内的嫌犯若干，我们怀疑你与共党有联系。"秦景天的审问方式也与众不同，先亮出自己所有底牌，"按照站内规定需要先给你做一次测谎。"

"有烟吗？"秋佳宁表情平静。

"有。"秦景天拿出烟但没有交给她，"尼古丁会刺激中枢神经，导致测试结果出现偏差。"

"谁教你的？"秋佳宁饶有兴致问道。

"特训班的教材上有测谎的注意事项。"

"你打算用从教材上学到的东西来审问我？"秋佳宁面露笑意。

"一共五十道是非题，你只需回答是或否。"秦景天始终保持自己的节奏不被秋佳宁打乱，并为其戴上测试仪器，"你的名字是秋佳宁？"

"是。"

"你的职务是军统上海站电讯处处长？"

"是。"

"你利用职务之便向共党传递过情报？"

"是。"秋佳宁不假思索。

秦景天抬头看她一眼，发现秋佳宁异常平静。

"你不用这样看我，抗战时和共党交换情报是被允许的，不光是我，站长和顾处长都做过。"

"你不用解释，只需要回答是或否。"秦景天拿出赵婷的照片继续测试，"你认识照片上的女人吗？"

"否。"

秋佳宁回答得很干脆。而且测试结果显示她没有说谎。

"时间长了你会发现教材上教的内容并不一定有用。"秋佳宁淡笑着说,"我可以教你一些教材上没有的东西。"

秦景天面无表情:"秋处长有何指教?"

"测谎仪就像照相机,你开心的时候相机会捕捉到你的笑容,但相机并不真正知道你是否开心,因为它无法读取你的想法。"秋佳宁动作优雅地点燃烟,"你可以把它想象成一种昆虫,比如黄蜂,停在身上时你会害怕,一旦恐慌它就会蜇你。也许是因为你的恐慌吓到了它,又或许是它感知到了你的恐慌,你在害怕,黄蜂也在害怕。"

"我看不出秋处长在害怕。"

"你知道毒蛇为什么会杀死埃及艳后吗?"秋佳宁意味深长地问道。

秦景天摇头。

"因为她动了。"秋佳宁的笑容在烟雾中若隐若现,"只要你不动,内心做到真正的波澜不惊,这台机器是无法捕捉到你的真实想法的。我相信自己说的每一句话,你想不怕那只黄蜂首先要欺骗自己。你可以重新再问我一次。"

"你叫秋佳宁?"

"否。"

"你的职务是上海军统站电讯处处长?"

"否。"

"你利用职务之便向共党传递过情报?"

"否。"秋佳宁依旧很平静。

"你认识照片上的女人吗?"

"是。"

……

相同的问题却得到截然不同的两种回答,但无论是哪一种测谎仪都显示秋佳宁说的是真话。

秦景天同样也具备这样的能力,只是不明白秋佳宁和盘托出的原因:

"秋处长是在教我如何骗过测谎仪？"

"不，我认为你在浪费时间。"秋佳宁看向审讯室的铁门，"不管你们用什么办法，都不会从我口中得到你们想要的东西。"

秦景天并没有受到秋佳宁的影响，坚持问完了所有测试问题。在外面目睹整个过程的陈乔礼和顾鹤笙都认为秋佳宁至少在一件事上说了实话——秦景天的审问完全是在浪费时间。

"接下来你准备做什么？"从被带到审讯室那刻起秋佳宁始终掌握着主动权。

秦景天关掉测谎仪器，态度始终平和："秋处长认为我该做什么？"

"我先要纠正你几处错误。"

"洗耳恭听。"

"在审讯室中审问方必须从一开始就建立权威，并且不断制造高压环境。你需要用这种未知的恐惧来击溃受审人的心理防线。直视是最简单但也是最有效的办法，可你一直都在避免和我的视线接触。"秋佳宁弹着烟灰轻描淡写道，"你会让我发现你对这次审问没有足够的底气，那么我就有办法主导这次审问的结果。"

"不如秋处长教教我。"

"在审问前你该给我戴上手铐，同时检查我的口腔以及身上所有可能藏匿药物的地方，防止我在审问过程中服毒自杀。"秋佳宁端起水杯，"你不该给我水，这是错误的做法，非但不能调和审问双方的关系还为我制造了可乘之机。我可以用水服毒也能敲碎水杯用于自杀或者反击。"

"秋处长不像是会轻生的人。"秦景天波澜不惊。

"倘若你评估被审人不会妥协时就该当机立断用刑。这部分我就不赘述了，相信你在特训班时对各种刑具的使用应烂熟于心。虽然我不认同暴力但这种方式的确是摧毁心理防线最直接有效的办法，基本上百分之九十的人扛不过刑讯。"

"秋处长应该是为数不多的百分之十吧。"

"所以你应该提前准备肾上腺激素，当被审人因为无法承受刑罚昏厥

第二十四章 蜂后

时及时使用。你需要让受审人时刻保持意识清醒，只有这样才能持续对其施压。"秋佳宁吸完最后一口烟，转头看看身后的各种刑具，"你打算先从哪一样开始？我个人建议先用电刑，在造成极大痛苦的同时又不会过度摧残受刑人的身体。"

"有些事其实不需要秋处长开口，行动队已经掌握了很多证据，比如你利用职务之便非法启用军统站的备用线路，以及你在站长召开的行动会议后向外泄密等。"秦景天拿出一张张目标人物的照片，逐一摆放在秋佳宁面前，"包括我不需要借助测谎仪也能确定你认识赵婷。"

"你需要用证据来击垮我。"秋佳宁依旧镇定。

"我亲眼见到你去过赵婷的家，就在你和顾处长看电影的那晚。还有赵婷购买的翡翠首饰出现在你的身上，这些都足以证明你与赵婷是认识的。"

"关于我和赵婷的关系我从来没有否认过。我去过她家，收过她赠送的首饰，这些我都承认，可这又能说明什么呢？"

"她目前涉嫌非法转移资金和军火交易，并且我们怀疑她是共党。而秋处长一直利用职务之便对其协助，我能不能这样理解，秋处长也是一名共党？"秦景天一针见血。

"你的推测在理论上是成立的，但你首先要证明赵婷是共党。"秋佳宁针锋相对。

"秋处长面前这些照片都是被行动队监控的可疑人员，在今晚悉数被抓捕。我每放一张照片都在留意秋处长的身体动作，人的行为习惯会在不经意间出卖自己。最后我得出的结论是，秋处长并不认识照片中的这些人。"

"你能阅读我的行为动作？"秋佳宁有些吃惊。

"你从进来到现在基本保持一个姿势，你抽烟和喝水都说明你现在处于防御状态。你一直注视我的眼睛是因为你打算将谎言进行到底，想借此来判断我相信的程度。最有意思的地方在于你没有展现出肢体阻抗的行为，说明你对自己极有信心，同时你的身体面向大门……"秦景天看了一眼紧闭的铁门,"可见你有把握从这里出去。"

秋佳宁愣住,审讯室外的顾鹤笙也暗暗惊讶。

"你现在的惊讶不是伪装的。"秦景天指着秋佳宁的眼角,"真正的吃惊会是一个持续的过程,交感神经的扩张会导致面部肌肉群收缩,最显著的特点就是眼角出现轻微的皱纹。"

秋佳宁重新打量秦景天:"特训班的教材不会教这些。"

"教材里的东西对秋处长起不了作用。"

"你还观察到什么?"秋佳宁换了一个姿势。

"照片中你唯一认识的人是赵婷,可秋处长的目光一直在刻意避开她的照片。你的初衷是想保护她,但你所传递的潜意识却是不安和焦虑。这让我意识到你将赵婷视为不稳定因素,或者说是能危及你的隐患。"

秋佳宁的眼底多了一丝凝重,感觉自己正在一点点丧失主动权。也许这本身就是一种错觉,在这间审讯室中掌握主动的那个人自始至终都是秦景天。

"秋处长不吝赐教令我受益良多,我会学以致用将秋处长传授的办法用在赵婷身上,但我不打算从电刑开始,不断地通电和断电太麻烦。"

"你打算用什么刑具?"

"水刑。"秦景天也给自己点燃一支烟。

秋佳宁的瞳孔快速收缩了一下。

秦景天盯着秋佳宁的眼睛,用很平静的语调描述动刑的过程:"赵婷会被紧紧捆绑在木凳上,用毛巾盖住脸然后将水倒在她脸上。一般人在过了五十秒到一分钟后,由于用力地挣扎,体内的血氧含量会消耗得很快,条件反射使神经中枢控制其张口用力呼吸和吞咽,导致大量的水被吸进胃、肺叶和气管中。赵婷会经历难以忍受的痛苦,出现痉挛式的挣扎,眼睛、鼻孔和嘴巴里有时会有血液流出。大约过两到三分钟她基本丧失了意识,但是中枢神经仍然在工作,所以即便没有意识,但肉体上依然承受折磨。

"这个时候我为她准备了这个,她会一次又一次痛苦地循环。"秦景天拿出肾上腺素，"秋处长猜赵婷能坚持多久？十分钟或许半小时，不过我有一整晚的时间，直到她最后开口为止。"

秋佳宁在短短几分钟内已经换了三个不同的坐姿，终于意识到自己低估了坐在对面的男人："你既然这么有把握何必还在我身上浪费时间？"

"泄密是人的天性，赵婷不是秋处长口中那百分之十的人，她终究会因为承受不住而交代一切。可赵婷只是一名执行者，她会出卖你，也就是说最终我还是要回到这里。"秦景天深吸一口烟，"我不是在浪费时间，相反我是在节约时间。"

秋佳宁处变不惊："你打算什么时候对我用水刑？"

"我没想过对你用刑，但我估算你最多能坚持四个小时，既然结果是注定的何不省略掉过程。"

秋佳宁舔舐嘴唇："我需要想一想。"

"需要多久？"

"两个小时。"

秦景天点头答应，不再继续审问起身离开。陈乔礼掩饰不住内心的狂喜："你已经突破了她的心理防线，不应该让她有喘息的机会，你现在立刻对她用刑……"

"她不会说的。"秦景天语气肯定。

顾鹤笙不解："为什么？"

"她表现出忧虑却没有害怕，无论我们做什么她都不会说一个字。"

"她说需要想想，明显是在纠结要不要交代。"陈乔礼反驳。

"不，她是在拖延时间。"秦景天摇摇头，"她在等着被营救，她有把握自己能在两个小时之内安全脱险。"

陈乔礼和顾鹤笙面面相觑。

"能将秋佳宁从军统站救走，想来这人有通天的本事。如果秋佳宁是共党，那只能说明……"秦景天顿了一顿，"说明上海军统站内除了秋佳宁之外还有另一个潜伏的共党。"

第二十五章　突审

顾鹤笙明白陈乔礼让自己审问叶君怡的原因，当然不是出于信任而是忌惮叶家的权势，万一出了什么事能全推脱到自己身上。只是顾鹤笙现在也无法确定叶君怡到底是自己的同志还是一场误会。

顾鹤笙脱下外套披在叶君怡身上："你不要怕，有我在他们不敢乱来。"

"我为什么要怕？"叶君怡镇定地反问。

"我能为你做什么？"

"我要回家。"

"陈处长怀疑你通共，在调查结束前你不能离开这里。"

"那就是说你帮不了我。"叶君怡处变不惊。

"君怡，你听我说。"顾鹤笙拿了把椅子坐到她身旁，"我想提醒你这里是军统站，被抓进来的人不管有没有问题都得脱三层皮。倘若你真有通共行为就不是能不能回家的问题。"

"你是想对我动刑？"叶君怡笑了。

"不，我是来帮你的。"顾鹤笙语重心长道，"但前提是你要把知道的都告诉我。"

"你想知道什么？"

"为什么要去亨士利表行？"

"买表。"叶君怡脱口而出。

顾鹤笙轻抿嘴唇，手胡乱在衣兜里摸索，好半天才找到烟盒。

"你不相信我？"叶君怡看出顾鹤笙的心烦意乱。

"我看过行动队的任务简报，你是在表行暗室下面的防空洞被抓捕的，陈处长怀疑你们……"

"你怀疑我吗？"叶君怡不等顾鹤笙说完就反问道。

第二十五章 突审

"我当然是相信你的。"

"你是不是对每个人都能口是心非？"叶君怡淡笑着直视顾鹤笙，"以我对你的了解，如果你真相信我，现在就不该坐在这里审问我而是该把陈乔礼送进医院。"

"我不是在审问你。"顾鹤笙握住叶君怡的手试图平复她的情绪，"我需要你意识到事情的严重性同时也希望你能相信我。"

叶君怡抽出手："信任是相互的。"

顾鹤笙揉了揉额头："你是不是被人利用，或者说有人让你去的表行？"

在外面监听审问的秦景天立刻站起身："顾处长不适合对叶君怡进行审问。"叶君怡的那句"信任是相互的"应该是说给自己听的，她在暗示自己要扮演好现在的角色。

"为什么？"陈乔礼不解。

"顾处长的审问带有引导性暗示，他在帮叶君怡推卸主要责任。这属于串供行为必须立即阻止。"

陈乔礼当机立断正准备派人中止审问，却听到叶君怡开口。

"是的，是有人让我去表行。"

"谁？"

"你。"

顾鹤笙刚拿出烟，整个人僵硬地看向叶君怡："我？"

"你是一个很讲究的人，却偏偏戴着一块表盘都磨花的手表。你告诉过我这块手表是你在莫斯科中山大学击剑比赛中赢得的奖品，你将其视为一种荣誉，我猜是你对那段岁月的纪念。"

顾鹤笙低头看了一眼自己的腕表。

"在国内，想买到一块基洛夫手表唯一的途径就是走私，刚好亨士利表行有这样的途径，因此我一直和表行有往来。我本来打算给你一个惊喜。"叶君怡打开手包，取出一块崭新的基洛夫手表，"我幻想过很多种你看到这块表时的反应，但没想到会是在军统的审讯室里。"

顾鹤笙一脸歉意："你是为我去买表……"

叶君怡性格刚烈，当着顾鹤笙的面重重地将手表砸在桌上："看来顾处长是不需要了。"

顾鹤笙赶忙安抚："我从来没有质疑过你，也不相信你和共党有牵连。但种种证据都表明赵婷的身份极为可疑，我是担心你涉世不深被她利用。"

叶君怡情绪缓和了些："你如果真的相信我，就听我一句忠告。"

"你说。"

"你现在就出去，不管找什么借口，头痛也好生病也行，总之你不要再参与这件事。"叶君怡意味深长地说，"你们搞情报的总是想要找寻真相，可有些事的真相是不能触碰的。"

顾鹤笙离开审讯室，他已经能确定叶君怡隐瞒了某些非同小可的事。

陈乔礼迎了上来："叶君怡一直在避重就轻，她始终在回避和赵婷的关系，包括她包里的手表也是事先就准备好的，说明她时刻都在提防突发的变故。我认为她身上的问题不小。"

"你也认为她有问题？"顾鹤笙看向秦景天。

"我相信证据。陈处长之前说叶小姐行为习惯反常，起初我并不认同，但现在看叶小姐的确有耐人寻味的地方。她从被抓捕到现在始终很平静，要么是她问心无愧，要么就是她打算顽抗到底。但问题是能在军统审讯室如此镇定本身就不正常。"

"现在什么情况？"

声音从身后传来，三人转身见到面色凝重的沈杰韬。应该是来得太匆忙沈杰韬都没发现自己穿错了袜子。陈乔礼将整件事的始末一五一十汇报。

沈杰韬越听表情越阴沉："抓回来的人开口了吗？"

"还没有。"陈乔礼低声征求意见，"叶君怡和秋佳宁的身份不同寻常，站长没到之前我不敢擅作主张，您看能不能对她们用刑？"

沈杰韬想了想："要是真的通共，天王老子也保不了她们。可她们一个是电讯处处长，一个是上海金融大亨的独生女，在没有确凿证据之前，我建议还是谨慎为好。"

"非法的资金链以及军火已经是铁板钉钉的证据。"陈乔礼据理力争。

"查获的军火呢？"沈杰韬沉声问。

"被警备司令部运走了。"

"军统查获的军火为什么要让警备司令部运走？！"

"行动队和警备司令部的人在仓库遭遇，他们也监视仓库很久。您不是说用军火当筹码换回曹达，所以我就让他们运走了。"

"你是猪脑子吗？"沈杰韬勃然大怒，"警备司令部的人得到军火就会卷入到这件事里面来，他们会继续追查军火的来源和走私渠道。等他们获悉军统内部有人通共，军统上海站的脸就丢到南京去了。"

陈乔礼顿时语塞："是我没考虑周全。"

"外面那些记者是怎么回事？"

"我打算制造共党破坏和谈的舆情，让记者对整个行动过程进行报道。"陈乔礼解释。

"所有记者的相机全部没收，今晚拍摄的胶片马上销毁。"沈杰韬来回走了几步，指向顾鹤笙命令，"你亲自去办，务必要确保这次行动没有一张照片外泄。再警告那些记者，要是有人胆敢发表文章和报道，就……"

"您放心，我知道怎么做。"顾鹤笙心领神会。

"这些记者天天闹着要言论自由，你要注意处事态度和方式，尽量以安抚劝说为主，个别强硬者你见机行事但是要做得干净。"沈杰韬叫回顾鹤笙再三叮嘱，"我要的结果是今晚的行动一个字也不能出现在报纸上。"

"站长……"

"你闭嘴！"沈杰韬打断陈乔礼，"你知道明天这些事见报的后果吗？南京那些一直想扳倒军统的人不会在意你抓到几个共党，他们只会盯着军统内部被渗透这件事不放，并且借机发难大做文章，情报机构都被渗透还留着有何用！"

楼下汽车引擎的轰鸣伴随着争执声打断了几人的交谈，一名卫兵急匆匆上楼报告："警备司令部的人包围了这里。"

"反了！"沈杰韬火冒三丈，刚要去查看情况就看见三个人从楼下迎面而来。走在最前面的人一身黑缎长袍马褂，虽是头发花白但举手投足颇有大家之风。沈杰韬一见那人马上笑脸相迎："叶哥，您怎么来了？"

"沈站长日理万机，就不劳烦你派人上门拿人了，我自己来投案自首。"

站在沈杰韬面前的是上海总商会会长叶书桥，是上海工商界呼风唤雨的人物。抗战时，无论日本人如何威逼利诱，叶书桥都宁死不屈不肯出任上海市市长，如今却将双手伸到沈杰韬面前："铐上吧，是刑讯还是过堂，叶某悉听尊便。"

"叶哥怎么还和我见起外了。"沈杰韬连忙赔罪。

"叶先生就一个独女，你一声不响就把人给抓了，我陪叶先生来就是向你要人的。"

严世白是警备司令部副总指挥，监管淞沪军警宪特，向来和军统井水不犯河水，但今晚能带兵前来可见是得到上峰首肯。

沈杰韬知道叶书桥在军政界人脉极广，能让警备司令部和军统撕破脸皮也不是什么难事。最让沈杰韬头痛的是站在叶书桥右边穿中山装的人。叶楚两家是世交，即便是官拜行政院常务次长的楚逸见到叶书桥也得埋头敬一声伯父。

楚逸面色冷峻："我刚好在上海处理公务，闻听沈站长今晚的行动。行政院不干涉上海军政但有职责监察干部操守，今晚的事我会如实记录上报。"

"请各位到办公室……"

"沈站长还是公事公办的好。我叶书桥还明事理，小女若是有作奸犯科之举，我绝不姑息悉听沈站长发落处置。但丑话说到前面，假若小女蒙不白之冤，就得有劳沈站长给我叶家一个说法。"

"叶哥，您于杰韬有救命之恩，我又岂是恩将仇报之辈。君怡被抓的事我也是刚才获悉。"沈杰韬将事情始末一五一十说出来，"事出突然我也始料未及，还请叶哥息怒。"

"君怡去表行买表也违法了？"叶书桥面无表情地反问。

"叶小姐和共党有关联。"陈乔礼在一旁解释。

"你有什么证据？"叶书桥冷眼看向陈乔礼。

"目前正在调查。"

"那我就看着你们调查，免得小女被你们屈打成招。"

"我怎么会让他们对君怡动刑，我也相信这只是一场误会。"沈杰韬一边赔罪一边指示陈乔礼，"立刻释放叶君怡。"

"不行！"楚逸出声阻止，"我们来不是妨碍司法也不是干涉沈站长的工作，一切按你们的程序来。如若通共，依法严处，要是冤假错案，沈站长就是监管不力。"

"对，我们看着审。"严世白不依不饶，"你们军统不要以为只手遮天就能凌驾于国法之上，你们想抓就抓想放就放，这事没那么简单。"

陈乔礼生怕放走了叶君怡："嫌犯中有一名叫赵婷的，她和叶小姐往来密切，只要她开了口自然能真相大白。"

沈杰韬瞪了陈乔礼一眼。

"这个叫赵婷的人现在何处？"楚逸问。

楚逸和严世白都是CC的人，沈杰韬自然不希望他们掺和军统的事，但碍于叶书桥的面又不能回绝："在审讯室。"

"那就别浪费时间了。"严世白冷声道，"听说没有军统撬不开的嘴，今晚也让我见识见识。"

众人来到审讯室隔壁的观察室，透过单面镜看见里面有两名军统人员正在盘问赵婷。沈杰韬拿起审讯记录发现上面只有寥寥数语，全是关于买表的事："她还没开口？"

"这女的嘴紧，问了一个多小时只交代了她去亨士利表行的事，至于其他的缄口不提。"负责记录的人起身报告，"但在审讯中发现一件事。"

"什么事？"陈乔礼迫不及待追问。

"去赵婷家穿藏青长衫的人叫郑荣，是汇昌钱庄的掌柜。此人的身份和背景已经核实无误,他去赵婷家是为了取美金。"

"目的是什么?"顾鹤笙问。

"郑荣私下做黄金交易,他有渠道将美金兑换成金条。"记录员事无巨细地汇报,"此人并无可疑之处,他是接到电话才去的赵婷家,之前与赵婷并不认识。"

"谁给郑荣打的电话?"

"他也不清楚,只知道是一个男的告诉了他赵婷的地址。我们调查了郑荣的电话记录,显示这个电话是从军统站打出,但奇怪的是军统内部通讯记录中查不到这条通话。"

陈乔礼有点激动:"这么说景天的推测是正确的,除了秋佳宁之外站里还有另一名潜伏的共……"

喀,喀……沈杰韬咳嗽几声暗示陈乔礼闭嘴。

秦景天在心里暗想,秋佳宁极力在保护的会不会就是明月呢?

"赵婷在这件事上也供认不讳,她承认见过一名钱庄的人,并且将美金交给了来人。"

"一共多少美金?"陈乔礼问。

"十万。"

"这个叫赵婷的还挺有头脑,一旦国共开战黄金的价格就会疯涨,将美元兑换成黄金倒是一笔不错的投资。"楚逸在一旁讽刺道,"军统现在真是够忙的,连金融案也有参与。"

"但这里出了点问题。"记录员继续说。

顾鹤笙追问:"什么问题?"

"根据郑荣的交代,他承认自己从事非法黄金交易,但不承认自己见过赵婷。"

陈乔礼疑惑道:"他不是去过赵婷家吗?"

"是去过并且被我们当场抓获,但郑荣去的时候赵婷并不在。"记录员解释,"当时赵婷在亨士利表行,她和郑荣几乎是同一时间被抓捕的,所以郑荣不可能见到赵婷。"

沈杰韬眉头一皱沉声问:"赵婷不是承认见到过钱庄的人?"

"我们让郑荣和赵婷见面,两人都表示不认识对方。"

"没见过?"顾鹤笙一头雾水,"那赵婷把十万美金交给了谁?"

"她说自己交给了一名穿藏青长衫的人。"

众人越听越迷惑。

"还有另一个发现,负责搜查赵婷家的人报告说,在赵婷家的电话里发现了窃听器。"

"这算什么发现,我派人安装的啊。"陈乔礼说。

"是两个,除了行动队安装的,还发现了另一个。"记录员回答,"我们分析除了行动队外还有其他人对赵婷的通话实施监听。"

"事情不对劲。"一直默不作声的秦景天突然开口,"有人通知赵婷做好黄金交易的准备,并告知她会有穿藏青长衫的人来取美金,但这条通话被其他人截获。在郑荣到达赵婷家之前,已经有人见过赵婷。而赵婷见到穿藏青长衫的人便先入为主以为来人就是钱庄的人,因此将美金交给了另一个人。"

沈杰韬冷声问:"能不能查到另一个窃听器的接收源?"

"尝试过进行追踪但接收源已经关闭。"

"不好!"顾鹤笙脸色大变,"如果赵婷被其他人监听,那么军火的下落也会外泄!"

"军火不用担心,我已经移交给警备司令部……"

"等等,"严世白打断陈乔礼,一脸茫然地问,"什么军火?"

"军统查获到一处军火仓库,共党在里面藏匿了一批足够装备一个连队的全美式装备。我们收到警备司令部关于协查军火走私的请求,站长让我们全力协助,因此在截获军火后全部移交给了你们的人。"

严世白半天没反应过来:"警备司令部什么时候让军统协查走私军火了?"

陈乔礼感到一丝慌乱:"你们的人对仓库一直在监视,怎么会不知道呢,而且我是亲手移交给你们的人的。"

"你移交给谁？"

"一名少校。"

"叫什么？"

陈乔礼愣住，回想起当时那名少校出示过证件，但自己并没有认真看："我……不知道，但你们可以查啊。"

"军火走私是大案，我不可能不知道。我可以明确地告诉你们，警备司令部近期根本没有查过什么军火走私，更没有派人对什么仓库进行监视。"严世白的话一出口，沈杰韬等人脸色骤变。

沈杰韬让秘书立即核查打给自己办公室的那通电话。核实的结果让所有人大惊失色，来电是从一部公用电话打进的，这意味着有人冒用警备司令部名义传递了错误的信息。

"我帮你们捋一捋，军统查获了一批军火非但没有上报而且交给了其他人。"严世白冷笑一声，"这口锅太重，警备司令部可背不起。"

"看来今晚的事越来越有意思了。"严世白扫视一圈，目光落在惴惴不安的沈杰韬身上，"足够装备一个连队的军火从军统手中不翼而飞，我想沈站长必须要给出一个令人满意的解释。"

"现在不是相互推诿指责的时候。"楚逸即便对军统再敌视，但也知道军火失窃不是小事，权衡再三道，"你立刻打电话给警备司令部，调派部队封锁各个路口。沈站长……"

沈杰韬心烦意乱，楚逸叫了几声才回过神。

楚逸当机立断："军统这边应该立即追查军火下落，我认为有必要进行全城搜查。"

"距离移交军火已过去三个小时，现在封锁各个路口为时已晚。"陈乔礼看了一眼手表，心急如焚，"好在主犯赵婷还在我们手中，兴许她知道军火的下落。"

一连串的事让沈杰韬方寸大乱，迟疑了良久才让审讯员对赵婷实施审问。秦景天隔着单面镜观察赵婷很久，她神色中那抹云淡风轻一直让秦景天看不懂，不知道她到底是还没有意识到自己的处境，还是说她真

第二十五章 突审

的无所畏惧。

一旁的严世白趾高气扬道："要是你们军统审不出来，我可以派警备司令部特务处的审讯专家过来协助。"

沈杰韬自然不愿让外人插手军统的事，犹豫片刻后决定更换审讯人员。秦景天执意要单独审问，顾鹤笙提出在一旁协助，秦景天没多想答应了。

两人来到审讯室后，秦景天做的第一件事是反锁了大门，并用铁丝牢牢固定住门把手。他的举动落在赵婷眼中引来一丝不安。

"你们到底想怎么样？换了好几个人来审问，翻来覆去问的都是那些问题，我把知道的都说了，你们还有完没完？"

秦景天默不作声上去解开赵婷手铐。或许是没在秦景天身上感觉到戾气，赵婷的情绪有些缓和："该交代的我都交代了，你们到底还想知道什么？"

"我对你说的那些没兴趣，我只有一个问题。"

"什么问题……"赵婷突然发现秦景天正将她的双手紧紧捆绑在椅子扶手上，大惊失色问道，"你想干什么？"

秦景天捆好赵婷，确定她双手不能动弹后，单刀直入道："你在等谁？"

赵婷一愣，有些不知所措。

"你从赵婷摇身一变成为穆文月，从一名寂寂无闻的教员变成数家商铺幕后老板，这中间你经历过什么我没兴趣知道。但你在被审时有意无意一共看了大门七次，当我进来时你眼中流露出失望。"秦景天盯着赵婷双眼，"很遗憾，你等的人没有出现，但你现在必须告诉我，你等的是谁？"

赵婷避开秦景天的目光："我不明白你的意思。"

"我本来打算对你用水刑，那是一种惨无人道的刑法，唯一的缺点就是耗时太长。可我现在最缺的就是时间，所以我打算换一个简短的方式。"秦景天手里多了一把匕首，森寒的刀光映在赵婷脸上。

赵婷舔舐嘴唇，依旧一副不屑一顾的样子。

"啊……"赵婷惊叫一声。锋利的刀刃割开她的双腕，鲜血瞬间从被割裂的动脉中喷涌而出。

秦景天放下匕首异常安静地坐在赵婷对面，什么也不说。死寂一般的审讯室里能清楚听到鲜血滴落的声音。

起初赵婷还能镇定，但随着鲜血不断流淌，她开始流露出慌乱和紧张，余光不由自主瞟向被锁死的铁门。

"在桡动脉被割破的情况下，按照目前的失血速度，你会在五分钟后出现意识模糊，然后进入休克直至死亡。"

在外面旁听审问的陈乔礼顿感不安，如果赵婷死了所有的线索都会中断。沈杰韬连忙命人撞开审讯室。

撞门声重新燃起赵婷眼底的希望，像一个溺水的人抓住了救命稻草。

"撞不开的。"秦景天平缓的声音让赵婷的希望瞬间熄灭，"而且我建议你最好不要太激动，心跳过速会导致血液流动，加速你死亡的时间。"

"你到底要什么？"赵婷惊慌失措地问。

"听到了吗？"秦景天反问。

"听到什么？"赵婷的脸色因为失血变得苍白。

"你的血滴落在地上的声音。你的身体就像你贩卖的钟表，每一次滴答就如同指针走过一个刻度，不同的是，这是一只倒计时的表。走过的刻度越多你距离死亡也就越近。"

赵婷的呼吸变得急促，眼底泛起再也无法掩饰的恐慌。

秦景天看了一眼手表："你还有一分钟的时间。"

赵婷最后的坚持随着骤降的体温消失，逐渐放大的瞳孔透出前所未有的畏惧："我，我说……"

秦景天上前按住她手腕上的伤口："你在等谁？"

"等……"

砰！

近在咫尺的枪声让秦景天耳膜隐隐作痛，在外面旁听的所有人全都目瞪口呆。赵婷仰头躺在椅子上，从太阳穴射入的子弹留下一个触目惊心的伤口，迸溅的鲜血模糊了秦景天的视线。

秦景天慢慢看向身旁开枪的顾鹤笙，短暂的混沌后像是明白了什么。

第二十六章 幕后之人

行动队强行撞开审讯室的铁门。当黑洞洞的枪口对准顾鹤笙时，他平静地将退出弹夹的配枪一并放在桌上，然后一言不发坐下来，点燃一支烟，像什么事也没发生过。

陈乔礼的震惊很快被惊喜所替代，顾鹤笙这一枪让他嗅到不同寻常的味道，比起赵婷显然顾鹤笙更有价值。至于严世白和楚逸完全是一副幸灾乐祸的样子，今晚的事已经从一场闹剧演变成丑闻。

"叶哥，您先带君怡回家，改天我亲自登门赔罪。"

叶书桥是见过大风大浪的人，很清楚明哲保身的道理，何况现在牵扯到军统内部："既然是误会搞清楚就行了，赔罪就不必了，等你有空上我那儿坐坐，咱们也有好久没聚了。"

沈杰韬点头派人送叶书桥回家。楚逸和严世白没打算就此罢休，沈杰韬也没劝阻只请二人去办公室。

"1934年严副总指挥是第三师八旅旅长，隶属于李延年部奉命对共军进行围剿。在温坊一战被共军全歼，只有严副总指挥一人侥幸生还。"沈杰韬说。

"我是为了掩护主力部队完成对共军的合围。"严世白桀骜不驯道。

"结果共军还是突破了围剿。"沈杰韬冷声道。

"老子拼光了全旅弟兄还差点把命搭进去，你凭什么对老子指手画脚？"

"这份是军统派往共军根据地的谍报小组获取的档案。"沈杰韬将档案丢在严世白面前，"根据共军的机要文件，在温坊战役中严副总指挥被俘过，但你从未向军部汇报过此事。在后来的围剿中共军成功突围，你说有没有可能是严副总指挥在被俘后泄露了军事部署？"

"姓沈的你别信口开河！"严世白霍然起身。

"我是不是信口开河不重要,你猜猜如果我将这份档案上交给国防部会是什么结果?"沈杰韬心平气和地反问。

"你……"

"楚次长,咱们认识也有些年头,这些年看着你平步青云,杰韬是打心眼为你感到高兴。你我身为同仁虽在党内派系不同,但混迹官场无非是要懂人情世故。"沈杰韬又将另一份档案慢慢推到楚逸面前,"汪伪政府曾与你有过书信往来,希望你能投靠日本人,你在回信中言辞暧昧立场不清……"

"沈杰韬!你这是血口喷人!"楚逸勃然大怒。

"你的回信没被销毁最后落到军统手中。我阅后义愤填膺,你骑墙观望,首鼠两端,实为汉奸之举。"沈杰韬拿出信函,"楚次长请过目,上面可是你的笔迹?"

楚逸一看骤然脸色苍白。

"好在楚次长深明大义,悬崖勒马,未与汪伪之流同流合污。"沈杰韬话锋一转,"可要是这些信函落入别有用心的人之手,我担心非但楚次长的仕途会举步维艰,而且还有牢狱之灾。"

楚逸蠕动喉结:"你想怎样?"

"我沈杰韬向来知恩图报,人敬我一寸我必还一尺。今晚两位无论看见什么或者听见什么,我希望出了这个门两位都忘得干干净净。"沈杰韬当着俩人的面烧毁档案,声调却随之加重,"我沈杰韬是什么人两位也清楚,若是有仇,我定会睚眦必报。今晚的事要是从两位口中泄露半个字,因此给军统抹了黑,我保证两位从此家无宁日!"

楚逸和严世白对视一眼,都心知肚明。

"今晚有事吗?"楚逸一本正经地问严世白。

"有吗?"严世白摇头,"我不知道。"

沈杰韬点到即止,亲自将二人送到门口,回头就看见难掩兴奋的陈乔礼。

"你今晚辛苦了。"沈杰韬拍拍他肩膀。

第二十六章 幕后之人

"再辛苦都值，这事还得继续深挖，一定会有意想不到的收获。"

沈杰韬又看到站在陈乔礼身后的秦景天："你今晚倒是让我刮目相看。"

"是站长指挥有方。"

"我头有些疼想先回去，站里的事就全权交给你处理。"沈杰韬揉了揉额头，面露疲态，"明天早上你亲自把审问的结果交给我。"

"顾处长和秋处长怎么审？"陈乔礼试探着问。

"你看着办吧。"沈杰韬面无表情。

"明白了。"

有了沈杰韬的首肯陈乔礼如同拿到尚方宝剑，再不用顾忌顾鹤笙和秋佳宁的身份。

"安排人对他们用刑！"陈乔礼的语气阴沉。

"有时间聊聊吗？"秦景天平静道。

"明天一早站长就要结果，有什么事等过了今晚再聊。"

"必须现在聊。"秦景天态度坚决。

陈乔礼眉头一皱，将秦景天带到办公室："这里没人，有什么话你直接说。"

秦景天递过去一支烟。

陈乔礼摆手谢绝："我从来不沾任何会让我上瘾的东西，这会削弱我的意志从而扰乱我的思维。"

秦景天点燃烟，不慌不忙道："这次行动有几处疑点，在没搞清楚前，我建议处长最好不要冒进。"

"什么疑点？"

"首先是那两名苏联人。"

"你发现他们的可疑之处了？"陈乔礼立马来了精神。

"我们一直假设是苏联人向赵婷提供了军火，但我细想后发现此事有待商榷。我们假设的前提是赵婷是共党，那么她购买军火的目的显而易见是为了装备共军。"

"这有什么问题？"

"问题是共军的主力现在都在关外。"秦景天冷静分析，"而关外目前被苏联人掌控，倘若他们暗地里援助共军，完全可以直接将军火移交给共军，而不是从苏联偷运到上海。我认为他们不会干这么愚蠢的事。"

"我也意识到这一点，我们之前的推测可能的确有误，但从另一个方面说明赵婷掌握着另外获取军火的渠道。"

"先把军火的事放在一边。我查过赵婷名下所有的店铺，发现店铺原来的老板在沦陷期间或多或少都和日本人有接触，包括亨士利表行的掌柜吴文轩，他在上海沦陷的这段时间内和日军军官来往密切。如果要秋后算账的话，这些店铺的老板都能被定性为汉奸。"

陈乔礼一头雾水："什么意思？"

"你就没想过，赵婷是怎么成为这些店铺老板的吗？"秦景天弹了弹烟灰，"生意人唯利是图，谁会把能赚钱的营生低价转卖，除非他们是迫不得已。生意人眼中比利益重要的就只剩下性命。"

"你是说，赵婷利用他们是汉奸的事胁迫，从而占有了这些人的店铺！"

"赵婷之前只是一名教员，无权无势根本胁迫不了这些人。她需要一个精通生意的人协助，并且这个人在上海有呼风唤雨的本事，同时又能游走在各方势力之中。"

"叶君怡！"

"对，叶小姐就是赵婷的合伙人！"秦景天点点头。

"如此说来顾鹤笙应该早就知道这两个人的关系，所以在赵婷开口之前灭口，目的是保护叶君怡。"

"我的想法恰好相反。顾处长对此事并不知情，他还不至于为了一个女人铤而走险。他杀赵婷灭口是另有原因。"

"难道是为了保护秋佳宁？"

"关于秋处长的事我也认为有待商榷。我们对她的怀疑源于一条翡翠项链，这证明了她和赵婷是认识的，但除此之外还能证明什么？"

"她向赵婷泄密。"

第二十六章 幕后之人

"是的,这些都是事实,但也只能说明她和叶君怡一样,与赵婷有合作关系。赵婷送她价值不菲的项链,而秋佳宁毫不顾忌佩戴在身上,你认为这正常吗? 如果秋处长真是潜伏的共党,她应该比谁都小心谨慎。一个连日本特工千方百计都无法抓捕的人怎么会这般大意?"

陈乔礼眉头紧皱:"也有可能是她一时侥幸……"

秦景天摇头:"她不是心存侥幸的人,如果是,她活不到现在。"

"我们在这里猜测也于事无补,当务之急是如何让秋佳宁和顾鹤笙开口。"陈乔礼站起身,心急如焚,"我就不相信他们能熬到天亮。"

"他们能不能熬过去我不清楚,但如果你继续追查此事……"秦景天吐了一口烟雾,抬头看向陈乔礼,"你将成为第二个赵婷!"

陈乔礼重新坐回椅子上,反复回味秦景天的话:"共党会杀我?"

"这次轮不到共党下手。"

"什么意思?"

"我们忽略了一个很重要的细节。赵婷和叶君怡是两个不同层面的人,从她们的档案看,两人之前是不认识的。为什么叶君怡会协助一个落魄的女教员呢?"

"这个问题很好解答,她们都是一条线上的共党。"

"关于她们的身份,一直都是你的假设,我们先抛开不谈。赵婷承认了资金和军火的事,可见这对她来说无足轻重。要知道即便她不是共党,走私军火也足够让她掉脑袋,可在审问中她并不忌惮此事。"

"再看另一个问题,赵婷为什么有能力突然占有那些商铺?"秦景天继续问。

陈乔礼一边推想一边说:"这些商铺的老板既然有通日卖国的罪行,光复后按照规定他们的资产要被充公,将商铺转让给赵婷也不失为一种自保的方式。"

"谁会掌握他们是汉奸的证据呢?"

陈乔礼沉默良久:"军统!"

"这才是关键所在。沦陷期间军统一直在收集汉奸卖国的罪证,就是说只有军统内部的人才掌握着这些商铺老板的把柄。"

"这就能解释通叶君怡和赵婷的关系了。"陈乔礼茅塞顿开，"收集情报由顾鹤笙负责，他和叶君怡又是情侣关系，这两人应该串通一气，然后利用赵婷当代理人假公济私从中获利。"

秦景天默不作声抽着烟。

陈乔礼眉头一紧："难道还有其他解释？"

"叶家家境殷实，叶君怡又是叶家独女，她最不缺的就是钱。她为什么要铤而走险从事非法交易呢？"

陈乔礼发现自己也解释不清这个问题。

"我在审问赵婷时发现顾处长并不认识赵婷，他开枪击毙赵婷的举动也让我大为意外。但由此可以说明一件事，赵婷未必只是一名代理人，叶君怡、秋佳宁以及顾鹤笙都因为某种原因在保护她。"

"赵婷有什么价值？"陈乔礼疑惑不解。

"她来上海之前在嘉兴当教员。而这个时间段内军统站刚好也有一人在嘉兴。"

陈乔礼先是一愣，紧接着猛然从椅子上站起身："你是说他……"

"秋佳宁动用备用线路为赵婷架设电话，她如此精明谨慎的人，应该会想到一旦东窗事发，她会立刻被锁定。擅自挪用战略物资可是要被枪毙的，秋佳宁不是大意的人，她也不会因为敛财铤而走险，除非她有把握这样做能全身而退。"秦景天继续提示。

陈乔礼蠕动喉结，一层细细的冷汗从额头渗出。

"至于顾处长当着众人的面杀人灭口，是不想让赵婷说出那个人。答案已经显而易见，能让顾鹤笙和秋佳宁不惜一切去保护的会是谁？"

陈乔礼不停舔舐嘴唇，好半天才发出声："站，站长！"

"既然有了答案，再反推整件事就简单多了。站长在沦陷时期潜伏在嘉兴，他认识了当时还是教员的赵婷。这女人颇有几分姿色，她和站长的关系就不言而喻。光复后站长将她带到上海并改名穆文月。之后，站长以汉奸罪行要挟让商铺老板交出产业，并安置在赵婷的名下。但赵婷并不擅长经营生意，因此请叶君怡从旁协助。赵婷一直向花旗银行汇钱的账号持有者就是站长！"

"能让秋佳宁架设安全线路的人也是站长。我事先故意向她透露行动队在调查非法线路的事，并且秋佳宁又发现自己被监视，她将两件事联系起来很快就能意识到是赵婷那边出了问题。等站长从南京回来后她立即汇报。"秦景天已梳理清楚整件事的脉络，"秋佳宁向赵婷泄密想来也是站长的决定。顾鹤笙应该是在审问中发现了站长与这件事的关联，所以在赵婷开口之前将其灭口。叶君怡、秋佳宁以及顾鹤笙缄口不提都是在保护站长！"

"你说得没错，也只有站长有能力搞到走私的军火。"陈乔礼一脸颓然但很快恢复了镇定，"赵婷的背后是站长与我追查的共党是两码事。姜正和亨士利表行有过接触，这其中一定有隐藏的共党。"

"没有共党！"秦景天加重语调，"你怎么到了现在还不明白其中的利害关系。你现在最该感激的是顾鹤笙，要不是他开的那一枪，你以为自己能从这件事中全身而退？"

"我感激他？"

"再往下查得出的结果是什么？是站长中饱私囊、擅自挪用战略物资、包庇汉奸以及走私贩卖军火。你不但断了站长的财路还逼死了他的女人，最后还打算毁了他的前程。"

"我，我没这样想过。"陈乔礼大惊失色。

"可你就是这样做的。"秦景天看着香烟上升腾的烟雾，"当时如果赵婷说出站长的名字，你猜结果会怎样？"

陈乔礼擦了擦额头的冷汗："严世白和楚逸是CC的人，军统出了这么大的丑闻，他们一定会落井下石扳倒站长。"

"你该考虑的是自己。"秦景天严肃道。

"我？"

"你知道站长为什么会借故离开将此事全权委托给你吗？站长让你明天给出结果，其实是在给你最后一次机会。你如果一查到底定会引火烧身，到最后会发现所有的矛头都指向你。"

"指向我？"陈乔礼一头雾水。

"共党应该早就发现了站长的秘密，所以姜正才会出现在钟表行。站长大肆敛财是见不得光的事，共党想将这部分资金据为己有同时还想搞到那批军火，但一直苦无机会，直到你查到这件事让共党看到了希望。"秦景天冷静分析道，"在行动队监视赵婷的同时，共党也在实施行动。装在赵婷电话里的窃听器以及冒用警备司令部的名义打给站长的电话都是共党做的。"

陈乔礼还是不懂："这和我有什么关系？"

"如果此事到了无法挽回的地步，你猜站长该如何应对？这么大的事必须有人出来负责。纵观整件事，你陈处长可谓不遗余力在帮共党，不但送钱还送了军火，行动处所有机密行动都是由你亲自部署，有没有可能你就是潜伏的共党呢？"

"一派胡言！"陈乔礼怒不可遏。

"胡言也会害死人的！你设身处地想想，如果你是站长为了掩饰这件事会怎么做？"

"知情人一个不留！"陈乔礼脱口而出。

"正如我之前所说，你再查下去会变成第二个赵婷。"秦景天点点头，"陈处长不沾任何上瘾的东西，可事实上并非如此。追剿共党已经让你上瘾，以至于你无法客观分析案情。你现在不是在和共党敌对而是在和站长敌对，谁又能容得下你呢？"

陈乔礼倒吸一口冷气，整个人重重瘫坐在椅子上："我现在该怎么做？"

"站长给你留了路，怎么走就看你自己了。资金没了，军火也不翼而飞，主要的嫌犯赵婷死了，这件事变成一起死无对证的悬案。做人有时候得学会难得糊涂。这件事到此为止吧。赵婷非法走私军火，在审问过程中负隅顽抗试图袭击审讯人员被当场击毙。相信站长会满意这样的结果。"

"谢谢。"陈乔礼诚心诚意致谢，"今晚要不是你提点我差点铸成大错。"

"你该谢的是顾处长,是他当机立断救了你。"秦景天吸完最后一口烟,"你现在该去释放顾处长和秋处长,然后当今晚什么事也没发生过。"

秦景天在车上等到从军统站出来的顾鹤笙。回家的路上两人一言不发,最终顾鹤笙还是没忍住:"陈乔礼先入为主,以为这次能抓到共党一定不会收手。他放了我和佳宁看来是有高人提点。"顾鹤笙的目光从窗外移到秦景天身上,"你怎么发现的?"

"站长不允许对赵婷用刑时我就觉察到异样,你开枪后我就更加肯定了。"秦景天偏头和顾鹤笙对视,"你呢?你又是从什么时候知道的?"

"Y.Z。"

"表冠上的那两个字母?"

"这两个字母是一个名字的缩写,郁治。"顾鹤笙直言不讳,"这是站长参军前的学名,此事站里无人知晓。赵婷买的那块手表是送给站长的,从那时起我就猜到两人的关系,也大致清楚了所有事。"

"后天有时间吗?"

"有事?"

"谢小姐让我陪她去参加楚文天的寿宴。"

"我知道这件事,君怡也让我一同出席。"

"那太好了,我也想见见叶小姐。"秦景天淡淡一笑,"是我看错了叶小姐,有诸多冒犯之处想当面向她道歉。"

第二十七章　名字

十里洋场从来不乏大亨的传说，楚文天便是其中之一。刚来上海闯荡时他还只是一名码头苦力，拜在荣社门下的初衷也只是为了混口饭吃。虽在荣社辈分不高但因其为人豪爽仗义颇具声望，黄金荣慧眼识人将其留在身边提携，短短十多年便成了黄金荣的左膀右臂。加之上海沦陷时楚文天还从日本人手上救过黄金荣，被其收为义子更是风光无尽。

自从黄金荣退居幕后，荣社大小事务全交托给楚文天打理，自此十里洋场又多了一位叱咤风云的人物。

楚文天大摆寿宴，上海滩三教九流有头有脸的人物几乎到了一大半，快到开宴的吉时却没见到这里的主人。秦景天推说头痛没跟顾鹤笙一起应酬，目光在川流不息的人群中搜索自己等待的那个人，直到听见声音从身后传来。

"你好像不太喜欢这样的场合。"

在三天前秦景天将这声音视为累赘，每次听到或多或少都会有一种无奈感，但现在却对这声音有几许期待。

秦景天转过身，表情诚恳道："对不起。"

叶君怡嫣然一笑："因为你抓了我？"

"不，因为我的自负。"秦景天环顾四周，确定周围没有其他人，"我不该低估自己的同志，这件事让我重新认识了你。"

"我之前在你眼里是怎样的？"叶君怡笑着问。

秦景天开诚布公："我认为你不具备在隐蔽战线工作的能力。你像一颗随时会被引爆的炸弹，在炸伤自己的同时也会波及身旁的人。我对你缺乏最基本的信任和安全感。"

"现在呢？"

第二十七章 名字

秦景天一语双关："我相信你是能协助我完成任务的人。"

"该道歉的人是我。我知道你一直很担心我的安危，直到最后一刻你都在想方设法营救我。但为了完成这次计划我必须严格执行组织的命令，你知道得越少对计划的实施越有利。"叶君怡面带微笑，"这次行动你功不可没，上级高度赞扬了你近期的工作。"

秦景天能明显感觉到叶君怡对自己越来越信任，但到现在为止自己的任务还没有丝毫进展。

"我下一步该做什么？"秦景天试图加快进程。

"尽快查明陈乔礼安插在组织内部的暗线。陈乔礼这次虽然铩羽而归但一定不会善罢甘休，而是变本加厉地对地下党组织进行破坏。他近期会主动和暗线联系获取情报，你要抓住这个机会找出暗线。"

秦景天点点头。

"另外你还要想办法接近楚文天，他在抗战时期曾多次协助过军统行动因此颇受军统高层敬重。组织上曾经多次想与其建立关系但始终找不到合适的契机，你现在的身份很利于接近他。"叶君怡再三叮嘱，"楚文天和军统走得太近，你只能接触，千万不能暴露身份。"

"今天来的都是为楚文天贺寿的。整整一个上午也没见他出来露过面，想来他根本没把这里的人放在眼里，可见此人不容易打交道。这个任务恐怕短时间内难有成效。"

"组织上也考虑到这次任务的难度，在确保你自身安全的情况下尽可能与楚文天接触但也不用操之过急。"叶君怡放下酒杯时将一张纸条塞到秦景天手中，"上海所有走私渠道荣社掌控了一半以上，这是他们主要的资金来源。纸上有楚文天走私的线路、时间和存放货物的仓库位置。侦缉走私归军统负责，你可以在这件事上做做文章。"

别墅内到处都是推杯换盏的人，秦景天感觉自己和这里格格不入便去了后院透口气。沿着青石板路向前过了筑墙是一座曲折幽深的园林，园中花草郁郁苍苍令人心旷神怡。秦景天漫步其中莫名感到惬意悠然，隐约听闻有高亢秦腔从园林深处传来，唱腔质朴粗犷，时而慷慨激越时而凄切委婉。

秦景天循声而去,在一处花圃园中见到一位园丁打扮的中年人悠闲自得地一边哼曲一边打理花圃。秦景天听得兴起,倚在一旁的大树上指尖不由自主打着节拍。一曲《射九阳》在那园丁口中演绎得豪情万丈,只可惜到了曲中高音园丁一口气没接上,激扬的唱腔变成急促的咳嗽。

秦景天虽意犹未尽但还是忍不住拍手称好。

园丁听到掌声回过身,打量着西装革履的秦景天,皱眉问:"听得懂?"园丁一口地道的关中话。

秦景天点头答道:"家母喜戏曲尤爱秦腔,幼时常听家母唱《春秋笔》,偶尔也唱《射九阳》,不过不及你的唱腔豪迈深广。"

园丁开怀一笑:"这么说你也是关中人?"

"我……"或许是闻听乡音,秦景天对眼前的园丁莫名亲切,刚要开口突然记起自己现在的身份,"我是淮阴人。"

园丁听后面露遗憾,招呼秦景天坐到身边,感慨道:"老了,前些年我能一嗓子把《射九阳》从头吼到尾,现在唱不了几句就接不上气。"

"你声音小点,今天是楚老板过寿,万一被听到免不了一顿责罚。"秦景天好心劝告。

园丁瞟了秦景天一眼:"你认识楚文天吗?"

秦景天摇头。

"你不认识来贺什么寿啊?"

秦景天见四下无人,拿出烟盒递给园丁一支:"我其实不想来的,他过寿关我什么事,只是朋友邀约不便推托。"

"你倒是什么话都敢说。楚文天好歹也是青帮中人,在这上海滩是人都得给他几分面子,你就不想巴结巴结?"

"这么多人来给楚老板过寿,他连面都没露过,这么大的架子估计是难亲近之人。我即便有心结识,人家也未免会正眼瞧我。与其在里面自讨没趣还不如和你在这后院偷得浮生半日闲。"

"话也不能这样说,楚文天倒不是嚣张跋扈之辈,他压根就没想过这个寿,是他女儿擅作主张操办的。他这人不太喜欢交际应酬,一下来了这么多人他自己也头疼。"

"你好像很了解楚老板?"秦景天随口问了一句。

"算是吧,毕竟认识好多年了。"

秦景天表现出了兴趣:"外面关于楚老板的传闻挺多但也不知真假,我很好奇他到底是怎样一个人?"

"楚文天就一个搬货的苦力,和普通人没什么不一样的地方。非要说有不同之处就是他不认命,换句话说就是不安分。刚到上海讨生计时不想安安分分当一名苦力,后来日本人来了许他权财他又不想当汉奸。"

秦景天拿起一旁的剪刀修剪起盆栽:"听说他差点死在日本人手上?"

"楚文天也是去鬼门关走过一趟的人。"园丁的指甲泛黄,想来也是烟不离手的人,只见他在缭绕的烟雾中怅然道,"日本人希望通过他掌控的船运为日军收购粮食、棉花、煤炭等战略物资。楚文天虽然是上不了台面的地痞流氓但也知道'气节'二字,混江湖的人讲义气,还有什么比家国大义更重要。楚文天带着码头的弟兄背地里和日本人干,后来被76号那帮杂碎抓到在黑牢足足关了三年,侥幸捡回一条命,不过腿给打瘸了。"

秦景天听闻不由感慨:"家国存亡匹夫有责,楚老板高义令人敬佩。"

"你这小兄弟倒是对我胃口。"

园丁看着埋头修剪盆栽的秦景天开怀大笑,起初并没在意,直到盆栽在秦景天的修剪下慢慢成形:"你还会盆栽?"

"家母有此雅趣,在身旁耳濡目染多少也学得一些皮毛。"秦景天卷起袖口一边打理一边说,"我瞧着你好像对园艺不在行啊。"

园丁苦笑一声:"是吗?"

"这盆雀梅是岭南盆景中五大名树之一,讲究根干自然奇特,树姿苍劲古雅。精心栽培的雀梅要树干嶙峋,虬曲多姿,树姿飘逸方可显现此物的神韵。"秦景天一脸认真道,"你打理的这盆雀梅要形无形,自然更谈不上神韵,况且你修剪的手法也不对。"

"你该不会也是园丁吧？"

"我在军统任职。"

"你和我还真是投缘。我平生就两大兴趣，一是秦腔，二来便是盆栽。算起来我打理这些盆景也有些年头，怎么在你口中如此不堪？"园丁非但没有生气反而笑得更加畅快。

"好好一盆雀梅差点就毁在你手上，按照你现在的培植方式用不了多久就会枯死。"秦景天看向园丁无奈笑道，"楚文天怕是不懂，要是知道你这样糟践他的园林估计早就赶你出门了。"

"不如你教教我。"园丁诚心诚意道。

"盆栽岂是一朝一夕就能学会的，再说我也是半壶水，倒是家母精通此道，要是她还在兴许能传你一些门道。我时间不多也不能常来，就教你一些要领吧。"秦景天指着旁边的树枝，"雀梅重中之重是取材，你得挑梅雨季节一年生的新枝。然后是上盆，得用紫砂或釉陶盆，形椭圆为宜。最后是造型，雀梅娇贵稍有不慎会伤其筋干，我教你一个手法。"

秦景天一边说一边拿起一截树枝盘绕。园丁在一旁看得仔细，可渐渐面露惊诧之色："双彩环扣法？！"园丁一把捏住秦景天的胳臂，神色分外震惊，"你怎么会这手法？"

"家母所教。"秦景天一头雾水。

"你叫什么名字？"

"秦景天。"

"姓秦……"园丁怅然若失，在嘴里反复念叨几声，意识到自己失态慢慢松开手，"我认识一人也会此手法，据说此技是古法，世代心口相传但不传外姓。你刚才用到双彩环扣法让我想到一位故人。"

"家母确有说过知道此技的人甚少，没想到你也有所听闻。"

园丁刚要开口就看见有人疾步来到花圃。来人在园丁耳边低语几句，园丁不耐烦地点点头示意那人离开。

"我有些琐事要处理暂时不能陪你闲聊，日后你若有空可否来此教我如何打理盆景。当然也不会让你白跑，我这一口秦腔还算地道，你有什

第二十七章 名字

么想听的曲我舍命陪君子也给你吆喝出来。"园丁在身上擦拭手上泥土，走了几步又折返回来，"我瞧你与那些来贺寿的人不一样，既然不喜欢喧嚣还不如留在这里帮我修剪好这盆雀梅。"

秦景天想了想笑着点头，与其在里面如坐针毡还真不如落个清净。

等园丁离开后，秦景天索性脱下外套修补那盆差点被毁掉的雀梅，内心已经很久没像现在这般宁静淡然。直到那条长长的身影从后面笼罩过来，秦景天心中片刻的安宁随之荡然无存。

身后的人脚步很轻，似乎刻意在控制每一步的声响。秦景天没有回头，从身影推断出这人的身高，又从脚步声的轻缓判断出那人和自己的距离。

秦景天给自己设定了安全线，只要那人越过这个距离，他有把握在瞬间将其制服。

"风宸。"

身后传来的声音很轻，但却让镇定自若的秦景天顿时乱了方寸，不小心剪断了雀梅的主干。作为一个每时每刻都活在伪装中的人，他都快忘了自己真正的名字。

秦景天循声望去，一名身穿洋装的女子站在他面前，模样文秀可人，举手投足间有名媛的优雅华贵。相信这样的女子早就习惯了被注视，所以当秦景天一言不发直视她良久，那女子也没有半点不适。

只不过她并不清楚秦景天关注的重点。

纤细的颈脖、白皙皮肤下那条充盈的颈总动脉还有起伏的胸膛下的心脏。秦景天在计算选择哪一处部位更合适一击致命。之所以到现在还没动手是因为秦景天无法确定她到底是谁。

"你在和我说话吗？"秦景天开了口。

"你不是淮阴人更不叫秦景天。"女子语气坚定。

"你认错人了。"

女子偏头打量半天，嘟着嘴围着秦景天走了一圈："是啊，好像是不像。"

"你也是来贺寿的？"秦景天试探着问，想掌握更多信息。

"你穿军装比穿西服好看,我还是比较喜欢你穿德军军装的样子。"

秦景天心里咯噔一下,自己是被秘密派往德国受训的,就算军统的高层里知道此事的人也寥寥无几。这女子或许认识自己但绝不可能知道自己在德国的经历。

"你真认错人了,我没去过德国。"

女子皱眉好似有些生气:"你是装不认识还是说你真忘了我?"

"我和你认识的人长得很像?"

"我给你一点提示。"女子似乎有些失望,"柏林库达姆大街214号,知道这个地方吗?"

秦景天在摇头但嘴角的笑容有些生硬。他当然知道,这里是德国军事谍报局所在,自己在这里度过了四年的时光。

"夏利特医院。"女子又幽幽地说出一个地址。

秦景天还是摇头:"我不知道你说的这些地方。"

"你就是一个混蛋!"女子上前一把拧住秦景天的领口,紧抿的嘴唇透出委屈,好像秦景天的回答让她无比伤心。

秦景天被女子的反应搞得有些不知所措。从来没有人用"混蛋"这个词评价过自己。

而且这两个字从一个女人口中说出来时,往往带有一丝暧昧的色彩。

"我们之间是不是存在某种误会?"

"误会?你认为肇事逃逸是误会?"

"肇事逃逸?"秦景天一脸茫然。

女子咄咄逼人:"你开车撞伤了我,胫骨骨折,害我在夏利特医院躺了一个多月。怎么着?你还打算将这件事忘得干干净净?"

"撞伤……"秦景天终于在脑海中找到那段尘封已久的记忆,重新打量面前的女子,"原来是你。"

在德国受训时一次假期外出逛街,秦景天在开车途中的确撞到过一名女子。但自己并没有肇事逃逸而是立即将她送到就近的夏利特医院,并且支付了医药费还照顾到她康复。

第二十七章 名字

"楚……楚惜瑶？！"秦景天虽然记忆力超群，但他只会记自己在乎的人或事。当他念出这个名字时突然记起叶君怡好像也提过。

女子嫣然一笑："你还记得我名字啊。"

秦景天回头看向一墙之隔的别墅："楚文天是你的……"

"是我父亲啊。"楚惜瑶脱口而出。

秦景天忽然意识到自己陷入进退两难的困境。楚惜瑶认识叶君怡而且还是朋友，如果她在叶君怡面前说出自己的过去就意味着身份的暴露。但自己还没冷血到杀一个无辜的知情者。

秦景天将楚惜瑶拉到僻静处："首先我没有违反交通规则，把你送到医院后医生告诉我你有严重低血糖症状，你应该是在大街上突然晕厥后才被我撞伤。其次在你治疗期间我一直留在医院照顾你，最后我还留下了治疗费和营养费，虽然不多但我已经倾尽所有，能确保你康复出院，所以我绝对不是肇事逃逸。"

"那你为什么不辞而别？"楚惜瑶不依不饶。

"我假期结束必须回去报道。"秦景天直言相告，又疑惑反问，"你是怎么知道我名字和我受训的地方？"

"我偷了你钱包。"楚惜瑶得意扬扬道。

"原来是被你拿走了，难怪我一直没找到。"

"里面有你的证件还有照片，我在证件上看到你的名字。"楚惜瑶一脸惋惜，"出院后我去找过你，可德国士兵根本不让我进去。我还以为再也见不到你，没想到能在上海和你重逢。"

"是啊，我也没想到。"秦景天深吸一口气，一时间不知道该如何是好。

"命运真的很奇妙，好像有些事冥冥之中是注定好的。昨天我还翻看过你的钱包，那时的你好阳光，特别是你的眼睛干净得像初生的婴儿。现在……"楚惜瑶微笑着说，"现在比那时沉稳了许多，不过也世故了不少。我从来没见过一个人能像你这样，说谎也能说得那么诚恳，我差一点都以为真认错人了。"

"你还留着我的钱包？"秦景天心中暗暗一紧。

"当然留着，那是我在德国最大的收获。"

楚惜瑶笑起来的样子很美，像一朵绽开的鲜花，但落在秦景天眼中却犹如万劫不复的深渊。他万万没想到自己将最重要的线索留给了眼前的女子。

"能还给我吗？"

"景天？！"

充满诧异的声音打断了秦景天，他转头看见叶君怡和谢若云还有几位女生走过来。秦景天顿时心头一紧，只要楚惜瑶说出自己的身份，事情便会发展到无法挽回的地步。

秦景天努力挤出笑意，但没有人关注秦景天的表情，全都目不转睛注视着他被楚惜瑶握住的手。

叶君怡一脸茫然："你们是怎么认识的？"

"说来话长。"楚惜瑶回。

秦景天除了赔笑不知道该说什么。

谢若云面色难看，上前愤愤不平道："忘了给你介绍，景天是我的……"

"他是我男朋友。"楚惜瑶抢先说出口。

所有人顿时面面相觑，就连秦景天也不知所措愣在原地。

"你是惜瑶男朋友？"叶君怡目瞪口呆。

"我……"

"他面浅就别难为他了，等下次约个时间我告诉你们。"楚惜瑶挽起秦景天胳臂，"就知道你不喜欢应酬，咱们去逛街吧。"

秦景天感觉自己变得迟钝："逛街？"

"陪我回去，拿上钱包就走。"楚惜瑶故意将"钱包"两字说得很重。

要挟是特工常用的一种手段，只是秦景天没想到有一天自己会成为被要挟的对象。从百货公司出来时秦景天从头到脚换了一身行头，卡其色的风衣配上灰色围巾，深色长裤下是价值不菲的手工皮鞋，秦景天像是楚惜瑶装扮的玩具。

第二十七章 名字

"你看上去像一位严谨自信的德国绅士。"楚惜瑶犹如欣赏杰作般打量着秦景天,"不过我还是喜欢你穿德军制服的样子。"

秦景天始终保持着谦和的微笑,内心却紧张焦灼。他提出去喝咖啡,目的是避免楚惜瑶遇到认识自己的人。秦景天特意挑选了一家位置僻静的咖啡厅。

"你喝什么?"楚惜瑶拿着餐单问。

"我要一杯清水。"

"我记得你喜欢喝克莱士咖啡。"楚惜瑶埋头点餐,没看见秦景天眼底的凝重。

"人是会变的。"

楚惜瑶抬起头,意味深长道:"你变化倒是挺大的,名字变了,祖籍也变了,你像是完全变成了另外一个人。"

秦景天避开楚惜瑶的视线,始终没想好如何才能解释这一切。他拿出烟刚点燃就被楚惜瑶从嘴角摘下掐灭在烟灰缸。

"这东西对你身体不好。"

这个动作秦景天并不陌生,在德国时她也是这样强势地阻止自己抽烟。秦景天回以不失礼貌的微笑:"对不起,我忘了你是医生。"

"你能不能真诚点?"楚惜瑶瞪了他一眼。

"我不真诚吗?"

"在德国那段日子里我最开心的事就是认识你,即便后来你不辞而别,我也坚信还能再见到你。或许我们之间有注定的缘分,今天的重逢让我很高兴。"楚惜瑶毫不掩饰地袒露心扉,"你知不知道自己笑得很假,我有那么让你讨厌吗? 或者说我的出现对你来说只是一次意外?"

"是的,是意外,让我猝不及防的意外。"秦景天开诚布公。

"你从来就没想过和我再见?"

"想过。"秦景天看向楚惜瑶,虽然收起了笑容但言语诚恳,"事实上我后来去过医院,可惜你已经出院,我以为再也见不到你了。"

"你去医院找过我?"楚惜瑶欣喜不已,忽然又脸色一沉,"那你在花圃见到我时为什么没认出我？"

"我对你的记忆定格在很多年前，你现在成熟了许多。"

"你是说我变老了？！"

"不，我不是这个意思。"

"哦，我明白了，就是说从那之后你根本就没再想起过我。"楚惜瑶咄咄逼人。

秦景天感觉自己完全无法理解她的脑回路，生怕说多错多，最终还是选择了沉默。

"你这是在默认？"

"我的工作需要我心无旁骛。"

"工作……"楚惜瑶白了他一眼，"别神神秘秘的，我知道你是干什么的。"

"你知道？"

楚惜瑶向前探身，压低声音："你是间谍。"

秦景天不露声色。

"我后来向朋友打听过，德国军事谍报局是专门培养间谍的机构。"楚惜瑶一脸兴奋地张望四周，"你现在改名换姓是不是也在执行任务？"

"你不害怕我吗？"秦景天试探着问。

"有什么好害怕的。"楚惜瑶越说越激动，"上海滩是冒险家的乐园，跟踪、监视、窃取情报还有比这些更刺激的事吗？至少比当医生要好。我感觉自己的人生一成不变，既无趣也无聊。"

"医生能救死扶伤是高尚的职业，而当一名间谍每时每刻都在提心吊胆，走错一步都会危及性命，就比如我现在……"

楚惜瑶一听顿时一脸担心："你有危险？！"

"我现在执行的任务不能和过去有任何牵连，我叫秦景天，祖籍淮阴，我从来没有去过德国，更不会喜欢克莱士咖啡。"秦景天选择以进为退赌一把，"如果有人知道我的过去我将面临生命危险。"

楚惜瑶惊讶地捂住嘴："我懂，没有风宸这个人，我们没见过面，相

第二十七章 名字

互也不认识。"

"你真的懂？"

"我不会告诉别人在德国见过你。"

秦景天反问："可你当着朋友的面说我是你男朋友，而我现在的身份与你是不可能有交集的，那么我们又是什么时候认识的？"

楚惜瑶一拍脑门："我当时也不清楚你的情况。"

"我或许会因为你这句话暴露，一名间谍没有更正错误的机会，出现疏漏就意味着失败，而失败的代价往往是死亡。"

楚惜瑶一脸懊悔："对不起，我真没想过会这样。还能补救吗？"

"你想补救吗？"

"当然想，我不希望你有事。"

"接下来你要牢记我说过的每一句话，无论是你朋友还是家人，在任何人面前你都不能提及我们的过往。"

楚惜瑶认真地点头。

"现在我需要你仔细说出你过去的经历，从我们在德国分开后开始。"

楚惜瑶将自己的情况一一告知。秦景天从中挑选出和自己轨迹重合的部分，重新编造了与楚惜瑶认识的过程，并让楚惜瑶对两人的相识时间、地点以及经过反复牢记。

"这些事情都是不存在的，因此会和你的真实记忆出现冲突。你必须让自己相信这一切都是真的。以后有人问起你关于我们的事，你一定要确保我们俩的回答没有偏差。"

"你放心，我都记住了。"

"不是记住，是要你自己相信。"秦景天再三强调。

"那我们现在是搭档？"楚惜瑶兴奋地问。

"我不需要搭档，而且我执行的任务很危险，我不希望把你牵扯进来。"

"你需要的，每一名间谍都需要搭档。像维罗和温妮还有皮埃尔和苏珊，他们一同执行任务并相互掩护对方。"

秦景天一头雾水："维罗和温妮？他们是干什么的？"

"间谍啊。我知道你是间谍后想更多了解你的工作，所以看了很多这方面的书，有《英国特工》《布列塔尼任务》……"

秦景天打断她："小说里的故事和真正的间谍是完全不同的事，如果深陷其中你将承受超乎你想象的压力。"

"面对生死的压力？我早就承受过而且还不止一次。手术台上等我救治的都是危在旦夕的病人，我一直都游走在生死之间，没你想得那么脆弱。再说……"楚惜瑶端起咖啡杯淡淡一笑，"再说你现在也是我的病人。"

"我？"

"别忘了你的钱包还在我手上，我猜你应该不希望其他人看见那个钱包。换句话说你这次任务的成败关键全在我手上，你现在是需要我去拯救的人。"楚惜瑶依旧面带笑意，"如果你有什么不方便处理的事，可以交给我去办。"

"你如果真想帮我，以后尽量减少我们的见面。"

"可我的朋友都已经知道你是我男朋友，我们不见面岂不是很不正常？"

秦景天揉了揉额头，似乎事情已经到了无法回旋的地步。

"我们的关系现在到哪一步了？"

"什么关系？"

"男女朋友关系啊。"楚惜瑶一本正经地询问。

原则上自己在执行任务时会刻意疏离和他人的关系，因为越是亲密破绽也随之越多。但楚惜瑶当着叶君怡已经说出自己是她男朋友，秦景天只能硬着头皮让楚惜瑶详细说出自己的爱好、习惯以及生日，并且也让她记住自己的相关信息。

"还有一件事你得告诉我。"秦景天认真道。

"什么事？"

"你，你的生理期是几号？"

楚惜瑶的脸瞬间一红。

"既然我们是男女朋友，我是应该知道你生理期的。当间谍没你想得那么简单，所有的细节都必须兼顾到。"

"每月4号。"楚惜瑶害羞低语。

"在上海你是唯一知道我过去和真实身份的人，既然我们现在是搭档，你必须确保这些信息不能外泄给任何人，包括你最亲近的人。"

"这么说我是你的唯一。"楚惜瑶笑得开心，见秦景天面无表情又吐了吐舌头，"这是我们俩的秘密，绝对不会有第三人知道。"

"我现在送你回去……"

"你还没布置任务呢？"

"什么任务？"

"我是你的搭档啊，当然要帮你分担任务，你别想就这么打发我。"

秦景天已经做好最坏的打算，既然楚惜瑶这个隐患没有办法消除，还不如换一种思路，兴许她能给自己带来不一样的惊喜。

"你真打算当间谍？"

"你当我在和你开玩笑吗？"楚惜瑶一脸认真。

"知道和歌浴场吗？"

楚惜瑶点头。

"浴场14号储物柜的使用者是我的目标人物。如果你能在不被发现的情况下查到使用者的身份背景以及住址，就算你通过了考验。我们再谈后面的事。"

第二十八章 危机四伏

自己在重庆认识的楚惜瑶，她当时是陆军医院的医生，自己因病住院认识了她然后成为恋人。后来被军统征召派往临澧特训因此中断联系，受训结束后去找过她但楚惜瑶随部队医院转移就彻底失去联系。

这是秦景天给顾鹤笙的解释。

不过顾鹤笙对此并不在意。他告诉了秦景天两件事。楚惜瑶是弃婴，被楚文天收养。从小到大，楚文天倾尽所有将自己最好的一切都留给她，上海滩上的大亨谁身边没有几个女人，可楚文天为了不让楚惜瑶受委屈硬是一个女人都没找。

另一件是秦景天已经成为叶君怡和她朋友眼中千夫所指的公敌。顾鹤笙幸灾乐祸地表示自己也要与他划清界限免得殃及池鱼。

秦景天现在最担心的是如何向叶君怡解释以及楚惜瑶会不会在她面前露了破绽。

顾鹤笙拉着秦景天去吃夜宵，刚出门就遇到急匆匆赶来的韩思成。他是沈杰韬的机要秘书，这段时间随同沈杰韬外出公干已经有一个多星期没见到。

"站长让我来接顾处长。"韩思成说。

"站长回来了？"顾鹤笙有些意外。

"刚回来，在鸿鼎楼宴请贺主任，让顾处长去作陪。"韩思成看向秦景天，"秦组长，站长让你也一起去。"

"我也去？"

"是贺主任想见你。"

顾鹤笙不解："贺主任？哪一位贺主任，我怎么没印象？"

"贺秉文。"韩思成笑着答道，"秦组长应该很熟悉。"

第二十八章 危机四伏

顾鹤笙问秦景天："你认识？"

"临澧特训班的教导主任，他是我的老师。"

秦景天知道有贺秉文这个人但自己从来没见过他，突如其来的意外让秦景天不知所措。一旦到了鸿鼎楼，贺秉文就会当着沈杰韬和顾鹤笙的面指出自己并不是秦景天。

车窗外的光影照出韩思成脸上的疲惫，油亮的头发低垂在额间，洁白的衬衣领口有一圈清晰可见的汗渍。

"怎么累成这样？"顾鹤笙递过去一支烟。

韩思成揉了揉鼻梁大倒苦水。总局派贺秉文巡查上海站，韩思成以为和往常一样也就走走过场，无非是到下辖工作站吃吃喝喝完事，谁承想车开到小洋山的沈家湾码头才知道要出海。

顾鹤笙越听越疑惑，沈家湾是出入舟山群岛的重要码头，可那附近并没有军统上海站设立的站点："出海是站长的意思？"

"我没跟站长和贺主任的车，出海的原因我也不清楚，到了码头已经有人在等我们。"韩思成点燃烟深吸一口抱怨道，"我本来就晕船，结果上船后站长命令随行人员交出手表并且全蒙上眼睛。我也不知道在船上颠簸了多久，反正我差点没把胆吐出来，等靠岸的时候已经是深夜。"

顾鹤笙顿时觉察到沈杰韬这次出海不同寻常。舟山群岛大小岛屿星罗棋布，沈杰韬让其他人交出手表是为了防止有人计算行程时间，蒙眼也是为了确保目的地不会被泄露。可见其中隐藏着什么不可告人的秘密。

"咱们站在海岛有秘密基地吗？"韩思成好奇地问。

顾鹤笙摇头："没听说过。"

"连你这个情报处处长都不知道，看来这处基地的保密程度应该很高。"

"你确定是军统的基地？"顾鹤笙追问。

"岛上有荷枪实弹巡逻的士兵但没有挂番号。站长交代我们随行人员留在海滩的帐篷里，他和贺主任去了岛内。站长好像对岛上的情况很熟悉，可见他并不是第一次来。"韩思成忽然凑到顾鹤笙耳边神神秘秘地说,"知道我在岛上见到谁了吗？"

"谁？"

"谭方德。"

"他在岛上？！"顾鹤笙吃惊道。

"整个人都变了形我差点没认出来,估摸着他在岛上的日子不短。我上次见他还是半年前,突然消失以后就再没音讯。你说他该不会一直都在岛上吧？"

顾鹤笙越来越感觉那个海岛不寻常,而且谭方德的突然出现更在他心里蒙上一层阴影。

顾鹤笙和韩思成的对话引起秦景天的好奇："谭方德是什么人？"

"他是从部队调派到军统上海站的。军统一直对血统很考究,外来的人很难在军统站住脚。他出任行动处处长期间站里包括站长在内对他都有隔阂,估计是想让他知难而退自己请辞。后来一个行动失败他被局里追责免职。"韩思成低声说,"我还以为他回部队了,没想到他会出现在海岛,而且我感觉他好像在执行什么秘密任务。"

位置不明的海岛、秘密基地、驻扎的士兵以及销声匿迹半年的谭方德,这些零碎的信息在顾鹤笙脑海中反复拼凑,最后从口中念叨出两个字："训练……"

"什么训练？"韩思成疑惑不解。

"如果谭方德被免职是假象,目的是故意让他淡出视线,从而执行一项他最擅长的任务……"

秦景天问："谭方德最擅长什么？"

"你知道猫和狗的区别吗？"顾鹤笙从后视镜中和秦景天对视。

"狗比猫要听话。"

"是的,狗生性热情、对人依赖并且服从指令。猫就截然不同。它们内敛冷静并且不会屈服人类的驯化反而表现出极强的独立性。"

秦景天眉头一皱："这和谭方德有什么关系？"

"他养了一只猫。"顾鹤笙深吸一口烟,"那种很常见的橘猫。有一次我去谭方德家里,那只猫寸步不离地跟在他身后,但不会逾越他的身位,猫和他之间始终保持着半步的距离。那是我迄今为止见过的最特别的一只猫,它会坚定不移地服从谭方德的口令,像狗一样坐下、握手、进食,甚至在没有谭方德许可的情况下一动不动。"

"看来谭方德该去动物园上班。"韩思成不以为然地笑了笑。

秦景天却听出了顾鹤笙的弦外之音:"一个能将猫驯服的人,自然也是训练人的好手。"

韩思成忽然若有所思道:"我记得一天晚上有船靠岸运送来大量补给,足足装满了三辆卡车。海滩上的士兵因为要帮忙搬运没时间监管,我偷偷上山看见海岛深处有火光,像是一处规模不小的营地。如果岛内有训练基地,从补给的数量看岛上至少有百人。"

这次偶然的发现让顾鹤笙惴惴不安,谭方德在执行一项连自己都不知晓的秘密训练任务,而且已经持续了至少半年以上,足见保密程度极高。

顾鹤笙看了一眼手表,自己必须在今晚和洛离音接头将这个情况及时向上级汇报。希望上海地下党的同志能对舟山群岛附近的岛屿立即进行排查,尽快获悉敌人的行动内容。

车停在鸿鼎楼门口。韩思成在前面带路,顾鹤笙走了几步回头看见还坐在车上的秦景天:"想什么呢?"他拉开车门。

"烟抽完了,你们先上去,我买包烟就来。"

"三楼的水云间包厢。"韩思成叮嘱,"别耽误太久,站长对迟到很反感。"

秦景天买好烟点燃一支,可直到吸完最后一口也没想出好的办法。如果自己的身份不是被共党而是被自己人揭穿,秦景天实在心有不甘。

硬着头皮敲开包厢大门的那刻秦景天愣住。沈杰韬抬手招呼自己过去,包厢里除了已经入座的顾鹤笙还有三个自己不认识的人。

"愣着干吗,贺主任可是专门点名要见你。"沈杰韬一边招手一边笑着说,"你来迟了按说要罚酒三杯,可今天难得你与贺主任师生重逢,我就既往不咎,还不赶紧敬贺主任一杯。"

秦景天笑着端起酒杯,用目光快速扫视面前的三名陌生人,凭借经验对他们逐一分析。

沈杰韬这一个星期舟车劳顿,回到上海不辞辛劳还要宴请贺秉文,说明此人身份地位比沈杰韬还要高,所以他应该在宴席的主位。

想到这里,秦景天刚要伸出手中酒杯,坐在主宾位穿中山装的中年人突然出声:"等等。"中年人目不转睛地注视着秦景天,精明冷厉的目光像一把锋利的刀,"你不是秦景天!"

话音一落包厢内顿时鸦雀无声,所有人诧异的目光不约而同聚焦在秦景天身上。

"在临澧特训班时他滴酒不沾,我还以为他不会喝酒。这上海果然是个染缸,像他这样自律的人也学会喝酒了。"中年人摇头淡笑,"他不是我之前认识的秦景天了。"

秦景天心里一惊,刚才自己错误的判断险些暴露。眼前的中年人才是贺秉文。秦景天不卑不亢道:"学生不知贺主任莅临上海,怠慢之处还望老师海涵。站长为贺主任接风洗尘,学生就借花献佛敬老师一杯。"

贺秉文举杯对饮:"我可不能喧宾夺主。特训班教的都是一些皮毛,真正想长本事你还得跟着沈站长好好学习。"

秦景天又添满一杯双手送到沈杰韬面前:"景天初来乍到承蒙站长关照,一直没机会感谢站长提携,这杯酒景天先干为敬。"

"今天让你来,一是让你与贺主任一叙师生之谊,二是自从你来上海后表现有目共睹,希望你以后能再接再厉为党国建功立业。"

沈杰韬举杯一饮而尽,然后介绍在座的另外两个人。坐主位的是南京军统局训练处处长,旁边的是主管军事情报和国际情报的军事科科长。这两个人顾鹤笙都认识,他们同时出现在上海让顾鹤笙第一时间想到那处神秘的海岛。

沈杰韬今晚的心情似乎格外好,一瓶白酒见了底还是意犹未尽。顾鹤笙原本想在酒局上打探些情报,可沈杰韬等人对此次外出的事缄口不提。酒席结束后贺秉文有些醉意，提出让秦景天送自己回下榻的酒店。

一路上贺秉文都一言不发，到了酒店让秦景天跟他一起到房间。等秦景天进去后，屋外的贺秉文随手关上房门。

站在窗边的人背负双手，挺拔的背影像棵苍劲古松。秦景天看了一眼立刻双腿一并："局座！"

戴笠眺望着在夜云中若隐若现的明月，转过头看见秦景天时嘴角露出欣慰的笑意，如同在看一件无可挑剔的杰作。

"沈杰韬回南京述职时对你赞不绝口，你做得比我预想得还要出色。"戴笠和颜悦色道，"我此次公务刚好途经上海，没有知会其他人就是想单独见见你。"

"谨听局座训诫。"

"明月潜伏得极深，想要将此人找出来绝非易事，我相信你有这样的能力。但现在时间紧迫，从目前的态势看两党之间必有一战，明月渗透在我们的情报机构中将会成为极大的隐患，我希望你能加快行动进程。"

"我已经完成对上海站所有军统人员的梳理，甄别范围缩小至十三人。"

"都有谁？"戴笠沉声问。

秦景天默不作声。

"连我也不能说？"戴笠笑了。

秦景天郑重道："对这十三个人的调查必须秘密进行，任何异动都会导致明月静默。"

"你既然已经锁定了范围，还有一种最简单的办法。"戴笠的目光中透出杀意。

"明月善于隐藏自然也懂如何混淆视听掩护自己。万一我的判断存在疏漏，明月并不在这十三个人之中，那么就会打草惊蛇。"秦景天摇头。

戴笠权衡再三："按照你自己的想法去做，但你必须回答我一件事，沈杰韬有没有在你的名单之中？"

"没有。"秦景天眉头一紧，"局长怀疑过沈站长？"

"上海军统站破获走私案的事我听说了。可来历不明的资金和军火不翼而飞，这两件事都和沈杰韬有关联，我难免会多想一些。"

秦景天将事情的始末一五一十汇报。

"混账！"戴笠勃然大怒，"中共已经在关外陈兵百万虎视眈眈，沈杰韬居然还有心思徇私枉法中饱私囊！"

"沈站长虽罔顾法纪但对党国还是忠心的，而且处置他会导致整个上海站受到波及。我需要上海站风平浪静，只有明月觉察不到危险才有可能让其露出马脚。"

"我暂时没打算处置他，这次的事你认为明月有没有参与？"

"没有，是上海地下党组织策划的，我分析明月对此事并不知情。"秦景天冷静说道，"明月属于战略级特工，只有在重要情况下才会被启用。我和地下党组织建立联系后为他们完成过几次任务，但从我目前掌握的线索看，这些任务中都没有明月参与的痕迹。我怀疑明月和地下党之间并非是从属关系，而是独立存在的。"

"我见你一次不容易，总不能空手来，这次我给你带了一份礼物。"戴笠话锋一转。

"礼物？"

"进来。"

屋外的贺秉文敲门走入房间，在戴笠面前毕恭毕敬。

"我不能让你孤军奋战，以后他就是你和我的联络人，你需要协助或者有任务进展都可以经过他传递给我。他以专员的身份出入上海，加之你们又是师生关系，相互接触也不会引人怀疑。"戴笠看了贺秉文一眼，"把礼物拿出来吧。"

贺秉文从公文包中拿出一份封口处盖有绝密印章的档案递到秦景天面前。秦景天打开档案，一行醒目的字映入眼帘——"鸢尾花计划！"

秦景天快速看完档案的内容，越往后看越暗暗吃惊："计划缜密严谨，如果能顺利实施会有很大的收获。"秦景天收好档案，忽然意识到礼物的真正含义，"这是为明月准备的？！"

"舍不得孩子套不住狼,既然要钓一条大鱼自然得准备一份与众不同的鱼饵。"戴笠胸有成竹道,"你认为这份礼物能引出明月吗?"

"前提是明月必须获悉这项计划,可如此机密的计划不该被轻易泄露,明月会质疑这个计划的动机。"秦景天一脸冷峻道,"而且这份档案的价值在于保密性,一旦曝光将一文不值。"

贺秉文在一旁道:"你和局座的想法一样,档案内容不能经军统内部外泄。"

"可掌握如此重要情报的只有可能是军统高层,情报泄露的可能性几乎为……"秦景天骤然收声,瞬间明白这项计划的关键所在,目光移到贺秉文身上,"这就是你点名要见我的原因。"

戴笠笑意深邃道:"鸢尾花计划我交由沈杰韬执行,贺秉文作为督导专员参与该计划。你作为贺秉文的学生在他醉酒后送其回酒店,在他的公文包中发现了计划详情并且传递给上海地下党。如此重要的情报会很快上报到他们的情报机关。这份丰盛的诱饵即便是再谨慎的鱼也会蠢蠢欲动,然后……"

秦景天心领神会:"然后他们会指示明月窃取鸢尾花计划!"

第二十九章　推心置腹

顾鹤笙明显感觉这几年沈杰韬的精力大不如前，在送他回去的路上沈杰韬一直在后座闭目养神。臃肿的眼袋随着松弛的皮肤微微下垂，像一具正在融化的蜡像在忽明忽暗的光影中显得有些狰狞。

断断续续的咳嗽声让顾鹤笙多次抬头看向后视镜里的沈杰韬："我送您去医院吧。"

"不碍事。"沈杰韬搓揉着太阳穴，"可能是感冒了头疼得要命。"

"您身体本来就不好，有什么事交给下面的人去办，何必还要亲力亲为。"顾鹤笙试图从他口中套出话。

"本来我是打算安排你去办，可局座指示必须由我亲自负责，为此还专门把贺秉文派下来监督，可见局座对此事有多重视。"

顾鹤笙漫不经心问："有什么重要行动吗？"

沈杰韬沉默不语，过了良久幽幽道："上次的事我一直没有机会谢谢你。"

"上次……"顾鹤笙反应过来，沈杰韬是在说赵婷的事，"您这是和我见外了，您可是救过我命的人，别说开那一枪，就是搭上我这条命也在所不惜。"

"我上次回南京述职，局座亲自向我下达了一项任务，原本我是想让你参与的，可后来思来想去还是没有把你牵扯进来。"沈杰韬语重心长道，"你是我在上海站最信任的人，没有找你是想让你置身事外。"

"您这样安排一定有您的考虑。"顾鹤笙笑了笑。

沈杰韬从后座慢慢直起身："上海站里有潜伏的共党！"

顾鹤笙神情惊讶："谁？"

"知道是谁就好了，我也不至于这么头疼。此人潜伏在军统的时间很长,目前只获悉此人代号'明月'。"沈杰韬忧心忡忡道,"军统内部数次机密情报泄露都与此人有关。"

顾鹤笙心里暗暗一惊,没想到敌人早就觉察到自己的存在:"应该立即进行内部调查。"

"内部调查是肯定的,但当务之急还有更重要的事需要处理。局座启动代号为'鸢尾花'的计划,计划的筹备和实施地点都在上海。为了防止计划内容被明月截获,局座指示由我亲自执行,并且知情人控制在最小范围。倘若此计划再泄密所有参与者都难逃干系,我是不想你被牵连进来所以才没让你随我一同去南京。"

"站长一片苦心鹤笙感激不尽,只是担心您身体……"

"上海站被渗透我已经难辞其咎,如果这次计划再有闪失怕是局座也容不下我。"沈杰韬一脸愁容,但话锋一转不再继续这个话题,"和共党交换人员的事进行得怎么样了?"

这已经是沈杰韬第二次亲自询问此事,顾鹤笙感觉到沈杰韬在这件事上表现出不同寻常的重视:"中共那边已经同意了我们提交的交换名单。我拟定了交换时间和地点,一个星期前就给您呈报过,因为您不在暂时搁置着。"

"这件事你全权处理不用再向我请示,交换要尽快完成。"

"是。"

"你一直在收集学生和民主党派的情报,最近这些人有什么动向?"

"国共签订《和平协议》后学生运动有所减少,他们自发举行的一些游行也是以停战为诉求。至于民主党派政治动机鲜明,他们想借助和谈共治尽可能占有国会席位,因此与中共往来极为密切。"

"对学生还是要宽容些,只要他们不聚众闹事就不要过多干涉。但对于有赤化倾向和已经赤化的学生要密切关注。"沈杰韬若有所思地问道,"我听说有很多学生千方百计去延安?"

"这些学生思想单纯幼稚,他们把延安称之为'圣城',把能抵达延安视为一种荣誉。不仅仅是学生还有大批的学者和艺术家,在抗战时期奔赴延安甚至演变成一种潮流。"

"这些人通过什么途径进入延安？"沈杰韬沉声问。

"中共那边有严格的筛选机制，主要是通过他们组织内部或者个人介绍，其次是延安各个学校的招生考试。"顾鹤笙一边开车一边说，"情报处一直密切关注有赤化动向的人员，并且采取了措施阻止学生西进。"

"暂时放开对学生的监管。"

"放开？这些学生不明事理很容易被共党洗脑，如果不加以约束终会成为隐患。"

"现在各方面舆论对党国都极为不利，中共指责我们非法监禁和管控，矛头直指军统。局座不想在和谈期间节外生枝，只要学生不闹事他们想去延安就让他们去。"沈杰韬一脸烦躁地叹口气，"免得留在上海给我们找麻烦。"

顾鹤笙点头答应，把沈杰韬送回家后立刻驱车去找洛离音。顾鹤笙的突然出现让洛离音大感意外，在短短几个月之内他已经第二次违反接头纪律。

顾鹤笙一进门来不及解释就让洛离音找来上海地图。洛离音将地图平铺在桌上，走到窗边机敏查看一番后，神色严肃道："出了什么事？"

"军统已经知道我潜伏在上海。"

"你暴露了？！"洛离音大吃一惊。

"是沈杰韬告诉我的，应该是我出现了疏忽让敌人锁定了位置，但还无法确定我的身份。"顾鹤笙处变不惊，"红鸠的出现想必就是为了对我实施甄别。"

"沈杰韬老奸巨猾，会不会是他在试探你？"

"不会，他的字典里没有'试探'二字，但凡他对我有丁点怀疑就会立即采取行动。"

"你明知道现在情况复杂，就更不该来这里。"洛离音的声音里充满担心。

"军统在不久前秘密启动了一项代号为'鸢尾花'的计划，上级指示

第二十九章 推心置腹

我尽快获取计划内容。但该计划保密程度异常严密，戴笠交给沈杰韬负责实施。"顾鹤笙拿起笔，目光聚焦在舟山群岛上，"我从沈杰韬秘书韩思成口中获悉了一些零碎的情报。"顾鹤笙将今晚的事转告给洛离音。

"你是说沈杰韬突然外出和鸢尾花计划有关？"

"从军统对该计划的重视程度看，鸢尾花计划一定非比寻常。从筹划到现在至少半年以上，我竟然没有听到丝毫风声。目前只能大概确定计划与沈杰韬去的海岛有密切关联。"

"敌人已经对你展开调查，你现在应该保持静默！"

"换一个思路，敌人明知道被渗透还要实施鸢尾花计划，足见该计划的重要性。"顾鹤笙目光坚毅，直到洛离音握住自己的手，才露出轻柔的微笑，"你不用担心，我暂时不会有危险。上级已经下达了命令我必须无条件完成，这也是我存在的意义。"

洛离音也看向地图："舟山群岛的大小岛屿不计其数，想锁定位置无疑是大海捞针。"

"韩思成是在沈家湾码头登船，据他所说上岸时是深夜，这中间大约有三个小时。按照船的航速目标岛屿应该在这个半径之内。"顾鹤笙一边说一边在地图上画出一个圈。

"这个范围还是太大。"

"韩思成说过他去的海岛吹东南风，可舟山群岛常年都是西北风，只有在乘泗列岛附近的岛屿因为海风回流才会出现东南风。而且他还说刚登岛时遇到潮汐，他们的船险些搁浅。"顾鹤笙再画一个圆，比之前的小了很多，"吹东南风且最近有潮汐的海岛只会在这个海域内。"

"这个区域内至少有数十座岛屿，我会想办法确定具体位置。"

"时间紧迫来不及慢慢核实。你将情况向上级汇报，请求上级与上海地下党组织联系，让上海的同志想办法对这些岛屿尽快排查，务必在最短的时间内搞清敌人到底在岛上做什么。"

洛离音点头："我明天一早立刻与上级联系。"

"不，是现在。"顾鹤笙一脸歉意地拿起外套为洛离音穿上，"情况紧急必须争分夺秒，我们要赶在敌人实施计划前加以破坏。"

"我现在就出发。"洛离音走到门口又折返回来，"你一定要注意安全。"

顾鹤笙笑了笑宽慰道："我不会忘了和你的约定，我们会一起见证黎明的到来。"

"还有一件事要告诉你，上级经过研究同意了对秦景天进行考察。"

"他是一位值得去争取的对象。"顾鹤笙终于听到一件令自己开心的事。

"你为什么想要发展他？"洛离音不解问道。

"通过和他的接触，我发现他的信仰不局限于党派和政见，他加入国民党和军统的初衷是为了国家的复兴，至少在这一点上我们是相同的。"顾鹤笙冷静回答，"请转告上级首长，让上海地下党同志对秦景天考察时一定要保持谨慎。"

"对秦景天的考察没有交给上海的同志执行。"

"由谁负责？"

"为了保护你的安全，上级为秦景天专门安排了一个人进行接触，按照保密条例，此人我们无权知晓。"

第三十章 说客

秦景天安排了对码头货物突击检查，目的是制造和楚文天接触的机会。检查码头货运是行动处的一项肥差。从码头出来的货运车无论大小都会夹带走私货，行动处只是走走过场，只要交够了钱自然会睁一只眼闭一只眼。

原本队员们指望跟着秦景天能捞上一笔，可他竟扣了楚文天三车装有盘尼西林和其他药品的走私货，还让负责押运的人带句话给楚文天："给他三天时间，带上罚款到军统站接受处罚，如果不来自己就亲自带人上门去抓他！"

押运的人不怒反笑，好似在他眼里秦景天已经和死人没什么区别。

秦景天也没料到楚文天的反应这么快。第二天下班回去的路上自己已经被人跟踪，秦景天没有打算将他们甩掉，故意引到偏僻的弄堂里。前面的出口被六七个穿短衫的人拦住，退路也被封死，两边的人慢慢从腰际掏出斧头。

算起来已经很久没活动筋骨，秦景天解开纽扣，当着众人的面，退出配枪弹夹，以此来表示自己的信心。

这时一辆轿车停在弄堂出口，下车的司机抬手一挥，两边的人立刻退出一条道。司机打开后座车门对秦景天做了一个"请"的动作。

秦景天面无惧色径直上了车，看到车上的人后大感意外："怎么是你？"

"是啊，我也没想到这么快又见面了。"上次在楚家后院见过的园丁笑了笑，"我还说你这个人挺通透，怎么会是一个愣头青。"

"就因为我扣了楚文天的货？"

"楚文天走私全上海都知道，别人都不管你凭什么要强出头？"

"没人管是因为我没来，现在我在上海就一管到底。"

"你怕是还不知道楚文天的能耐。"园丁好心劝道,"你想要在上海立足就不能得罪他。"

"上海不是楚文天的,我依法办事问心无愧。"

"法理不外乎人情。"园丁一边说一边将手中的木盒递过去。

秦景天打开后看到里面是五根黄灿灿的金条。

"楚老板说你初来乍到可能有些误会,托我送来这份薄礼还望你能笑纳。在上海多个朋友也多条路。"

"你是来给楚文天当说客?"

"我是来救你的命。"园丁叹口气,"楚老板对你昨天的举动大为不满,刚巧我听到你的名字,告诉楚老板与你有过一面之缘,他这才让我来见你。如今是多事之秋想要安身立命首先得学会明哲保身。"

"楚老板出手真是大方,想来他的朋友一定不少。"秦景天拿起一根金条在手中掂量。

"不打不相识,这只是楚老板的见面礼,往后逢年过节楚老板的礼会按时送上。你要是嫌不够,我可以替你跟楚老板说,要多少你开个价,楚老板绝没二话。"

"楚老板倒是挺有诚意。"秦景天微微一笑。

"这么说这场误会已经解决了?"

"误会?我和楚老板之间从来没有误会。"秦景天把金条放回去,"他走私,我查处是依法办事,何来误会一说?"

"你什么意思?"

"你知道一支盘尼西林现在黑市卖多少钱吗?"秦景天把装金条的盒子推了回去,"明明是价格低廉的广谱抗生素在黑市上被炒到天价,普通老百姓根本用不起,多少人因为得不到及时救治而丧命。楚文天却靠走私药品敛财,他的钱我怕脏了手。"

"你以为药品短缺是楚老板造成的?哄抬物价的也不是他。"园丁据理力争,"他不做也有其他人会做,上海这么多买不起药的人你又能救几个?"

"我竭尽所能，能救几个是几个。"秦景天大义凛然。

"你是打算和楚文天为敌？"园丁眉头一皱，指着不远处的黄浦江，"那下面不知道沉了多少楚文天的敌人，指不定哪天你也会在下面。"

"你在威胁我？"

"我只是认为你对楚老板缺乏敬畏。"

"我干吗要敬畏一个地痞流氓。"秦景天看向园丁，"何况你这个园丁都不怕他，我自然更不会怕。"

园丁收起木盒忽然笑了。

"你笑什么？"秦景天白了他一眼。

"我让你帮我打理盆栽，结果你剪断我的雀梅。"

秦景天抱歉地笑了笑，从兜里掏出钱递过去："那天我一时大意，还想着寻个机会赔给你。"

园丁没有伸手："授人以鱼不如授人以渔，你还是抽空教教我如何栽培吧。"

"好啊，前提是楚文天没把我沉到黄浦江里。"秦景天下车，关车门时郑重其事道，"帮我带句话给楚老板，我给他的限期不变，他还有一天时间来投案自首。"

又过了一天。秦景天敲开办公室门时沈杰韬正在接电话，指着沙发示意秦景天先坐下。秦景天听到沈杰韬在电话里提及自己的名字，还一团和气地满脸堆笑赔罪。原本以为沈杰韬会兴师问罪，却见他挂了电话亲自倒了一杯茶递到自己面前。

"听说你带人扣了楚文天的货？"沈杰韬开门见山。

"查获三车没有海关文件的盘尼西林。"

沈杰韬递过去一份文件："海关署今天一大早送过来的，是你查获那批货的报关清单。"

秦景天站起身："我立刻安排人放了那批货。"

"坐下。"沈杰韬端起茶杯轻声问，"你是不是心有不甘？"

"楚文天走私证据确凿，这批药品流入黑市只会让患病的普通老百姓雪上加霜。"

"我知道楚文天走私，全上海都知道。"沈杰韬笑着将文件撕碎，"像这样的报关文件楚文天只要开口，想要多少就有多少，他不屑去掩饰，因为没人敢查他。"

"站长是让我和他同流合污？"

"我欣赏你的疾恶如仇但你先问问自己，为什么整个上海除了你所有人都对楚文天走私的事视而不见？是他们没有你聪明还是说只有你刚正不阿？"

"穿上这身军装就该肩负被赋予的责任，为什么惩奸除恶反而成为异类？"

"我很羡慕你。"

"为什么？"

"羡慕你的年轻，羡慕你的无所畏惧，我也曾有过血气方刚的时候，也曾为理想一腔热血，但时间教会了我克制和冷静。"沈杰韬直言不讳，"楚文天在沦陷时大力协助过军统，并且提着脑袋和日本人真刀真枪干过。他是有功之人，因此对于他的所作所为，只要不越界触及底线，可以适当无视。"

"这不代表他能目无法纪。"

"你指望一名地痞流氓遵纪守法？"沈杰韬摇头苦笑，"我没有指摘你的做法有错误，但你不该愚蠢到和流氓讲王法，和他们得讲情义。何况楚文天还不是一般的流氓，他掌管的恒社门下成员数以万计，这股暗流不容小觑。你今天查了他的货，明天他就可以停运所有码头货运，这直接关系着整个上海的民生经济。你以为自己是在为民请命，殊不知是陷上海万万民众于水深火热之中。"

秦景天无奈淡笑："搞了半天我才是罪人。"

"你是一个通透的人，眼界不应该局限在一批走私货上。楚文天虽是叱咤风云的大亨，但在党国面前他什么都不是，我们随时可以让他悄无声息地消失，可然后呢？青帮权力出现空缺势必会有人接替，你认为接替楚文天的人就会有什么不同？"沈杰韬语重心长道，"往好的方面想，至少楚文天不包庇娼赌不贩卖鸦片荼毒民众，最重要的是他在我们的掌控范围之内。我们和中共之间大战一触即发，目前当务之急就是维持上海的稳定，一旦出现动荡就会给共党可乘之机。"

"景天考虑不及站长深远，请站长处罚。"

"没有责怪你的意思。"沈杰韬笑了笑安抚他，"楚文天今早派人给你送来一面锦旗，你打算怎么处置？"

秦景天从桌上拿起锦旗，展开看见上面绣着四个大字——"秉公执法"。

秦景天冷笑一声："他是在嘲讽我。"

"你是这样认为的？"

"难道不是吗？"

"事实上我看到这面锦旗时很意外，我和楚文天认识时间不短，以他的个性送颗子弹给你才是正常的。这面锦旗是他主动向你示好，我个人建议伸手不打笑脸人。"沈杰韬起身拍了拍秦景天肩膀，"你刚才说到同流合污，这话你言重了，全上海的人都想和楚文天同流合污，可也得他瞧得上眼才行。他能主动给你递来橄榄枝说明有心想与你结交，这是一个机会，能不能把握住就看你自己了。"

"回头我把锦旗挂在办公室里。"

回到自己办公室，秦景天看着锦旗露出微笑，看来计划已经取得成效。

第三十一章 蟹壳黄

秦景天从军统站出来楚惜瑶就一直偷偷跟在他身后,刚过街道拐角就找不到了秦景天的身影,一回头发现他竟然站在自己身后。

"你什么时候发现我的?"楚惜瑶嘟着嘴问。

"下次跟踪人的时候别戴墨镜。"秦景天走上前浅笑。

"这是我的伪装。"

"真正的伪装是不留痕迹地融入人群。现在天色渐晚你还戴着墨镜,你的异样会引来其他人的关注。"

"你多教我一些防止被跟踪的技巧吧。"楚惜瑶饶有兴致地说。

"你学这个干吗?"

"我们现在是搭档,万一我被跟踪岂不是会暴露你。"楚惜瑶一本正经地说道。

"正常人是不会考虑被跟踪的,你越是与众不同越容易暴露。"秦景天取下楚惜瑶的墨镜,"首先你要做到的就是不回头。"

"不回头我怎么知道有没有人跟踪我?"

"你可以利用周围的环境和物品,比如路边的橱窗、停靠在街边的车辆的镜子来观察身后的人。"

楚惜瑶停下脚步站在橱窗前仔细辨识身后的行人。

"你这样会惊动跟踪你的人,当他们意识到被发现会换另一批人继续跟踪,你又要重新甄别。因此最好的反跟踪是让跟踪的人保持在你的安全区域之内。"

"好刺激。"楚惜瑶一脸兴奋,"还要注意什么?"

"要时刻告诫自己不能做出和自己身份有异的举动,比如现在……"秦景天让楚惜瑶挽住自己胳臂,"你要表现出亲密的恋人关系。"

楚惜瑶干脆直接偎依在秦景天的肩膀上。

"然后是利用周围的地形、拐角、路口以及人行道，你要不断更换自己的路线让跟踪的人无法确定你真正的目的地。同时你要记住出现在你视线中的每一个人或者是车辆，当他们重复出现在你视线中时就要提高警觉。"秦景天一边走一边说，"当你发现可疑人物时可以进行试探。"

"怎么试探？"

"你可以用一些平常的小动作，如突然转身、蹲下系鞋带、看手表等常见动作。跟踪者的注意力会高度集中，你突然的变化会让他们产生惯性的连锁反应，下意识里会做出和你相同的动作。"

"原来这么好玩。"

楚惜瑶显然对这些自己从未接触过的事情充满兴趣。她突然转身看手表，本想练习一下秦景天刚才教的内容，却发现身后不远处竟然有两个男人也随即停下脚步埋头看表，可他们手腕上根本没有表。

楚惜瑶一惊快步走上前，大声质问："你们为什么要跟踪我？"

两个男人神色慌乱，反倒是秦景天一脸平静："他们是在保护你。"

楚惜瑶像是猜到什么，撩起其中一人的短衫，看见他手臂上露出青帮文身："回去告诉我爸，再派人跟着我就再也别想见到我。"

两个男人面面相觑却一动不动。

"别为难他们了，你爸也是为了你好，想跟着就跟着吧，你让他们回去免不了要受责罚。"

楚惜瑶给他们规定了距离，然后转向秦景天一脸崇拜道："你什么时候发现他们的？"

"从军统站出来就发现了。"

"你好厉害。"

"当一个普通人不好吗？一次两次你可能觉得好玩但一直都保持这样高度警觉的状态，你会承受难以想象的压力。"

"你每天都是这样的吗？"

秦景天点点头。

楚惜瑶担心起来："是不是很辛苦？"

"你的出现让我很辛苦。"秦景天苦笑。

楚惜瑶把秦景天挽得更紧："可惜你现在已经甩不掉我了。"

"你见过叶小姐了？"秦景天现在只想知道叶君怡有没有识破自己。

"她起初对你的成见挺大的。"楚惜瑶一脸鬼笑，"我按照你教我的那些话给君怡解释了我们的过去，她听后才对你有所改观。"

"你确定她相信？"

"她当然相信，我们认识好多年是无话不说的闺蜜。她知道我从来不说谎的。为了你我可是连我最好的朋友都欺骗了。"楚惜瑶认真地问，"你该怎么表示感谢呢？"

"我听你的。"秦景天无奈笑了笑。

"不如请我吃蟹壳黄吧，我知道有一家味道很地道。"

楚惜瑶不由分说地拉着秦景天上了黄包车，穿街过巷停在一处路边小贩的摊位前。小贩见来了客人连忙热情招待。楚惜瑶点了三块枣泥馅的蟹壳黄。

"我以为像你这样的大小姐对饮食一定很挑剔，没想到居然喜欢吃路边的烧饼。"

"记得小时候连饭都吃不饱，爸总是省吃俭用也会给我买蟹壳黄。那时对我来说蟹壳黄就是世间最好吃的东西，直到现在依旧如此。"楚惜瑶递过去一块，"你尝尝就知道了，这家做的蟹壳黄香脆酥松，尝过一次后保证你还会再来。"

秦景天咬了一口，果真是回味无穷。

"你会信守承诺吗？"楚惜瑶突然问道。

"当然。"秦景天先是点头，愣了一下反问，"我有许诺过你什么吗？"

"搭档。"楚惜瑶提醒他。

秦景天这才想起自己搪塞她的话："如果你真能做到那件事，我会认真考虑咱们的关系。"

"我做到了。"

秦景天没反应过来："你做到什么？"

楚惜瑶环顾四周低声道："我在和歌浴场找到你的目标人物了。"

秦景天原本是想着进出浴场的都是男人，楚惜瑶根本没有机会进去，以此来让她知难而退。没想到楚惜瑶竟有收获，秦景天放下手中的蟹壳黄："你怎么找到的？"

"我爸手下有那么多人，随便找几个人去浴场也不是什么难事，我让他们二十四小时盯着14号储物柜。"

"你爸知道这件事？"

"我在你眼中有那么笨吗？"楚惜瑶白了他一眼，"我当然没告诉他，我对去的人交代说想找一个没付医药费就跑了的病人。"

秦景天低声问："谁打开过14号储物柜？"

"你认识的人。"

"我认识？！"

"你们站上的陈处长。"楚惜瑶小声回答。

秦景天默不作声。看来叶君怡的推断是正确的，陈乔礼上次大败之后一定会寻找机会反击，他出现在和歌浴场说明是在主动和暗线接头。

"听说和歌浴场里面还有日本艺伎，你们男人是不是都喜欢那种地方？"

秦景天眉头一皱："你们？除了陈乔礼之外还有其他人？"

"顾鹤笙也去过。"楚惜瑶提到这个名字时一脸不屑，"我不太喜欢这个人，听说和他关系不清不楚的女人可多了，真不知道君怡是怎么看上顾鹤笙的。你说我该不该给君怡提个醒，免得她被顾鹤笙耽误了？"

秦景天没有多想。顾鹤笙因为要处理和共党交换人犯的事这些天都没有回来，他出现在和歌浴场想来是为了偷闲。

"感情上的事外人还是别过多牵涉，如人饮水冷暖自知。顾处长没有你想得那么不堪，我相信叶小姐会有自己的判断。"

"听说你和顾鹤笙住在一起，你千万别被他带坏了。"楚惜瑶忧心忡忡，"算了，你还是搬出来吧，我帮你找地方保证比你现在住的要好。"

"以后再说吧。"秦景天岔开话题，"还有谁用过14号储物柜？"

"除了陈乔礼还有一个人。"

"知道叫什么名字，住在什么地方吗？"

楚惜瑶没有回答，招手叫来小贩："过几天我家里有宴会，能不能送些蟹黄壳去？"

"您要多少？"

"一百个应该够了。"

"这么多……"小贩面露难色。

楚惜瑶拿出一沓钱递给小贩："这些就当定金，你要是不方便送我派人过去取，你住什么地方？"

小贩见楚惜瑶出手如此阔绰，满脸笑容："福兴坊侯家路后面有一排民房左起第三家就是，门口挂着摊旗很好认。"

"怎么称呼？"楚惜瑶笑着问。

"吕广田。"

等小贩回到炉灶边，秦景天继续小声追问："你有那人照片吗？"

"不需要。"

"为什么？"

"你已经见过他了。"

秦景天一怔突然明白过来，目光移到小贩身上："是他？！"

"他已经告诉了你名字和住址。"楚惜瑶得意扬扬道。

秦景天低头看了一眼装蟹壳黄的纸袋，和上次在陈乔礼车上看到的一样："你让我很意外。"秦景天嘴角露出浅笑，"不得不承认你的确有当间谍的天赋。"

"你是不是该对我有些奖励？"

秦景天又买了一袋蟹壳黄送给她。

"我哪儿还吃得下啊。"楚惜瑶抱怨。

秦景天的视线定格在吕广田身上，笑道："我怕以后你吃不到这家的蟹壳黄了。"

第三十二章　陷阱

电影院里正播放着美国悬疑电影《螺旋楼梯》。当叶君怡在旁边座位坐下时秦景天悬了好几天的心终于放下，看来她对自己的身份还没有产生怀疑。

"为什么没向组织汇报你和楚惜瑶的关系？"叶君怡注视着银幕低声问。

"我以为她只是我人生中的一名过客。"

"你们现在的关系已经超出过客的范畴。"

秦景天以退为进："她是怎么对你说的？"

叶君怡的回答和秦景天编造的经历完全吻合。

"你知道她是楚文天的女儿？"

"不知道，我是在重庆认识她，她是医生我是病人，我们的关系还没发展到告诉对方自己的家庭情况。"

"你是如何看待和惜瑶的关系的？"

"事情太突然我暂时还没有考虑过。"秦景天直言相告。

"你是打算玩弄她的感情还是说你一直都擅长玩弄感情？"叶君怡的质问带有明显的个人情绪。

秦景天偏头看了她一眼："到底是组织想了解我和她的关系还是你想知道？"

"都有。"叶君怡的声音透着一丝不悦，"我认为对感情儿戏的人也不会对组织忠贞。"

秦景天不动声色："你在生气？是因为我让谢若云难堪还是说因为我和楚惜瑶的关系？"

"我只是要确定你的个人行为不会对组织造成危险。"

"首先我和谢若云并没有发展到感情层面，我和她接触完全是迫不得已，我利用她向你发出警示。既然我和她之间不存在感情关系自然也谈不上薄情寡义。至于楚惜瑶完全是一个意外，我选择承认和她的关系是为了完成你布置的任务。"

叶君怡偏头与之对视："利用？感情是你用来利用的工具？"

秦景天直言不讳："任务高于一切。"

叶君怡神色黯然，避开秦景天的视线："我能不能理解成你是一个不需要感情的人，或者说你不会对任何人产生感情？"

"你能相信一个终日活在谎言之中的男人口中说出的山盟海誓吗？"秦景天的目光落回到银幕上，声音镇定平静，"我现在没有资格拥有一段真正的感情。何况接近楚文天是你下达的任务。"

"我没有让你欺骗惜瑶的感情！"

"我们的工作无时无刻不在欺骗。你接近顾鹤笙同样是在利用他的感情。我们做的是相同的事，唯一不同的是这次的目标是你的朋友。"

叶君怡顿时哑口无言。

"楚文天的突破口就在楚惜瑶身上，我能通过她接触到楚文天，而且这是最快也是最有效的方式，事实上我已经取得了进展。"秦景天继续说，"当然你作为我的上级，如果对我现在采用的方式持有异议，我可以立即终止和楚惜瑶的接触。"

"我们在为一个崇高的理想去奋斗，但我认为你的行为在玷污这份崇高。"叶君怡幽幽叹息一声，"这是我个人的看法不代表组织。"

"如果你想继续探讨这个话题，我可以另抽时间。"秦景天话锋一转，"但我现在还有更重要的事要告诉你。"

"什么事？"

"我已经查到陈乔礼安插在组织内部的暗线。"

"是谁？"

"吕广田，对外身份是烧饼摊小贩，你要立即与组织取得联系，尽快核实此人在组织内的身份和关系网。陈乔礼已经和他秘密接头过，我

第三十二章 陷阱

推测陈乔礼最近一定会有所动作。吕广田这个人必须马上铲除，我来执行。"

"你不能擅作主张，必须等我向上级请示。"叶君怡摇头阻止，"吕广田极有可能就是那名代号红鸠的特工。需要先将此人隔离控制，从他身上了解到底掌握了多少组织的机密，这样才能让暴露的同志安全撤离。"

秦景天默不作声，心里很清楚绝对不能让吕广田落到地下党手中。为了任务能顺利进行这个人必须得死，同时还能误导地下党认为吕广田就是红鸠。这样一来地下党内部的审查就能结束，从而为自己完成渗透扫清障碍。

"中社部在几天前向上海地下党组织发来一条重要情报，南京军统局最近启动了一项绝密行动。"叶君怡小声说，"目前行动内容暂时不明，只知道该行动代号'鸢尾花'。"

"鸢尾花？！"秦景天顿感意外，按照计划这个情报该由自己泄露出去，现在却从叶君怡口中听到。

"我们的同志通过其他渠道掌握了一些情况但信息很零碎，大致知晓该计划的实施地点在上海由沈杰韬亲自负责，并且获悉军统上海站在舟山群岛附近海域的某处岛屿上有秘密基地。目前正安排人员对可疑岛屿进行调查，上级怀疑岛屿上的秘密基地极有可能与鸢尾花行动有关。"

秦景天越听越惊讶，国民党整个情报机构被渗透的情况远比自己设想的还要严重。

"情报来源核实过吗？"秦景天试探着问。

"情报是由中央反谍部门直接传递给上海地下党的，来源我们无权知晓但可以肯定情报是准确的。"

明月！秦景天第一时间想到这个对手。沈杰韬从南京带回鸢尾花计划才短短半个月不到，明月已经成功获悉了计划。

"目前锁定的海域范围太大，逐一调查进展缓慢，上级指示必须尽快查明鸢尾花计划的内容。"叶君怡对秦景天下达命令，"你要想办法在军统站内部找到突破口，务必查明岛屿的确切位置。"

秦景天从容道："我知道鸢尾花计划的全部内容。"

叶君怡不敢相信自己的耳朵："你知道？"

"这处岛屿在地图上无法查到，准确坐标是北纬30.48东经122.39附近。日军曾在上面修建秘密军事基地，上面有完善的军事训练设施，投降后这处基地被军统接管。"秦景天镇定回答，"你应该让上级立刻中止对该岛屿的调查。"

"为什么？"

"鸢尾花计划是军统筹备已久的行动，想要破坏该计划就一定不能让敌人觉察到计划被泄露。"秦景天看向叶君怡严肃道，"我这次来主要也是为了这件事。"

"你还了解到什么？"

"这项计划并不是刚被启动，沈杰韬负责该计划已经有很长时间，但真正的执行者是谭方德。"

"军统上海站前任行动处处长？！"叶君怡大感意外，"他不是因为执行任务失败被军统免职了吗？"

"这也是计划的一部分，目的就是让谭方德从其他人视线中消失。他目前正在执行的鸢尾花计划已经到尾声。"

叶君怡眉头一皱："你怎么会掌握鸢尾花计划的内容？"

"南京军统站对鸢尾花计划高度重视，戴笠为确保计划的顺利实施委任贺秉文为专员督促计划的进行。贺秉文是我在临澧特训班的教导主任，他这次到上海专门见了我一面，在此之前他和沈杰韬前往岛屿视察。我推测他会将计划最新的情况带回南京，因此在送他回酒店后从他的公文包里窃取了鸢尾花计划。"秦景天从衣兜里拿出一枚微缩胶片，"鸢尾花计划所有的内容都在里面。"

"这份情报太重要了。"叶君怡毫不掩饰自己对秦景天的敬佩，"你总是能给我意想不到的惊喜。"

"如果你看过胶片上的内容就会发现只有惊没有喜。"

叶君怡的笑容凝固在嘴角："为什么？"

"我窃取的情报和上级已经掌握的信息其实差不多,只是确定了岛屿位置和用途。谭方德已经在岛上进行了长达半年的秘密训练。"

"训练谁?"

秦景天轻声反问:"你知道鸢尾花的典故吗?"

"鸢尾花源于希腊语,是希腊神话中彩虹女神伊里斯的名字。"叶君怡回答。

"希腊人认为彩虹是连接天和地的,故伊里斯就被认为是神和人的中介者。她负责将人的祈求传递给神,同时亦将神的旨意传递给人。"

叶君怡反应过来骤然一惊:"谭方德在训练渗透的特务,用这些人窃取和传递情报!"

秦景天点点头:"鸢尾花行动其实就是一项大型的渗透计划。"

"敌人准备对上海地下党组织进行大规模渗透?"

秦景天却在摇头:"这次渗透的目标地点更为重要,而且谭方德训练的也不是特务。"

叶君怡焦急万分:"那他训练的是谁?"

"在古法语中鸢尾花的含义是光之花,代表了希望。这批受训的人被军统视为希望,同时他们本身也是承载未来的希望。"秦景天平静道,"法国第一位国王克洛维斯接受洗礼时,耶稣送他的礼物就是一朵鸢尾花,所以后来鸢尾花成为法国皇室的象征。你知道克洛维斯和耶稣的关系吗?"

"他是耶稣的学生……"叶君怡话到一半突然停下,面露震惊之色,"学生! 谭方德训练的是学生!"

"他们没有任何政治背景,干净得如同一张白纸,我们的反谍机关无论如何调查也找不出疑点。更重要的是这些学生远比军统培训的特务还要忠贞,因为他们是最坚定的信仰维护者,亦如鸢尾花的花语,忠诚牺牲!"

秦景天说这些时想到了自己,他很清楚当这批鸢尾花绽放时所能产生的威力。

叶君怡还是不敢相信自己听到的:"敌人是从什么地方找的这批学生?"

"全国各地,能被秘密送到海岛的人都是经过层层筛选,从根本上杜绝了被赤化的可能。"

"目标呢?渗透的目标在什么地方?"

秦景天慢慢转过头直视叶君怡:"延安!"

当这个地名从秦景天口中说出来那刻,叶君怡惊恐地站起身。

"他们在完成受训后,会通过各个学校的招生或者其他途径进入延安。他们和其他渗透的特务不同,从抵达延安那刻起便处于静默状态,他们唯一的任务就是各自发展。或许他们当中会有人暴露,但大部分会在延安站稳脚,并且渗透到我们的各个部门之中。一年、五年甚至是十年,他们之中会有人成为首长、领导和指挥官。你能想象当我们所有的重要军政机构全面被侵蚀会是怎样的结果吗?"

"我要立刻将这个情况汇报给上级。"

"你汇报什么?"秦景天拉住叶君怡的手。

"中央正面临着空前的危机,我们必须及时做出防范。"

"你要中央防范谁?"

"当然是这批执行鸢尾花计划的特务。"

"你知道他们是谁吗?"秦景天把叶君怡重新拉回到座位上,指着她放在包里的微缩胶片,"这只是鸢尾花计划的一部分,目前在海岛上受训的是第三批学生。"

叶君怡瞪大眼睛:"前面还有两批?"

"他们已经进入延安了。"秦景天点头,"但这些学生的名单并不在我窃取的情报之中。目前掌握名单的人我推测只有谭方德和沈杰韬。"

"有没有办法能搞到名单?"

"我不可能接触到保密级别这么高的情报,而且沈杰韬也知道鸢尾花计划的重要性,对这份名单一定会严格保密。"秦景天摇头,"你需要把这个情况及时通知上级,我会尽力获取但希望很渺茫,请上级看看能不能从其他渠道截获名单。"

"可不可以从贺秉文身上下手？"

"他只负责监督鸢尾花计划的进展，具体的实施和操作他也没有权限。戴笠给沈杰韬下达的命令是关于计划的内容不得用电文的方式传递就是怕被我们截获。但这份名单最终是要呈报南京建档的，所以戴笠一定会派人来取只是具体的时间还不清楚。这将是获取名单最好的机会。"

叶君怡点头。看着她心急如焚的样子，秦景天知道诱饵已经成功抛出。明月应该很快就会接到新的任务，自己需要做的就是等待。

"还有一点你必须转告上级，在没有获取到名单之前不能让敌人知道我们已经截获了鸢尾花计划。"秦景天郑重叮嘱，"敌人一旦发现计划外泄会立即封存名单，我们将失去最后的机会。"

第三十三章 试探

吕广田将熄灭的炉灶搬上车,收拾妥当后慢悠悠推着车准备回家。他没发现自己的一举一动都被不远处的一双眼睛密切注视着。

顾鹤笙在最后一次检查手枪后悄然无息跟了上去,几天前在和歌浴场他看见吕广田打开了14号储物柜。经过这段时间的跟踪可以肯定吕广田是一名叛徒,顾鹤笙打算在今晚清除这个隐患。

经过这几天对地形的勘查,顾鹤笙把动手的地点选在红泥坡。此处是吕广田回家的必经之路,原先因为这里多红土修建了很多砖窑,后来城区扩建砖窑都荒废了,到了晚上几乎没有人会从这里经过。

吕广田后背的要害完全暴露在顾鹤笙的枪口下,他迟迟没有扣动扳机,因为还有一个疑问没有解开。

顾鹤笙重新把枪藏进风衣之中,赶在吕广田穿过红泥坡之前拦住了他:"还有烧饼吗?"

吕广田吓了一跳:"还有半袋,不过快冷了。"

"我要了。"顾鹤笙将钱递过去,"卖烧饼多少年了?"

"到上海跟人学的手艺,前后也就几年。"吕广田一边回答一边弯腰在炉灶旁摸索。

"别动!"顾鹤笙在风衣中的手抬起,"卖烧饼还带着枪倒是挺少见。"

吕广田一怔,目光瞬间变得锐利:"你是谁?"

"把手放在我能看见的地方。"

吕广田慢慢直起身,摊开的手随之举起。

顾鹤笙抬起头,吕广田看清遮掩在帽檐下的脸:"顾处长?!"

"你认识我?"顾鹤笙不动声色。

吕广田虚惊一场,刚要放下手就听见风衣中传来手枪击锤被拨开的声音。吕广田环顾四周低声道:"误会,兄弟也是军统的人。"

"据我掌握的情报你是一名共产党。"

"兄弟奉命潜伏,直属上司是行动处陈乔礼,顾处长可以向他核实我的身份。"

"我凭什么相信你的话?"

吕广田撕开衣角,从里面拿出一本证件:"上面有我的编号,顾处长可以向军统局档案处核对。"

顾鹤笙接过证件看了一眼:"宋林忠?"

"兄弟的真名。为了潜伏,兄弟一直化名吕广田。论资历兄弟怕是比顾处长还要老,1935年加入复兴社,杭州警官学校一期毕业。"

"1943年你在什么地方?"

宋林忠不假思索地回答:"在重庆执行渗透任务,那时我已经打入重庆地下党内部,抗战结束后被派到上海。"

顾鹤笙问出最后一个问题:"你的代号是?"

"蝎子。"

顾鹤笙暗暗失望,眼前的宋林忠并不是自己要找的红鸠。他从衣兜里拿出枪对准宋林忠:"我代表被你出卖而牺牲的同志宣判你死刑。"

宋林忠大吃一惊:"你,你是……"

顾鹤笙扣动扳机的刹那,远处传来枯枝被踩断的声响,虽然很细微但还是让顾鹤笙准确捕捉到。在那片视线无法穿透的夜色中还隐藏着另一个人。

顾鹤笙刚一分神,宋林忠立刻动作敏捷地抓起一把红土扬在顾鹤笙脸上并快速从炉灶下掏出枪。顾鹤笙视线受阻闪身躲到树后仓促开了一枪,等清理干净眼睛里的尘土发现宋林忠已经逃入残垣断壁的砖窑内。

追入砖窑的顾鹤笙很快锁定宋林忠的位置,他躲在砖墙后向顾鹤笙射击。密集的枪声划破寂静的夜空,顾鹤笙发现宋林忠并非在盲目开枪,此人的枪法极其精准,只要自己一露头就被他封堵回去。

宋林忠是在拖延时间,顾鹤笙很快意识到事态的严峻。红泥坡虽然远离市区但枪声会引来警察，只要等警察赶到宋林忠便可全身而退。

就在顾鹤笙一筹莫展之际，从砖墙方向传来交火声。从枪声判断是有人从宋林忠身后开枪。随着一声惨叫交火声戛然而止。

顾鹤笙从砖墙缝隙中看见宋林忠捂着肩膀跌跌撞撞向自己的方向退过来，他手中的枪掉落在一旁。当宋林忠退到砖窑中间时，从外面透进来的月光刚好照射在他身上。顾鹤笙看见宋林中一脸惶恐地注视着砖墙深处那片黑暗。

黑洞洞的枪口从黑暗中慢慢透出，和顾鹤笙一起把宋林忠夹在中间，宋林忠来回张望脸上只剩下一抹绝望。

还有其他人准备处决宋林忠，顾鹤笙第一时间想到了上海地下党的同志。刺耳的警笛声越来越近，那人毫不犹豫地开枪击中了宋林忠的脑门。

顾鹤笙不能久留，和那人在黑暗中对视片刻后慢慢退出砖窑。今晚如果不是有此人的协助自己差点铸成大错，顾鹤笙在清寒的夜色下心里泛起一丝暖意。自己并不是孤军奋战，只是很遗憾不知道今晚这位同志是谁。

车停在黄浦江边，秦景天将换下来的衣服和皮鞋点燃。升腾的火焰中秦景天点燃烟，清辉的月光在他脸上蒙上一层霜色，脑海中再次回想起今晚阻击吕广田的那个神秘人。

秦景天从确定吕广田是暗线后就清楚意识到，上海地下党肯定会先撤离与吕广田有关联的人员，可一旦有人员撤离就会让他发现自己暴露，进而指认出更多的共党。秦景天无法判断这其中会不会有人危及叶君怡的安全，所以自己必须尽快铲除吕广田以绝后患。

可今晚的事让秦景天发现还有其他人和自己有同样的想法。秦景天深吸一口烟，抬头看向夜幕中那轮明月。

是他，那个自己千方百计要找出来的对手，今晚就站在自己对面，再近一点，再近一点就能看到他的脸。秦景天很懊悔今晚错失了揭开明月身份的机会。

第三十三章 试探

秦景天回到家时发现房间的灯开着,从浴室传来顾鹤笙哼曲的声音。听到外面有动静,顾鹤笙从门缝中探出头:"去哪儿了,这么晚才回来?"

"陈处长因病休养站长让我暂时接管行动处,要处理的事太多今天算回来得早了。"秦景天一边脱外套一边问,"你的事办完了吗?"

"基本上处理完了,剩下的就是安置被交换回来的弟兄。这些人在共党那边待的时间太长得逐个审查。"顾鹤笙抱怨,"我抽空回来洗个澡,明天一早还得赶回监管区。"

"他们被监管在什么地方?"

"日本人在龙华郊区的一处集中营。"

"龙华那边下雨了吗?"

"没有。"顾鹤笙在浴室皱眉,"怎么突然问起这个?"

"没什么。"

秦景天把外套挂在衣架上,目光却定格在顾鹤笙放在鞋柜上的皮靴,鞋上有枣红色的泥土。秦景天目光变得深邃,虽然这种泥土随处可见,可偏偏今晚自己伏击吕广田的地方刚好有相同的红土。

秦景天忽然想起楚惜瑶说过派去和歌浴场的人见到过顾鹤笙,一个让秦景天震惊的念头在脑海中一闪而过。

顾鹤笙站在淋浴下摸了一把脸上的水,快速回味着秦景天最后一问。

他为什么会问自己龙华有没有下雨?这个问题和前面的谈话毫无关联,秦景天是想证明什么吗?

当顾鹤笙的视线落在换下的衣裤上时,终于找到了答案。裤腿上有零星的泥点,衣服上残留着宋林忠扬起的尘土,自己因为要迅速撤离现场所以没有及时清理身上的痕迹。秦景天应该是看见了自己留在外面的皮靴上的泥土。龙华和上海都没有下雨,这些痕迹不该出现在自己身上。

顾鹤笙暗暗懊悔因为一时大意留下疏漏。这处不同寻常的疑点肯定会深深刻在秦景天脑子里,后果不堪设想。

"我回来的事千万不要让站长知道。"顾鹤笙裹上浴巾从浴室出来,故意拎着换下来的衣裤让秦景天看见。

"站长不知道你回来？"

"站长让我留在龙华直到完成政审。"顾鹤笙倒了一杯酒，叫苦道，"日本人的集中营我是一天也待不下去，本打算偷偷找个红颜知已放松放松，谁知道万安街在修路，车差点撞到石礅上，下车查看又踩到泥水里，搞得我兴致全无。"

秦景天陪他喝了一杯，起身拍拍顾鹤笙肩膀："累了一天早点休息吧。"

顾鹤笙笑着点头心里却忐忑不安。秦景天明明有质疑却没问出来，要么是他对此不以为然，要么就是根本没相信自己的解释，顾鹤笙一时间难以判断。

第二天早上起来秦景天发现顾鹤笙早已离开，炉火上还温着一锅白米粥。顾鹤笙有一手好厨艺，任何简单的食材到了他手中总能变成令人食欲大开的美食。和顾鹤笙住的时间久了秦景天发现自己吃不惯外面的东西。

白米粥熬得恰到好处，想来是顾鹤笙临走前留给自己的。秦景天盛了一碗走到餐桌前，看见沙发上还堆放着顾鹤笙昨晚扔在上面的衣裤。

犹豫了良久，秦景天还是放下碗筷拿起沙发上的衣裤，在裤兜里找到一支崭新的口红。秦景天想到了那个叫洛离音的女人，因为万安街是去她家的必经之路。

秦景天看着手中的口红入神，这能证明顾鹤笙偷偷回来的目的，也符合他玩世不恭的个性。但秦景天想到另一种可能，这支口红也许只是顾鹤笙的掩饰手段，这说明和自己朝夕相处的是一个每时每刻都在纠正行为漏洞的人。

秦景天突然感觉到后怕，如果自己的假设成立，那么顾鹤笙就是和自己一样的人。

回军统站的路上秦景天的车停在三岔路口等红灯，手指来回在唇边搓揉，脑海中把所有与顾鹤笙有关的事一遍又一遍回想，试图从中找出可疑的地方，可始终没有发现异常的事。

身后的鸣笛声打断了秦景天的思路。再过一个路口就到军统站，可

第三十三章 试探

秦景天却在三岔路口拐向了右边，车缓缓停在万安街的街口。街道中间的道路被挖开，石板杂乱无章地堆砌在路中。秦景天下车走到低洼处踩了一脚，看到鞋底上的泥土不由自主地淡淡一笑，到此刻他才打消对顾鹤笙的质疑。

秦景天的车消失在街尾拐角，顾鹤笙从街旁三楼茶座的窗边收回目光。身旁穿短衫的人精明干练，给顾鹤笙斟上一杯茶："顾哥，您一大早让我派人挖开马路，到底是为什么啊？"

"有些事你就别多问了。"顾鹤笙把一沓钱推过去，"你手下的兄弟辛苦了，一点意思别嫌少。"

那人一个劲儿摆手拒绝："您这是跟我见外了，要不是您我现在还在大牢里关着呢。"

"今天的事别让其他人知道。"

"您放心，我烂肚子里。"

"不跟我见外就收下。"顾鹤笙像是和这人很熟络。

"成，我替兄弟们谢谢顾哥。"

汉子一脸豪爽地笑了笑，将钱塞到兜里下了楼。旁边座位上的人放下手中报纸，起身坐到顾鹤笙对面："能信得过吗？"

"丁三这人重义重孝，他被军统抓后我一直帮他照顾家中老母，后来我又想办法把他给放出来，他一直对我很感激。"

"我不是说他。"洛离音面色凝重，"秦景天今天能来核实说明他对你有所怀疑。这个人让我感觉很危险，我认为你有必要考虑是否让上级终止对他的接触。"

"他不来反而会让我失望，他拥有一名顶级间谍的天赋，组织急需像他这样的人。我承认秦景天是危险的，但如果能让他的危险用来对付敌人……"顾鹤笙胸有成竹地看向洛离音，"这个险值得我们去冒。"

"我接收到中社部的指令，你请求核实的岛屿已经有结果，是一座无名小岛在地图上无法找到，准确位置为北纬30.48东经122.39附近。"洛离音一边警觉地注视窗外一边低语，"岛上有日军留下的军事基地，敌人在上面实施秘密训练。"

"训练对象是谁？"

"学生。"

"学生？！"顾鹤笙愣住，虽说军统有直接招收学生培训的先例，但如此大规模秘密训练还是第一次。

"上海的地下党组织已经从其他渠道初步获悉了鸢尾花计划。"

"情报来源可靠吗？"

"上海的同志已经想办法对该岛屿进行调查，结果证实情报是准确的。"

"知道情报来源吗？"

"我们和上海地下党组织分属两条不同的线，出于安全考虑我们无权知道情报的来源。"洛离音摇摇头，"鸢尾花行动是一项大型的渗透计划，从目前掌握的情报看敌人已经实施了很久，在岛上受训的学生是第三批也是最后一批。"

顾鹤笙端起茶杯："渗透地点在什么地方？"

"延安。"

当！顾鹤笙手一抖，杯盖掉落在地上应声碎裂。

"这些学生和你一样都是执行战略潜伏。据悉前面两批已经成功进入延安，这些人会长期保持静默目的是渗透进我们的军政各个部门。中社部已经提高警惕加强审查。"

顾鹤笙心头一紧："就在几天前沈杰韬突然让我放松对学生团体的情报收集，看来也是为鸢尾花计划做准备。"

"敌人是准备向延安派出最后一批特务！"洛离音压低声音，"上级目前只掌握了鸢尾花计划的内容，但这个计划的关键是名单。知晓这份名单的只有沈杰韬，上级指示你务必要截获名单。"

第三十四章 拼图

秦景天在办公室见到秋佳宁，笑着问道："找我有事？"

"从你们行动处借几个人。"

"借人没问题，可他们也不会电讯啊。"

"我需要对一个区域进行监视。"

"电讯处有什么发现？"

"最近在我的监听序列中出现一部新的共党电台，所选用的波段以及电码与之前掌握的敌台完全不同。"

"既然不同你怎么判定是共党的电台？"

"发报的人是我的一位老朋友。"

"你认识？"

"我们没有见过面，但我知道此人的发报手法和习惯，抗战时期我们之间曾有过几次电文收发。"秋佳宁坐到椅子上，"对方是一个女人，年龄应该和我差不多但手法极为老练。她经手的都是重要情报可见级别不低。我很想见见这位老朋友，可在抗战结束前她突然静默，从那之后我再没有监听到由她发出的电码。直到半年前，也就是你刚到上海的时候她又突然出现了。"

秦景天微微皱眉："她有什么特别之处让你这样重视？"

"她还留在上海说明还有一处我们没有发现的共党情报网。不同的波动和加密方式可见她和上海地下党属于不同的指挥系统。她突然被唤醒应该是在执行某项重要任务。"秋佳宁表情专注道，"我一直试图找出她的电台位置，可她经验极为丰富每次发报都准确控制在可以被锁定的时间之内，直到前天她出现了破绽。"

"你锁定她位置了？"

"我已经很接近她了。她最近使用电台频繁,在前天晚上她使用的波动被电讯处侦听到,这次是她在接收电文因此无法控制时间。我派出监听车成功对她进行了三角定位。"秋佳宁起身走到墙上的地图前,用手指画出一个圆,"她就在这个区域内。"

"在这么大的范围内找一个不知长相的女人。"秦景天站到秋佳宁身后,摇摇头,"行动队所有人全派出去也不会有收获。"

"如果是大海捞针我也不会浪费这个时间。"

"你还能缩小范围?"

"她所使用的是一台CMS短波电台,这个型号的电台优点是功率大但也是缺点,大功率必须由固定电源支撑所以她不能随意更换收发报位置。而且我发现她最近发报手法有些改变,明显比以前要重,我推测她是在一处环境极其嘈杂的地方,试图用环境噪音来掩饰电台的发报声。她最近几次收发电文的时间在晚上8—10点之间,我对这个区域进行了调查,目前有三处地方符合上述环境特征。"

秋佳宁在地图上画出三个小圆,每个圆的范围缩小到一条街的距离。

"你打算让行动队对这三处地方进行突击搜查?"

"我目前还无法确定她的准确位置,贸然搜查我担心打草惊蛇,但我想到一个办法。"

"什么办法?"

"她既然明知道有暴露的危险还超长时间接收电文,说明电文的内容极其重要。我推测她会在近期用电台和上级联系。我已经安排了人去电厂待命,只要她再次使用电台我就会分别对这三处地方进行断电。CMS必须使用固定电源,一旦停电电波就会终止。"秋佳宁胸有成竹道,"这样我就能知晓她的准确位置。"

秋佳宁标注的三处地点,其中一处正好是永麟班。想到她之前说神秘电台是在自己到上海那天出现,秦景天若有所思地皱起眉头。

"怎么了?"

"等你确定位置我亲自带人协助你搜查。"

第三十四章 拼图

秦景天话音刚落,门外传来急促的敲门声。进来的人神色凝重道:"站长命令秦组长马上赶到红泥坡!"

秦景天达到红泥坡时看见沈杰韬从车上下来,身为军统甲级站站长他几乎不会出现在一线。秦景天的视线又落在沈杰韬身旁的中年男人身上,青灰色的中山装和梳理整齐的头发配上那副镜片如同酒瓶底的眼镜,让那人看上去像是一位知书达理的学者。

发现命案现场的警察对四周进行了封锁,现在这里交由军统接管。秦景天选在昨晚动手正是知道会有阵雨。经过一夜的大雨,现场被完全破坏根本无法勘查到任何线索。

警察从砖窑废墟中抬出盖有白布的担架,中年男人上前掀起一角然后面无表情地对沈杰韬点点头。

沈杰韬面色铁青地招呼秦景天过去,交给他个信封:"你安排行动处对名单上的人立即秘密抓捕。"

"我亲自去。"

"你留下。"

秦景天将任务下达给行动处三组:"名单上都是什么人?"

"是陈处长一直在监控的共党。"中年男人回答,他抬头看了秦景天一眼,"现在行动处由你负责?"

"你是?"

"给你介绍一下,他就是秦景天,上次我跟你提过他。"沈杰韬又指着中年男人,"这位是谭方德,陈乔礼被任命之前是他负责行动处。他是刑侦专家刚巧临时有事回上海,我就请他过来看看现场。"

秦景天听顾鹤笙提及过此人同时也在鸢尾花计划中看到过他的名字。谭方德回上海应该是向沈杰韬汇报计划进展。

"幸会。"谭方德一团和气地主动伸出手,"听站长多次提起你,每每都是赞不绝口。"

"谭处长是前辈,往后还请多多指教。"秦景天不卑不亢地握手。

"指教不敢当,你也别叫我处长,我现在就是一个闲人。"谭方德和颜悦色道。

沈杰韬在旁边解释:"他已经从军统离职,今天是我私人请他过来帮帮忙。"

"你手好凉。"谭方德迟迟没松开手,一脸关切地问,"是不是身体不适?"

"最近没休息好。"秦景天岔开话题,转头看向沈杰韬,"这里发生了什么事?"

"昨晚这里发生命案,死者在砖窑被伏击枪杀。"

"命案不是归警察署侦缉,咱们干吗要接手此案?"

"他是行动处安插在共党的暗线。"谭方德指着地上的担架说。

秦景天故作惊讶:"我怎么不知道这件事?"

谭方德惋惜道:"他叫宋林忠化名吕广田,杭州警察学校一期生,是复兴社的骨干成员,在重庆就成功打入共党内部。我将他安排到上海执行对地下党的渗透任务。他手上掌握着上海地下党工委的多条联络线,为我们提供了不少重要情报。后来我离职将他交给陈乔礼负责。"

沈杰韬看向谭方德:"你有什么看法?"

谭方德蹲在地上拾起一撮泥土在指尖搓揉:"伏击地点是经过精心挑选,而且提前考虑到环境因素,借着夜雨掩饰行凶的痕迹。动手的人是一个老手,此人在刻意隐瞒自己的身份。"

即便现场被雨水破坏,谭方德仍凭借经验还原了案发经过。

"宋林忠在这里有过短暂的停留。"谭方德起身走到土坡前,"凶手拦住了他的去路……"

谭方德说到一半起身环顾四周,向秦景天借了手枪,走到坡下的树林抬枪瞄准,反复测试数次后肯定道:"宋林忠当时并没有发现凶手,他的后背完全暴露在凶手的枪口下。可凶手并没有在第一时间开枪,他拦住宋林忠后两人有过交谈。"

"凶手是想核实宋林忠身份。"秦景天说。

"凶手尾随他到这里说明已经确定了身份,交谈应该另有其他原因。"

谭方德摇摇头冷静分析，"宋林忠很谨慎并且具有应对突发情况的能力，他的格斗技能也相当出色。当遭遇危险他应该在第一时间做出反击，可这里并没有打斗的痕迹，说明当时宋林忠还没有意识到危险，或者说出现的人让他放松了警惕。"

沈杰韬眉头紧皱："宋林忠认识凶手。"

谭方德默不作声点点头，像一条猎狗搜寻着常人无法发现的痕迹一路追踪到砖窑中。

"宋林忠突然遭遇险情但并没有做出盲目判断，他先占据了有利地势与凶手交火。"谭方德仔细查验分布在墙上的弹头，"宋林忠在阻止凶手靠近以此来为自己争取时间。"

沈杰韬不解地看着地上那摊血："宋林忠在这里被击毙，他为什么要离开掩体？"

谭方德在掩体前蹲下，很快找到一颗镶嵌在砖缝中的弹头。从凶手的角度不可能射击到这个位置。谭方德又走到对面砖墙处仔细查看后恍然大悟："昨晚伏击宋林忠的是两个人，他被逼到这里后腹背受敌。他仓促向身后的人开枪，但被这个人击中胳臂导致失去反抗能力最终被当场击毙。开枪的人一枪命中宋林忠眉心，可见此人对自己极有信心。没有对宋林忠补枪说明此人当时情绪很平稳。共党在处决叛徒时往往会带有愤怒的复仇情绪，但这一点却没有出现在此人身上。此人目的明确手法专业娴熟，应该是经过专门的训练，我感觉此人不像是共党。"

"你确定？"沈杰韬问。

"如果是共党在控制宋林忠后应该先进行审问，从他身上查明组织被破坏的程度以及暴露的人员，但这个人没有考虑这些。此人杀宋林忠应该还有其他原因，而且伏击宋林忠的这两个人不是同伙。"

"这两个人相互不认识？"沈杰韬的眉头皱得更紧。

"这两个人的目标都是宋林忠，但所选择的伏击位会误伤到对方，由此可见两人都没有意识到对方的存在。"

沈杰韬一筹莫展："除了共党还会有谁要杀宋林忠呢？"

"至少从目前掌握的线索看,其中一人在军统站内部。"谭方德在砖窑中发现一枚模糊不清的鞋印,查看良久后说,"这个人身高在1.8—1.85米,体重大约75公斤。"

"军统内部符合这个条件的人很多,单凭这些很难找出凶手。"秦景天平静道。

谭方德当机立断:"先从行动处开始调查,所有符合上述条件的人立即召回隔离审查。"

秦景天看向沈杰韬,在这里自己只听从他的命令。

"按照他说的去做。"沈杰韬似乎对谭方德格外信任。

"我并非是捕风捉影,我离开军统时将宋林忠交给陈乔礼负责。他一直沿用了我过去的接头方式,和宋林忠在和歌浴场交换情报。为了掩饰行踪,陈乔礼会故意带着行动处的人去浴场。我推测凶手在浴场发现了这个秘密。"谭方德对秦景天依旧是一脸谦和的微笑,"范围可以再缩小到所有去过和歌浴场的行动处⋯⋯"

谭方德说到一半突然停下。之前他在勘察砖窑时就将掉落的弹壳一一拾起,并且分成三份分别装入证物袋中,如今留在他手心的是宋林忠留下的弹壳。

谭方德一颗颗细数,然后再检查宋林忠的弹夹,最后走到对面砖墙全神贯注地查看:"宋林忠使用的是美式柯尔特手枪,弹夹容弹七发,他一共开了六枪,其中有三枪是还击身后的人,可我只在砖墙上找到两颗弹头。"

"宋林忠的后路被砖墙封死,砖墙又没有被射穿的痕迹,这三颗弹头都该留在砖墙上才对。不见的那一颗⋯⋯"沈杰韬骤然抬起头,"宋林忠击中了身后的人,弹头留在了这个人身上!"

秦景天沉着冷静道:"我立即通知警察署协查所有医院。"

沈杰韬补充:"私人诊所包括外国人开设的一并搜查。"

秦景天走到谭方德身边,指着自己的枪提醒:"谭处长。"

"对不起,我都忘了。"谭方德歉意地笑了笑,把手枪递过去,触碰到秦景天手时停了下来。

秦景天接枪时发现谭方德还紧紧握着，尝试用力也不见他松手。

"谭处长。"秦景天再喊了一声。

"你的手一直都这么凉吗？"

"医生说我的身体是阳虚畏寒一入秋就会这样。"秦景天轻描淡写地回答，"没别的事我就去执行任务了。"

"等等。"谭方德叫住秦景天，"你去过和歌浴场吗？"

"去过几次。"秦景天泰然处之。

"你的身高和体重也符合凶手的体貌特征。"谭方德脸上的笑意变得深邃。

秦景天淡笑："谭处长是在怀疑我吗？"

"如果凶手中枪会大量失血从而导致体温骤降。"谭方德的面色渐渐阴沉，抬起的枪口对准秦景天，"把衣服脱了！"

沈杰韬的沉默已经表明了他的态度。秦景天迟疑了一下，还是解开了外套纽扣，脱到一半时有人急匆匆冲进砖窑。

"报告有新发现，行动处三组李江平今天没来报道，打电话也没人接，派去的人在他家中发现血迹。"组员将一袋东西递到沈杰韬面前，"这些是在他家发现的。"

袋子里有一双皮鞋，谭方德检查后发现鞋底的泥土和红泥坡土质完全吻合。还有一把只剩下两枚子弹的手枪。

"击毙宋林忠的人所使用的就是勃朗宁手枪，我在现场找到的弹壳和手枪中剩余子弹吻合。"谭方德的注意力从秦景天身上移开。

"李江平现在人在什么地方？"沈杰韬沉声问。

"不知去向，在他家里还找到他这个月的行程记录。"

沈杰韬快速翻看，脸色铁青道："他也去过和歌浴场，时间正好是陈乔礼最后一次和宋林忠接头的时候。"

"李江平有重大嫌疑必须立即搜捕。"谭方德当机立断。

"他身上有枪伤应该走不远。"沈杰韬指向秦景天，"马上带人对各个医院诊所进行搜查。"

秦景天面无表情地直视谭方德，他已将外套脱下正在解衬衣的纽扣："还需要继续脱吗？"

谭方德那谦和的笑容又浮现在嘴角，将手枪交还给秦景天："身体不好就得抓紧时间调理，我认识一名老中医可以介绍给你。"

秦景天穿好衣服："多谢谭处长关心。"

秦景天带人在警察署的协助下，以李江平家为圆心划出半径三公里的区域，对该区域里所有医院诊治的从昨晚到今天有创伤的病人进行身份核查。秦景天亲自前往广慈医院，这里是距离李江平家最近的大医院，因此成为重点排查目标。

在广慈医院，秦景天要来入院记录，对各个病房逐一检查。

"出去！"一声呵斥从病房传来，"这里是医院不是你们胡作非为的地方！"

秦景天走进病房，看见穿着白大褂的楚惜瑶正拦在一名病人床前，面无惧色地与警察对峙。

"什么情况？"秦景天冷声问。

"她不让我们检查。"

楚惜瑶没想到秦景天会出现在这里，看见他像是有了主心骨："这里都是刚做完创伤手术的重症病人，他们强行搜查会危及病人生命。"

"我们在追捕一名重要凶犯，请你配合。"

"这里只有病人没有你们要找的凶犯。"楚惜瑶大义凛然地反驳，"我是他们的医生，病人把命交给我，我就有责任去保护他们。"

秦景天的视线越过楚惜瑶看向病床上奄奄一息的病人："他什么时候入的院？"

"昨天晚上遭遇车祸身体多处骨折，断裂的肋骨刺入肺部出现血气胸，经过抢救病人情况暂时稳定。"

秦景天走到病床前，病人的脸肿得面目全非，悬吊的手上是刚打好的石膏。

第三十四章 拼图

啪！

秦景天抓起病人的手重重撞击在床沿，石膏碎裂一地露出已经变形的手臂。突如其来的剧痛让病人大声惨叫。

"其他地方的石膏也敲掉，仔细检查是否有枪伤。"

楚惜瑶看得目瞪口呆，秦景天的冷血让她感觉陌生得可怕。

"如果再有医生或者其他人阻止检查当场抓捕！"秦景天对警察说完后转向楚惜瑶，"去你办公室，我要看你负责的病人的病历。"

楚惜瑶的办公室在三楼，她从抽屉中拿出病历，秦景天随手反锁上房门。

"你什么时候变得这样野蛮……"

楚惜瑶还在为刚才的事生气，将病历递到秦景天面前时却发现他像是变了一个人，没有了之前的暴戾和冷漠。只见他动作迟缓地摸出一支烟，拿打火机的手抖得厉害，很艰难才将烟点燃。

"你，你怎么了？"

楚惜瑶看见秦景天额头渗出一层细细的汗珠。他叼着烟慢慢脱下外套，一团触目惊心的血红从手臂后侧的白衬衣透出。楚惜瑶心里一惊伸手去检查，刚触碰到秦景天就感觉他全身在抽搐。

楚惜瑶将秦景天搀扶到值班床上。他的衬衣已经和上臂紧紧粘连在一起，用剪刀剪开后才看见严重的贯穿伤口。

"你受伤了？！"楚惜瑶大吃一惊。

"枪伤。"秦景天的呼吸有些急促，"我简单处理过伤口，虽然暂时止住了血但弹头卡在肱骨和肱三头肌之间，这个位置我无法自己取出。"

"你需要马上接受手术！"

"不能让其他人知道我中枪的事。"

楚惜瑶反应过来："外面那些人在追捕的就是你？"

秦景天点头："我需要你帮我取出弹头。"

"什么时候受的伤？"

"昨天晚上。"

"你坚持到现在？！"楚惜瑶瞪大眼睛，不可思议地看着眼前的男人。

"你可以开始了。"秦景天深吸一口烟，将手表放到床头，"你只有十分钟时间。"

"我去拿麻药。"

"来不及了直接取。"

这种创伤对于楚惜瑶来说只是一个寻常的手术，但面对秦景天，自己却无法冷静下来。她拿着手术刀的手比秦景天抖得还要厉害，悬停在伤口处迟迟不忍下刀。

"我做不到。"楚惜瑶的手垂了下去，眼圈微微泛红，"弹头的位置距离肱动脉太近，稍有不慎会导致动脉破裂，在没有应急措施的情况下你会有生命危险。"

"看着我，看着我！"秦景天握住她的手，试图让楚惜瑶镇定下来，"你是拿过盖宁茨医学奖的优秀外科医生，忘掉我们之间的关系，在你面前的只是一个需要救治的病人。没有麻药、手术台以及应急措施你同样可以做到。"

楚惜瑶调整自己的呼吸，重新抬起的手稳健了许多。她深吸一口气熟练地对伤口消毒，锋利的刀刃准确无误地切开创口。秦景天偏过头，抓紧床杆的手背上青筋暴露，鲜血沿着手臂染红了洁白的床单。

楚惜瑶忍不住看了一眼他的侧脸。他自始至终都没有发出声音，甚至如同雕像般一动不动。她不知道到底经过怎样淬炼的人才能拥有这般坚强的意志。

手术钳探进伤口镊出深陷的弹头时楚惜瑶才长松一口气。她快速为秦景天止血并包扎好伤口。

"你失血太多必须进行输血。"

"我没有时间。"

秦景天大口大口吸着烟，这一次楚惜瑶没有阻止，他现在只能通过尼古丁来缓解剧痛。楚惜瑶看着他虚弱的样子心疼得厉害。

敲门声打断了两人的交谈，楚惜瑶立刻拉上遮帘挡住血迹斑斑的床。

进来的警察报告在医院没有发现李江平，秦景天指示继续搜查下一家医院。

临走前秦景天转身对楚惜瑶伸出手："感谢你的合作。"

搜查整整一天依旧毫无结果，沈杰韬得知后大发雷霆。但因为很多医院是外国人开设，军统大肆搜捕招致领事馆的干涉，迫于压力沈杰韬只能暂停搜查。

秦景天回到家已经是深夜，刚掏出钥匙，一道刺眼的灯光迎面射来，从指缝中看见街对面停着一辆车。当秦景天走到车旁看见驾驶位上的人时顿感意外："陈处长？"

自从上次军火案后秦景天就再没见过陈乔礼，所谓的养病休养在秦景天看来只是陈乔礼无法面对挫败的借口。不过他突然出现其实也正常，宋林忠对于陈乔礼的价值不言而喻，如今这条他苦心经营的暗线被杀相信陈乔礼也坐不住。

"明天有空吗？"

秦景天以为陈乔礼会询问宋林忠的事："陈处长有事？"

"我请你吃饭。"

秦景天看不透陈乔礼的心思："好啊。"

陈乔礼的表情出奇平静，好像军统最近接二连三发生的变故对他一点影响也没有。告诉了秦景天住址后，陈乔礼发动汽车，又从车窗探出头："别带枪。"

第三十五章 变节

秦景天如约来到陈乔礼家，从进门那刻秦景天就知道这并不是他真的家。房间的陈设和布局都与陈乔礼的个性截然不同，显然是为了掩饰他现在的身份刻意营造出来的一个家。

屋里除了在厨房忙碌的陈乔礼外还有一名女人和两个孩子。陈乔礼介绍女人叫许兰芝是育才学校的手语老师，她今天带着儿子来给陈乔礼的女儿过生日。

秦景天看过陈乔礼的档案，他根本没有结婚也没有孩子。陈乔礼似乎猜到秦景天的疑惑，解释自己最近刚收养了一名聋哑女孩，正跟着许兰芝学手语便于将来与孩子交流，借今天过生日请许兰芝吃饭酬谢。

陈乔礼说这些时，正一脸慈爱地用那双杀人如麻的手抚摸着女孩的头。这幅画面让秦景天感觉有些诡异。

陈乔礼让秦景天陪许兰芝聊聊，他自己去厨房准备晚餐，两个孩子在一边愉快地做游戏。

"听许老师口音不像是上海人？"秦景天问。

"北平人。"

"怎么会来上海？"

"我先生在上海谋职就随他一同过来了。"

"你先生在哪儿高就？"

"我爸爸可厉害了，他还有枪呢。"一旁的男孩得意扬扬地说。

许兰芝呵斥一声，对秦景天解释："小孩子就喜欢信口胡说。"

"我没胡说，爸爸说过他的枪是用来打坏人的。"男孩一边埋头粘纸屑一边大声说。

"昀博！"许兰芝厉声打断。

许兰芝的反应已经超出正常训诫孩子的范畴，秦景天表面上不动声色，可已经意识到陈乔礼真正的目标并不是许兰芝。

"我家先生是海员，工作忙一年到头都在海上漂着，只有等到船靠岸才能回来一次。"许兰芝岔开话题。

"当海员挺辛苦的，经常不在家，孩子不想他吗？"秦景天继续随口问道。

"想啊，天天盼着他爸回来。"许兰芝笑了笑，"他挺惯孩子的，每次回来都会给他买好多玩具。"

"我这次不要玩具，我要带爸爸去学校。"小男孩神气道。

秦景天问："为什么？"

"今天老师让我们画自己的爸爸，同桌说我没有爸爸。"小男孩噘着嘴一脸不高兴。

"所以你就在学校和人打架？"

"那是因为他撕了我的画。"

许兰芝招呼男孩到身边，神色慈爱地抚摸着男孩脸蛋："以后不能和人打架，要做一个知书达理的孩子，知道了吗？"

男孩听话地点点头，举起手中的纸兴高采烈地说："我已经粘好了，等爸爸回来送给他。"

皱巴巴的画纸上画着一个高大威武的男人，肩膀上扛着一个孩子，腰间插着一把枪。男孩的心愿在这张画上显露无遗，画纸的旁边写着——三班，姜昀博。

许兰芝快速将画纸折叠上，她似乎对和枪有关的事物充满了警惕。这些举动都被秦景天捕捉在眼里。

"你爸爸叫什么？"

"姜正。"

秦景天笑着点头，目光望向陈乔礼在厨房忙碌的身影，显然他早就知道这对母子的身份。现在唯一的疑问是这顿让秦景天猜不出目的的晚饭。

陈乔礼做菜和他做事一样精益求精。从烤炉端上桌的面包金黄酥脆，刚煎好的牛排半熟鲜嫩弥漫着黑椒香味，肉末通心粉配上番茄令人食欲大增。他还特意为两个孩子做了一盘水果沙拉。

这些西式菜品很少会出现在上海普通百姓的餐桌上，对于陈乔礼的盛情款待许兰芝有些受宠若惊。

"陈先生太破费了，这顿晚餐应该花费不小吧。"

"许老师能赏脸到寒舍一叙是我的荣幸。"陈乔礼开了一瓶红酒，一边为许兰芝斟酒一边客气说，"我父亲常教我要懂得知恩图报，别人给予我多少我一定加倍奉还。"

"我爸说男子汉要正直勇敢。"姜昀博在一旁用稚嫩的声音说。

"你爸爸说得很对。"陈乔礼开怀大笑。

"这孩子就亲他爸。"许兰芝一脸慈爱地抚摸孩子的小脸，"他爸说什么他都记在心里。"

"在孩子的心中父亲都是自己的英雄。"陈乔礼举起酒杯对着姜昀博笑着说，"来，敬你爸爸。"

气氛和睦的晚餐让秦景天有一种不真实的感觉。坐在对面的这对母子就如同餐盘中的牛排，秦景天不知道陈乔礼会在什么时候下刀。

"姜先生什么时候到的上海？"秦景天轻描淡写地问道。

"民国二十六年，他到上海投奔做生意的朋友。刚到不久上海就沦陷了，世道不景气他只能去跑海运。"

"我在上海倒有些门路，要是姜先生愿意我可以介绍份工作给他。"陈乔礼说，"薪水颇丰而且轻松，最主要是不用常年在外，能天天陪着你们。"

许兰芝环顾这套二层楼的房间，好奇问道："陈先生在哪儿高就？"

"军统。"

刚拿起刀叉的许兰芝瞬间愣住。

"我爸爸说军统都是坏蛋。"

"昀博！"许兰芝大声呵斥。

"看来姜先生对军统有些误会。"陈乔礼淡淡一笑,看向姜昀博和颜悦色问道,"想知道军统是干什么的吗?"

姜昀博点点头。

"军统是在保护这个国家不被别有用心的人颠覆。这些人会以虚假的身份躲在暗处,军统要做的就是把这些人找出来并给予惩罚。"陈乔礼的目光移到许兰芝身上,"许老师,这盘法式牛排可算地道? 时间仓促我也是尽力而为,不知道合不合许老师口味,毕竟许老师在法国待过挺长时间。"

"我没有告诉过你我去过法国。"许兰芝大吃一惊。

陈乔礼用餐布擦拭嘴角:"军统最擅长的就是挖掘秘密。"

"你有枪吗?"姜昀博一脸天真地问道。

"有。"陈乔礼起身从抽屉中拿出一把左轮手枪,当着许兰芝的面递给姜昀博。

"我爸爸也有这样的枪。"

姜昀博爱不释手地把玩着,又双手吃力地举着枪眯着眼睛瞄准,一旁的许兰芝看得心惊肉跳。

陈乔礼轻松地笑了笑,注意力全在姜昀博身上:"孩子不像我们大人,他们的世界里没有谎言,他们总会将自己的真实一面毫无保留地呈现出来。"

"你抓到过坏人吗?"姜昀博又问。

"不久前我发现了一名嫌犯,准备抓捕时让嫌犯逃脱。我不接受失败,他既然从我手中逃跑我就一定要亲手将其抓回来。"陈乔礼一边切着牛排一边说,"我在这个人留下的私人物品中发现一张西药处方,经过咨询得知上面的药品是用来治疗肝病的。其中有一种是特效药,如果患者不能及时服用会导致病情恶化,但这种西药在上海很稀缺。"

秦景天记得那张处方,在姜正逃脱后陈乔礼曾对着这张处方研究了很久。

"普通人听到军统都谈虎色变,事实上军统并没有那么可怕。很多人对我的工作存有极大的误解，大多数时候我都是在重复一些枯燥乏味的工作程序，比如我刚才提到的那张处方。"餐桌上只有陈乔礼还在吃着牛排，"要在偌大的上海找出使用处方的人在大多数人看来是不可能的事，而我要做的就是将不可能变成可能。"

"陈先生，时间不早了，孩子明天还要上学，没其他事我先告辞了。"许兰芝拉着孩子想要离开。

"好的。"陈乔礼并没有阻止的意思，"不过我有一个问题想请教许老师。"

"什么问题？"

陈乔礼从身上拿出一个撕掉标签的空药瓶慢慢推到许兰芝面前："许老师能解释一下，你的指纹为什么会出现在这个药瓶上吗？"

许兰芝一脸茫然："我没有见过这种药。"

"可能是我没有解释清楚，还是先回到刚才我提到的那名嫌犯身上吧。他是一个很谨慎的人，即便是用过的药瓶也会撕掉标签，防止留下任何与其身份有关的线索，但他偏偏忘了清理药瓶上的指纹。我逐一排查了所有医院，终于让我找到与处方上字迹吻合的医生，从而得到购买过这种药的病人名单。"

陈乔礼拿出一张折叠的纸，缓缓展开后放在许兰芝面前，上面写着三十四个名字，其中一个被红笔画上了圈——许兰芝！

"我核对过这三十四个人的指纹，许老师的和我找到的药瓶上的指纹一样。据我了解许老师根本没有肝病，也就是说这些药是许老师买给其他人的。"陈乔礼抬起头，目光柔和地看向许兰芝，"我猜应该是买给姜先生的吧。"

许兰芝神色慌乱："我先生是一名海员，不是你要找的嫌犯。"

陈乔礼放下手中刀叉，直视她良久厉声道："你丈夫是共党！"

"你一定搞错了。"

"许老师看我像是在信口开河吗？"陈乔礼在笑，却让许兰芝感觉毛骨悚然，"你了解自己丈夫吗？"

许兰芝点头。

"我没有结过婚可能不懂夫妻之间的相处方式，但作为一名局外人我可以给许老师一些建议。维系婚姻需要双方坦诚信任，同甘共苦相互扶持，欺骗和隐瞒会破坏双方感情，在这方面姜先生似乎做得不是太好。"陈乔礼表现得一脸诚恳，"根据我现在掌握的资料，他的名字、身份以及过往经历都是假的。"

许兰芝瞪大眼睛："这不可能。"

陈乔礼淡淡一笑："我知道这很难让许老师相信，如果有机会我希望能和你丈夫好好谈谈。"

"我不知道他什么时候回来。"

"你今天下午刚去医院买了药。"陈乔礼对她的行踪了如指掌，"说明你知道他回家的时间。"

秦景天起身翻开许兰芝放在门口的包，果然找到三瓶药。

"作为丈夫他应该支撑一个家，作为父亲他该给孩子足够的安全感。姜先生误入歧途将你和孩子置于险地，我认为这是不负责任的表现。"陈乔礼不慌不忙道，"我有一个小小的请求，不知道许老师能不能答应？"

"什么请求？"许兰芝惴惴不安地问。

"我希望许老师见到姜先生时好好劝劝他，现在迷途知返还为时不晚。万一到了无法收拾的地步，我怕他会牵连到你和孩子。"

"我先生不是你要找的人。"许兰芝一刻也不愿留在这里，拉起孩子就准备离开。

陈乔礼没有阻拦还亲自将他们送到楼下。许兰芝刚走到门口就被叫住，陈乔礼蹲下身抱住姜昀博："叔叔告诉你一个秘密。"

"什么秘密？"姜昀博偏着头问。

"叔叔会魔法。"

"真的？！"姜昀博一脸好奇。

陈乔礼点点头："叔叔有一个神奇的魔法屋。"他指向一楼一间紧闭的房门，"魔法屋能实现愿望，你如果诚心许愿的话，就能在屋里得到你想要的东西。"

姜昀博马上闭上眼睛许愿。

"能告诉叔叔你许的愿望吗?"

"我想见到爸爸。"

陈乔礼将一把钥匙塞到男孩手中。男孩满脸憧憬地打开房门的刹那,房间外除了陈乔礼所有人都愣住了。

遍体鳞伤的姜正被捆绑在椅子上,当他看见屋外的妻儿时,瞪大的眼睛里充满惊恐。他拼尽全力挣扎依旧不能动弹,被胶带粘住的嘴发出徒劳的吼声。

许兰芝上前撕下姜正嘴上的胶带:"你怎么会在这里?"

"别让昀博看见。"姜正偏过头,不想让孩子看见自己血肉模糊的脸。

许兰芝将姜昀博抱在怀里。同样被吓到的女孩怯生生地想去牵陈乔礼的手,稚嫩的眼睛里充满恐惧,但她没等来任何安慰和呵护。演出已经结束,作为道具她已经失去了作用。

陈乔礼用手语让她自己回到楼上,然后关上房门拿了一把椅子坐到姜正一家人的对面。

"我刚才在和你妻子讨论婚姻中夫妻的相处之道。"陈乔礼跷起腿平静道,"许老师和我都认为坦诚和信任是维系婚姻的基础。姜先生在这方面似乎做得不是太好,你们夫妻难得有机会见面,我看不如今晚开诚布公好好谈谈吧。"

"有本事冲着我来,要挟女人和孩子算什么男人!"姜正愤愤不平地呵斥。

"男人就该有担当和责任,作为一个家的顶梁柱你该首先保护自己妻儿安平。但你现在的行为已经危及他们的安全。"

姜正义正词严道:"那是因为你们正在把这个国家推向深渊。我的担当和责任是让四万万民众不会像我一样每天活在白色恐怖之中。"

"四万万民众……"陈乔礼摇头苦笑,"你连自己的家人都保护不了有什么资格跟我谈四万万民众。你们夫妻难得相聚我给你们一点时间,这是一次救赎的机会希望你能把握住。我回来时你必须做出选择。"

秦景天跟了出去:"什么时候抓到他的?"

"他上次逃逸后我就发现了线索,派人秘密监控了所有能得到这种肝药的医院,抓到他只是时间问题。"

"她也是共产党?"秦景天看向许兰芝。

"她不是。"陈乔礼摇摇头,"她并不清楚姜正的身份,甚至连他的真名也不知道。姜正原名茅成安,民国二十一年在法国留学期间认识许兰芝,两人回国后不久结婚。"

"抓茅成安的事没有其他人知道?"

"我担心会走漏消息,整件事到现在知道的人只有你和站长。"

说完陈乔礼从身上掏出一瓶药抖出几颗放到嘴里,转身去倒水时秦景天瞟向药瓶上的标签,然后目光诧异地望向陈乔礼的背影。

陈乔礼仰头将药服下,然后重新打开关押茅成安的房门,对着他和秦景天的却是一个抖动的枪口。许兰芝神情惊慌地举着那把之前陈乔礼交给姜昀博的左轮手枪。

"放,放了我丈夫。"许兰芝战战兢兢地说。

秦景天下意识摸向腰后,突然想起陈乔礼让自己不要带枪。

"能不能放他不是我说了算,需要他自己做出抉择。"陈乔礼镇定地迎着枪口慢慢走上前,"他只要告诉我我想知道的事,我保证你们全家相安无事。"

"开枪!"茅成安大声喊道。

"枪这东西是凶器。"陈乔礼停在枪口前,伸出手平摊在许兰芝面前,"还是交给我为好,免得伤人伤己。"

当!

许兰芝闭着眼睛扣下扳机,枪锤撞击的声音回荡在房间。许兰芝惊慌失措地连续扣动扳机却没有子弹射出。

陈乔礼面色阴沉道:"我之前劝告过你,希望你能劝他迷途知返,看来许老师没有和我达成共识。"

许兰芝眼中透出绝望，呆滞地愣在原地。陈乔礼从她手中拿走左轮枪，坐回到对面的椅子上，从衣兜里摸出一颗子弹，当着众人的面装入弹巢转动后上膛。

"痛苦有两种，第一种是痛不欲生，另一种是痛改前非。"陈乔礼目不转睛地盯着茅成安，"你选哪一种？"

"呸！"茅成安宁死不屈，一口带血的唾沫吐在陈乔礼身上。

陈乔礼拿出手帕擦拭干净："希望你不会对自己的选择后悔。"

手铐在茅成安手腕上勒出一道深深的血印，他的挣扎和愤怒在陈乔礼眼中都是徒劳。许兰芝紧紧搂着孩子身体瘫软在地上。当陈乔礼的手轻轻触碰到她肩膀时许兰芝抖得像个筛子。

"我时间不多所以准备换一种方式和你交谈。"陈乔礼一边为许兰芝擦拭眼泪一边对茅成安说，"这把韦伯利左轮手枪转轮容弹六发。昀博说你也有一把，相信你很清楚这把枪的性能，每扣动一次扳机转轮转动一次。现在弹巢里有一颗子弹具体在哪一轮我也不清楚，我现在开始问你问题，如果我得不到真实满意的答复我就开一枪。"

说完陈乔礼将枪口抵在许兰芝后脑。

"她什么都不知道。"茅成安顿时大惊失色。

"所以你打算因为自己的固执伤害无辜的妻子吗？"陈乔礼冷漠地问，"你信奉的主义和捍卫的信仰现在能救你的妻子吗？"

"我知道你不是海员，可我从来没有问过你到底在做什么。"许兰芝声泪俱下，用颤抖的声音哀求，"这些年我一直担惊受怕但从未对你说过。我猜到也许会是这样的结果也做好了去面对的准备，但昀博还小你就当为他想想。"

"兰芝……"茅成安一脸愧疚。

"我们开始吧。"陈乔礼趁火打铁，拿了一个靠垫放在许兰芝后脑和枪口中间，"上次围捕让你逃脱，事后我梳理过所有环节，我不认为其中有破绽，你是如何发现我们的？"

茅成安蠕动喉结，嘴张合了数次后最终没有出声。

陈乔礼毫不迟疑扣动扳机。

砰！

沉闷的枪声中许兰芝应声倒地，迸溅的鲜血沾染在靠垫上，慢慢渗透出一抹血红。房间里一片死寂，陈乔礼也没想到第一枪就要了许兰芝的命。

茅成安瞪大眼睛，短暂的呆滞后发出撕心裂肺的哀号，伴随着孩子的哭声回荡在房间中。

"许老师的运气实在不好，不过这也能让你清楚这种方式的不可预知性。"陈乔礼看着血泊中的许兰芝一脸惋惜，"如果你之前还有侥幸或者你以为我是在虚张声势的话，那么现在你应该重新审视下自己的处境和接下来的选择。"

茅成安用最恶毒的语言咒骂陈乔礼。但渐渐地，歇斯底里的谩骂变成无力的颤音，他看见陈乔礼又从衣兜里摸出一颗子弹，慢慢地推入弹巢，转动后上膛。

"我之前说过痛苦有两种，你现在应该已经体会到第一种。"陈乔礼看似劝慰道，"作为丈夫你是失败的，希望作为一名父亲你不会重蹈覆辙。"

"你，你要干什么？"茅成安的瞳孔在收缩。

"每个孩子的眼里父亲都是无所不能的英雄，"陈乔礼蹲在地上从许兰芝的包中拿出那张画纸，在茅成安面前展开，"这是昀博心中的你，一个顶天立地的爸爸，现在就是你兑现一名父亲的责任的时候。"

茅成安的呼吸变得急促，不停舔舐嘴唇。当陈乔礼触碰到扳机的指尖微微弯曲时，茅成安的防线彻底崩塌："我，我说……"

陈乔礼面无表情地问道："你是如何发现自己暴露的？"

茅成安埋头无力地回答："房间里的物品被移动过，桌上的闹钟被拨快了五分钟。"

秦景天沉声询问茅成安："知道向你发出警示的人是谁吗？"

茅成安摇头，生怕陈乔礼不相信："我真不知道。"

"他应该不知道这个人,不过这至少能帮我缩小范围。"陈乔礼继续盘问,"你去亨士利表行做什么?"

"组织掌握了沈杰韬贪墨汉奸逆产的事,考虑到这些商铺背后有沈杰韬扶持因此在表行设立了一处工作站。"

"你的上级是谁?"

"吴文轩,对外身份是亨士利表行掌柜。"

"他的真实身份是什么?"

"上海地下党区委领导,上次截获沈杰韬的资金和军火就是他一手策划。"

"吴文轩!"陈乔礼冷笑一声,"看来我的直觉并没有错,从一开始我就怀疑他。上次行动他还被抓捕过,没想到竟然让他从我眼皮底下逃脱。"

"我通知行动处立即封锁表行。"秦景天当机立断。陈乔礼如果顺着这条线追查下去很快就会锁定叶君怡,自己必须想办法向她发出警告。

"不行!"陈乔礼摇头,"行动处已经被渗透,消息很快就会被泄露出去,恐怕还没等行动处的人赶到,吴文轩已经仓皇出逃。这件事只能由我们两个人去完成,再说我也不认为吴文轩还会留在表行。"

秦景天看向茅成安:"吴文轩现在在什么地方?"

"不知道。"

陈乔礼目露凶光,茅成安如惊弓之鸟般解释:"我是真的不知道。经过上次的事后表行已经不再作为联络地点,吴文轩转移到什么地方我根本不清楚。"

"没有了表行,你和吴文轩怎么联络?"陈乔礼追问。

"我无权联络上级,有任务时都是他主动联络我。上次我暴露以后组织就准备安排我撤离上海,并中断了一切与我有关的人员联系,吴文轩不会再联络我。"

陈乔礼在沉默中准备扣动扳机,茅成安惊恐地大声说:"我知道的都说了。"

"他说的都是真的，他作为联络站的负责人，认识很多上海的共党成员，出于安全考虑共党肯定会选择将其撤离。"秦景天说。

"那他对我来说就没有价值了。"陈乔礼面无表情地再次准备扣动扳机。

"有，还有！"茅成安惊慌失措地喊，"我还知道一个重要情报。"

陈乔礼冷冷道："你只需要把自己知道的说出来，至于重不重要由我来判定。"

"你必须放了我和孩子。"

"你没资格和我谈条件，当然，如果你提供的情报有价值我会考虑。"

茅成安迟疑良久，深吸一口气："军统里有我们的人。"

"这不是什么秘密，我早就知道军统被渗透。"

"我有办法将这个人找出来。"

陈乔礼慢慢放下枪口，声音严厉道："如果你能帮我把这个人揪出来，我答应会保证你和孩子的安全。但如果让我发现你是信口开河，我会让你生不如死。"

秦景天试探茅成安："你见过这名潜伏人员？"

"没见过。"

"那你怎么确定这个人是谁？"

"有一次我和吴文轩接头时，他接到一个电话。我不知道是谁打的，但从吴文轩的谈话内容可以判断是另一条线的同志。在电话里吴文轩提到了一个代号，051。"

秦景天暗暗一惊："这个代号是什么意思？"

"这是那名潜伏在军统的同志的代号。"

"你怎么知道？"秦景天冷声反问。

"在半年前我接到上级的指示，让我和一名潜伏同志取得联系并成为此人的联络员，上级为此人安排的代号就是'051'。此人潜伏在军统内部因此保密级别很高，我本来有机会拿到此人的资料，可在执行任务时因阑尾炎住院因此上级安排了其他人与之接头。"

"半年前……"陈乔礼若有所思,"此人既然潜伏在军统,为什么共党要在半年前才开始建立联系呢?"

"继续说下去。"秦景天想知道茅成安还掌握了多少事情。

"吴文轩在电话里提到一个地点,泰康路14号的咖啡厅,我推测这个地方是和051接头的地点。"

"泰康路14号……"陈乔礼慢慢从椅子上站起来,神色又惊又喜地看向秦景天,"我们去过这个地方。"

秦景天默默点头。

"叶君怡!"陈乔礼如获至宝,"我就知道她有问题。上次让她蒙混过关,这次我一定要人赃并获。"

秦景天听陈乔礼说出叶君怡名字那刻反而平静了。

"你先看着他,我给站长打电话汇报,如果叶君怡是051的联络人,那在军统和她走得最近的就是顾鹤笙。我得让站长先把他控制起来免得走漏风声让他逃脱。"

"这个电话不能打。"秦景天拦在前面。

"为什么?"

"站长和叶家关系非比寻常,在没有确凿证据之前我们不能动叶君怡。茅成安只是透露了一个地址,因此就将叶君怡联系起来未免太牵强,这会让她有太多解释的借口。况且她一旦被抓叶家一定会向站长施压,这会让站长左右为难。"

"你说的也不是没有道理。"经过上次的事陈乔礼也有些顾忌,"你有什么好办法?"

"叶君怡终究是一个女人,你能撬开茅成安的嘴自然也能让她开口。只要叶君怡供认出自己身份以及在军统潜伏的是谁,相信没有人能保得住她。"

"你是打算秘密抓捕叶君怡进行突审?"

"这里就是最好的审问地点。"秦景天点点头,"但前提是这里没有其他人知道。叶君怡一旦失踪叶家势必会不惜一切寻找,在上海敢挟持叶君怡的人不多，但经过上次的事陈处长必定会被怀疑。因此必须在叶家找上门之前迫使叶君怡交代一切。"

"我这次行动只向站长汇报过，除了他之外没有其他人知晓，不会有人找到这里。当务之急是如何把叶君怡抓来。"

"顾鹤笙目前在龙华执行任务，他和叶君怡已经很久没有联系，我能借口顾鹤笙给她带了东西，让叶君怡到这里来取。"秦景天胸有成竹道，"但不能用这里的电话，叶家发现她失踪肯定会调查所有与她有关的电话往来。"

"你考虑得很周全，得找一处远离这里的公用电话。"陈乔礼当机立断，出门前拿了把手枪，检查弹夹后装上消音器，"我陪你一起去。"

秦景天刚一转身就听见身后消音的枪声，回头看见茅成安被击毙在椅子上："你答应放过他的？！"

"一个已经没有价值的共党留着还有什么用。"陈乔礼又将枪口移向一旁号啕大哭的姜昀博。

秦景天拦在枪口前厉声道："你已经杀了他父母，难道还打算杀一个无辜的孩子？你口口声声为党国尽忠，在我看来你不过是借党国赋予你的权力泄愤报复而已。如果人人都像你这样，你所拥护的党国还会长久吗？"

陈乔礼没有继续坚持，放下枪拉起姜昀博上楼和女孩宝盈锁在一个房间。秦景天借口自己熬夜精力不济让陈乔礼开车。或许是因为太兴奋，一路上陈乔礼开得很快。

"还有多久？"秦景天看着窗外忽然问道。

"得选个位置偏僻的公用电话亭。"

"我不是问这个。"

"那你问什么？"陈乔礼疑惑不解。

"你的病。"秦景天偏头看向他，"你所服用的药是用来抑制淋巴癌的，这种病发展到晚期会出现咳血，一旦扩散是没办法治愈的。"

"医生说如果我接受治疗能暂时延缓病情，可能半年，运气好的话能活一年。"陈乔礼泰然回道。

"站长知道吗？"

"不知道。"

"为什么不进医院治疗？"

"已经扩散到脑部，如果接受治疗，药物会损伤我的大脑。虽然我能多活几个月但却浑浑噩噩神志不清。与其当一个等死的废人还不如用最后的时间做些有意义的事。"

秦景天虽不齿陈乔礼的手段，但听到这个消息多少有些惋惜，至少在对信仰这件事上他和自己一样忠贞。他能理解陈乔礼的冷血，在时日无多的情况下尽全力去履行自己的职责，所以他才会表现出与众不同的偏执和疯狂。

"我们作为个体的能力相当渺小，无论你抓到多少共产党或者截获多少情报也改变不了历史的进程。只有时间能评判对错，包括我们现在的所作所为，但对你来说还重要吗？"秦景天语重心长道，"既然知道自己的时间所剩无几为什么不放下执念？"

"我改变不了历史所以我只能改变当下。"陈乔礼目光坚毅，"正是因为我行将就木所以才倍加珍惜时间。亦如你所说，如果党内同仁都像我暴戾冷血会让党国举步维艰，但我却不这样认为，要是每位同仁都像我不计生死又何来共匪立足猖獗。"

人最大的恐惧源于对死亡的敬畏，但当能做到直视死亡时，这个人将无所畏惧，陈乔礼现在就是这样的人。秦景天突然不知道该说什么，作为同行陈乔礼有让自己敬佩的地方，但更多的是让他感到一种悲凉。

车停在一处街边电话亭，秦景天刚走进去陈乔礼就跟了上来。秦景天理解，对于一个时日无多的人来说，他没有再接受失败的时间。

秦景天拨通叶君怡的电话："喂，叶小姐吗，我是秦景天。"

"是你？"电话里叶君怡的声音明显有些意外，按照约定秦景天不会直接给自己打电话，"什么事？"

陈乔礼靠得很近，几乎就贴在听筒上，生怕错过任何一句话。

第三十五章 变节

"你旁边有人吗？"

"没有。"叶君怡能听出这通电话有些不寻常，"怎么了？"

"顾处长带了些东西给你。"

"鹤笙回来了吗？"

"顾处长在龙华还有事需要处理已经返回了，他回来的事没向站长汇报所以不能去见你，他留了些东西让我转交给你。"

"我明天过去取。"

"明天我不在站上，叶小姐要是方便今晚过来取一下吧，刚好我在执行外勤任务。"

叶君怡在心里思索秦景天的话，听不出话语中有什么暗示，但可以肯定他身边有其他人，突然要求见面一定有什么重要的事："你在什么地方，我现在过去。"

秦景天把地址告诉了她然后挂断电话。陈乔礼满意地点点头，开车到了叶君怡家的路口，没过多久便看见叶君怡一个人开车从叶家出来。

陈乔礼远远跟在后面。叶君怡果真相信了秦景天的话将车开到指定地点，刚下车就被陈乔礼用枪抵在腰后推进了屋内。

叶君怡看见陈乔礼和秦景天在一起而且陈乔礼还拿着枪，一时间不知道发生了什么事，但她很快镇定下来："你们想干什么？"

陈乔礼让秦景天把叶君怡带到审讯的暗室。当看见屋中两具尸体时叶君怡大惊失色，刚要开口质问，抬起头神色更加惊诧。秦景天发现叶君怡正看着自己身后，下意识转过身发现陈乔礼的枪口正对准自己。

陈乔礼掏出一副手铐扔过去："把你和她铐在一起，动作快点，别想打其他主意。"

秦景天处变不惊："陈处长这是什么意思？"

陈乔礼冷眼盯着秦景天："知道我是什么时候开始怀疑你的吗？"

第三十六章 忠诚的代价

秦景天镇定反问:"我有什么值得陈处长怀疑?"

"茅成安说共党接触051是在半年前,能渗透进军统其价值不言而喻,当时我就在疑惑共党为什么之前没与之建立联系。"陈乔礼双目如刀,"很可能051是半年前才出现在上海军统站,而你刚好符合。"

"半年前入职军统的人不止我一个。"

"所以我还不能确定。"陈乔礼的视线移到秦景天低垂的手臂上,"我查看过宋林忠被杀的档案,他在被击毙前击中了伏击的人。从你见到我到现在你一直在使用右手,可我记得你的惯用手是左手。如果我没猜错你身上应该有枪伤,所以你才不能开车。"

"陈处长的推断是不是太牵强了?"

"事实上我只要让你脱掉衣服就能证实我的推测,但我始终不愿怀疑自己最信任的人,可你做的一件事无意中暴露了自己。"

"什么事?"

"你把叶君怡引到这里。"

"这不是陈处长想要的结果吗?"

"你做了一件你应该做不到的事。"陈乔礼冷笑一声,"上次行动是你亲手抓捕的叶君怡,正常情况下她应该对你有所防备,可你却能在深夜让她单独出来见你,可见你们之间还有一层不为人知的关系。"

秦景天也不辩驳:"还有吗?"

"李江平没有参与抓捕茅成安的行动。我仔细回想过现场,闹钟的位置在桌上,而当时负责这个区域的人正是你。"

秦景天默不作声。

"还有上次叶君怡在泰康路咖啡厅和人接头,那个人却没有出现,当时我以为是监视某个环节出了纰漏，让前来接头的人有所觉察。现在想想倒是恍然大悟，该和叶君怡接头的人一直都和我在一起。"陈乔礼厉声道，"你就是051！"

秦景天沉默片刻后点了点头。

"你是承认了？"陈乔礼显得有些得意。

"你所有的质疑都是正确的。"秦景天在他面前竖起一根手指，"除了一件事。"

"什么事？"

"如果我就是051，在得知自己联络人暴露的情况下为什么还要把她引到这里。"秦景天冷静反问，"你不认为我这个做法多此一举吗？"

陈乔礼细想后发觉秦景天的做法的确不合逻辑："为什么要这样做？"

"上次行动失败后你一直坚信军统内部被渗透，但无法确定潜伏者是谁，所以选择了单独行动。我反复向你确认过，抓捕并秘密审问茅成安的事你只向站长汇报过，为了以防万一你甚至没将这处安全屋的地点告诉站长，那么……"

陈乔礼瞬间反应过来："那么今晚在这里发生的一切就不会有其他人知道。"

"能从这里出去的人所说的就是真相。"

"现在有枪的人是我。"陈乔礼胜券在握道，"我只想找出051，至于是死是活并不重要。"

"你知道这把枪的重量吗？"秦景天突然问道。

陈乔礼眉头一皱："这和你现在的处境有关系吗？"

"1.13千克。"秦景天一边说一边径直向陈乔礼走去，"我受训的时候教官要求我们随时确定枪械的重量，以此判断弹夹剩余弹量。如果你受过这方面的训练就会发现，你现在手里这把枪只有0.99千克，在这种情况下这把枪只能用来吓人。"

陈乔礼从未留意过枪的重量，以为秦景天是在虚张声势，见秦景天已快逼到身前毫不犹豫扣动扳机。枪锤清脆的撞击声让叶君怡不由自主抖了一下身体，而秦景天却自信地迎着枪口站在陈乔礼面前。

"消失的刚好是子弹的重量。"秦景天摊开手，灯光照射在掌心中的子弹上折射出晃眼的光芒，"在出发前你把姜昀博带上楼时我取出了弹夹中的子弹。"

陈乔礼目瞪口呆，还没反应过来就被秦景天重重一掌击晕在地。叶君怡在一旁看得心惊胆战，还没明白到底发生了什么事。

"楼上有两个孩子他们都见过我，你得想办法立刻将他们送离上海。"秦景天拾起地上的手枪，一边往弹夹装子弹一边说，"你还要为我办几件事。"

"他们是谁？"叶君怡指着房间中两具尸体问。

"男的是姜正，真名叫茅成安，是中共党员。"

"他是我们的同志？！"叶君怡惊讶道。

秦景天瞟了一眼淡淡道："一个小时前他是同志。"

"什么意思？"

"他被陈乔礼秘密抓捕，陈乔礼利用其妻儿对其进行威逼。地上的女人叫许兰芝是他的妻子。茅成安在一个小时前变节并且供出上级吴文轩，还答应为陈乔礼指认他认识的同志。陈乔礼根据他泄露的线索确定了你的身份。"

叶君怡看了看昏迷不醒的陈乔礼，忧心道："现在该怎么办？"

"李江平呢？"

"组织根据你的请求派人将李江平暂时控制起来。"

"控制？"秦景天猛然抬头，"他还活着？！"

"组织已经安排将他带到我们的根据地，他不会成为你的威胁。"

"是我没说清楚还是你没意识到问题的严重性？"秦景天一脸严肃，"我混淆军统的视线让他们认为李江平杀了吕广田，如果他活着回来澄清整件事，就会让军统肯定在内部有潜伏人员。"

"我们不能随便杀……"叶君怡骤然一惊，"吕广田被杀？你，你杀了他？！"

"吕广田是前任行动处处长谭方德安插的暗线，所有和吕广田有接触以及他知晓的同志早就被军统秘密监视。等同志安全撤离后再对吕广田进行清算只是一厢情愿的想法。"秦景天冷静道，"在不清楚他到底掌握了多少同志的情况下我只能采取行动。"

叶君怡想起陈乔礼提到过交火中弹的事："你受伤了？"

"不碍事。"秦景天将手枪上膛，"你现在马上和组织联系，想办法一定要把李江平带到这里来。"

叶君怡按照秦景天的交代带着两个孩子离开。秦景天将陈乔礼抬到椅子上，坐在他对面静静点燃一支烟。大约半个小时后陈乔礼渐渐清醒，揉了揉酸痛的脖子看向秦景天和摆在他手旁的枪，知道自己已经失去了主动权。

"我和共党的相处之道很简单，要么你死要么我亡，没有折中的办法。我劝你不用在我身上浪费口舌，也不要指望我会妥协和变节。你也知道我时日无多，我最不怕的就是死亡。"陈乔礼面无惧色地直视秦景天，"你最好现在就开枪。"

秦景天吸完最后一口烟，沉默了片刻："我叫风宸。"

"你真正的名字？"

秦景天点头。

陈乔礼嗤之以鼻："你这算是向我坦白交代？"

"不，是认同。"

"你的认同对于我来说一文不值。"

"这些年我习惯了谎言和欺骗，人前人后永远是两个截然不同的自己，唯一真实的就是名字。我将其视为一种荣誉，一种可以与我认同的人分享的荣耀。"秦景天掐灭烟头诚恳说道，"抛开其他因素你是一位值得我尊敬的人。"

"我没看出来你所谓的尊敬，至少不会有人拿着枪表示尊敬。"陈乔礼冷笑，"不过能得到敌人的认同也是一种荣耀。"

"我不是你的敌人。"

陈乔礼冷声道："你是共党，你我之间不共戴天。"

"我没有你这么偏激，而且我并不热衷和关心政治。我尽力履行自己的职责，为此我可以付出一切包括生命。"

"看来我们还是有共同点。"陈乔礼无所畏惧道，"我的职责就是竭尽所能根除共党毒瘤。"

"今晚就需要你证明自己的忠贞。"

"你现在就可以开枪。"陈乔礼挺直腰。

秦景天当着陈乔礼的面取出弹夹让他看见里面装满子弹，然后重新上膛，慢慢推到陈乔礼面前。

陈乔礼对秦景天的举动有些不知所措。等秦景天的手缩回去，他立刻拿起桌上的枪，却发现秦景天和自己一样面无惧色。

"你什么意思？"陈乔礼皱眉问道。

"我用半个小时给你讲个故事，半个小时后无论你做出怎样的决定我都心甘情愿接受。"

陈乔礼取下手表摆放在桌上："好，我就给你半个小时。"

"我接触过共产主义，在我还是学生的时候。我的老师就是一位共产党员，他曾向我灌输过这种被你视为毒瘤的主义，当时我选择了拒绝。"秦景天把烟放到嘴边平静说道。

"但你最终还是信奉了共产主义。"

秦景天没有理会他继续说："民国二十三年我被复兴社招募，同年加入国民党。"

陈乔礼眉头一皱，如果秦景天所说的是真的，那他加入军统的时间竟然比自己还要早。

"你潜伏的时间真够长的。"

"不久后我被派往德国军事谍报局受训，民国二十七年被军统秘密召回，奉命打入上海日军特高课，代号'红鸠'。"

陈乔礼握枪的手轻微抖了一下。他知道这个代号，同样也清楚关于这个代号以及使用代号的人属于军统的绝对机密。

"你怎么会知道这个代号?"陈乔礼神情疑惑。

"抗日战争结束后我再被召回,局座向我下达新的任务是代替秦景天来上海,并且利用他的身份与上海地下党组织建立联系。"

陈乔礼冷笑一声:"我不相信局座会因为对地下党进行渗透而启用军统的王牌特工。"

"我的任务目标不是上海地下党。中共在军统内部有一名执行战略潜伏任务的特工,代号'明月',此人被确定就潜伏在上海站。"秦景天和盘托出,"理论上我和你做的是相同的事,找出潜伏在上海站的中共特工。"

"你编造的这个故事逻辑上是成立的,但你凭什么认为我会相信?"

秦景天说出一个电话号码:"我的身份识别码是 XCTT 58 B,在身份暴露的情况下可以直接与南京联系,你只要拨通这个号码就能证明我的身份。这个识别码的电话只有局座有权接听,你可以直接向局座核实我的身份。"

陈乔礼看了一眼电话,迟疑片刻后起身准备拨号,发现秦景天始终坐着一动不动。陈乔礼在拨出最后一个号码前挂断了电话。

"你真是红鸠?!"陈乔礼坐回到椅子上。

"我必须要保证叶君怡的身份不被发现,因为她是我和上海地下党唯一的联系,如果她被你抓获将直接导致我任务失败。"秦景天神色镇定道,"为了确保任务顺利完成,原则上我会清除一切阻碍和隐患,比如我杀掉宋林忠。"

"你也有机会杀掉我。"陈乔礼从质疑变成好奇,"为什么你没有对我动手?"

"虽然我不认可你的行为但我敬佩你对信仰的忠诚,在这一点上我们是相似的。正因为如此最开始的时候,你也在我的怀疑目标之中。"

"你怀疑我是明月?"

"越不像的人反而越可疑。"

"也对。"陈乔礼反而笑了,"如果我是你也会这样觉得。"

"今晚我已经把你从怀疑名单中划出了。"

"为什么？"

"你在生命所剩无几的情况下所表现出来的疯狂是你人性最真实的写照。你对共产党的仇视深入骨髓这是无法伪装出来的，所以你不可能是我要找的人。"

"至少我们的目标是一样的。"

"不一样。"秦景天点燃烟，斩钉截铁否决，"我愿意为了这个国家的强盛而付出一切，这不是盲目地追寻信仰。如果我选择的信仰和我当初选择的初衷相悖，我会毫不犹豫纠正自己的错误。"

陈乔礼凝视秦景天良久，慢慢放下手中的枪："是的，你是红鸠。"

"你凭什么确定？"

"你上次在街上对环境的掌控让我至今记忆犹新。另外你审问秋佳宁所用的方式，还有手枪重量这些细节，临澧特训班短短几个月的受训教不了你这些。"陈乔礼平静回答，"最重要一点是你把枪交给我时的无畏，只有无惧死亡的人才会有这份笃定。"

"既然你相信我的身份，我现在所面临的困局需要你帮忙化解。"

"我可以不抓捕叶君怡，当今晚什么事也没发生过。"

"晚了。"秦景天摇头叹息一声，"叶君怡已经知道我和她身份暴露，你不抓我们反而更可疑。"

"你认为我该怎么做？"

"我为你想好了两条路。"秦景天吸了一口烟，"第一条，你必须在叶君怡回来之前离开上海。你可以拨通我刚才给你的电话号码，我会把事情的经过向局座汇报，也会想办法让叶君怡以为你被我灭口。在我找出明月之前你不能再露面，你回到南京能得到最好的治疗。"

"是条好路，可不是我想要的。我或许能多活一段时间，可那些药物会让我变得呆滞迟钝，最终像一具行尸走肉般苟延残喘。"陈乔礼无力地靠在椅背上，笑容有些悲凉，"你加入军统的时间比我久，应该很清楚军统的作风，我的存在危及你所执行的任务，我想上面的人是不会让我活下去的。"

秦景天没有否定："你对党国是有功的，我会向局座请求……"

"不需要，如果我活着对党国是一种负担，我愿意选择为党国尽最后一次忠。"陈乔礼掷地有声地问，"第二条路是什么？"

秦景天沉默了许久，低声说："你需要证明自己的忠诚。"

陈乔礼看见秦景天的目光落在自己握在手中的枪上时已然明白："这就是你把枪给我的原因。"

"其实你还有另一种选择，按照你最初的打算抓捕叶君怡和我，可你应该从叶君怡身上得不到想要的结果。以我对她的了解，无论你用什么办法她都不会叛变，但至少你又抓获了一名共党。而我在证明身份后会被召回南京，甄别明月的行动也会因此而终止，不管从哪方面看我和你都没有太多损失。"

"如果我选择了这种方式，那我就是党国最大的罪人。"陈乔礼摇摇头，"找出明月的意义远比抓一个叶君怡要重大，我愿意证明自己的忠诚！"

秦景天神色凝重："对不起。"

"不，我应该谢谢你才对，让我的死变得有价值。"陈乔礼看着手里的枪，深吸一口气，重新推到秦景天面前，"自杀是懦夫的行为，就当是帮忙送我一程。"

话音刚落，屋外传来汽车引擎的声音。片刻后楼下的脚步声越来越近，秦景天知道叶君怡已经回来。

"走好！"秦景天吸完最后一口烟，在叶君怡推开房门的瞬间毫不迟疑拿起枪对准陈乔礼的眉心扣动扳机。

叶君怡被突如其来的枪声惊到，推门看见刚站起身的秦景天和他身后的陈乔礼，一时间瞪大眼睛愣在原地。被一枪毙命的陈乔礼头仰在椅背上，眉心是触目惊心的枪伤，迸溅的血渍将白色的座椅染红。组织上不止一次想除掉陈乔礼，但当这名双手沾满同志鲜血的"屠夫"死在眼前时叶君怡突然不知所措。

跟在叶君怡身后的是一名干练的年轻人，听到枪声后反应敏捷地掏出手枪。

"你，你杀了陈乔礼？！"叶君怡一时间方寸大乱。

秦景天没有回答，看向她身后的男人，警觉问道："他是谁？"

"他叫俞志豪，我们自己的同志，他负责帮我押送李江平过来。"

李江平被蒙着眼睛，整个人吓得瑟瑟发抖。

俞志豪主动伸出手："051同志，你好。"

"他知道我？"秦景天眉头一皱。

"志豪同志是组织安排专门负责我安全的。"

"站在门口别动！"秦景天阻止俞志豪进屋，从他手里要来手枪，"你出去在车上等着，无论这里面发生什么事都不要进来。"

叶君怡知道事态严重，对俞志豪点点头示意他听从秦景天的指示。等俞志豪离开后，秦景天将李江平带到房间的中央。

"军统处级军官被杀不是小事，你打算怎么处理……"

砰！还没等叶君怡说完，秦景天抬手就是一枪，击毙了李江平。

"军统已经认定李江平就是潜伏者，他偷偷跟踪陈乔礼并伺机暗杀也在情理之中。"秦景天一边说一边布置现场。在重新摆放好李江平和陈乔礼的尸体位置后，秦景天用两把不同的枪在房间内射击营造出交火的假象，然后将其中一把放在陈乔礼手中。

"你回去的路上注意隐蔽，千万不能让人看见。"秦景天再三叮嘱。

叶君怡点头，走到门口时发现秦景天没有动："你不走？"

"沈杰韬知道陈乔礼的这次秘密行动，也知道陈乔礼让我协助的事。"秦景天摇摇头，"我必须留在这里。"

"发生这么严重的事沈杰韬一定会追查到底，你有把握不让他起疑吗？"

"没有。"

"如果他怀疑你怎么办？"叶君怡望着秦景天一脸担心，"我建议你现在就撤离，我会让组织安排送你安全离开上海。"

"如果我撤离组织上会失去一条重要情报来源。"秦景天态度坚决地

第三十六章 忠诚的代价

拒绝了叶君怡的提议。

"你有暴露的危险,一旦沈杰韬确定了你的身份……"叶君怡不敢往后想,不知从何时起自己对秦景天的担心似乎已经超出同志的范畴。

"是你教我的,风险和收效成正比。"

"你现在的情况很复杂不应该盲目乐观。比起情报我更在乎你的安全。陈乔礼和李江平死了而你还活着就是最大的疑点。"

"所以我要麻烦你帮我做件事。"秦景天将手枪递到叶君怡面前,然后指着自己身体的两处地方,"近距离开枪,射击的部位会避开我的要害。"

叶君怡瞪大眼睛,意识到秦景天想干什么:"不,我不允许你这样做。我是你上级,现在我命令你撤离。"

秦景天回头看了一眼陈乔礼,将手枪硬塞到叶君怡手中:"现在是我证明忠诚的时候。"

叶君怡握枪的手在颤抖:"你有把握不会危及生命?"

"没有。"秦景天神色坚毅,"理论上这两处中弹的部位不会直接导致我死亡,但我无法确定失血的多少以及被救治的时间。最坏的结果是这个房间里会再多一具尸体。但如果我侥幸活下来就能打消沈杰韬的怀疑,我也能继续潜伏下去。"

"你在拿自己的生命当赌注。"

"如果能换来你的安全,我愿意赌一次。"

叶君怡一怔,这是她听过的最简单的誓言,却比那些浪漫的山盟海誓更直击心灵。

"之前的枪声已经让附近的警察在赶来的路上,你必须赶紧开枪并且离开,你留在这里的时间越长暴露的风险越大。"秦景天握住叶君怡的手,试图让她平静下来,"李江平跟踪陈乔礼获悉了这处地点,在今晚发动了突袭。我前去开门时被李江平开枪击中,我中枪倒地后不知道后面发生的事……如果我活下来军统会向我调查今晚的始末,我说得越少越有利。现在我需要你帮我伪造现场。"

秦景天的手还是一如既往的温暖，和冰冷的手枪形成鲜明对比。每次被他握着时叶君怡总能感到一丝莫名的悸动，而现在这份温暖正在慢慢移向秦景天的腹部。

秦景天握着叶君怡的手扣动扳机。枪声响起的那刻秦景天踉踉跄跄向后退了几步，鲜血从手捂住的地方沿着指缝渗出。秦景天大口喘息却没发出半点呻吟，再也无法支撑的身体半跪在地上。

"开枪！"秦景天目光冷峻地指着自己的右胸。

看着面色苍白的秦景天，叶君怡心如刀割，眼泪忍不住夺眶而出，想要上前搀扶却被秦景天阻止。秦景天上气不接下气地说："如果让军统发现房间中还有其他人留下的痕迹，只会加剧他们对我的怀疑。"

"你现在的伤已经很严重，足够打消沈杰韬的猜疑。"叶君怡迟迟不忍心开第二枪。

"我要面对的是军统的调查，他们不会在意我的伤是否严重，只会考虑我的伤合不合理。李江平是行动处外勤特工，具备相当强的军事素养，他在近距离向目标射击时不会只开一枪。"失血和剧痛让秦景天开始难以集中注意力，"你再不开枪，等警察赶到后我所做的一切就白费了。"

叶君怡紧咬住嘴唇，在万分悲怆中扣动扳机。秦景天身子一抖靠着墙壁慢慢瘫软下去，鲜血在他身下慢慢汇聚成血泊。

"擦，擦干净枪上的指纹，放，放，到李江平手里。"

叶君怡布置好现场，看着奄奄一息的秦景天，在潸然泪下间用颤抖的手抚摸在他脸上，苍白的脸颊冰冷得让人害怕。

从叶君怡掌心传递的体温让秦景天如岩石般坚硬的内心为之一软。她是第一个因为悲伤而为自己哭泣的女人，秦景天看着她悲痛无助的样子突然有一种心碎的感觉。

秦景天努力在嘴角挤出一丝艰难的笑容："走……"

刺耳的警笛声越来越近，叶君怡强忍悲痛转身离去。听到楼下汽车的引擎声渐行渐远，秦景天才长松一口气，拼尽全力拿起旁边的电话拨出一个号码。

电话接通后，听筒传来慵懒迷离的女声："谁？"

"你在哪儿？"

"你怎么这么晚给我打电话？"电话另一头的女人听出秦景天的声音，兴奋中透着开心，"你该不会是想我了吧？"

"你，你在哪儿？"秦景天艰难地问。

"这个点儿当然在家睡觉。"楚惜瑶好奇反问，"你在干什么呢？怎么声音这么小？"

"你现在马上去医院。"

"今晚又不是我值班，去医院干吗？"

"你供职的医院是军统指定的战备医院，大约在一个小时后，我，我会被送到医，医院抢，抢救。"

楚惜瑶立马紧张起来："你怎么了？！"

"我，我没时间给，给你解释，我有两，两件事要你帮忙。"秦景天每说一个字声音就微弱一些，"在我来上海之前，秦，秦景天的档案已，已经传到上海军统站。他，他的血型是 B 型，而我的是 A 型，抢救时医院会，会根据档案进行输血，不，不能让人发现我，我的血型和档案不吻合。"

"我马上去医院。"楚惜瑶的声音在颤抖。

"抢，抢救的手术要你亲，亲自做。除了血型之外，不，不能让军统的人知，知道我身上还有之前的枪，枪伤。"秦景天强忍剧痛气若游丝地说，"你，你不是想当我的搭档吗？我现，现在需要你的协助。镇，镇定点，像你在书上看到的那些搭档一样，不能让其，其他人发现你提前知道我受伤的事。"

秦景天用尽最后的力气挂断电话，逐渐模糊的意识让他眼前一黑晕厥倒地。

第三十七章　暗流涌动

和煦的阳光从窗户透进病房，秦景天缓缓睁开眼睛，白色的墙、白色的床单，单一的冷色调和床头那束鲜红的矢车菊形成强烈对比。秦景天喜欢这样的宁静，让他想起很久以前的某个下午，独自坐在莱茵河畔树荫下看书的惬意时光。草坪上盛开着五颜六色的矢车菊，淡雅的清香簇拥着自己，远处教堂悠扬的钟声像是童话的序曲。

伤口的阵痛将秦景天的意识渐渐拉回，他感到手被压着有些发麻，偏头看见楚惜瑶正趴在床边。她将脸紧贴在自己的掌心中，像一只温顺可爱的猫。上一次看她这样熟睡也是在医院，只不过这次躺在病床上的人换成了自己。

手指轻微一动，楚惜瑶立刻惊醒，她睁眼看见秦景天苏醒先是长松一口气，很快便红了眼圈。她是第二个为自己哭泣的女人，这种来自异性带有极强感情的情感流露让秦景天有些不知所措。秦景天所掌握的技能让他能娴熟地利用身边人的感情，但没有人教自己该如何面对一份真实的感情。

楚惜瑶布满血丝的眼睛和憔悴的神态，说明她已经很久没有休息。她的眼泪滴落在秦景天掌心，潮湿而温暖，让秦景天心生愧意。

"你有多久没睡了？"秦景天伸手拂去她脸颊的泪痕。

"四天。"秦景天的手像是具有魔力，触碰到楚惜瑶肌肤时她心中如小鹿乱撞，"从被送进医院到现在，你已经昏迷了四天。"

"谢谢。"

"上次你也是这样照顾我的。"

"你放心我不会偷你钱包。"

楚惜瑶破涕为笑，很快又脸色一沉："很好笑吗？拿自己生命当儿戏是不负责任的行为。抢救中你心脏骤停两次,你不可能每次都这样幸运,我不想下一次见你时是在墓碑前!"

"是不是和你在那些间谍小说中看到的不太一样?"秦景天浅浅一笑,"我不会像书中的主人公那样机智果断,每次都能化解危机同时还能全身而退。事实上真正的间谍就像我一样,每一天过得看似风平浪静,但每时每刻都要做好面临惊涛骇浪的准备。"

"没有人逼你这样做,你可以选择退出。"

"我和你从事的工作虽然不同但本质却是一样的。你的战场在手术台,武器是手术刀,拯救生命是你的使命;而我在没有硝烟的战场,每一次传递出去的情报或许就能阻止一场战争或者减少伤亡。我不在乎自己的生命,因为我能拯救更多的生命。"

楚惜瑶瞪了秦景天一眼:"你的命是我救回来的,现在属于我了,为了我你要好好活着。"

"你真想我活得久一点就先把这束矢车菊拿走。"秦景天慢慢从病床上坐起,"矢车菊是德国国花,我现在的身份不能和过去有任何关联,一束花就可能让我暴露身份。如果你真打算为我的生命负责,希望你能做好准备。你说得没错,我是一个被死神纠缠的人,在这场和死神的博弈中我输不起。"

楚惜瑶连忙收起矢车菊,抱怨了一句:"你的生活里还有真实的东西吗? 名字是假的,身份是假的,经历也是假的,你完全按照另一个人的方式存在,你是怎么习惯这种生活的?"

"我们所称的玫瑰,换一个名字依旧芬芳。"秦景天说出莎士比亚这句名言时楚惜瑶笑了,面前的男人还是和当年记忆中的风宸一样内敛深沉。

"军统多次派人来催要你的病历,我一直想办法搪塞。你不清醒我不敢写病历,怕会留下对你不利的内容。"

"两处贯穿伤中右腹是第一枪,近距离射击,距离不超过二十厘米。右胸是第二枪,射击距离在一米之内。体内受损脏器你尽量写严重点,要让看过病历的人认为我能活下来实属万分侥幸。"

"我亲自为你做的手术，血型以及之前的枪伤我都没有让军统发现。"

"你做得很好。"秦景天一脸感激，"我昏迷这段时间谁来过？"

"军统对医院实施了戒严，你所在的病房楼层被严密封锁，来看你的人不少但都不允许进入。我听负责警戒的人说是你们站长沈杰韬下达的命令。有一个叫秋佳宁的女人来过，门口的守卫好像不敢拦她。"

"她是电讯处处长。"

"她给你带了一束花，看样子好像挺关心你。"

"花呢？"

"被我扔掉了，在这个病房只能有一个女人为你送的花。"楚惜瑶傲娇道，"过会儿我去给你买一束康乃馨。"

"我这次受伤不会对大脑有损伤吧？"

"不会啊，怎么了？"

"在昏迷中我好像出现了幻听，我不知道这是否正常，隐约感觉有人在给我讲故事，而且这个故事刚好是我没看完的一本书。"

"《愤怒的葡萄》？"

"对，就是这本。"秦景天眉头一皱，"你怎么知道我在看什么？"

"顾鹤笙每天都会来看你，他好像挺闲的，每次来都会坐很久，还带了一本书，就叫《愤怒的葡萄》。他每天会给你读一章。"楚惜瑶解释，"他说这本书你只看了一半，读给你听指不定能帮助你苏醒。"

秦景天听到这里突然笑了，昏迷中那个声音一直在激发自己生存的意志。没想到最懂自己的竟然是顾鹤笙。

"你们关系很好吗？"

"朋友。"

"没看出来顾鹤笙浪荡纨绔对朋友倒是挺真诚。"

"为什么？"秦景天好奇地问。

"你被送到医院抢救的第二天他就来了，一直坐在病房门口抽烟，一支接一支，地上满是烟头，直到得知你暂时脱离危险他才离开。看得出他很担心你。"楚惜瑶一边帮秦景天垫上靠垫一边说，"对了，沈杰韬也来过。"

"他有说过什么吗？"

"沈杰韬指示医院对你全力抢救，不惜代价也要把你救活，如果你苏醒立刻通知他。"

秦景天的眼神渐渐深邃，只有在濒死的昏迷中才能换来片刻宁静，活下来就意味着要再次步入炼狱。

第三十八章 《愤怒的葡萄》

历史上有三种呼声，少数人手里集中了财产，就会给人夺去，多数人到了饥寒交迫的时候，就会用武力夺取他们需要的东西。还有个小小的事实，镇压的结果徒然加强被镇压者的力量，使他们团结起来……

在抑扬顿挫的声音中，顾鹤笙读完了《愤怒的葡萄》第十九章，合上书页时发现秦景天还在故事之中回味。

顾鹤笙每天下午都会来，坐在床边的椅子上为秦景天读完一章书，然后反锁上门点燃两支烟将其中一支送到秦景天嘴边。秦景天很享受这段午后悠闲的时光。

"要是能一直这样躺着该有多好。"秦景天笑意慵懒。

"还是省省吧，要不是你命大我会失去一位不错的室友。"顾鹤笙一边削着雪梨一边说。自从得知秦景天中枪重伤后自己一直处于焦虑之中，这种煎熬随着秦景天的伤势好转才慢慢淡去。顾鹤笙很诧异为什么会对一名敌人产生战友的情谊："为什么喜欢看这本书？"

"你以什么身份问我？"秦景天叼着烟反问，"如果是情报处处长，我会告诉你因为喜欢这本书互助友爱的主题。"

"如果是朋友问你呢？"

"葡萄在圣经中的隐喻是苦难的子民，而这本书里葡萄象征着万千受尽压迫的劳苦大众，他们在为自己的生存和家园而抗争。这种无畏的革命是一个民族崛起必不可少的因素。"秦景天开诚布公地回答。

"你当不了葡萄，你身上穿着军统的制服，在这个机构里容不下一颗葡萄。"这本书也是自己最喜欢的作品之一，顾鹤笙没想到秦景天竟然和自己见解出奇一致,"我劝你还是少看这类书,凭你刚才这番话就够将你关押审查。"

"你天天来陪我叶小姐没意见?"秦景天岔开话题,想从顾鹤笙口中得知叶君怡的近况。

"兄弟如手足。"

"你当叶小姐是可以随便换的衣服?"秦景天苦笑。

"我告诉她最近有紧急任务,君怡向来通情达理不会无理取闹。不过她好久没见到你倒是问过我几次。"

"她知道我受伤的事?"

"我没告诉她。站长严令在陈乔礼遇害调查结果出来之前,所有关于这件事的消息不得外泄。站上知道此事的人也控制在几个处长之中。"

秦景天随口问了一句:"陈处长遇害的事调查结果还没出来?"

"调查的事站长交给我负责。相关的重要人物都死了,也没什么好调查的。报告我早就写好了,只是压着没有呈报,时间拖久点也让站长以为我调查仔细。"

"在现场有什么发现吗?"

"没有。"顾鹤笙吸了一口烟,"既然你提到,我刚好有几件事想问你,你是什么时候到的安全屋?"

"大约在晚上10点左右。"

"尸检报告显示姜正死亡时间在晚上8点到9点这段时间。"

"我到安全屋时姜正已经被陈处长枪决。"

"你在安全屋还见到过其他人吗?"

秦景天敏锐觉察到顾鹤笙并非像他说的那样对调查的事只是应付,他问自己的每一个问题看似很随意实则都设下了陷阱。如果自己回答没有见过就刚好落入圈套,因为如果自己伪造的凶案现场是真实发生的,那么第一个中枪失去意识的人在苏醒后会对后面发生的事充满好奇,任何确定的回答都是违背逻辑的。

秦景天反问:"我中枪后还有其他人到过安全屋?"

"警察赶到时屋里没有其他人。"顾鹤笙将削好的雪梨递过去,"你中枪之前呢?"

"我只见到已经死亡的姜正和他妻子。"秦景天一边回想一边答,"至于有没有其他人我不敢确定。"

秦景天在打晕陈乔礼之后清理过现场,包括清洗了餐桌上自己和两个孩子的餐具,制造出现场没有其他人的假象同时也混淆了自己到达安全屋的时间。

"你可以查查安全屋的电话线路,看陈处长之前有没有和谁联系过。"秦景天故意把话题引到电话上。

"我查过,安全屋的电话在当天只拨出过一次,而拨出的号码是楚惜瑶家的。"

自己给楚惜瑶打的那个电话肯定会在调查中被发现,秦景天故意说出来是避免自己陷入被动。

"是我打的,陈处长突然开车带我去安全屋,刚好那晚我和惜瑶有约,我打电话为失约的事向她道歉。"

"安全屋的电话线路不能私用,陈处长向来谨慎严厉而且又不会顾及别人感受,他居然会同意你打这个电话,看来他挺信任你的。"顾鹤笙若有所思道。

"我没打,是陈处长打的。"秦景天咬了一口梨,无奈道,"陈处长的秉性你应该比我清楚,除了他自己谁都不相信。他刚抓了一名共党我就要打电话你说他会怎么想。"

顾鹤笙笑了笑低声说:"你放心,这件事我没有写在报告里。陈处长出事前与外界有过联系而且还和你有关,万一让站长知道了就不是追究处分那么简单。"

这时门外传来敲门声,顾鹤笙连忙摘掉两人嘴里的烟头掐灭,打开门看见提着果篮的秋佳宁。一进门秋佳宁就闻到刺鼻的烟味,瞪了顾鹤笙一眼:"他肺叶受损你还给他烟抽,你是不是想要他的命啊?"

"你小声点,让外面的楚医生听到会把我列入禁止探视名单。"

秋佳宁也会经常来看自己，起初还会带花后来就改送水果。这个细微的改变让秦景天发现秋佳宁心思异常缜密。

"我出来的时候刚好碰到叶小姐，她好像有事找你现在还在办公室等着。"秋佳宁说。

"那我先走一步，你陪景天聊聊天。"顾鹤笙一边穿外套一边将从安全屋拨出电话的事告知秋佳宁，"安全屋的电话是用保密线路由军统站中转，我没有将此事记录在调查报告中，你想办法把这条通话记录删掉，免得给景天造成不必要的麻烦。"

秋佳宁点头答应。擅自删除内部通话记录属于严重违纪，这么大的事秋佳宁竟然没有多问一句，可见她对顾鹤笙十分信任。

顾鹤笙下楼，路过医生办公室时从虚掩的门缝看见正埋头写病历的楚惜瑶，迟疑了一下还是敲门进去。

"顾处长，又来看景天啊？"楚惜瑶笑着问。

"别叫处长，听着生分。我虚长你几岁，要是不介意叫顾哥吧？"

"君怡是我姐，要不以后我管你叫姐夫吧？"

顾鹤笙一听开怀大笑："随你，怎么顺口怎么叫。"

"有事？"

顾鹤笙随手关上门："景天中枪前给你打过一个电话，他违反了军统纪律，这件事你不能告诉任何人。"

"他失约向我道歉也违反纪律？"

"他用的是安全屋内部线路，但凡和军统沾边的就没有小事。"

"那也和他没什么关系啊，打电话给我的是陈处长。"

"都是为了景天好，多一事不如少一事，就当你没有接过这通电话。"

顾鹤笙说完告辞，楚惜瑶笑着把他送到门口，看着顾鹤笙下楼的背影嘴角上的笑容慢慢收敛。秦景天事先就教过自己，不管谁问起电话的事一定要一口咬定是陈乔礼打来的，顾鹤笙刚才那番话分明是在试探自己。

楚惜瑶突然感觉一阵后怕。顾鹤笙和秦景天都将彼此视为朋友，他能在秦景天重伤昏迷期间不眠不休守护在身边，说明他是如此在意和关心秦景天的生死。楚惜瑶见过太多生离死别所以很清楚顾鹤笙那份焦虑和担忧绝对不是装出来的，可现在他却在验证秦景天所说经过的真伪。

顾鹤笙下楼回到车上，一名穿便装的情报员将一份档案送到他手上："顾处长，这是您要查的资料。"

顾鹤笙等情报员离开后才打开档案，看完上面内容后默默点燃一支烟，神色凝重地转头看向秦景天的病房方向。

第三十九章 直觉

1

"他的心意我领了,但违反纪律擅自使用安全屋电话不是小事,我打算出院后向站长坦白。你别替我删掉通话记录,免得你和鹤笙受到牵连。"

"再这么躺着你都快发霉了。"秋佳宁把秦景天搀扶到轮椅上,推到窗边的阳光下,"你以为他替你隐瞒只是单纯的朋友情谊?"

"还有其他原因?"

"你但凡在这件事中有一丝可疑他都会彻查到底,他能帮你隐瞒说明他已经排除了对你的怀疑,公与私他向来分得很清楚。既然他都认为你没问题,删一条通话记录对于我来说只是举手之劳而已,何况还能让你欠我一份人情。"

秦景天却不这么想,如果顾鹤笙真的排除了对自己的怀疑,那他之前就不会用那番话来试探自己。

秦景天抬头看见秋佳宁戴在胸口的小白花,神色黯然道:"今天是陈处长……"

"陈处长今天下葬。"秋佳宁叹息一声。

"没人通知我,要是知道我该去送陈处长最后一程。"

"他无亲无故,孑然一身,身后事还是站长出面操办。他这人你又不是不知道,在站里人缘本来就不好,现在人走茶凉,今天下葬都没有人去。"

秦景天感到一丝悲凉:"他已经证明了自己的忠诚。生前他就不在乎别人的看法,死后又怎会计较。"

"我不喜欢他的为人处世,但作为同僚他是一位值得尊敬的人,没有私欲不追名逐利,虽说行事极端偏执但一心为党国效忠。现在党国像他这样的人已经太少了。"秋佳宁抿嘴感叹,"我不知道现在的党国是怎么了,三民主义名存实亡,像陈处长这样的人被视为异类,长此以往党国早晚会断送在这批官僚废物手中。"

"秋处长未免太消极了,你和鹤笙不也一样是党国栋梁。"

"大厦将倾又岂是能凭个人力挽狂澜的。"秋佳宁低声说,"听说了吗? 国防部已经在调遣军队准备和中共开战。"

"你不希望国共开战?"

"我不是理想主义者,国共之间必有一战,但我不认为我们已经做好了开战的准备。自古成王败寇,输了将沦为内战的罪人,我们的下场恐怕会比陈处长还要凄惨。"秋佳宁眺望窗外,"这是一场我们输不起的战争,一次情报的截获或者泄露都有可能左右战局结果。我们作为情报部门的重要性不言而喻,所以在开战前我们应该先发制人。"

秦景天也眺望远方,收回目光的时候刚好看见医院门口停在街边的车,顾鹤笙正夹着烟在驾驶位沉思。

"你上次追查的电台有进展了吗?"秦景天问。

"不久前这处电台有过两次收发情报的信号。"

"什么时候?"

"这个月的6号,在截获电台信号后的第二天就得知你和陈处长遇袭的事,所以这个时间我记得很清楚。"

"第二天……"秦景天意味深长地笑了笑。

"你有什么想法?"

秦景天对于这个神秘电台再次出现一点也不意外。军统现在都认为李江平是潜伏的共党,因此不会再对他的身份做进一步调查,但明月会。叶君怡会把李江平的真实身份向上级汇报,可明月对此并不知情,他会与指挥系统取得联系来核实李江平的身份。可见这部共党的神秘电台肯定和明月有关。

"顾处长知道你在追踪这部共党电台的事吗？"

"你中枪受伤后我原本是想让他帮忙协助搜查的，可在向站长汇报后指示此事不得外泄，追查的进展直接向站长报告。"

"你这次锁定电台位置了吗？"

"没有，不过还是有收获。她这次收发情报都很迅速，可之前我已经缩小了侦听范围，在信号出现时我就切断了三处目标区域中的一处的供电，但电台的信号并没中断，可见她藏身的地点在剩下的两处之中。"

"你排除了哪一处？"

秋佳宁从公文包里拿出地图给秦景天指出位置，永麟班所在的区域并没有被排除。

"秋处长距离你这位朋友越来越近了。"

"可问题也来了。切断供电来判定信号源是追踪电台的常规手段。她是一位经验相当丰富的电讯员，剩下两处区域相隔很近，我如果继续采用断电的方式，她一定会觉察到自己位置暴露。"秋佳宁叹口气，在秦景天面前竖起一根手指，"我只有一次机会，如果成功我将准确锁定她的发报位置，但如果失败她将再次从我的侦听序列中消失，下一次想要再追踪到她恐怕就困难了。"

秦景天抬起头，视线又望向楼下坐在车上的顾鹤笙，只见他丢掉烟头开车消失在街尾的拐角。

半年前出现的电台、女共党发报员、在目标区域内的永麟班，这些零碎的信息在秦景天脑海中，让他不由自主联想到那个风情万种的洛离音。

"你在想什么？"秋佳宁打断秦景天思绪。

秦景天指着地图上一处位置："把侦听车全派到这个地方，从现在开始全天不间断监听。"

追踪电台能锁定五百米范围已经是极限，而秦景天所指的位置是范围一百五十米的区域。秋佳宁疑惑不解："这里有什么？"

"你上次不是说过这名女发报员手法有所改变，这种情况正常吗？"

"共党的发报员一般是由后方培养因此在专业技能上不如我们娴熟，但她显然是受过正规的系统训练。我留意了她很久，她每次发报前会空出两个短码，这是苏联常用的发报方式，所以我推测她应该在苏联受训过。一般来讲，发报的手法经过长期训练会形成一种肌肉记忆，很难改变，但也有特殊情况，比如受到环境因素的影响或者刻意隐瞒身份。她还在固定的地点收发报，说明她还没发觉被追踪，那么她手法改变的原因很有可能是周围环境造成的。"

"你每次侦听到她的电台信号都是8点到10点之间？"

"是的。"秋佳宁点点头，"在固定的时间收发报很容易被敌方截获，这是任何一名发报员都知道的，按说这种错误不该出现在她身上。"

"如果不是错误呢？"

"什么意思？"秋佳宁追问。

"嘈杂的环境能掩饰发报的声音，可见这种环境噪音很大，以至于让她不自觉加重了发报手法。选在8点到10点收发，说明在这个时间段内这种外界声源一直存在。在你圈定的两个目标区域中只有一个地方符合上述条件。"秦景天手指在地图上点了点，"永麟班！"

"戏院？！"作为上海首屈一指的京剧班，秋佳宁当然听过永麟班的名号，"你凭什么这么肯定？"

"直觉。"

"我只有一次机会，万一你直觉是错的，突袭搜捕失败就会打草惊蛇。"

"一枚硬币无论你抛出多少次，出现正面或反面的概率都是百分之五十。你既然只有一次机会那么你需要的就是运气，还有什么比一个能死里逃生的人运气更好吗？"秦景天淡淡一笑，"如果成功了你和我也许都会得到意想不到的收获。"

2

顾鹤笙开车兜了两圈，直到看见楼上的灯明灭三次后才在后巷停下。这是示意没有发现有人跟踪的安全暗号。不久后洛离音从楼上下来径直上了车。

"上级有新的指示？"

"根据可靠情报获悉，鸢尾花计划已到收尾阶段，谭方德将在近期返回上海。南京军统局委派周寿亭为特派专员抵沪视察上海站工作，实则是为了取回鸢尾花计划名单。"洛离音简明扼要地传达任务，"南京方面为确保名单不被泄露，命令沈杰韬不得以电码形式发送，而是由他本人与周寿亭完成名单交接。"

"情报可靠吗？"

"来源是中社部在南京的一条情报渠道，相当可靠。"

"周寿亭在军统的地位仅次于戴笠，他亲自前来接手名单可见南京对鸢尾花计划有多重视。"

"一旦让周寿亭将名单带回南京就再没机会截获，所以上级指示你一定要赶在周寿亭离开上海之前完成任务。"

"知道周寿亭到上海的时间吗？"

"暂时无法获悉。南京军统局为了确保名单顺利被带回，周寿亭的行程都是保密的，所以你要密切留意沈杰韬的动向。"

"上次我让上级核查的人有结果了吗？"

"昨天是最后时限，按照之前约定如果没有收到回复就表示否定，说明李江平不是我们的同志。"洛离音停顿了少许，"最近电讯处有什么异常吗？"

"电讯处？"顾鹤笙想了想摇头，"怎么突然问起这个？"

"上次接头你让我向上级核实李江平身份，在发报的时间段内出现区域性停电，距离我电台的位置不远。"

"你怀疑敌人侦听到你的电台信号？"顾鹤笙惊讶道。

"不排除敌人进行断电检测的可能。考虑到你的安全这部电台一直处于静默，但最近几个月使用太过频繁，被敌人追踪到的概率很大。"

"电讯处如果发现新的电台信号，秋佳宁应该会告诉我才对，但她并没有向我提及过。"顾鹤笙深思后道，"不能掉以轻心，你暂时停用电台，在找到新的发报地点之前不能再继续启用电台。"

"我考虑过转移发报地点但架设一部新电台需要时间,上级指示一旦你截获名单我要立即发送回去。我不确定你什么时候能拿到名单,所以不能现在更换地点。我决定再使用最后一次,应该不会让敌人锁定位置。"

"我会密切关注电讯处,如果发现秋佳宁有什么异动你必须立即转移。"顾鹤笙舔舐嘴唇,迟疑不决道,"你下一次和上级联系时再汇报一件事,对秦景天的考察要注意分寸必要时可以放弃接触。"

"放弃?"洛离音顿感意外,"你不是一直都很看好他吗?"

"我把秦景天当成了朋友。"

"你和一名敌人做朋友?"

"我也觉得不可思议,抛开身份和立场我的确与他建立了朋友的情谊,可能正因为如此导致我做出带有个人感情的主观判断。相反你是客观的,我承认他是一个很危险的人。"

"你们之间的友谊出现了裂痕?"洛离音突然笑了。

"我是认真的。"顾鹤笙严肃道,"我担心自己错误的判断会给组织造成不必要的损失。"

"组织上的初步考察结果和你的想法有些出入。"洛离音笑着说,"考虑到秦景天身份的特殊性,上级安排了专门的同志与其接触,考察的事连上海地下党组织都不知情。我收到的最新考察结果显示秦景天值得深入接触。"

"我相信组织的判断但我保留个人意见。"

洛离音不解道:"你能对一名敌人产生朋友的感情,说明秦景天身上一定有你欣赏和认同的地方。在此之前你对他还持有极大的信心,到底为什么你会突然觉得他危险?"

"沈杰韬让我调查陈乔礼被杀的案子。"顾鹤笙把今天得到的档案交给洛离音,看后洛离音满脸疑惑:"陈乔礼在孤儿院收养了一个女孩?"

"这孩子是哑巴。我在翻查卷宗时发现姜正妻子许兰芝是手语老师。陈乔礼此举应该是为了接近许兰芝并取得其信任。"顾鹤笙指着档案上的日期,"陈乔礼被杀当天正好是这个孩子的生日。"

洛离音一头雾水。

"在安全屋的餐桌上有两副餐具,当晚陈乔礼邀请许兰芝到家做客。他是用什么理由让许兰芝欣然赴约呢?"

"为孩子过生日?"

"不错,这里面还有一个不寻常的地方。许兰芝有一个儿子,姜正不在家都是许兰芝在照顾孩子,如果她要赴约不可能单独留下没有人照看的儿子。"

"当晚许兰芝是带着儿子一同到了安全屋?"

"可奇怪的是我多方查找,始终没有找到这两个孩子的下落。你知道这意味着什么吗?"

"有人在案发后带走了本该留在安全屋的孩子!"洛离音恍然大悟。

"如果是这样的话,那么陈乔礼被杀这件事恐怕没有表面那么简单。"顾鹤笙继续说道,"我在现场检查了厨房垃圾桶,从里面的果皮以及菜叶推断陈乔礼当晚准备了至少四个人的分量的食物,但餐桌上只有两副餐具。这说明有人伪造过现场,抹去了自己和孩子存在过的痕迹。"

"你怀疑这个人是秦景天?"

"他关于当晚事情经过的描述无懈可击,我从中看不出有任何疑点。"

洛离音太了解顾鹤笙:"可你还是在怀疑他。"

顾鹤笙又递过去另一份档案:"这是李江平在军统的考核录,在射击这一项他成绩优等。按照秦景天的讲述他是在开门时被李江平开枪击中。我找了一名射击成绩和他同等的人在靶场反复还原案发经过,结果是射击位置与秦景天受伤部位吻合度有百分之九十。"

"这说明秦景天所说属实啊。"

"致死率同样也高达百分之九十!"顾鹤笙摸出烟放在嘴角,"李江平是受过专业训练的外勤人员,在有充足预判时间的情况下他开枪会习惯性瞄准要害,秦景天只有十分之一生还的可能性。可李江平这两枪偏偏都没有击中要害。"

"你想说什么？李江平在开枪时故意避开了秦景天的要害？！"洛离音大吃一惊，"你怀疑秦景天参与了陈乔礼被杀的事？事后再让李江平故意开枪击中自己来证明清白？"

"理论上有这种可能。"

"你的这个推理太牵强。如果秦景天就是伪造现场的人，他为了消除自己的嫌疑付出的代价未免也太大了。你已经得到了测试数据，在只有十分之一生还的概率下，有谁会拿自己性命来开玩笑？不管是李江平还是秦景天都无法预知最后的生死。"

"我会。"顾鹤笙斩钉截铁，"这也是为什么我能将他当朋友的原因。我们之间有太多相似的地方。如果我是他，为了完成任务，别说十分之一即便是百分之一也会去尝试，我能做到的事秦景天同样也能做到。"

"你不能凭主观意识去衡量另一个人，既然你是依照概率来证明自己的推断，你就无法做到百分之百确定秦景天中枪是刻意安排的。"

"我再告诉你一些客观的事实。"顾鹤笙点燃烟冷静道，"安全屋的位置只有陈乔礼以及执行这次秘密任务的人员知道，根据秦景天的回忆他是听到敲门声在核实暗号后开的门。"

"这有什么问题？"

"李江平没有被挑选执行这项任务，按说他不可能知晓安全屋的暗号。"

"李江平的目标是陈乔礼，既然动机和意图明确加之他又是行动处的外勤人员，他有很多种可能的渠道获得暗号，这其中当然也包括秦景天向他泄露。可随着李江平的死我们永远无法证明暗号的来源是否与秦景天有关。"

"我认同你的说法，但我的关注重点不在暗号的获取渠道上。"

"那你在质疑什么？"

"秦景天为什么会开门。"

"暗号吻合他开门无可厚非啊？"

"如果是别人我也会这么想，但秦景天不同。我第一次见到他是在回上海的火车上，他能在形形色色的旅客中分辨出攻击者同时还能定位被袭击者。我上次清除宋林忠时未及时清理身上痕迹，仅仅是一些泥星就让他对我的行程起疑。一个洞察辨析能力如此之高的人不会单凭暗号来判定门外人的身份。"

"你这样说也有道理。"

"秦景天在和陈乔礼见面之前正在追捕李江平。他是行动处三组的组员，秦景天应该对他的声音很熟悉，可当晚秦景天为什么没听出李江平的声音呢？"

"一时大意？"

"他不该是会大意的人。"

"是人都会犯错，他不可能时刻都处于高度警觉的状态。即便他在编造事实但同样也能用这个当合理的解释，你依旧无法证明秦景天与陈乔礼被杀有关。"

"是啊，我在和他交谈中曾尝试试探他，可他的回答滴水不漏。"顾鹤笙深吸一口烟，"他的确可以用大意来解释，毕竟我也有大意的时候。"

"你为什么如此急迫想证明秦景天和此事有关联？"洛离音不解。

"我的初衷是想证明他的清白，我不想他被牵扯进去，但我调查得越多越发现所有可疑之处都与他有关。如果我所认识的秦景天还有另外不为人知的一面，那他就不仅仅是危险这么简单，我可能从一开始就错误判断了他的能力。"

洛离音皱着眉看了顾鹤笙良久："你是不是有一种被欺骗的感觉，偏偏你又发现欺骗你的是知己，所以你极力想证明自己是错的。"

"被朋友欺骗是一件很难接受的事。"

"所以说你在乎的并不是真相而是秦景天欺骗你的原因？"洛离音苦笑一声。

顾鹤笙从公文包里拿出一份文件："这是我关于陈乔礼被杀一案的调查结果，如果我交给沈杰韬，秦景天会被立即关押审查。"

"我明白了。"洛离音一边笑一边注视着他，"你什么时候对自己这么没有信心？或者说你宁愿自己是错的也不肯相信秦景天会骗你。你是在怕万一秦景天是清白的，你手中这份调查结果会让你失去这位朋友。"

顾鹤笙沉默了良久终于承认："他救过我。"

"没有他你同样能处理好。"

"可他不知道。他当时是在没有任何动机的情况下想救我。"顾鹤笙揉了揉额头，"你可能无法体会这种男人之间的友谊，不像爱情需要长时间的碰撞才会彼此产生火花，一个眼神或者一个举动就会认定对方是自己值得深交的朋友。"

"也有一见钟情的爱情。"

"可这种爱情往往不会长久，在激情和冲动淡去后会寡淡得如同一杯白水，但男人之间的惺惺相惜像酒，相处得越久越醇。"

"我很好奇这份调查报告里到底有什么让你如此惴惴不安的内容？"

"李江平杀宋林忠和陈乔礼都是一枪毙命，中枪位置都在眉心，这说明开枪的人具有极强的心理素质。我反复参阅过李江平历年的考核，评价他不具备这样的能力。"

"你是说杀宋林忠和陈乔礼的另有其人？！"

"至少在动机上就说不通。军统已经认定李江平是潜伏的共党，可我们已经核实过他的身份，他并不是我们的同志那么他也没有杀这两个人的动机。"顾鹤笙冷静分析，"他有可能是被人利用或者他根本就是混淆视听的烟幕弹。"

"有人在利用李江平转移军统调查方向……"洛离音越听越茫然，"敌人的敌人就是朋友，而军统的敌人只有我们，还有谁会杀军统的人呢？"

"如果我的假设都成立，秦景天应该知道这个人是谁。当晚在安全屋是秦景天开的门，这个人进来后射杀了陈乔礼。李江平是被带到现场击毙，然后将现场伪装成交火双方都毙命的假象。秦景天不能全身而退，他唯一能排除嫌疑的办法就是让自己也中枪。在屋里的孩子目睹了真相所以才会被带走。"

"你既然已经有了结果到底还在纠结什么？"

"我一直在问自己一个问题，如果秦景天是现在的我，当他查到这些结果后会怎么选择，是如实上报还是视而不见？"

"你有答案了吗？"

顾鹤笙犹豫了良久，掏出打火机点燃了调查报告。

"我想知道你这样的决定是出于对他的个人友情还是对这份报告没有确凿的把握？"

"都有。"顾鹤笙注视着被付之一炬的报告，"调查的结果是建立在李江平并不是潜伏共党的基础上，可我没有办法证明这一点。如果我证明李江平的身份就会暴露自己，因为只有真正的共党才知道李江平是替死鬼，这也是这个神秘人的狡诈之处。此人很有可能在利用李江平甄别真正的潜伏者。"

"我的想法和你一样。"

"另外你说得没错，我没有确凿的证据来证明自己的推断。秦景天是唯一的幸存者，他所说的就是真相，即便这个真相是编造的也无法被证明。秦景天既然有能力伪造现场自然也能解释调查报告上的疑点。"顾鹤笙丢掉被烧成灰烬的报告，注视着最后一丝火光熄灭，"既然这份报告不会对最终的结果产生影响，我选择视而不见。"

"我会把你的建议转告上级，但是否终止对秦景天的考察需要上级来衡量。"洛离音推开车门，下车前郑重其事道，"说实话我不能理解你与一名敌人而且还是一名极度危险的敌人之间的友谊，但我相信你会做出正确的判断。希望当你在面对困境时他会做出和你一样的选择。"

3

黄包车停在蓝韵唱片店门口，叶君怡从车上下来推门而入，在店里转悠一圈漫不经心地挑选着唱片，余光却一直注视窗外来往的行人和车辆。

店主陆宏生笑脸迎上去："叶小姐来得正是时候，店里刚到了您最喜欢的英国女歌星薇拉的新唱片。"

"音质怎么样？"

"我放给您听听。"

陆宏生取出唱片放上留声机。当悠扬悦耳的女声回荡在房间中时，叶君怡一边品听一边低声说："我翻查了顾鹤笙的办公室。"

"你这样做太冒险。"陆宏生笑着说。从橱窗外向内看去，俩人好似在交流音乐。

"我故意剪坏了他的围巾，他一定会认为我是发现其他女人送的东西生气。"

"查到了吗？"

"秦景天还活着，被军统安排在广慈医院。今天上午我让志豪同志前去探查，军统封锁了三楼病房，秦景天应该就在里面。"

"太好了，这段时间他一直音讯全无，我们多方打探也没有关于他的消息，我都已经做好秦景天同志牺牲的准备。"

陆宏生是叶君怡的上级，这家唱片店是用来接头的地点。

"我在顾鹤笙办公室发现他正在调查陈乔礼被杀的案件。我没有找到调查报告但在黑板上看见顾鹤笙重点标注的疑点。军统一直封锁秦景天的消息想必是在等顾鹤笙的调查结果。"

"敌人在怀疑秦景天？"

"暂时应该还没有，如果敌人起疑不会还让他留在医院，但顾鹤笙的调查结果会对他极为不利。根据我对顾鹤笙的了解他极其善于推理分析，他现在所梳理出来的疑点如果继续查下去很有可能会还原真相。"

"我想办法派人进医院护送景天同志撤离。"

"他原本就有安全撤离的机会但他选择留下继续战斗，为此他不惜赌上自己生命，我们不能让他的付出毫无意义。"

"你有什么建议？"

"除掉顾鹤笙！"

第四十章　拒人千里

人与人之间有相性，有的人会一见如故有的却两看生厌，在秦景天眼里贺秉文属于后者。

入院后贺秉文随同沈杰韬来看过自己，关于那晚的真相秦景天也让贺秉文转告戴笠，并问："局座有新的指示？"

"鸢尾花计划已经开始实施。"贺秉文神情严肃，"周寿亭已到上海和沈杰韬交接潜伏名单，这个情报已经由南京军统局故意泄露给共党。"

"明月会不惜一切代价截获名单。"秦景天反应平淡，"看来我的这次任务快结束了。"

"局座指示暂停对明月的甄别。"

"什么？！"秦景天愤然起身，"掌握潜伏名单的只有周寿亭和沈杰韬，明月要截获名单就必须接近他们，这是找出明月最好的机会，为什么要放弃？"

"我的任务是负责传达命令，你的任务是负责执行命令，在鸢尾花计划完成前你必须暂停对明月的追查，这是局座的严命。"

秦景天眉头紧皱："鸢尾花计划的实情到底是什么？"

"对于该计划我所知晓的和你一样多。"贺秉文平静回答，"局座会在近期与你见面，到时候他会亲自向你解释。"

"既然甄别明月的任务暂停，那我现在什么都不需要做。"

"局座让我提醒你，任务只是暂停并不是中止，你依然需要扮演好自己现在的角色，局座说你一定会明白他的意思。"

秦景天心领神会，戴笠的言外之意是自己可以出院了，他不希望自己中断与地下党的联系。

三天后，出院的秦景天按照俞志豪在医院告知的地址去了新联络站。

穿过纵横交错的巷弄秦景天看见那栋灰瓦的三层小楼，绕了一圈确定身后没有人跟踪便快步上了楼，在二楼窗户张望四周。小楼是这片巷弄最高的建筑，下面各个街道出入口都能一目了然。

秦景天敲了敲三楼房间的门，开门的是等候多时的叶君怡。

"这处接头地点挑选得很不错，看来咱们的配合越来越默契……"秦景天一边脱外套一边赞许，话才说到一半，关上门的叶君怡突然抱住自己，脸颊紧贴在自己胸膛，幽幽的发香和女人特有的体香交汇在一起沁人心脾。秦景天生硬地愣在原地，感觉胸口有一片潮湿在慢慢渗透进来。

再见到叶君怡对于秦景天来说仅仅意味着任务可以继续，他无法体会这一个多月来叶君怡所承受的煎熬。将个人情感带入任务会将事态变得复杂，秦景天绝对不会犯如此低级的错误，但现在他无法判定这个深情的拥抱是否真的是错误。

习惯了叶君怡坚强独立的个性，如今她在自己怀中毫不掩饰地展现出女性的柔弱，让秦景天的内心突然为之一软。有那么一刻他也想将僵硬低垂的手放在叶君怡的后背。自己抱过很多女人但都是为了完成任务，而这次，秦景天只想感受一次真诚的拥抱。

"我以为再也见不到你。"叶君怡抱得更紧，像是生怕一松手就会失去面前的男人。

叶君怡太用力，忘了秦景天身上刚愈合的伤口。阵痛让秦景天清醒，脸上那抹笑意和抬起的手同时垂下："有新的任务吗？"

叶君怡在等待秦景天的回应，她希望那双有力而温暖的手抚摸在自己后背，给自己一种踏实的安全感。但秦景天的话犹如在两人之间挖出一道不可逾越的天堑。

叶君怡退了一步，有少女的羞涩也有被拒之千里的失落："我很担心你，那晚之后我失去了你的消息，我，我以为你牺牲了。"

"谢谢。"秦景天回以礼貌的微笑。

叶君怡明明就站在他对面，可秦景天宛如亘古寒冰给人一种生人勿近的冰冷。

"你是真的理性还是说在我面前你要理性？"

"我们的工作需要时刻保持理性。"秦景天避开她的目光，从身上掏出烟盒。

叶君怡一把打落烟盒，委屈道："我开枪击中自己的同志，眼睁睁看着你倒在血泊之中却无能为力，你知道我这一个月是怎么过的吗？"

"对不起。"

"这是你的道歉？"

"不，是我的遗憾。首先开枪是我自己的选择，你只是一名执行者。如果我早知道这件事会让你承受心理负担，我会让俞志豪来开枪。至于你问我有没有想过你这一个月的感受，我的回答是没有。"秦景天从地上拾起烟盒，点燃一支淡淡说道，"开枪的人是你，你怎么想的我不知道。我还活着，这个月唯一的感受是伤口很痛，如果我死了，一个死人自然不会知道你的感受，因此无论是什么情况我都不可能体会你这段时间的心情。"

叶君怡用陌生的眼神看着秦景天，这个为了掩护自己不惜赌上性命的男人，原本自己以为很了解他，现在才发现一切不过是一厢情愿的错觉。

重逢的喜悦在秦景天的回答中变成窗檐外凝结的冰凌。抹去眼角的泪痕，叶君怡在生涩的笑容中伸出手，她的声音和表情一样空洞："051同志，欢迎你归队。"

秦景天看着她有些心痛，努力地克制着自己的情绪并告诫自己要和她保持距离。

"考虑到你的安全，之前的接头地点废除，从现在开始这里是新的联络站。"叶君怡从包中拿出钥匙，"无论谁先到，在确定安全后打开右边半扇窗然后拉上窗帘，反之说明这里已经暴露。"

"接头时间呢？"

"每周五下午4点。如遇突发情况需要见面，在《新闻夜报》上刊登一则东圃石路76号的房屋出租广告，看到后我会在第二天下午前来。同样你看到这则广告也要在第二天到达这里。"

"明白了。"秦景天收好钥匙，"还有什么指示？"

"我对你已经没有指示了。"

秦景天一愣:"没有新的工作安排?"

"组织通过这段时间对你的考察,对你在工作中的英勇表现予以嘉奖,已经同意了你的入党申请,从现在开始你已经是一名共产党预备党员。考虑到你工作的特殊性,组织经过研究决定,从现在开始你将是我的上级,我服从你的指挥。"

"我是你的上级?"

"我之前负责的工作小组现在由你接管。"叶君怡点头继续说,"小组成员包括我在内一共五人,除了我之外你已经见过俞志豪同志,其他的同志我会尽快安排你认识。"

秦景天眉头一皱:"小组其他成员知道我的存在?"

"暂时只有我和俞志豪同志知道。考虑到你身份特殊,组织决定以后还是由我和你单线联系,志豪同志会在必要时保护你的安全。"

"组织上有新的工作安排吗?"

"军统二号人物周寿亭在三天前秘密抵达上海。根据后方同志截获的情报,周寿亭此行与鸢尾花计划有关,他是来接收计划的全部潜伏名单。组织希望你尽一切可能截获名单。"

"他被安排在秋棠别苑下榻,后天乘坐专机回南京,明天晚上沈杰韬为他举行欢送酒会,我被……"

秦景天心里暗暗一怔。戴笠为什么要突然暂停对明月的甄别,为什么让贺秉文通知自己出院,他让贺秉文转告自己的那些话到底是什么意思,这些问题秦景天始终没有想明白,但就在刚才他忽然找到答案。

戴笠很清楚上海地下党会不惜一切取得鸢尾花计划名单,而距离这份名单最近的人只有自己。戴笠希望自己能截获这批名单!

叶君怡见秦景天神情严峻:"怎么了?"

"沈杰韬有一份出席酒会人员名单。周寿亭要代表南京总局宣读对我的嘉奖令因此我在受邀之列。"秦景天深吸一口气,"我会想办法接近周寿亭截获名单。"

第四十一章 密室

1

秋棠别苑,授勋嘉奖酒会。

沈杰韬特意将楚惜瑶安排在受邀名单之中,一来因为她是秦景天的主治医生,把他从鬼门关救回来功不可没;二来是她和秦景天的关系,美女医生拯救军统军官不失为一段佳话。

从车上下来的楚惜瑶好奇问道:"为什么一定要我穿红色的晚礼服?"

秦景天偏头打量一番:"红色很适合你。"

楚惜瑶一听心花怒放:"是吗?"

秦景天笑着点头。当他们走进酒会大厅时,夜幕已经缓缓降下,房间各种华丽的装饰灯亮起。在乐队弹奏下,优雅的舞曲飘散在每一个角落,大厅中宽阔的舞池内几对男女翩翩起舞。

谈吐优雅的来宾小声交谈着,不时发出酒杯轻碰声。当楚惜瑶挽着秦景天迈入酒会大厅那刻,人群中爆发出一阵阵赞叹,所有人的目光都被他们吸引。

楚惜瑶提着裙摆,脸上多少透着一些不安和紧张,反而更增添了几分妩媚娇艳。英雄和美人之间向来都会生出无穷的话题,楚惜瑶似乎很享受在秦景天身边被众人目光追逐的感觉。

秦景天镇定自若地扫视一圈,发现酒会上的人自己大多数都不认识,然后手伸到楚惜瑶面前:"能请你跳一曲舞吗?"

秦景天的声音很温柔,楚惜瑶心跳开始加快,她发现自己对面前这个男人根本没有丝毫抵抗力,想都没想就将手交到秦景天手心。走下舞池,当秦景天的右手触碰到她腰际的瞬间,楚惜瑶感觉一股电流击穿了她的全身。她不得不承认在这个神秘的男人面前，哪怕是一个动作都足以让自己沦陷。

一曲华尔兹让秦景天和楚惜瑶成为舞池的主角。四周的人群端着酒杯驻足欣赏。在秦景天娴熟的舞步带动下两人配合默契。秦景天抱着楚惜瑶的腰，紧紧贴在她身上，她能感觉到秦景天有力而宽厚的手掌正支撑着自己的身体。秦景天弯着腰和身下近乎三十度倾斜的楚惜瑶伴随着音乐的停止定格在舞池的中央。

短暂的安静后人群爆发出掌声，秦景天礼貌地微笑致谢，抬头时看见了叶君怡，她正神色冷郁地直视着自己。秦景天避开她的视线，他明白叶君怡目光中的质问，在一天前自己用冷淡浇灭了她的热情，现在自己却抱着另一名女人。

顾鹤笙走到退出舞池的秦景天身边："今天我有事不能陪你庆祝，等回去咱们好好喝一杯。"顾鹤笙搂住秦景天的肩膀，"我估计得忙到酒会结束，麻烦帮我照顾好君怡。"

"什么事还能忙到酒会上？"秦景天笑着试探。

"周副局长有些私事，等回去我再告诉你。"

楚惜瑶去补妆，叶君怡倚在桌沿幽幽道："我以为你不会跳舞？"

"我只在有需要的时候跳。"

"现在也是需要？"

叶君怡一身剪裁得体的旗袍衬托出她含蓄优雅的美，高高盘起的秀发让她更显得高贵华丽。

秦景天诚恳笑道："你今晚很漂亮。"

叶君怡浅饮一口红酒，望向刚才在舞池中吸引众人目光的焦点："和惜瑶比呢？今晚我和她谁漂亮？"

"你和她不是同一个类型没有可比性。"

"你就不能敷衍我一句吗？"叶君怡现在像赌气的孩子。

"欣赏美是每个人的权利，我只能给出自己中肯的评价，在这份评价中我不会掺杂个人感情。"

叶君怡抿嘴冷声问道:"这么说你承认自己对惜瑶是有感情的?"

"我的命是她抢救回来的,人非草木孰能无情,我对她当然有感情。"

"你知道我问的不是这个。"叶君怡一脸高傲地反问,"承认自己的感情真有那么难吗?你刚才和她跳舞时满目深情,那是恋人之间才会有的对视。"

"你是说爱情?"秦景天笑了笑,摇晃手中的红酒杯,"这种情感对我来说太过奢侈,我不认为自己现在有资格拥有。你不用对我这么好奇,如果有一天我开始一段感情我会主动告诉你。"

叶君怡还想继续问下去,却见秦景天手一滑酒杯掉落在地。从杯中溅落的红酒洒在她旗袍上,破碎声引来周围人群观望。秦景天一边道歉一边手忙脚乱地想帮忙清理。叶君怡面色颇为不悦地转身去了卫生间,再回来时之前还盘起的长发如瀑布般垂下衬出女性独有的阴柔之美。楚惜瑶拉着叶君怡闲聊,没看见酒桌下叶君怡偷偷伸向秦景天的手,之前盘头发用的发钗已经悄然递到他手中。

秦景天刚收好发钗就看见沈杰韬走过来。

"你今天是主角却躲在这里贪杯。"沈杰韬埋怨道。

"这些人我都不认识。"

"所以才要交际。能来这个酒会的都不是一般人物,你该珍惜这么好的机会,多走动结交些朋友,指不定日后这些人里就有能帮到你的。"沈杰韬笑着说,"走,我给你挨个儿介绍。"

秦景天随手牵起楚惜瑶的手,这个动作落在叶君怡眼中有些刺眼。沈杰韬将秦景天引荐给酒会上的人,秦景天落落大方,举止得体加之谈吐不凡深得众人欣赏。每每推杯换盏前他总会先介绍楚惜瑶,无不换来郎才女貌、天作之合的称赞。楚惜瑶跟在他身边有种莫名的幸福和自豪。

酒会上的人才应酬一半不到,秦景天就偏偏倒倒有些微醺。

"两颗子弹都没把你放倒,几杯红酒下肚就扛不住了。"沈杰韬苦笑一声,"你这酒量得练啊。往后应酬会很多,你这样子还不让人看笑话。"

"站长,他枪伤刚好不宜过度饮酒。"楚惜瑶接过秦景天的酒杯,"要不我替他喝吧？"

"这就护上了？"沈杰韬仰头大笑，"应酬的酒会还得要女朋友挡酒，他只要肯丢这个人我没话说。"

这时从楼上下来一名工作人员走到沈杰韬身边低声说："周副局长请沈站长上楼一叙。"

"算了，你还是别喝了万一醉倒了过会儿给谁授勋。"沈杰韬和颜悦色地对楚惜瑶说，"就劳烦楚医生代为照顾一下他。大厅旁边有休息室，你带景天先去休息醒醒酒。"

"站长，我还，还行。"秦景天还想坚持。

"你话都说不清了还在这儿逞能，别再说了先去洗个脸。"

沈杰韬说完跟着工作人员上楼。楚惜瑶搀扶秦景天来到休息室，想去给他倒杯水却被秦景天一把拉到怀中。

"让我靠靠。"

宽厚结实的胸膛，起伏有力的心跳瞬间让楚惜瑶心如鹿撞。带有酒气的呼吸从领口透进身体，像一团炙热的火焰侵袭全身，楚惜瑶感觉自己的心如同被融化的雪水流淌开来，最终毫无抵抗地瘫软在秦景天怀中。

在屋外巡逻的人经过窗边刚好看见两人忘我的拥抱，楚惜瑶本能地羞涩想挣脱开，却被秦景天抱得更紧。

"对，对不起，没瞧见秦组长在这儿。"窗外执勤的行动处队员认出秦景天，倒像是自己做错了什么事一个劲儿赔不是，"我去其他地方巡逻，不妨碍秦组长。"

秦景天这才松开楚惜瑶，走到窗边醉醺醺笑道："没什么妨碍的，去忙吧。"接着顺手拉上了窗帘，然后转身去关休息室的门。

刚才秦景天抱楚惜瑶很多人都看见了，但都礼貌性地视若无睹。年轻军官年少得志又抱得美人归难免一时兴起，像这样的风流韵事这些人早就见怪不怪，不过是多了一件茶余饭后的谈资而已。

只是秦景天偏偏倒倒去关门时看见叶君怡正在远处看着自己。两人对视犹如在沉默中交锋，而每次败北的总是叶君怡。她偏头避开秦景天

第四十一章 密室

的视线，神色中有一抹幽怨和挫败。

秦景天无动于衷地关上门，重新走到楚惜瑶身边，身体贴得很近，夹杂着酒气的呼吸如同热浪席卷在她脸颊上。楚惜瑶羞涩地埋下头似乎有些许期待，但秦景天伸过去的手绕过了她的身体。

"巡逻的人每隔五分钟会经过窗户一次，刚才的事会让他暂时停止对这里的巡逻。如果我在十五分钟后没有返回，你要站到窗帘边我故意留下的缝隙处让巡逻的人看见你。"秦景天从楚惜瑶包中拿出听诊器，郑重地叮嘱，"在我没回来之前不能打开休息室的门，要让外面的人以为我一直在里面。"

"你今晚不是来参加酒会，你是有任务？！"楚惜瑶愣了半天才恍然大悟，"所以你才让我带上听诊器！"

秦景天的眼睛清澈明亮，完全没有之前醉酒的混沌。

"你是装醉？！"楚惜瑶呆呆地看着他，"你是不是做每一件事，说每一句话都是有目的的，比如刚才那个拥抱？"

秦景天一边看着手表一边点头。

"还有什么，今晚还有什么是你刻意安排的？"

"我让你带上听诊器是因为我今晚要窃取一份情报，我需要听诊器来判定保险柜的密码。还有你身上穿的红色晚礼服，红色在黑夜有很强的视觉识别性，从你进入这里开始所有人都记住了你这身红色，而我寸步不离跟在你身边会让他们减少对我的关注。同时人的惯性思维会让他们认为有你的地方我一定也在。"

楚惜瑶瞪大眼睛嘴唇嚅动半天："就是说今晚你对我做的每一件事，没有一件是真的！"

"一名间谍身上最难找到的就是真实。"

"你是不是永远不会对人敞开心扉？"

"我现在要敞开的是这扇窗。你可以现在开门离开我中止今晚的任务，或者你能继续当好一名搭档协助我完成任务。"秦景天按下手表的倒计时按钮，"我只有十五分钟来完成任务，你有五秒时间做出选择。"

楚惜瑶白了他一眼，最终还是选择站到了窗边。

2

秋棠别苑一共三层，行动处负责别苑外围警戒，内部由南京总局的人控制。秦景天爬到三楼靠北的套房外墙，从窗帘缝隙见到周寿亭和沈杰韬刚接见完一名上海站的干部。

"还有几个？"周寿亭看了一眼手表心不在焉问道。

秘书翻查记录汇报："还有七位在等您接见。"

"顾鹤笙到了吗？"

"顾处长到了，也在会议室等候。"

"请顾处长进来。"

片刻后，秦景天看见顾鹤笙敲门进来。

顾鹤笙一进门周寿亭就起身迎上去。此次抵沪周寿亭重金收了一幅南宋刘松年的《山雨翠微图》，他早就听闻顾鹤笙对字画鉴赏颇有建树，想让顾鹤笙给掌掌眼鉴定真伪。

周寿亭来到主卧里间，也不避忌直接打开保险柜，顾鹤笙一眼就看见放在下格的公文包。周寿亭从保险柜中取出装有画作的长匣，顾鹤笙暗暗记下保险柜密码。

周寿亭让秘书带顾鹤笙去套房外的书房，并专门安排两个人在门口守着，无论什么情况都不得进去打扰。

等众人离开后，秦景天拿出叶君怡的发钗小心翼翼拨开窗户的插销悄无声息地潜入里间，接着动作娴熟地一边转动密盘一边用听诊器确定钥锁声音变化。几分钟后秦景天就成功打开保险柜，在公文包里找到潜伏名单逐一拍照。

秦景天刚准备离开忽然听见窗外有动静，是脚踩踏砖瓦的声音，说明窗外还有一个人。现在出去一定会被这个人看见，秦景天当机立断连忙将收拾好的公文包放回原处并关上保险柜，环视四周看见一个两格的大衣橱，秦景天退无可退只能暂时躲进衣橱里。

第四十一章 密室

顾鹤笙在桌上展开画卷，静步到门口聆听了一会儿。周寿亭如此在意这幅画的真伪一定不会突然来惊扰自己的鉴定，顾鹤笙为自己争取到短暂的时间。他立刻转身打开窗户爬了出去，沿着屋檐来到套房里间的窗户外，刚取出藏在领夹内的细铁丝准备打开窗户时发现窗户并没有关闭。

顾鹤笙来不及多想闪身进屋，按照之前记下的密码打开保险柜，果然在公文包中找到潜伏名单。用微缩相机拍完照，准备关上保险柜离开时，顾鹤笙心里骤然一惊！

他把公文包放回原先摆放的位置，这个细节是避免周寿亭觉察有人动过公文包。可他突然意识到自己拿公文包时位置不对，在周寿亭离开房间到自己打开保险柜这段时间内已经有人移动过公文包！

顾鹤笙下意识看向窗户，心里咯噔一下，他计算时间，如果这个人原路返回应该会和自己碰上。顾鹤笙的目光在房间搜索一圈最后定格在衣橱上，手已经摸到腰后的枪柄。

与此同时在隔壁的会客厅，向周寿亭汇报工作的人在等他回话，而周寿亭正心神不宁地揉着头。

"周副局长。"沈杰韬见周寿亭半天没有反应。

周寿亭回过神："你们先坐一下。"

周寿亭突然想起刚才打开保险柜时忘了遮掩密码。倒不是不相信沈杰韬和顾鹤笙，只是这次带回潜伏名单的任务太重要，万一出了纰漏自己也担不起这个责任。

周寿亭取出钥匙打开里间的门。顾鹤笙听到开门声心里暗暗一惊，情急之下只能也躲入衣橱的另一个格，刚掩上柜门就听见走进来的脚步声。

周寿亭打开保险柜再一次查看公文包里的机密文件，确定没有闪失后更换了保险柜密码。离开时听到从窗户外传来的风声，周寿亭检查一番后关上窗户才关门离开。

很快屋外传来周寿亭呵斥秘书的声音："重新进行检查，每一扇窗户必须锁死！"

顾鹤笙在伸手不见五指的衣橱中举起枪口瞄准只有一板之隔的对面。始料未及的变故让顾鹤笙乱了方寸，一时间无法确定对面人的身份，但细想很快排除了是周寿亭安排的暗哨的可能。如果是敌人的话，在自己进入房间的那刻就应该发起突袭。此人和自己一样在躲避，说明也是冲着潜伏名单而来，那唯一的可能就是他是自己的战友。

想到这里顾鹤笙的心渐渐平静，但他不知道此刻秦景天也举着枪瞄准着自己。秦景天可以确定这个近在咫尺的人就是自己千方百计要找出的明月，自己只需要拉开衣橱的门就能见到这名对手。事实上就在顾鹤笙打开保险柜时秦景天就想过走出去，但戴笠暂停甄别明月的命令让秦景天最终选择了放弃。

顾鹤笙此刻的心情是激动的，战友就在自己旁边多希望能见上一面，可自己的使命还没完成。或许等到胜利的那一天自己会找到这位战友，然后一同回忆今晚的惊心动魄。

顾鹤笙从窗户离开，忽然发现一处之前忽视的细节。周寿亭处事谨慎仔细，他亲手关上了这里的窗户，无论是自己还是衣橱中的战友在离开时都没办法从外面还原。一旦周寿亭发现窗户开着，会立刻猜到有人进来过。等到军统发现潜伏名单泄露展开追查，今晚所有参加酒会的人都有嫌疑，这无疑会加剧自己暴露的风险。不能让军统意识到潜伏名单是在酒会上失窃的，自己必须得想办法还原这间密室。

顾鹤笙刚回到书房，周寿亭就迫不及待地推开房门："怎么样？"周寿亭一脸紧张地问道。

"笔精墨妙，水墨青绿兼工，着色妍丽典雅。"顾鹤笙沉着冷静地说，"恭喜周副局长得旷世墨宝。"

周寿亭一听双手合十，念着佛号长松一口气："你得瞧仔细了，真是刘松林真迹？"

"千真万确，刘松年的画作在技法上有一处不为人知的秘密，他画山水用的不是李唐斧劈皴技法而是改用小笔触的刮铁皴。"顾鹤笙信心十足地指着画卷,"这几处尤为明显,后世仿作大多都会在这上面露出马脚。"

周寿亭听完满心欢喜。

"这幅画价值连城,周副局长得好好保管。"顾鹤笙表情轻松,可心里却惦记着窗户的事。

"此次上海之行收获颇丰,竟得两幅稀世墨宝,我打算当我周家传家之宝留给后人。"

周寿亭一边说一边小心翼翼地收起画卷,然后打开里屋门准备放回保险柜。顾鹤笙一进门就看见衣橱门严丝合缝,想来是战友已经安全撤离。

"周副局长稍等。"顾鹤笙叫住周寿亭,"顾家有一个鉴宋画的不传之秘,鹤笙可以告诉周副局长。若日后再遇宋画不妨一试,依此法验真伪八九不离十。"

"哦,快教教我。"

顾鹤笙接过画卷,抢在周寿亭发现窗户没关之前挡住他视线,径直来到窗边,假装打开窗户。

"宋纸存世不多但做工复杂精湛,染色古法早已失传。真正的宋纸在灯火下看不出端倪,若在月下仔细辨识会发现纸层内有淡淡荧辉。"

顾鹤笙将画作高举在窗外,点点荧光若隐若现。周寿亭大喜过望完全没注意窗户。将画作锁进保险柜后,他依旧谨慎仔细地重新关上窗户,浑然不知这短短一瞬发生的改变。

3

楚惜瑶看着秦景天把酒沾染在耳后和手腕上,动作专注而娴熟。她突然感到后怕,自己永远不知道这个男人所表现出来的一切是真是假。

"我还不知道你在为谁执行任务。"楚惜瑶一脸认真地问。

秦景天点燃一支烟苦笑:"事实上现在我也不清楚。"

"那你总能告诉我你任务的目的是什么吧。"楚惜瑶一再坚持追问,"当然,你也可以像君怡说的那样随便编一个理由来搪塞我。"

秦景天沉默片刻:"我在找一个人。"

"找谁？"

"一个和我一样善于掩饰身份的人。"秦景天缓缓说道，"我甚至不知道这个人的性别。像幽灵一样，你触摸不到也看不到但偏偏就在身边。"

"你改名换姓不惜赌上性命要完成的任务就是为了找出一个潜伏者？"

"当一项任务下达后，执行者只需要带回结果，至于过程和方式没有人会在意。所以你不用加上那些前缀，因为任务只有两种结果，成功或失败。"

"你找到这个人了吗？"

秦景天解开衣领纽扣，再次牵起楚惜瑶的手，像热恋的情侣般走出休息室。

"很近了。"秦景天锐利的目光慢慢扫过酒会上谈笑风生的人群，"这个人就在这里。"

"在酒会上？"楚惜瑶也张望四周，"你认为谁最可疑？"

"这里的每一个人都有嫌疑。"

"如果你找到这名敌人，你会怎么处置？"

"敌人这个词太狭隘，我更愿意称其为对手。就如同在棋盘上博弈的双方，虽然最终会决出胜负但惊心动魄的过程更值得回味，所以我尊重每一名对手。"

楚惜瑶发现秦景天谈论到这种交锋时有一种透着兴奋的自信："你好像很热衷于这种较量？"

"没有人会热衷当一名间谍，支撑我走下去的是宣誓效忠的使命。"

"有真的吗？"

"你想问什么？"秦景天笑着问。

"你的名字是假的，身份也是假的，包括我们的关系以及你说的每一句话都是假的。"楚惜瑶一本正经地问道，"在你身上有我知道的真实吗？"

秦景天默不作声。

"我明白。"楚惜瑶神情失落地惨然一笑，"所有和你有关的真实你都不会告诉别人，因为除了你自己之外你自始至终都没相信过任何人，这其中也包括我。"

秦景天再吸一口烟，依旧一言不发。

"是不是在你眼中，我和包里的听诊器性质是一样的，都是你为了完成任务可以利用的工具？"楚惜瑶情绪有些失控，甩开秦景天牵自己的手，"我真的很佩服你，明明心如止水却能在别人面前装成与我情意绵绵，而我居然相信了。事实上你让所有人都相信了。你不该当间谍，其实演员更适合你。"

"农历四月初七。"

"什么？"

"我的生日。"秦景天诚恳强调，"我真正的生日。"

楚惜瑶无动于衷："你这是想弥补我吗？"

秦景天继续开诚布公："我最喜欢的颜色是蓝色，最爱听美国爵士乐，最欣赏的作家是王尔德。如果有机会我想再挑战一次从阿尔卑斯山北峰登顶。"

楚惜瑶先是一愣，然后皱眉问道："这些都是真的？"

秦景天点头："我们重新认识一下吧。"

楚惜瑶一脸鬼精："我穿红色晚礼服好看吗？"

"红色不适合你。"

"看来我们已经有了一个好的开端。"楚惜瑶喜欢现在的秦景天，因为他是真实的，"你愿意对我说实话？"

"除了我执行的任务。"

楚惜瑶想了想好奇问道："你想家吗？"

"想。"

"你家中还有谁？"

"真诚是相互的，我愿意对你坦诚你又何必拐弯抹角。"秦景天叼着烟，"你是想问我是否成家，答案是没有。"

楚惜瑶像被戳穿了谎言的孩子，尴尬地笑了笑："如果某天你在街上遇到自己家人，你该怎么办？"

"没有这个可能。"

"凡事没有绝对的，万一发生了呢？"

"我没有亲人，母亲和姐姐因为遭遇意外不幸身亡，这也是我被选中培养成间谍的原因之一。我没有牵挂和顾虑可以心无旁骛地执行任务。"

"对不起。"楚惜瑶一脸歉意，"你父亲呢？"

"抛妻弃子下落不明。我从来没有见过他，在我心里他已经死了。他没有资格成为一名父亲。如果有一天我还能遇到他……"

楚惜瑶第一次见到秦景天愤怒的样子，那被他重重掐灭的烟头就如同他口中憎恨的父亲。

"我们换一个话题。"楚惜瑶抿着嘴问，"你恋爱过吗？"

"没有。"

"那你有喜欢的人吗？"

这个问题让秦景天一时间不知道如何回答，目光下意识看向坐在角落独酌的叶君怡："没有。"

楚惜瑶显然对这个回答很失落，不过很快嫣然一笑："至少我还是有机会的。"

"我不会是一位好的伴侣，和我在一起会让对方感到紧张、没有安全感，相信你现在应该深有感触才对。"

"那是因为你现在在执行任务身不由己，我可以理解。但总有一天你会完成任务，你就没想过当一个普通人？"

"想过。"秦景天端起酒杯怅然若失道，"在我憧憬的未来里是不需要像我这样的间谍的，国家强盛，民众安居乐业，这也是我选择成为一名间谍的初衷。"

"不当间谍你打算做什么？"楚惜瑶好奇问道。

"做面包。"

"啊？！"

"我想开一家面包店，当一名糕点师。除了当间谍之外我最拿手的就是做面包,从选料到烘焙都亲力亲为,争取让更多人品尝到素有'面包之王'美誉的正宗德式面包。"

楚惜瑶喜欢秦景天现在的样子,敞开心扉的他虽然失去了神秘感却有另一种迷人的魅力。

"我会是你忠实的顾客。"楚惜瑶也希望这一天早些到来。

"聊什么呢?这么开心!"顾鹤笙和叶君怡走了过来。

"惜瑶问我打算什么时候去见他父亲。"秦景天回答时目光正看向叶君怡,"上次扣了楚老板的货我怕是要赴一次鸿门宴,所以打算戴着勋章去,希望能平平安安回来。"

"这么快就要见长辈了啊?"顾鹤笙开着玩笑问,"是不是你和惜瑶好事将近啊?"

秦景天在一瞬间如此自然而娴熟的转变让楚惜瑶感觉他前后完全是两个不同的人。

"我想君怡刚才说的话是对的,和一名间谍在一起太累,我还是比较喜欢和一个普通人相处。"楚惜瑶意味深长地说。

秦景天笑而不语,顾鹤笙还想说什么,只见沈杰韬用叉子敲响酒杯宣布授勋嘉奖仪式开始。周寿亭在宣读完嘉奖令后邀请秦景天上台,被授予勋章的秦景天向台下敬礼致谢。

秦景天注视着台下鼓掌的人群,明月就在他们中间。明月的掌声是送给自己的,他刚刚截获了一份重要情报,现在应该迫不及待想要离开这里。这份潜伏名单在今晚就会被传递出去。

仪式结束后不停有人前来敬酒祝贺,秦景天都不卑不亢一一感谢。

"恭喜你,刚入职半年就能获得云麾勋章。"秋佳宁举着酒杯诚恳祝贺。

"真正有资格佩戴这枚勋章的人现在长眠在六尺之下。"

"给你一点建议。"秋佳宁好心提醒,"如果我是你不会在今晚说不合时宜的言论。"

"我刚好也有给你的建议。"

"洗耳恭听。"

"你现在该离开酒会赶到侦听站，你一直想见的那位朋友很快就会出现了。"

秋佳宁一惊："你怎么知道？"

"你应该相信一个运气很好的人。"秦景天神色笃定。

秋佳宁思索片刻，随即放下酒杯离开了酒会。秦景天作为今晚的主角，在送走最后一名客人后才开车送楚惜瑶回家。

车停在楚府大门口时，楚惜瑶一脸认真地问："我今天表现得怎么样？"

"很优秀。"

"那我是不是该得到奖励？"

秦景天想了想摘下勋章戴在楚惜瑶胸前："鉴于你在本次任务中杰出的表现特授予云麾勋章，敬礼！"

看到秦景天郑重其事地为自己敬礼，楚惜瑶扑哧一下笑出声："你还真够大方的，多少人梦寐以求的勋章你说送就送了。不过这不是我想要的。"

"你想要什么，只要我能做到一定答应。"

"我要成为你面包店的终身免费顾客。"

"好啊。"

秦景天笑着目送楚惜瑶回家，在大门关上的那刻笑容消失在他脸上。那一天要等多久才会到来他根本没去想过，或许自己永远也等不到。

车停在黄浦江边，入夜后的江风格外清冷，几艘晚归的小船在江面荡起条条白浪。矗立在岸边的男人宛若一棵苍劲的古松，背负双手远眺静思。

秦景天走到男人身边："局座。"

第四十二章　第四个鱼钩

秦景天从身上拿出微缩胶卷。按照戴笠的暗示，这份承载鸢尾花计划潜伏名单的情报应该由自己传递给上海地下党，但秦景天深知这份名单的分量和价值，权衡再三还是决定最后向戴笠确认。

"前后耗时一年有余，该计划投入的人力和财力之大足以位列军统历年重大行动前十，而你只用了一个晚上就截获了名单。"戴笠满眼欣赏地看向秦景天，"你一如既往没有让我失望，这就是你作为王牌的价值。"

"我下一步该怎么做，请局座指示。"秦景天想得到戴笠的明确答复。

"听贺秉文说你对这次授勋嘉奖颇有微词？"戴笠跳过了这个话题。

"局座这样安排定有深意。"

"你认为我的做法有失公允或者说你替陈乔礼慷慨赴死感到不值。"戴笠一针见血说出秦景天隐忍不发的心里话，"就我个人而言我是敬重陈乔礼的，党国能多几个像他这样的人也不至于发展到如今举步维艰的局面。但问题的关键是陈乔礼此举的初衷是什么？"

"我让他自己选择，陈乔礼在能保命的情况下最终决定向党国证明自己的忠诚。"

"尽忠的方式有很多种，陈乔礼选择了最直接也是最有效的一种。问题不在他身上而在于你，你应该反问自己是否对得起他为你做出的牺牲。"

"我不太明白。"

"军统上海站接二连三出现事故，先是曹达中饱私囊差点引发日军战俘哗变，后有资金和军火失窃。表面上看这些都不是什么大事，但关系到军统就会被别有用心的人无限放大。这些敌视军统的人会借机大做文章，目的就是为了扳倒军统这棵大树。事实上军统的根基已经开始动摇。我知道你对政治并不关心，可你不在南京不知道内部相争的险恶。陈乔礼的死被我用来平息事端堵住这些人的嘴。"戴笠感叹一声喃喃自语，"自古忠臣又有几人能得善终。"

"扳倒军统对党国有百害而无一利，这些人为什么要这么做？"

"党国利益？"戴笠冷笑一声，"你太瞧得起这些碌碌无为的官僚之辈了，他们眼中只有自己的利益何来党国荣辱。军统的重要性对于党国不言而喻，但树大招风难免会妨碍到某些人的权益，明着他们不敢和军统硬碰只能背地里干些下作的勾当。"

秦景天听出戴笠言外之意："局座是打算肃清这些背后作梗之人？"

"已经开始了。"戴笠的表情晦涩难明，"就在今晚，肃清行动顺利完成。"

"谁负责执行？"

"你。"

秦景天愣住，一头雾水地问道："目标是谁？"

"周寿亭。"

秦景天疑惑不解："临来见您之前周副局长刚给我授勋，他，他……"

"你想说他还活着？"戴笠露出诡诈的淡笑。

秦景天点头。

"南京有人想裁撤重组军统，说到底就是想把我给撤了。周寿亭吃里爬外和这些人狼狈为奸，鸢尾花计划刚收尾他就跳出来争功，他的算盘怎么打我心里清楚。他在军统是老资历了，如果再有鸢尾花计划的功劳无论是在党内还是军统腰杆都会硬很多。既然他想接管鸢尾花计划，我就成全他。"

秦景天再次看向手中的微缩胶卷，忽然明白了一切。

"我一生最痛恨的就是叛徒。"戴笠继续道，"在他回南京前将名单传递出去，周寿亭会因为此事前途尽毁，他的政治生命在今晚已经结束了。"

"名单上的这些人一旦让共党获悉会相继被抓捕。"秦景天叹息一声，"就为惩戒周寿亭白白放弃这么多人？"

"你以为我在公报私仇？"戴笠直视秦景天，"你认为我和党国中那些一心贪图权贵的人一样？"

秦景天没有回答。

"你可知道我没有入党？"

"您是黄埔毕业又是少将军衔，怎，怎会没有入党？"

"我不光没有加入国民党，民国二十七年委员长准备提拔我为中央委员，我以不是党员婉拒。我在党国没有任何职务。军统局到现在都是没有政府编制的临时机构，从法理上来说我只是一个平民，想知道为什么吗？"

"请局座示下。"

"党内关系错综复杂，如果入党势必会卷入党内纷争，和各大派系产生交集，到那时军统将不再是一个纯粹的情报机构。军统是党国的盾牌，而我是领袖的佩剑，在这一点上我和陈乔礼是一样的，我们忠于的不是党国而是使命。"戴笠神色坚毅地说道，"我要的是军统所有同仁像陈乔礼一样共御外敌，唯一不同的是，我们的敌人从日本人变成现在的共党。"

"既然是这样，那甄别明月远比肃清周寿亭更重要。"秦景天据理力争。

"你今晚是不是遇到明月了？"

"和您预计的一样，明月几乎和我同时截获了名单。我和明月近在咫尺，如果不是您暂停甄别的命令，我在今晚就能确定明月的身份。"

"你现在一定很疑惑为什么我会放弃这个千载难逢的机会吧？"

"这份潜伏名单是诱饵，可现在的问题是鱼饵被吃掉鱼却跑了。"秦景天神情严肃，"局座不认为这是一次失败的行动吗？"

"我和你的看法刚好相反，你和明月在今晚帮我成功实施了鸢尾花计划。"

"我和明月？"

"这份鱼饵上隐藏了四个鱼钩，第一个你已经知晓，我钓到了周寿亭，名单从他手中失窃他会因此受审入狱。第二个你也应该能想到，这份潜伏名单的价值不言而喻,你帮共党获取如此重要的情报更能让你得到他们的信任,为你以后更深地渗透创造了有利条件。"

"我想不到另外两个。"

"明月执行的是战略潜伏,此人只会在关键时刻被起用,所以凡是明月截获的情报一定是极其重要的。而你如果从不同渠道传递出去的名单刚好能印证明月情报的真实可靠,共党的情报机构就更加相信这份潜伏名单的真实性。"戴笠老谋深算道,"我需要明月截获这份情报,所以才让你暂停对明月的甄别,只有在明月身份没有暴露的情况下所获取的情报才不会被质疑。"

秦景天的眉头微微一皱:"名单是假的?!"

"这就是鱼饵上第四个鱼钩。"戴笠眺望江面声音沉稳道,"钓鱼之道最重要的是舍得,你投入的鱼饵越多钓到大鱼的机会也就越大。千万不要低估我们的对手,共党能发展到今天自然有他们的过人之处。我们和共党情报结构打了这么多年交道,占过便宜也吃过亏,彼此都已经知根知底。你见过假的鱼饵能钓上鱼吗? 只有真的情报才会诱使对手蠢蠢欲动。"

秦景天越听越迷惑:"这么说,明月截获的名单是真的?"

"要保全一滴水最好的办法是将其汇入江河中。鸢尾花计划三批受训人员名单是真的,这些人接受的训练是真的,他们执行的任务也是真的。"戴笠意味深长道,"所有的一切都是真的,但这些人被选中的时候没人告诉他们存在的真正意义。"

"是什么?"

"暴露。"戴笠不假思索回答,"他们接受的训练是如何潜伏不被发现,他们潜伏得越隐蔽,暴露时的价值也就越大。"

"耗费庞大的人力和财力实施的计划就是为了让这些人暴露?"

"为了红鸠。"

"我?!"秦景天不解。

戴笠沉默片刻:"红鸠这个代号是我为你设定的,你知道这个代号的含义吗?"

"红鸠不会筑巢,只会占用其他鸟类的巢穴,亦如我现在占有别人的身份。"

"你只说对了一半。"

"还有其他的?"

"红鸠是群居鸟类,常结成数十以至数百只的大群,相互协作繁衍生息。"戴笠看向秦景天缓缓说道,"红鸠不是一只而是一群!"

秦景天细细琢磨后骤然一惊:"还有和我一样的人!"

"在你被送往德国受训的同时,还有另一批经过层层筛选的人员被秘密送到各国情报机构培训。这批人没有档案也没有记录,他们和你一样是军统的精锐。这批人即便在对日作战的时候我都没有启用过,就是为了留在关键的时刻让他们发挥作用。"

秦景天恍然大悟:"他们才是真正执行鸢尾花计划的潜伏者!"

"鸢尾花计划分为 A、B 两部分,A 计划就是你和明月截获的名单,他们存在的意义是掩护 B 计划的顺利实施。共党的情报机构会根据名单清除隐患从而忽视这批真正的潜伏者,我为他们的潜伏任务扫清了一切障碍。"戴笠对秦景天和盘托出,"国共之战若是党国胜利,这批人将有奇兵之效,但如果党国败北,那么他们将是我们东山再起最后的筹码。"

第四十三章　自投罗网

星期五，下午2∶00。

顾鹤笙将干瘪的烟盒扔到垃圾桶准备去找秦景天要支烟来抽，刚到走廊就看见秦景天关门出来。

"要出去？"

"惜瑶规定我得按时去医院复查，其实我觉得完全没这个必要。"今天是秦景天和叶君怡约定接头的日子。

"这你就不懂了，这叫醉翁之意不在酒，惜瑶是借故想见你。女人就喜欢耍小聪明。"顾鹤笙伸出手，"有烟吗？"

"听说你从今天开始休假？"秦景天掏出烟递过去。

"站长大发慈悲准了我三天假，君怡约了我明天去杭州游西湖。我也不知道一个破西湖有什么好游玩的，不过她都提出来我怎么也不能拒绝。"顾鹤笙点燃烟漫不经心地问，"今晚你有空吗？"

"有事？"

"陪我去听戏。"

秦景天眼中闪过一丝异样："去哪儿听？"

"永麟班。"顾鹤笙拿出两张戏票，"我托人搞到的西侧头等位，洛老板压轴曲目《贵妃醉酒》。我一个人听太无聊，你要有空咱凑个伴儿。"

秦景天的直觉告诉自己秋佳宁追踪的那部神秘电台的位置就在永麟班，而且它极有可能是明月用于传递情报的途径。如果这个直觉是对的，那么秦景天首先怀疑的人正是洛离音。

而顾鹤笙一直都在自己圈定的十三人名单之中，如果证实女共党发报员是洛离音也就变相证明顾鹤笙就是明月。眼前这两张戏票让秦景天看到了验证猜测的可能。

如果顾鹤笙是明月，那他就是昨晚潜入周寿亭住所窃取名单的人，他一定会想方设法将这份价值重大的情报尽快传递出去。秋佳宁已经将侦听范围缩到最小，只要启用电台很快就会被锁定，到那时自己就能确定顾鹤笙的身份。

"发什么愣呢？知道搞这两张票多不容易吗？我也是看你在医院憋坏了想带你去找个乐子。"

秦景天笑着伸手接过戏票："你这才是醉翁之意不在酒，你是想看贵妃还是想看洛老板？"

"你是我知己，洛老板是我红颜，人生苦短还有什么比红颜在怀知己在旁更惬意？"顾鹤笙吐了一口烟雾，"你到底去不去？"

"去，一定去。刚来上海第一天就听你提洛老板，我也想有幸见识一下能让你心猿意马的红颜风采。"秦景天点头问，"几点？"

"晚上8点。"

"好，咱们永麟班门口不见不散。"

看着秦景天消失在楼梯口的背影，顾鹤笙目光深邃地吸完最后一口烟。今晚必须让洛离音把截获的情报向上级汇报，自己需要一个时间证人，而秦景天就是最好的人选。

星期五，下午7：00。

永麟班的演出还没开始门口已是车水马龙。班主看见西装革履的顾鹤笙连忙快步迎上去："顾处长今儿又来捧洛老板的场？"

顾鹤笙见到后台门口堆满的花篮自嘲道："哟，都送了这么多，我就带一个花篮是不是礼太轻了啊？"

"瞧您这话说的，您能来就是天大的面子。"班主从来不敢怠慢了军统的人，"洛老板正在上妆，您先自个儿进去和洛老板叙叙，我派人给您沏上一壶好茶。"说罢班主撩起幕帘，顾鹤笙也不客套径直去了化妆室。

洛离音正在描眉，见顾鹤笙进来风情万种地起身相迎，对班主笑言道："挂上谢客牌，来送花篮的有劳班主代离音谢礼，演出结束后我再

——答谢。"

等班主关门离去，顾鹤笙走到窗边微微撩起窗帘观察四周："最近这附近有没有可疑的人出现？"

"应该没有，闲暇无事我都会在四周逛逛，没看见有什么生面孔。"洛离音走到门口，确定外面没人才低声问，"有什么情况吗？"

"秋佳宁最近举动反常，我推测沈杰韬授权了她一项秘密任务，她连我都没有告诉。电讯处三台侦听车已经很久没回站里，我怀疑秋佳宁在追踪某部电台的位置。"顾鹤笙担心道，"秋佳宁是电讯高手，能让她亲自参与的任务一定非同小可。"

"你怀疑她侦听到我们电台的位置？"

"你和她是老熟人了，抗战时期打过不少交道，你对她的能力应该很了解。秋佳宁曾多次向我提到过你，看得出她对你很感兴趣。加之你上次说这附近出现过区域停电，我担心你的电台信号是不是已经被她锁定。"

洛离音比顾鹤笙更焦急："上级指示你截获鸢尾花计划的潜伏名单，任务有进展了吗？"

顾鹤笙从花篮中拿出一卷纸条："昨天晚上从周寿亭保险柜中截获。"

洛离音一听满脸笑意："太好了，戏院8点开场，我会借助演出声掩护准时将情报发送出去。"

"我建议暂时中止与上级的联络，等找到新的发报地点后再启用电台。"

洛离音却态度坚决道："敌人的渗透每天都在深入，如果不及时将特务清除，造成的破坏将更大。潜伏名单必须立即传递给中社部。"

"万一秋佳宁追踪的就是你的电台呢？我怕你会因此而暴露。"

"就算秋佳宁找的是我，她在截获电台信号后需要实施定位。这么大的范围她想精准锁定一部电台至少需要十分钟，我有把握在敌人确定位置之前关闭电台。"洛离音胸有成竹地向顾鹤笙解释，"她想要一击必中找到我唯一的办法就是将侦听范围缩小到三百米之内。如果是这样，只要我的电台信号出现，三台侦听车会立即完成精确的三角定位。可是秋佳宁真能做到这一步,我恐怕早就被她找到了。"

顾鹤笙权衡再三决定信任洛离音的判断:"我需要一个时间证人所以约了秦景天,等演出结束后我会带他来见你。"

"我也想见见这位能成为你朋友的敌人。"

星期五,晚上7:45。

顾鹤笙在戏院门口买了一包烟,一边等秦景天一边环顾四周。前来听戏的人陆陆续续进场。顾鹤笙刚把烟放在嘴角身后就有人拍自己肩膀。转过身时顾鹤笙嘴角的烟差点掉落:"佳宁?你,你怎么会在这里?"

"我刚想问你呢?"秋佳宁一身便装,手里拿着刚剥开的烤红薯。

"我约了景天来听戏。"

"你们倒是悠闲,我听了他的馊主意在这里耗了快一个星期,他居然还有心情和你来听戏。"秋佳宁抱怨道。

"景天让你来这里干吗?"

"我遇到老朋友了,就是之前和咱们交换过情报的那个女共党发报员,我亲自带了一个侦听组在追踪她。景天建议我把侦听范围锁定在永麟班周围五十米。我在这附近安排了三台侦听车,只要她的电台信号一出现我就能找到她。"

"景天给你的建议?"

"我怀疑的区域有三处,通过断电检测排除一处,剩下两处中景天让我重点侦听永麟班,他好像很有把握。"

顾鹤笙点燃烟,深吸一口,努力让自己镇定,自己一时大意犯下致命错误。秋佳宁第一次发现洛离音的电台的时间正是自己带着刚到上海的秦景天去见洛离音的时候。顾鹤笙意识到秦景天今晚来并不是为了听戏,他是想亲自验证自己的猜测。

"你不是说这是秘密任务吗,怎么能告诉我呢?"顾鹤笙故作轻松,"我就当你什么也没说,你侦听你的电台我去听我的戏。"

此刻,顾鹤笙脑子里只有一个念头,必须在洛离音启用电台之前向她发出警示。但他刚要转身，手却被秋佳宁一把拽住。

"你既然已经知道了就得参与行动，这是军统的规矩。根据目前掌握的线索，我们这位朋友会在8点到10点间利用噪音掩饰发报声音。戏院马上就要鸣锣开演。"秋佳宁充满期待地说，"指不定今晚会有一出自投罗网的好戏呢。"

顾鹤笙低头看向手表——7：58。

星期五，下午4：46。

"你迟到了。"叶君怡在联络站坐立不安，见到秦景天才松口气。

"在医院耽误了些时间。"秦景天拿出微缩胶卷，"转告上级立即将情报传递出去。"

"我现在就去。"

"等等。"秦景天一把拉住叶君怡，因为太用力牵扯到伤口，嘴角微微抽搐露出一丝痛苦的表情。他不知道这会不会是自己最后一次和她见面。

"你伤势好些了吗？"叶君怡关切地问。

"不碍事。"秦景天点燃烟，面对叶君怡自己心情很复杂。如果顾鹤笙被确定就是明月，自己在上海的任务将结束，紧接着军统将对自己掌握的地下党成员进行抓捕。秦景天在心里盘算着如何保护她："你有没有想过万一自己暴露了怎么办？"

"我有这个。"叶君怡翻起衣领。

秦景天伸手摸到药片的轮廓："氰化钾？"

"我没有坚强到能熬过敌人的刑讯，但我随时做好牺牲的准备。"

秦景天蠕动喉结，突然有一种莫名的心痛。直到现在秦景天都认为她不是一名合格的间谍，但她所表现出来的无畏和忠贞让秦景天很意外："为什么会选择现在捍卫的信仰？"

"你今天有些奇怪？"叶君怡笑了笑。

"认识这么久还没和你聊过天。"

"这是一个很严肃的话题，关于我的信仰从萌芽到坚定经历过很多事，如果要聊这个话题恐怕需要些时间。"

"那我们换一个话题。"秦景天弹着烟灰，"抛开信仰，你的理想是什么？"

"当一名音乐家。我在英国专修的就是声乐，我想将来我会站在属于自己的专场演唱会上。"

"我刚到上海的第一天听过你唱歌，你的声线很优美。"

叶君怡用诧异的目光看向他："你是在称赞我？"

"我记得那天酒会上有很多人，但我第一眼就记住了你。聚光灯下你是那样美艳绝伦，以至于你说出接头暗号时令我很震惊。当时我就在想，像你这样完美的女人怎么会是一名共产党呢？"

"你今天怎么了？"

"想和你谈谈心。"

"你现在的样子让我感到好陌生。"叶君怡笑着问，"是什么让你突然改变这么大？"

"之前和现在的我，你更愿意面对哪一个？"

"当然是现在的你。"叶君怡不假思索地回答，"你以前给我的感觉像一台冷冰冰的机器，你能精密地运转但毫无情感。现在的你更加真实，如果可以我希望你能在以后保持现在的状态。"

秦景天看了一眼手表，忽然发现自己很珍惜和叶君怡最后相处的时光。

"如果，我是说如果有一天你和我之间出现分歧，演变到不可调和的地步时，我希望你能明白我不是在针对你。如若我做的事伤害到你，我以个人的名义向你道歉。"

叶君怡听不懂秦景天到底想表达什么："是不是出了什么事？"

"没有。"秦景天故作轻松道，"在某些事上我可能忽略了你的感受，但那不是我的本意。在昨晚的酒会上我知道你所说不肯敞开心扉的人指的是我，不如这样吧，你有什么想问的我今天都告诉你。"

"真的？"叶君怡喜笑颜开。

秦景天点头。

叶君怡饶有兴致地问了很多问题，秦景天都一一作答。这一次他没有在叶君怡面前掩饰,他希望在自己离开前能在她面前坦诚一次。

时间过得很快,秦景天再一次看表后打算结束话题。叶君怡意却犹未尽,拉着秦景天想多聊一会儿。

"鹤笙约了我,再不走要迟到了。"

"你去见顾鹤笙?"叶君怡大吃一惊拦在门口,"你不能去!"

"今天这个约会对我很重要,我必须赴约。"

"顾鹤笙在调查你,他很有可能已经发现了你的身份。"

"如果是这样我现在应该在审讯室。"

"也许他在试探你,总之他这个人太危险你不能去见他。"

"我们的工作本身就充满危险,不能因为这样就畏步不前。这句话好像还是你教我的。"

叶君怡用后背抵在门口:"请你相信我,等明天我会向你解释。"

"明天? 你明天不是约了顾鹤笙去杭州?"秦景天眉头一皱,叶君怡极力阻止自己和顾鹤笙见面,说明她有事瞒着自己,"为什么不让我见顾鹤笙?"

"为了确保你的安全我向组织申请除掉顾鹤笙,组织已经同意了我的建议。"

"除掉顾鹤笙?!"秦景天顿时一惊。

对顾鹤笙的怀疑仅仅是自己的直觉,潜意识里秦景天宁愿自己是错的。顾鹤笙明明在调查中发现了疑点,但他并没有上报,说明他在念及和自己的友情。如果顾鹤笙不是明月,他将是一位难得能与自己推心置腹的朋友;如果是,明月身上有太多重要情报可以挖掘,无论最终结果是什么顾鹤笙都不能死。

"什么时候执行?"

"今晚8点。"

"立刻终止行动!"

"来不及了,组织已经派出其他同志实施清除行动,我不知道执行任务的同志是谁,根本无法联络。"

秦景天一把将叶君怡拉开夺门而出,冲到车上时看向手表——7:43。

第四十四章　生死与共

在一处民宅的后院，顾鹤笙见到侦听车。关上门，院墙刚好遮挡住车身，而民宅距离永麟班不到三十米。秋佳宁说另外两辆车也是用同样的方式藏匿。三辆车呈"品"字形分布，对永麟班进行无死角监听。在这个范围内别说是一部大功率电台就是谁打开收音机也能精准定位。

"今天再没结果我就打算撤了。"秋佳宁把烤红薯递给顾鹤笙，"苦了侦听组的同事，这些天连一顿像样的饭都没吃上。"

"糟糕，我忘买火柴了。"跟秋佳宁来这里的路上顾鹤笙故意扔掉火柴，想借机通知洛离音。

"我这儿有。"秋佳宁拿出火柴为顾鹤笙点燃烟，"听说站长放你三天假。"

"君怡约了我去杭州。"顾鹤笙吸了一口烟，余光瞟向手表，马上就到8点，这个时候洛离音应该在为发报做最后的准备。

"你倒是挺会享受的。"

"追踪电台也不是一时半会儿能完成的，你都蹲守了这么久指不定判断错了地点。瞧你最近都憔悴了好多，要不我带你去吃顿好的，叫上侦听组的弟兄一起，辛苦了这么久总得好好犒劳犒劳。"顾鹤笙争分夺秒尝试说服秋佳宁撤离。

"好啊。"秋佳宁一听满心欢喜，"过了今晚10点，我带上侦听组的同事好好宰你一顿，你不是说约了景天吗，他人呢？"

"你不说我还忘了他。"顾鹤笙抓住机会就往外走，"我去门口迎他。"

出了民房，顾鹤笙一路小跑，刚到戏院门口就听见开场的鸣锣声，看来已经来不及靠点曲发出警示，只有直接找到洛离音阻止发报，可门口被入场的人挤得水泄不通。就在顾鹤笙拼命往里挤时浑然不知旁边卖瓜子的小贩、叫卖香烟的年轻人和一位穿长衫的路人正慢慢向他逼近。

小贩从瓜子中摸出手枪向顾鹤笙后背抬起枪口，另外两个人也各自掏枪从不同角度对准。

轮胎摩擦路面发出刺耳的声音，所有人本能地循声望去。一辆轿车冲着戏院门口疾驰而来，眼看就要撞上人却完全没有刹车的意思。看戏的人被惊吓到，向四周躲闪。突如其来的变故让准备伏击顾鹤笙的人找不到开枪的间隙。

轿车一个漂移稳稳停在顾鹤笙面前。下车、掏枪、瞄准，动作连贯没有丝毫拖泥带水，黑洞洞的枪口就对准自己，顾鹤笙刚要开口秦景天就扣动了扳机。

枪声响起的刹那，人群中发出惊慌失措的尖叫，紧接着向四周逃离。顾鹤笙定下神才看见不远处被秦景天击中肩膀倒地的小贩以及掉落的手枪。另外两个人被突然开枪的秦景天怔住，反应过来后立马对顾鹤笙开枪射击。秦景天眼疾手快一把将其拉到车后。

子弹击中车体时清脆的撞击声和轮胎被击破的漏气声交织在一起。秦景天探头开枪还击，以他的枪法解决这几个伏击者完全不在话下，可现在的身份让他不能这样做，只能是火力压制。

"对不起，来晚了。"秦景天一边换弹夹一边对还没回过神的顾鹤笙道歉。

"总比不来的好，不过今晚的好戏是没有了。"顾鹤笙处变不惊，看情势自己又一次被不知情的同志伏击，没想到秦景天会及时赶到救了自己。最让顾鹤笙高兴的是秦景天开枪会让洛离音警觉，这无形中帮自己解了眼前的危局。

"加上倒地的暂时知道有三名枪手。"秦景天砸碎倒车镜观察伏击者位置，"外面逃命的人群太多，我怕开枪会误伤到路人。"

顾鹤笙从车尾探出头，一阵密集的枪声将他逼回来："六个，有两个人已经在向我们右侧移动。这里位置不好再不转移我们会被当靶子打。"

"看见街对面的二层商铺吗？"

"看见了。"

"那里是一处很好的掩体，我先跑过去右边的人交给我，你帮我压制身后的人。"

"我过去。"顾鹤笙拉住秦景天。他们心里都很清楚在现在的处境下要穿过毫无掩体的街道危险有多大，谁先出去谁就会成为对方集中火力攻击的目标。

"我数到三你开枪，等我到二楼高点后你立刻撤离。"顾鹤笙急道。

秦景天没有表态只是快速拧开轿车的加油盖。

"准备好了吗？"

秦景天点头。

"一……"

顾鹤笙刚出声秦景天就如离弦之箭向街对面冲去。顾鹤笙一怔，冲着他背影骂了一句连忙起身开枪。顾鹤笙同样不能击伤自己的同志，好在他枪法精准让对面的人根本不敢抬头。一梭子弹打完秦景天刚好安全冲进商铺，在二楼继续开枪压制。

顾鹤笙看准时机向商铺转移，刚到马路中间，秦景天毫不迟疑一枪击中之前打开的油箱。爆炸的轿车腾起火焰阻挡了对面枪手的视线。紧接着秦景天枪口移向马路右侧，将移动到右边的两个人死死压制得不敢探头。

顾鹤笙上到二楼掩身在楼梯拐角，一边喘息一边笑道："你枪法挺不错。"

"你也不赖就是反应慢了些，要是刚才让你先过马路我估计你会倒在马路上。"秦景天换好弹夹和顾鹤笙左右守住楼梯，"不是六个，听枪声伏击你的人至少在八个以上。他们一击不中却没有撤退，看来今晚共党是存心打算要你的命。"

楼上一片漆黑，顾鹤笙和秦景天相互都看不清对方的表情，但心里都有一丝波动。刚才惊心动魄的战术转移两人配合得竟如此默契，只要其中一人出现偏差他们都必死无疑。

顾鹤笙忽然发现自己有些看不懂秦景天。他暗地让秋佳宁侦听永麟班说明他在怀疑自己，可偏偏在自己身陷危情时又是他奋不顾身救自己。

楼下的脚步声渐渐逼近，因为占据有利地势加之没有光亮，下面的人几次冲袭都被秦景天和顾鹤笙阻击回去。秦景天因为刚才的剧烈冲刺导致伤口撕裂，剧痛让他握枪的手不停抖动。

"你还有多少备弹？"秦景天问。

"我还剩最后一个弹夹。"

"弹夹给我留下你从后窗走，这里交给我。"

顾鹤笙突然一愣，秦景天的话像一道电流击中自己，思绪回到多年前的那个晚上。同样的处境，同样的二层小楼，也是像现在一样漆黑，红鸠找到自己时也说过同样的话。

"你走，这里交给我！"

……

多年前那一幕好像在今晚重新上演。顾鹤笙呆滞地看向对面的秦景天，同样也是无法看清对方的脸，他努力回想着红鸠的声音。相隔太久，那声音在自己记忆中变得模糊不清，可秦景天说出这句话时仿佛瞬间将自己拉回到那一晚。

顾鹤笙走神导致他防守的方位出现空隙，子弹擦着他胳臂飞过，灼伤的痛楚让顾鹤笙清醒。

秦景天开枪将逼近的人重新压制回去："你发什么呆？"

"你刚才让我想起一位朋友。"

"现在？"秦景天觉得顾鹤笙不可理喻，"楼下有八个人等着要你的命，你还有心思想你朋友？你这个朋友比你命还重要？"

"事实上我的确把命交给了他。"

"看来你交友不慎，你现在危在旦夕也不见你朋友来救你。"秦景天有些好奇，"你朋友叫什么？"

顾鹤笙无奈苦笑："我连他面都没见过又怎么会知道他名字。"

"你交友的方式倒是挺特别。"

秦景天上好最后一个弹夹准备最后一搏时，楼下传来仓促交火的枪声。根据枪声方向推断他们遭遇了其他人的攻击。在一阵密集的枪声后楼下的脚步声渐渐消失，片刻后又有人进来，从楼梯口传来喊声："鹤笙！"

两人听见秋佳宁的声音顿时松了一口气，走下来时看见赶来的侦听组已经控制了局面。

"抓到伏击者了吗？"顾鹤笙问。

"他们没有恋战，看见我们赶到就立即转移。我担心你和景天安危就没有派人追捕。"

听到没有同志伤亡顾鹤笙彻底放下心。

"报告，侦听车捕捉到电台信号。"一名侦听员急匆匆前来报告。

顾鹤笙和秦景天同时紧张起来，秋佳宁急切追问："是之前追踪的那部电台吗？"

"是的，发报频率和手法完全一致。"

"电台位置锁定了吗？"

"电台信号很微弱，推测至少在一公里之外。发报时间很短，在确定位置前就中断。"

"又让她溜走了。"秋佳宁闭目长叹一声，白了秦景天一眼，"早知道就不该听你的，目标人物并没有藏匿在永麟班。"

秦景天自嘲道："可能是我的好运用完了。"

对于这样的结果秦景天甚至有些高兴，至少证明自己的猜测是错误的，那么可以暂时排除顾鹤笙的嫌疑。

秦景天送顾鹤笙去医院。庆幸子弹没有伤到筋骨，除了失血过多之外并无大碍。

"让景天先陪着你，我还要赶回去处理电台的事。"秋佳宁见顾鹤笙伤势不严重才放下心。

"找到电台位置了？"秦景天随口一问。

"侦听范围是错的而且偏差很大。侦听组在截获信号后对目标区域进行了地毯式搜查，最后在距离永麟班大约一公里外的一家舞厅后面的居民楼发现电台。可惜没抓捕到发报人员，但此人撤离时太匆忙来不及带走电台。"

"是你要找的那位朋友吗？"顾鹤笙也问了一句。

"我听了发报录音可以肯定就是她。"

"人都跑了你还有什么好查的？"秦景天不解。

"侦听组在发报器上提取到指纹，至少我距离她又近了一步。我让人封锁了该区域，对所有人员进行指纹采样。如果她还没及时撤走的话，兴许我能找到她。"秋佳宁揉了揉后颈，"看来今晚我是别想休息了。"

秦景天把秋佳宁送到病房门口就遇到赶来的叶君怡，她神情焦灼地快步走到病床前："听戏怎么会搞出这么大的事？那些开枪袭击你的人抓到了吗？"

顾鹤笙诧异："你怎么来了？"

"景天打电话给我的。"

"你还嫌不够乱。"顾鹤笙白了秦景天一眼。

"你和叶小姐约好明天出行，我只是告诉她你有事不能赴约，她再三追问我实在没办法就告诉她了。"

顾鹤笙安慰叶君怡："皮肉伤而已没什么大碍，只是不能陪你去杭州了。"

"你都这样了还去什么杭州。"

"还好今晚有景天挺身相救，不然我怕就见不到你了。"

叶君怡转头看向秦景天，语气深邃道："谢谢。"

秦景天也郑重道："叶小姐以后也得多留心，你和鹤笙走得近我担心你会受牵连，最近没事就留在家里免得惹出事端。"

"景天说得没错，这些人伏击我也不是第一次了，最近咱们还是减少见面次数为好。"顾鹤笙劝道。

"我已经通知行动处对医院戒严，防止不法分子突袭医院。我会留在这里陪鹤笙，叶小姐大可放心。"

叶君怡心里明白秦景天是在暗示自己，他已经在周围布置警戒，如果还有后续的清除行动必须立即中止。

"景天，我还是不放心其他人，还得麻烦你亲自送君怡回家。"

"你先休息，我送完叶小姐就回来。"

秦景天带着叶君怡下楼上车，回去的路上秦景天面色阴沉："你今晚就联系上级，从现在开始中止所有对顾鹤笙的清除行动。"

"为什么你要救一名敌人？"叶君怡冷声问。

"你首先要回答我，你向上级申请这次清除行动目的是什么？"

"他在调查你！我在他办公室看到顾鹤笙罗列的疑点，如果让他继续追查下去，他早晚会识破你的身份。我这么做是为了保护你。"

"可能是我没问清楚，我再问一次，清除顾鹤笙是你出于对组织安全的考虑还是对我个人安危的考虑？"

"都有。"

秦景天双目如刀从后视镜看向叶君怡。

叶君怡怯生生地避开他的视线，细声说出心里话："我不想看见你出事。"

秦景天猛然一脚踩下刹车，将叶君怡从车上拉下来，手像一把铁钳紧抓着叶君怡胳臂："看着我，看着我！"

叶君怡抿着嘴，委屈地抬起头第一次看见秦景天暴怒的样子。

"你以为自己真的了解顾鹤笙吗？不，你根本不清楚自己接触的是怎样一个人。你进病房说的第一句话就漏洞百出，他现在可能已经在怀疑你。就算现在没有，等他静下来就会发现你有问题。顾鹤笙没有告诉过你他今晚的行程，你又是怎么知道他在戏院遇袭？你既然不在又是怎么知道袭击他的不是一个人？"

叶君怡大惊失色："我……"

"你什么？我过会儿回去还得帮你弥补这些漏洞，我替你掩饰得越多暴露的风险就越大。你不是想保护我吗？"秦景天大声打断叶君怡呵斥道，"你除了不断给我制造麻烦之外一无是处！"

叶君怡眼圈一红："原来我在你心里是这样的。"

"你最大的问题是将个人情感和组织利益混为一谈。是的，我从来都没看错过你，你根本不具备一名间谍的基本素养，而且我也不认为你将来会有什么改变。"秦景天毫不掩饰地批评道,"很遗憾我不能选择自己的联络人,否则我绝对不会想和你有半点关联!"

叶君怡瞪大眼睛,目光中透出被秦景天中伤的悲痛,眼泪终于忍不住流下来。

"我是你的上级,从现在开始希望你能记住这一点,你需要做的是无条件服从和协助,我不需要你有自己的主见和想法。机器,对,你不是说过我像机器吗,我要的就是你也能像一台精密运作不会出错的机器。"

"这就是我和你的区别,也是我永远做不到的地方。你在一天之内可以在我面前展现出有血有肉的真实的你,但在下一刻你又能成为冷冰冰的机器。你能驾轻就熟地不停切换但我不能。我承认在请求上级清除顾鹤笙这件事上我的确掺杂了个人情感,我不想你有事。"

"这里是战场,你和我每时每刻都面临生死抉择,你所谓的个人情感在我眼里一文不值!"

"我也不想这样,至少我认识你之前不是这样的。我从来没有把个人情感凌驾于组织纪律之上,是你让我破坏了自己的原则和底线。"

"我?"

叶君怡终于无法抑制自己的情绪,撕心裂肺地喊出:"我喜欢你!"

秦景天愣住,面对叶君怡真挚而悲伤的目光一时间不知所措。他埋下头避开她的视线摸出烟点燃,等情绪渐渐平复才歉意道:"对不起,刚才是我没控制好情绪,如果言语中有伤害到你的地方我向你道歉。我就事论事没有针对你个人的意思。"

"机器还会道歉吗?"叶君怡咬着嘴唇冷声反问。

"国共和谈已经失败,双方在四平、长春等地发生多次军事冲突,东北的局势每天都在不断恶化,大战已到一触即发的地步。"秦景天心平气和地解释,"军统已经做好大规模肃清各地地下党组织的准备。陈乔礼的事后沈杰韬势必会疯狂报复,但碍于和平协议还未完全撕毁,沈杰韬还有所顾虑。如果你现在杀了顾鹤笙无疑就给了敌人借口,会有很多同志因为此事被牵连甚至牺牲。我们所做的每一件事都要对组织负责,用我

第四十四章 生死与共

们大批同志的性命换一个顾鹤笙得不偿失。"

叶君怡擦拭眼泪冷冷道："我愿意接受你的处分。"

"这事错不在你，你的出发点是好的，是我没能及时和你沟通，希望我们在以后的共事中能引以为戒。"

"没有以后，你不是不想我当你的联络员吗？"叶君怡偏过头声音悲凉道，"我会向上级申请调离。"

"我就是你的上级，你的申请不予批准！"秦景天加重语气，"当然，你如果想临阵脱逃我不会勉强。"

"那就只能委屈你和一个一无是处的人继续相处了。"叶君怡擦拭干净眼泪，"如果你没有其他的指示，我要联系组织中止清除行动。"

秦景天默默点头，有些后悔刚才对她太过严厉。叶君怡现在的状态自己一时难以安抚，只能等机会下次再向她解释。

秦景天回到医院看见门口负责戒严的人正拦住一名女人，看侧脸有些眼熟。女人提到了顾鹤笙的名字，秦景天走过去认出了她："洛小姐？"

"你是？"洛离音回以微笑。

"秦景天。"

"哦，原来是秦组长，鹤笙时常在我面前提及你。"

"幸会。"秦景天主动与洛离音握手，"洛小姐消息真灵通，这么快就知道顾处长出事了。"

洛离音对答如流："戏院出了事，听班主说顾处长被人袭击，打听到他被送到这里医治。不知道他现在情况怎么样？怎么说也是来捧我的场才出的事，我实在放心不下就过来看看。"

"顾处长今天还跟我念叨过洛小姐，本想着演出结束后一睹芳颜却不承想会在医院见面。顾处长在三楼217病房。"秦景天从身上掏出笔递给洛离音，"站里规矩烦琐，需要洛小姐签个字。"

洛离音签完字后秦景天让人带她上楼。等洛离音走远秦景天收起嘴角的笑意，让人找来纸袋将钢笔小心翼翼放进去："马上给秋处长送过去，告诉她提取钢笔上的指纹和发报器上的核对，有结果立刻通知我。"

第四十五章 毒蛇

1

"你不该来这里。"顾鹤笙见到洛离音沉声批评。

"情况紧急我只能直接来见你,应该不会有太大的问题。戏班的人都知道你是票友,每逢我有演出你即便人不到花篮也不会少。你在戏院受伤我代表永麟班来探望也无可厚非。"洛离音在门口聆听一会儿后坐到床边低语,"是我们自己的同志吗?"

"是的。"顾鹤笙神情疑惑,"从今晚的事来看,他们准备得很充分,对我的行踪了如指掌,可见上海地下党的同志这次是针对性极强的伏击,好在没有人员伤亡。不过我仔细想过最近我经手处理的事都很平常没有对地下党造成直接破坏,我始终想不通为什么目标会是我。"

"你伤势怎么样?"

"皮肉伤不打紧。"

"我必须将此事向上级汇报,再这样下去我真怕你会死在自己同志手上。"

"不行!"顾鹤笙斩钉截铁否决,"到现在不管是我还是上海的地下党组织都没有甄别到红鸠的线索,此人就潜伏在组织内。如果上级向地下党下达不允许再攻击我的命令,这无疑间接暴露了我的身份。"

"上海的同志到底在想什么?"洛离音愤愤不平道,"现在局势这么敏感,他们居然大张旗鼓搞清除行动,这不是给敌人制造肃清的理由吗?"

"情况越是复杂就更加要求我们要保持清醒。红鸠就希望现在的局面混乱,只有组织内部出现间隙红鸠才有渗透的机会。"顾鹤笙冷静问道,"秋佳宁在舞厅附近发现电台是怎么回事?"

"我在开启电台前听到外面有枪声,听班主说你在外面被伏击。当时我无法判断伏击你的人是谁,只能做最坏的打算,我假设自己已经暴露你在为我撤离争取时间。"

"那你为什么不走?"

"我走了你怎么办?"洛离音压低声音继续说,"如果是我暴露说明敌人早就对永麟班进行侦听,而电台信号没有出现你开枪的嫌疑就很难洗脱,敌人会认为你是在向我通风报信。"

"你今晚对突发状况处理得很好,幸好你及时转移了电台发报位置才避免了暴露。"顾鹤笙轻声说,"我也是在最后一刻才得知电讯处对永麟班一直在实施秘密侦听。要不是地下党同志的这次伏击你恐怕已经被秋佳宁锁定了。"

"秋佳宁怎么会将侦听范围缩小到这么精确的区域?"

"不是她。"顾鹤笙深吸一口气,"确定侦听范围的是秦景天。"

"他?!"

"你对他的评价是正确的,这是一名相当危险并且敏锐的对手,甚至比陈乔礼还要棘手。秋佳宁第一次捕捉到你的电台信号刚好是他到上海的时间。由于最近我们频繁使用电台和上级联系,秋佳宁大致确定了三个可疑区域,其中一处就有永麟班。换成其他人或许不会将这些看似毫不相干的线索联系起来但秦景天却完成了拼图,他将电台、你以及我联系在一起。"

"这就是你想结交的朋友?"洛离音叹口气,"他能把这些事串联起来说明他已经开始怀疑你。"

"可他让我看不懂,他一边瞒着我暗中调查,可当我遇袭时奋不顾身救我的也是他。今晚的情况很凶险,稍有不慎他有可能把命搭进去。我烧掉调查报告时你不是问过我,如果有一天我遭遇危险他会不会也为我挺身而出,现在已经有答案了。"

"你这是在玩火,和一名对你起疑的敌人推心置腹,你就不怕他别有用心?"

"我有分寸，会和他保持必要的距离。今晚多亏了你随机应变，在远离永麟班的地方启用电台，彻底打消了秦景天对你和我的怀疑。"

"你是这样认为的？"洛离音一脸认真地问。

"秦景天的推测中是将你和我绑定在一起。电台既然不在永麟班证明你是清白的，他的假设自然就不会成立。"

"我刚才见到了秦景天，想知道我对他的印象吗？"

"你怎么看？"

"内敛、沉稳、聪明、待人接物彬彬有礼，我承认在他身上我看到很多你的优点，这或许就是他让你觉得惺惺相惜的原因。"洛离音给出自己中肯的评价，"他身上有一种很自然的亲和力，能让接触到他的人放下戒备。他出现在你身边时不会让人感觉到紧张和不安。他的谦和与恬静甚至让人感觉不到他的存在。一个人的人格魅力需要接触后才能知晓，但他只要站在你身边就能令人感受到他与众不同的魅力。"

"你是在称赞他？"顾鹤笙发现洛离音的评价和自己出奇地吻合。

"这种魅力也会存在于一种动物身上。"

"什么动物？"

"毒蛇！"洛离音表情凝重，"越是剧毒的蛇越是五彩斑斓。它们拥有美丽的花纹，但毒蛇靠近猎物时同样也是悄无声息。明明近在咫尺，猎物却感觉不到它的存在，有时候甚至会被绚丽的花纹所吸引，出于好奇主动靠近时等到的就是致命一击。"

顾鹤笙眉头一皱："你想说什么？"

"我被负责警戒的人拦在外面，秦景天认出了我。"洛离音冷静道，"我和他只有一次交集，就是那晚你将他留在车里上楼见我时。我只在窗边逗留少许竟被他记住了样子，这说明当晚他一直在观察我。"

"这只能证明秦景天记忆力很强。"

"他和我握手了。"

"握手？你认为这有什么不妥吗？"

"你会和第一次见面的女性握手吗？"

顾鹤笙想了想摇摇头。

"以他的谈吐举止不会唐突到出现这样的社交错误,除非他是有意的。"

顾鹤笙一怔:"他在摸你的手!"

"他根本没有打消对我的怀疑,在没有确凿的证据前我依旧是他重点怀疑的目标。他和我握手是想感知我手指的皮肤,一个发报员的手指是和常人是截然不同的。"

洛离音摊开双手,纤细的手指白皙细嫩。顾鹤笙对此并不担心,发报前戴上指套是洛离音多年养成的习惯,就是为了杜绝留下隐患。

"他让我签字后才让我来见你,签字用的是他自己的笔。"

"他故意想让你留下指纹!"顾鹤笙担心起来,"秋佳宁在发报器上提取到一枚指纹,秦景天一定是想验证你的指纹是否吻合。"

"发报器上的指纹是我故意留下的。"洛离音从包中拿出一张薄薄的贴片,放在灯下,映出一枚清晰的指纹,"敌人的封锁太快,我来不及带走电台。为了扰乱敌人的调查方向,我将提前准备好的指纹留在了发报器上。"

"你做得很好。"顾鹤笙长松一口气,"如此一来只要秦景天确定指纹不吻合就能彻底打消对你的怀疑。"

"你不应该心存侥幸,不是每次我们都能这样幸运。你在与毒蛇为友,你永远不知道他什么时候会咬你。我这次回后方会向上级阐明我的观点,建议上级中止对秦景天的接触。"

"你要回后方?"

"电台被敌人截获,我必须尽快将鸢尾花计划的潜伏名单带出去。我这次来就是向你辞行,我不在上海这段时间你要多加小心。"

"上次我和康斯成见面时,他告诉我组织为我准备了一处安全屋,里面配备有电台……"

"不要说了!"洛离音出声阻止,"你这是在违反纪律!我不知道这件事说明组织没准备让我知道安全屋的位置,这是出于对你安全的考虑。

我万一暴露被捕,在敌人的严刑逼供下我也有可能叛变,安全屋是你最后与组织联系的方式,只能你一个人知道。"

"我相信你。"

"你应该相信组织而不是信任个人。我们忠于信仰但我们也有人性,人性都是有弱点的,所以才需要纪律去约束。"

顾鹤笙恋恋不舍地轻抚着洛离音的脸颊:"路上注意安全。"

……

顾鹤笙走到窗边目送洛离音的身影消失在黑暗中,忧虑和担心同时涌上心头。秦景天就在这个时候进来,手里拿着两本书:"《双城记》和《唐璜》你喜欢哪一本? 我个人建议《唐璜》,你和书中的主人公挺像的,就是最后结局不太好。"

秦景天对洛离音的到访只字不提,顾鹤笙知道他是在等指纹的核对结果。顾鹤笙转身看向温文尔雅的秦景天,亦如洛离音所说他笑的样子有一种与生俱来的亲和力,能让人不自觉放下所有防备。

顾鹤笙认同洛离音的观点,秦景天像一条悄无声息的毒蛇,但自己何尝不是一样,对于敌人来说自己同样也是一条毒蛇。或许这就是秦景天吸引自己的地方,作为同类彼此都是既神秘又危险。

2

回到家,秦景天正看见在门口等自己的楚惜瑶。因为赶去救顾鹤笙,秦景天错过了和她的约会。

"等了多久?"

"从你离开医院一直等到现在。"楚惜瑶没有抱怨,见秦景天平安回来很高兴,"饿了吗?"

"你不问我去干什么?"

楚惜瑶嫣然一笑:"要和一名间谍相处首先要学会安静。"

"今晚有人欲对鹤笙不利,我赶去通知他。"

"你们没事吧?"

"有惊无险。"秦景天开诚布公。或许是因为楚惜瑶是局外人，和她相处秦景天没有那种每时每刻令自己高度紧张的窒息感。

"你平安就好。"

秦景天伸手摸了摸她的头，楚惜瑶在自己眼里像乖巧懂事的妹妹。

楚惜瑶让秦景天先去洗澡休息，自己去厨房张罗晚饭，顺带还帮秦景天把换下来的衣服给洗了。秦景天换好睡衣出来时看见楚惜瑶对着桌上几瓶药如坐针毡。

"你病了？！"

"西药里含有不同的化学成分，除了能治病外也有其他用途。"秦景天故作神秘，"今晚给你表演一个魔术吧。"

秦景天一边说一边从药瓶中取出药，碾压成粉末，然后小心翼翼抖落在水杯中。不同的药粉混合在一起会变成不同的颜色，多加一丁点儿颜色又会随之改变。

楚惜瑶对这个魔术没什么兴趣，但她还是趴在桌上专心致志地看着秦景天，对面这个男人专注的样子让她很入迷。

"我今天偷偷搞了一把枪。"

"啊？"秦景天手一抖，粉末掉落太多让水杯里的水瞬间变成黑色，"你从哪儿搞的？"

楚惜瑶打开手包得意扬扬道："我从我爸抽屉里偷的。"只见手包里是一把崭新的德制瓦尔特手枪。

"好好的你带枪干什么？"

"我现在是你的搭档，那我也应该是一名间谍，哪儿有不带枪的间谍。"楚惜瑶一本正经道，"不过我不会开枪，你什么时候有空教教我。"

"你这双手应该拿着手术刀拯救生命，而不是握着能摧毁生命的凶器。"秦景天郑重其事道，"今晚到家后把枪还回去。"

楚惜瑶偏头好奇地问："你杀过人吗？"

秦景天沉默了片刻，点点头。

"你第一次杀人是什么时候？"

秦景天换了一杯清水重新调配药粉的比例，过了良久抬头看向楚惜瑶："1935年，在德国受训的第二年，我接到第一个外勤训练任务，去酒吧监视跟踪一名德国左翼党派骨干。我到现在还记得那间酒馆的名字——金色卷毛狗，那人的名字叫雷奥，翻译过来是狮子的意思。雷奥和他名字寓意一样强壮。那是一次失败的跟踪，由于紧张我被雷奥发现。他不动声色故意将我引到死巷，手里拿着砖头准备攻击我。在我执行这个任务之前没有接受过任何格斗和射击训练，我在一个近三百斤魁梧有力的男人面前毫无还手之力。"秦景天停顿了少许，"仓皇中我开了枪，我看见雷奥倒在地上，而我蜷缩在角落像一个懦夫一样瑟瑟发抖。"

"这会成为你的心理阴影吗？"

"到后来我才知道这是任务的一部分，测试我的心理抗压能力。就算我没有被雷奥发现也会有第二个、第三个雷奥，直到我迈出杀人的第一步。这项测试淘汰了很多人，他们因为无法承受杀人所造成的压力而崩溃失控，甚至还有人因为强烈的负罪感选择自杀。"

"你通过了测试。"

"我开枪的时候光线太暗，没有看清雷奥中枪后的样子。或许正是这个原因让我没有太大情绪波动。"

秦景天说完轻描淡写地笑了笑，他没有告诉楚惜瑶那晚的月亮是红色的，因为倒影在血泊中诡异而阴森。事实上自己当时清楚看见了雷奥痛苦地抽搐，并且看着他瞳孔慢慢扩散，但对于死亡自己出奇地平静，像是一种与生俱来的天赋。

楚惜瑶好像想继续问下去，但秦景天不想再继续这个话题："一名合格的间谍是不需要武器的。如果你希望借助武器换取安全感那么你永远也无法成为一名间谍。事实上军事技能这方面我是在训练后期才开始接触。"

"那你之前都接受什么训练？"楚惜瑶追问道。

"你如果答应我从今往后不再碰枪我就告诉你。"

"好啊。"

第四十五章 毒蛇

"起初我对要接受的训练充满期待,但渐渐我发现自己步入了地狱。你永远不会知道教官会在什么时候突然集合,更不会知道他会用什么样的方式羞辱你。他们在不断折磨我们身体的同时也在摧毁我们的自尊。"秦景天忽然想到叶君怡一时走神,"是的,我就是从那时开始变成了机器。"

楚惜瑶双手托腮静静听着秦景天讲述。

"每天清晨的负重越野登山往返是决定当天有没有饭吃的关键,超过规定时间没有回来的人就得挨饿。然后是速记训练,教官会在桌子上摆放一大堆杂乱无章的东西,留给你六秒的时间来记住,然后用布蒙上,你必须准确说出桌上所有东西。"

"没记住怎么办?"

"得看季节,如果是夏天会被处罚在烈日下暴晒,要是冬天就要浸泡到池水里。"

"处罚多久?"

"记漏一个二十分钟。"

楚惜瑶瞪大眼睛:"暴晒和浸冰水都会引发休克反应导致心脏衰竭,如果记漏四个以上会死人的?!"

"在真正的任务中记漏了人或者事同样也会死,只不过时间早晚而已。"秦景天平静笑笑,"当然,你也可以随时选择退出。"

"还有其他训练吗?"

"给你看一张图片,三秒后给你看另一张,两张图片一模一样,只不过第二张上有细微的改变,你必须说出有哪些不同的地方。这个和之前的记物品都是用来训练观察和洞悉力的。等你顺利通过这些入门的训练后就要开始增加知识储备,比如记住每个国家的城市地名以及当地的风土人情,再接下来是掌握语言。"

"除了德、英两种语言之外你还会其他的吗?"

"如果没有肤色限制,我能成功渗透欧洲任何一个国家。"

楚惜瑶越听越有兴趣:"还有什么?"

"有一项专项训练是教我们如何说谎。"

"我猜这项训练你的成绩一定名列前茅。"楚惜瑶苦笑道,"说谎还需要有人教吗?"

"我可以教教你。你重复这句话,我的职业是医生。"

"我的职业是医生。"

"很好,你再说下一句,我是一名间谍。"

"我是一名间谍。"

"我即便不认识你,从你说的这两句话也能分辨出真伪。这项训练的目的就是让谎言变成令人相信的真话。我帮你纠正一下,重新说第二句。"

"我是一名间谍。"

"语调再低点。"

"我是一名间谍。"

"最微妙的语气轻重都能传递很多信息,再试一次。"

"我是一名间谍。"

"差不多了,第三个字语气弱了一些。"

在经过七次矫正后,秦景天为楚惜瑶鼓掌:"即便是经验丰富的审讯人员也会相信你是一名间谍。"

"这个挺好玩的。"楚惜瑶兴高采烈道。

"如果你的每一句话在说出来之前都需要经过反复矫正,你会发现这并不好玩。"

"再多告诉我一些你接受过的训练。"楚惜瑶越发对间谍这个职业感到好奇。

"我还接受过抗寒、忍热、饥饿极限、抗击打等生存耐力训练。我在军事谍报局接受了四年的训练,一时半会儿给你讲不完。"

秦景天是不愿意让楚惜瑶知道得太多。他讲述的不过是谍报局的人员筛选训练,只有通过这些测试后才能真正成为受训的学员。在那之后接受的训练秦景天甚至都不愿再提及。

"你既然是我的搭档,我就教你一种间谍传递情报的常用办法。"

楚惜瑶满心欢喜:"快说,快说。"

"知道氨基比林咖啡因片吗?"

楚惜瑶点头:"缓解神经性疼痛的药物。"

"对于间谍这种药物还有另一种作用。氨基比林的水溶液显碱性,药物中的化学成分能让其在遇热后变色,因此间谍会将氨基比林溶于水来进行书写,字迹在晾干后肉眼无法识别。"

"我懂了,只要加热就能看见上面的字。"

第四十六章　下毒

顾鹤笙康复出院回到军统站向沈杰韬报道，一进门就看见沈杰韬正在和人交谈。等那人站起身顾鹤笙一眼就认出来。

谭方德脸上永远都挂着谦和的微笑，始终给人一种文质彬彬的感觉，但顾鹤笙很清楚这是一种错觉。

沈杰韬示意顾鹤笙坐下："谭处长重新调回咱们军统站，官复原职出任行动处处长。"

顾鹤笙和谭方德寒暄后，沈杰韬交给他一份名单，让顾鹤笙亲自前往提篮桥监狱将名单上的人秘密提出来押运到虹口公园后门交给等在那里负责交接的人，并再三叮嘱顾鹤笙只管移交，其他的什么也不要问。

到车上顾鹤笙才展开纸条，上面写着三个名字，顾鹤笙看后大吃一惊。

松井太久郎，冈部直三郎，泽田茂。

这三个人都是关押在上海提篮桥监狱的日军战犯。沈杰韬强调提人的时候不要留下记录，可见并非是正规的官方提审。顾鹤笙眉头紧皱绞尽脑汁也想不出军统此举意欲何为。

顾鹤笙和监狱署长郭孝成有些私交。虽说提人的手续不全而且顾鹤笙还不肯登记签字，可毕竟是军统的事，郭孝成也不敢多问。

郭孝成大倒苦水："兄弟是提着脑袋给你们军统办事，指不定哪天就栽了跟头，到时候还望顾处长能施以援手。"

"郭署长言重了。军统办事是知法依法的，只是有些事不能摆到台面上。你是明白人，相信不用我多说。"

"明白，明白，你们提人都是不登记签字的，也不是第一次了。"

走到门口的顾鹤笙停下脚步，若有所思地问："还有其他人来提过人？"

"有啊。"

"谁？"

"沈站长。"

能让沈杰韬亲自来监狱提审的绝对不是寻常犯人，可有严重问题的犯人也该带回军统站审讯。顾鹤笙故作漫不经心地问道："什么时候的事？"

郭孝成想了想："半年前，我刚接管提篮桥监狱不久。"

"知道站长提审的是谁吗？"

"沈站长说是提审汉奸，具体的我也不敢详问。"

顾鹤笙心里暗想沈杰韬审问的绝对不会是汉奸，他不会把时间浪费在没有意义的人身上。

"汉奸也得有名字吧。"

"你们军统办事向来神神秘秘，我哪儿能知道。"

"你是监狱署长，即便站长不登记签字，可见过谁审过谁你怎么会不知道？"

"沈站长第一次是跟着一辆囚车来的，车上一共有九名犯人。他让我单独安排了一排监室，说是为了防止串供将这些人单独隔离关押，至于这些人的来历、姓名还有身份我一概不知。沈站长也没有给我这些犯人的档案，只要求我安排看守严密看管，不允许他们与其他犯人接触。"

"九名犯人？"沈杰韬的反常举动让顾鹤笙隐约感到他在隐瞒什么重要的事，"站长来过几次？"

"前前后后有十几次吧。沈站长每次来也不登记，时间这么久了我哪儿还记得住。不过沈站长都是单独来，在监室里他提审过谁我也不知道。"

"关押这九名犯人的监室在什么地方，带我去看看。"

郭孝成也没当回事带着顾鹤笙来到监室。在日本人接管提篮桥监狱时进行过扩建，在原来的主监室大楼旁边修建了一排监舍，用来关押犯事的日本官兵，因此监舍条件相对要好很多。监舍一共有两层，每层的监室都是单间，监室与监室之间间隔很远，防止关押的人相互交谈。

郭孝成把顾鹤笙带到二楼，说当时沈杰韬带来的九名犯人就关押在这里，并且要求不准安排新的犯人进来。

顾鹤笙来到审问室，里面除了一张桌子和两把椅子外没有任何刑讯工具，如果沈杰韬秘密提审犯人应该就是在这里。在桌上顾鹤笙看见一包拆开的香烟，沈杰韬是不抽烟的，这包烟应该是他给犯人准备的。顾鹤笙趁着郭孝成不注意偷偷将烟盒收起，手指在桌上划过留下一道清晰的痕迹，显然这里已经很久没有人来过。

"站长上次来是什么时候？"

"我还真不清楚。沈站长每次来也不会事先打招呼，但每次都是晚上，赶上我下班就不得而知了。"郭孝成想了想又说，"马瘸子应该知道得比较清楚。"

"马瘸子是谁？"

"原先监狱里的看守，好赌成性，因为出千被人抓到让人打瘸了腿。我见他可怜就安排他看管这里，前不久听说他在赌场大赚一笔就不干了。"

顾鹤笙看着空荡荡的监室："关押的犯人呢？"

"顾处长在和我说笑吧，过你们军统手的人还能有活口？"郭孝成做了一个抹脖子的动作，"这批人是什么时候被带走的我都不清楚，沈站长也没给我一个交代。我到现在也不敢动这里的东西，指不定哪天又给我弄一批犯人进来。"

顾鹤笙感觉这件事很蹊跷，沈杰韬审问的人是谁？这个人现在在何处？为什么要秘而不宣单独审问？这些疑惑困扰在顾鹤笙脑海里始终找不到答案。

……

车停到虹口公园后门，有四辆黑色轿车已经等在那里。顾鹤笙不动声色记下车牌。从车上下来的人精明强干，但都是自己没见过的生面孔。在接收三名战犯时顾鹤笙故意与其中一人握手，笑着说了一句"辛苦了"，对方回了一句"谢谢"。

没有丝毫上海口音，可以推断这批人是刚到上海。完成交接后一行人立刻开车离开。顾鹤笙让随行人员回去向沈杰韬汇报任务顺利完成，自己要去医院换药请半天假。

顾鹤笙开车来到茶楼选了一处临街靠窗的位置。一壶茶快见底时看见出现在街口的丁三，顾鹤笙看了一眼手表，距离战犯交接过去了一个小时。

丁三上楼前还不忘机警地察看四周，确定没有人跟着才上了茶楼，见到顾鹤笙满脸愧色。

"您交代的事我给办砸了，四辆车出了虹口公园我就跟着，他们一直往城西方向开，谁知道刚过八仙桥四辆车就分开了，我只能跟着最后一辆车，跟到永德里附近就没了踪影。"

顾鹤笙处变不惊，给丁三倒了一杯茶："你是被车上的人发现了吗？"

"应该没有，我按照您的吩咐离得很远。他们突然分开想必是事先就安排好的。"丁三喝了一口茶不解问道，"车上到底是什么人？"

顾鹤笙回："我也想知道。"

"反正和顾哥不是一路人。"

顾鹤笙笑了笑反问："你认为我是哪路人？"

"您不像是军统。"

"那我像什么？"

"您是哪路人丁三不在乎，管您叫声哥一辈子都是我哥。我丁三虽说是个痞子但知恩重义，没有顾哥也没我现在这条命，您就是给我一碗毒酒我也仰头一口。"

"你娘的病怎么样了？"

"好多了，就是老惦记着您，说好久没见到您挺想的。"

"这是我托人从国外带回来的特效药，一日两次饭前服用。你娘的病一时半会儿难根治，不过只要有药早晚能康复。药的事你不用担心我会想办法，等我有时间了就去看看她。"

丁三起身就要给顾鹤笙下跪磕头，被顾鹤笙一把拉起："你是硬骨头怎么膝盖这么软？"

"丁三跪天跪地跪父母，顾哥救了我和娘的命，受得起丁三跪谢。"

"你在道上混终究不是长久之计，你娘也会为你担心，有没有想过做点正经营生。"顾鹤笙从烟盒拿了一支烟放在嘴角，"我在上海还有些门路，你要是有需要跟我说一声。"

"现在世道不太平听说又要打仗了。"丁三给顾鹤笙点燃烟，然后自己也点了一支，抽了一口笑言道，"等光景好了……"

丁三话说到一半突然停下，又吸了一口烟，舔舐嘴唇后神色大变，伸手就打落顾鹤笙嘴角的烟："这烟哪儿来的？"

顾鹤笙见丁三反应如此之大诧异道："怎么了？"

丁三抽出一支烟掰开，拿起烟丝细细嗅闻："烟里下了毒。"

"下毒？！"顾鹤笙惊讶道。

"这种毒要不了人命，但沾染上轻则倾家荡产重则家破人亡。"

"什么毒？"

"海洛因。"

顾鹤笙一听暗暗疑惑，沈杰韬留在审讯室的香烟里怎么会有海洛因。

"这种下三烂的手段也不稀奇，拆白党经常会用到，先将海洛因注射到香烟里。"丁三指着从香烟上找到的针孔继续说，"晾干后的香烟和寻常的没什么区别。拆白党在盯上富家小姐或者公子后，以色相行骗的同时会给目标抽这种烟。海洛因比鸦片更容易让人上瘾，拆白党会逐渐加重毒品的剂量，直到目标彻底染上毒瘾无法自拔。别小看了这包烟，好多人都因其散尽家财最后死在上面。"

顾鹤笙将整件事联系起来细想，忽然心中一惊。沈杰韬是审讯高手，他注重心理远多于使用暴力，他经常说想要目标放弃抵抗最好的办法是摧毁目标的意志。

顾鹤笙低头看了一眼桌上的烟盒，沈杰韬应该是遇到了一名意志力极其顽强的对手，他无法用普通的方式让对方开口所以偷偷让这个人染上毒瘾。郭孝成说沈杰韬是半年前开始单独出现在监狱，从这个时间推算沈杰韬的目标很有可能是一名共产党人。能让沈杰韬如此重视的人身份一定不同寻常。

被关押的一共有九个人，按照郭孝成所说他们最后都被秘密处决。如果这九个人是自己的同志，他们的牺牲说明他们没有变节投敌。可郭孝成并不完全清楚整件事的细节，万一所谓的处决只是掩人耳目的把戏就意味着沈杰韬的阴谋已经成功。

顾鹤笙更相信是后者，因为郭孝成说沈杰韬前后去过十几次，如果他每次去都会带上不断加重毒品剂量的香烟，那么沈杰韬的目标肯定已在浑然不知的情况下染上毒瘾。心理防线的崩溃远比肉体的摧残更有效。顾鹤笙完全相信这支被毒品污染的香烟所能发挥的作用，这是摧毁一个人意志和尊严最有效的武器。

"顾哥……"丁三喊了好几声，顾鹤笙才回过神，"是不是有人想害您？"丁三担心地问道。

"马瘸子。"

"他？！"丁三眉头一皱，关在监狱时他和马瘸子打过交道，"他是滥赌鬼怎么会和您牵扯上关系？"

那批被隔离关押的人的情况只有马瘸子最了解，顾鹤笙想要搞清楚更多的细节。

"烟不是他给的，不过他应该知道些什么。"

"几个月前我还见过他，听说他赌钱赢了一大笔……"丁三想了想又眉头微皱起来。

"怎么了？"

"要不是您突然提到他我都忘了还有这么一个人，现在想想已经有很久没见过他了。"

"有办法找到他吗？"

"马瘸子嗜赌成性，我亲自去各个赌场找找，看看能不能找到他。"

"我想见马瘸子，你想办法尽快找到他。"顾鹤笙起身放下茶钱，神色凝重道，"如果有了他的消息直接给我打电话，但在电话里千万不要提他的名字。"

第四十七章　审讯记录

秦景天在联络站见到叶君怡："中社部根据你上次截获的鸢尾花计划潜伏名单展开了清剿，潜伏特务已经被一网打尽。对于你的杰出表现组织上给予了极高的评价，同时指示你必须掩护好自己的身份，必要时你可以主动放弃危及身份的任何任务。"

听到潜伏人员被悉数抓获，秦景天不动声色地点点头，这意味着真正的鸢尾花计划已经成功实施。

"组织上有新的任务吗？"秦景天想加快自己任务的进度。

"有两个新下达的任务，根据截获的情报显示南京军统总局指示沈杰韬从监狱秘密提走了三名犯人。"

"什么犯人？"

"这三人分别是，松井太久郎、冈部直三郎和泽田茂。这三人都是恶贯满盈的战犯，军统秘密将他们从监狱带走，原因不明。组织指示尽快查出敌人此次的目的以及三名战犯转移的地点。"

"第二项任务是什么？"秦景天问道。

"抗战时期日军抓捕了我们一批同志，日本投降后这些人一直被关押在提篮桥监狱，不久前军统释放了这批人用来交换被我们抓获的特务。"

"我知道这件事，沈杰韬让顾鹤笙负责，交换早就结束了，有什么问题吗？"

"这批同志被抓捕的时间太久，按照规定他们被释放后会暂时隔离审查。考虑到他们被抓捕前都在上海地下党工作，因此审查的任务由中社部指派给上海地下党，目前审查工作出现了一些状况。"

"什么状况？"

"日本人投降之前烧毁了所有的审问记录和档案，后来国民党接管监

第四十七章 审讯记录

狱后也对这批同志进行过审问。组织上想看到这些记录从而来判断他们之中是否有投敌变节人员。

"负责对这批同志进行审问的是陈乔礼,他应该有一份详细的审讯记录存放在军统档案室。上级指示你要想办法搞到这份记录。这批同志都是经验丰富的老地下党,组织上想尽快完成政审好让他们重新投入工作。"

秦景天想了想:"我认为他们应该没有问题。"

"为什么?"

"陈乔礼对共产党的敌视深入骨髓,在他完成对这批同志的审问后会用最简单的方式做出裁决,如果没有对他有价值的共党会立即处决。假设这其中有人投敌,陈乔礼应该会想办法将人放出去,要么是让其指认同志,要么就是为他工作。既然这批同志一直被羁押在监狱,说明陈乔礼已经完全放弃了他们。"

"这些情况组织上也知道,可这批同志将来都会被派往重要的领导岗位,因此组织上决定对他们的政审务必要客观严谨。"

"还有一件事也能证明这批同志的情况。最先沈杰韬是打算直接处决他们的,但当时正处于国共和谈时期,顾鹤笙考虑到舆论和政治环境向沈杰韬提出交换军统被俘人员的建议。"秦景天不慌不忙继续说道,"如果这其中有变节人员,陈乔礼绝对会向沈杰韬汇报,可沈杰韬既然动了杀心足以证明这批人对于军统没有价值。"

"这只是你的推测,组织上需要确凿的证据。"叶君怡冷静道,"我们的上级有新的工作安排,在不久后将离开上海奔赴新的战场。组织安排接替他的同志就是这批刚被释放的其中一人,考虑到你身份的特殊性和自身安全,所以组织上才会极为慎重。"

秦景天一听立刻重视起来,倒不是因为自己的身份,他担心如果这其中真有变节者将会知晓叶君怡的身份:"我会想办法搞到审讯记录,请转告组织在我调查清楚之前我所负责的小组成员身份不能向其他人公开。"

秦景天在接受完任务后返回军统站,去档案室调取陈乔礼经手过的案件。装满两个抽屉的文书,秦景天用了整整一夜时间仔细查阅。这些档案记录的内容十分严谨,但凡是陈乔礼抓获的共党人员他都会亲自审问记录,用过什么刑讯,用了多长时间以及和被审人员的谈话记录都事无巨细地记录在案,甚至在每句对话的后面还有详细的批注,以此来判断被审人的心理变化。

在一个打着机密封条的档案袋内秦景天找到被释放共党的记录。档案里一共有十七人的审问记录,秦景天都逐一查看。和其他审讯档案不同,这些记录上的内容很少,上面大多是陈乔礼的提问,但在被审人回答一栏中几乎都是空白,可见这批人始终缄口不答。

十七份档案的名字处都被陈乔礼画上红叉,这是他的一种习惯,但凡他认为目标人物没有挖掘价值时会用这样的方式标注。

在档案袋中秦景天还看见陈乔礼亲笔写的审问总结:

  经查实该十七人共党身份无误,其中多人曾担任上海共匪组织机构领导,档案编号如下:G4、G6、G9、G12、G15,其中G6为中共上海局情报机构负责人,此人掌握中共在上海的大量情报网以及人员配置,作为重点目标前后突击审问总计二十二次。G6受共匪思想荼毒严重,顽固不化拒绝合作,个人判断策反G6可能性微乎其微,其余十六人也存在相同情况。

  考虑到这批共匪脱离组织时间较长,与他们有过关联接触的人员应该转移撤离,综合以上因素该十七人可利用价值不大,建议处决清除。

在总结报告的最下面有沈杰韬的批复:

  同意秘密处决!

秦景天看完后揉了揉鼻梁，这份审问报告完全能佐证自己的判断，能让陈乔礼和沈杰韬同时下达处决命令足以证明这批人的清白。

从军统站出来已经天亮，秦景天掏出钱递给面前卖烟的小贩："被释放同志的审问记录已经查看过确定没有变节人员，转告上级可以重新起用。"

俞志豪一边找钱一边低声道："国防部二厅常务次长郑奉先于昨晚乘专机秘密抵沪，组织怀疑与之前出现的日军战犯有关，上级指示尽快查明郑奉先此行目的。"

第四十八章 1147

1

丁三找到马瘸子并将他安排在郊外一处平房内。顾鹤笙进去的时候老远就闻到一股腐肉的恶臭，他捂着鼻子来到床边，只见躺在上面的人奄奄一息。顾鹤笙轻手掀开被角，见那人身子上有好几处伤口已经溃烂流脓。

"他这是怎么了？"顾鹤笙诧异问道。

"找到他时已经不省人事，身上有多处骨折，饿得只剩下一张皮。我找医生来看过说是情况不乐观，估计命是保不住了。"

"真没办法抢救了吗？"顾鹤笙还抱有最后一丝希望。

"请的是英国医生，检查他伤势后判断是严重的摔伤，推测至少有三个月以上。马明海命大能熬到现在已经是奇迹了。骨折和失血都没有要他的命，伤口严重感染引发的并发症才是致命的。"

"你先出去。"顾鹤笙决定孤注一掷。

丁三转身出屋在外面把风。顾鹤笙拿出带来的肾上腺素为马明海注射，片刻后他的呼吸开始渐渐变得有力。

"听着，我为你请过医生治疗但很遗憾你伤势太重难逃一死，但我和医生都尽力了。我可以向你承诺在你死后为你收殓下葬操办后事。"顾鹤笙搀扶起马明海争分夺秒说道，"不过作为交换你必须回答我一些问题。"

马明海声音虚弱地问："你想知道什么？"

"你在提篮桥监狱当看守时负责日本人修建的单人监舍，在半年前有九名犯人关押在里面，你还记不记得？"

马明海点头。

"都有谁审问过他们？"

"军统站的站长沈杰韬。"

"他最后一次提审犯人是什么时候？"

马明海努力回想："大，大概是两个月前。"

"他审讯的是谁？"

"1147。"

"什么意思？"顾鹤笙眉头一皱。

"这批犯人和关押在提篮桥监狱的其他犯人不同，他们没有姓名也没有档案，从送来的那天起每个人都按照监室的号码编号。"

"沈杰韬是单独审问的？"

马明海艰难地点头："他每次都是一个人来，而且在他离开之前不允许任何人进去。"

"你既然在外面怎么确定他审问的就是1147号犯人？"

"沈杰韬每次都是晚上来，他提审犯人我就不能下班，所以我记得很清楚他每次都会在里面逗留一个多小时。这么短的时间只足够他审问一个人。"

"那也有可能是九名犯人其中任何一个。"

"沈杰韬每次来都会带一包烟，我在清扫审讯室时见过烟头，同样的烟头也出现在1147号犯人的监室里。"马明海很肯定地说，"所以我确定沈杰韬提审的一直都是他。"

顾鹤笙心中暗暗一惊，从时间推算沈杰韬审问的人和用来交换特务的那批同志极为吻合，连忙拿出照片："你仔细看看，你所说的这名犯人有没有在这些人当中？"

马明海睁开眼睛时候顾鹤笙一怔，他的眼睛浑浊不清根本看不清东西。

"我眼睛在摔下山时就瞎了。"马明海的声音开始变得微弱，顾鹤笙无奈默默叹息一声。

"不过我记得那个人。"

顾鹤笙重燃希望:"你慢慢说,把你记得的都告诉我。"

"1147是共产党。"

"他告诉你的?"

"不,从被转押到单人监舍那天起我就没听他说过话,可他的眼神一直充满希望。我在监狱见过太多的犯人,大多数人眼里都是绝望和麻木,像他这样视死如归的只有共产党。"

"他有什么特征?"

"关进来的时候他遍体鳞伤,但我从来没听见他叫唤过。他个子不高人很瘦,头发遮挡住脸,关押期间自杀过一次,用藏匿的铁钉割开两个手腕。幸亏发现得及时,把他抢救过来,伤好后在手腕上留下两道很清晰的伤疤。"

"他为什么要自杀?"

"不知道,我记得那天沈杰韬刚好也来过,在完成审问离开后不久他就企图自杀。"马明海说到这里停顿了少许,"也是那次自杀未遂后1147就变了。"

顾鹤笙皱眉问道:"什么变了?"

"他眼中的希望没有了,和监狱里其他犯人一样度日如年,任何细微的声音都能吓到他。后来我每次见到他都是缩在角落发呆,有几次监狱里枪决犯人,枪声让他直接失禁。他开始怕死这说明他一定叛变了。"

顾鹤笙惊愕地张着嘴:"你确定1147叛变了?"

"都是那些烟害的。在审讯室的烟头我一闻就知道里面放了东西。我也抽鸦片但绝对不敢碰那东西,上了瘾,再强的人也会变成废人。沈杰韬就是用这种手段控制了他,到最后1147甚至盼着沈杰韬来。"马明海无力地惨笑一声,"监狱是是非地,我就不该混这口饭吃,没想到最后还把命搭进去。"

"你这话是什么意思?"

"沈杰韬在事后给了我一笔钱,让我离开上海并派人亲自送我走。当时我财迷心窍没有多想,现在回想起来沈杰韬是不想我泄露关于1147的事。送我走的人在半途准备开枪杀我，还好我反应快跳车逃跑，结果从山上摔下去生不如死。"

顾鹤笙抹了一把嘴，马明海的这番话证实了自己的假设，沈杰韬秘密策反了一名叛徒，这一点从沈杰韬杀马明海就能佐证。顾鹤笙心中又惊又悔，自己一时大意低估了敌人。在得知监狱里有关押的同志时，顾鹤笙千方百计向外界透露消息，试图借助舆论来营救被捕同志，可自己却没想过为什么沈杰韬会留着这批人迟迟没有处决。他在等一个机会，等一个将这批人释放的合理借口，就如同关押在单人监室的那九个人一样，这些人全都是在为1147的身份做掩护。这一切都是沈杰韬事先就布置好的阴谋。而自己竟然无形中帮了沈杰韬的忙，亲手将叛徒送回给了组织。一旦这个人通过政审将会重新开始工作，这无疑会对上海地下党造成难以估量的破坏。

"郭孝成说这九名犯人最后被处决了？"顾鹤笙还抱有最后一丝侥幸。

"是的。"马明海的呼吸越来越微弱，咽气前他的声音细若蚊吟道，"听执行枪、枪决的看守说，就埋、埋在普陀的乱葬岗。当天刚好是他儿、儿子满月，他怕有报应事后偷偷立了一块木头当墓碑，还在上面留了自己名字。"

"他叫什么？"顾鹤笙追问。

"边、边富年。"

马明海说完最后一个字咽了气。顾鹤笙想做最后的证实，立马让丁三带人和自己连夜赶到乱葬岗，很快便找到刻有"边富年"木桩的坟坑。丁三让人挖开后，只见里面是横七竖八的尸体。顾鹤笙逐一清点后面露难色——坟坑里一共只有八具尸体，每具尸体的囚服上都缝有编号，唯独没有1147号。

2

穿长衫戴礼帽的中年人走进蓝韵唱片店，俞志豪正在忙着打烊，见人进来，他笑脸迎上去："先生想挑选什么唱片？"

"你这里能修补唱片吗？"中年人客气问道，"家里有一张《图兰朵》歌剧唱片坏了，问了好多家都没办法修复。"

"这得问我们掌柜，先生里面请。"

俞志豪带着中年人来到后屋，陆宏生按捺不住内心的喜悦，快步上前握住中年人的手："钧儒同志，总算把你给盼来了。"

"宏生同志，我也没想到还能再见到你。"

"得知你和其他同志被释放我太高兴了。"

"感谢组织对我的信任，让我又能投入新的战斗。"

关了店门回来的俞志豪被陆宏生叫过来。

"给你介绍一下，这位是俞志豪同志。"陆宏生指着傅钧儒说，"这位是傅钧儒同志。他之前就负责上海地下党情报收集和反谍工作，被日本人抓捕后忠贞不屈经受住了考验。从现在开始钧儒同志将接替我的岗位，他将是你的新上级。"

俞志豪连忙敬礼："首长好。"

"这里可没有首长，我现在是蓝韵唱片店的新掌柜。"傅钧儒和蔼可亲道。

俞志豪憨憨一笑去为二人倒水。

"组织应该已经给你交代了任务，我接到通知今晚就要去北平，时间紧迫我简单给你介绍一下目前的工作重点。目前你将接手一个行动小组，这个小组情况很特殊，他们的主要任务是协助一名潜伏在军统内部的同志工作。这位同志对我们极为重要，屡次提供的重大情报挫败了军统多次阴谋。从现在开始你是这个小组的直接负责人，俞志豪同志是你的联络员，由他负责你与行动小组的联络和情报传递。"

"明白了。"

陆宏生再次握住傅钧儒的手告别："没想到我们的重逢竟然会是分别。你我是多年的战友，能再见到你我真的很高兴。组织上把这么重要的任务交给你我也放心了。再见，希望下次重逢时不是在黑夜而是在阳光下。"

"我期待这一天的到来。"

把陆宏生送走之后,傅钧儒单独留下俞志豪谈话:"目前斗争形势严峻,敌人的疯狂清剿给组织造成了很大的破坏。考虑到行动小组的重要性,我决定和小组成员见面。"

俞志豪担心道:"可组织规定上下线必须单线联系。"

"这是上级的命令。"

"是。"

"你负责召集小组成员,三天后在河滨公园的凉亭见面。一定要让潜伏的同志也到场,我有组织上下达的新任务要部署。"

"保证完成任务!"

傅钧儒笑着点头,送俞志豪出去时和他握手,裸露在长衫外的手腕上有一道清晰可见的伤疤。

第四十九章 投名状

上次秦景天住院楚文天送了一盆黄杨,这次来看楚文天,秦景天投桃报李特意挑选了一盆对节白蜡,寓意庄重肃穆、刚劲坚毅。原想着楚惜瑶为自己引荐也不至于太尴尬,结果临来楚惜瑶才告知,楚文天想单独见自己。

秦景天坐了快半个小时门才被推开,只见进来的人穿着对襟锦缎长袍马褂,竟然是之前相熟的园丁:"你这身行头价格不菲啊,看来楚老板待你不薄,对一名园丁都如此出手阔绰。"

"被逼的,得知你要来,楚家大小姐硬是逼我穿上这身行头,估摸着是怕我丢了她的脸。"园丁无可奈何地苦笑,捧起手中的酒坛,"她叮嘱宴请贵客不能怠慢,让我专门去后院挖出藏了十年的女儿红,这还是为她出嫁宴请宾客准备的。当初埋的时候也不觉得有多深,挖了老久才挖出来,我这老胳膊老腿都快散架了。"

秦景天刚要开口,目光移到园丁的腿上。他刚才进来时一瘸一拐,显然是腿受过伤。秦景天突然想到楚文天的腿是被日本人打瘸的:"您就是楚文天?!"

"我还是比较喜欢你率直无畏的样子。你要是不习惯就把我当成园丁,咱们之前相处得不是挺好?"楚文天打开酒坛斟满两碗酒,"惜瑶千叮万嘱让我手下留情千万别把你灌醉了。果然是女大不中留,这八字还没一撇呢,胳臂肘已经往外拐了。酒我就不劝你了,你随意尽兴便好。"

秦景天二话不说端起酒碗仰头一饮而尽:"楚老板义薄云天是人中豪杰,可惜一直缘悭一面,今日有幸与您同桌对饮,景天先干为敬。"

"好。"楚文天朗声大笑,再斟一碗,"初生牛犊不怕虎,敢在上海滩不畏权势拦我货的人恐怕也只有你了。前后两次与你交谈有相见恨晚之憾，你秉性对我胃口。说来也怪，与你第一次见面我就有一见如故的感觉，好似以前在什么地方见过你。对了，你上次说你祖籍是什么地方？"

"淮阴。"

"可我总感觉你身上有关中气息。"

秦景天淡笑："怕是楚老板思乡心切。"

"你这么一说也对，算起来我已经有很多年没回去过了。"楚文天神色黯然，"年少离家已有二十余年，家中妻女也不知道是否安好。"

"家中妻女？"秦景天一怔，"您在关中还有家人？"

"我从关中到上海讨生计，离家时媳妇带着女儿，说好了等我在上海站住脚就接她们过来。起初日子苦，居无定所加之兵荒马乱，一封家书到我手里得过半年之久。日子刚好转些就收到家里遭洪涝，从此便再无妻女消息。"楚文天叹息一声仰头酒入愁肠，"多次托人回去打探也是音讯全无，到现在我也不知家人是否还健在。"

"要不我托人帮楚老板打听一下？"秦景天宽慰道，"军统在西安有站点，您和军统打了这么多年交道应该知道军统最擅长就是找人。"

"该想的办法我都想过，西安军统站我也打点过，可依旧没有她们的消息。时间久了我也不想了，只念着她们还平平安安活着，指不定哪天老天爷开眼让我一家团聚。"

"多一个人找总是多一分希望。"

"我是不敢给自己任何希望，每每变成失望又是心如刀绞。"楚文天表情哀伤，但很快又转而一笑斟满酒碗，"不说了，喝酒。"

"有时候缘分这东西很奇妙，就比如我和惜瑶在重庆分别后以为再也见不到，没想到阴差阳错居然会在上海重逢。我向来运气都不错，也许我能为楚老板带回佳音呢。"

"就冲你这句话我怎么也得再试试。我有一张妻女的照片抽空我让惜瑶给你。"楚文天双手敬上酒碗，"要是你能找到她们就是我楚文天的再造恩人。我向来有恩必报，你若有事我定赴汤蹈火在所不辞。"

"如果有仇呢？"秦景天笑着问。

楚文天一愣，但毕竟是见过世面的人："得看多大的仇。"

"楚老板对恩仇是如何划分的？"

"恩不计轻重，滴水之恩我能涌泉相报，至于仇就得说道说道。"楚文天放下酒碗，将虎皮毯盖在膝盖上，"明人面前不说暗话，我楚文天干的尽是不上台面的事，自然也见不得光，既然走的是黑路多少都有仇家。起初是靠打杀杀强取豪夺，等上了岁数才悟了道。有人就有分歧，有分歧就有争端，我打不完也杀不完，冤冤相报还不如化干戈为玉帛。凡事主动退一步多一个朋友总比多一个仇家要好。"

"楚老板的腿伤可有好转？"秦景天换了一个话题。

"日本人阴毒得很，但碍于我的身份他们又不敢痛痛快快杀了我，担心在外面的青帮门徒闹事会让上海失控。他们敲掉我的腿，等骨头刚长上又打断，还故意把我丢到潮湿的地牢里。时间长了这条腿就废了，最要命的是每逢换季变天就像有把刀在骨髓里搅。"

"谁干的？"

"上海日军宪兵队队长久保江保治。"

"楚老板对他也能以德报怨？"

"他？"楚文天重重将酒碗放到桌上，酒溅落四处，"他手上有我十几条弟兄的命加上我这条腿，他要是落我手里没有十天半月我是不会让他咽气的。可惜这王八蛋现在成了战俘，在提篮桥监狱里还有人专门站岗守卫。像他这样恶贯满盈的畜生居然只定性为丙级战犯，坐几年牢就能被遣返回国，老子想想真他妈不甘心。"

秦景天端起酒碗："要是我帮楚老板报仇呢？"

楚文天眉头一皱："杀战俘可是要被枪毙的。"

秦景天意味深长道："战俘都被关押在提篮桥监狱，如果擅自离开监狱就是逃跑，就算被击毙也与人无尤。"

楚文天的眉头皱得更紧了："你什么意思？"

"久保江保治在几天前被秘密从监狱提走，连同他在内的还有其他几名日军战犯。"

楚文天一听顿起杀心："这些人现在在什么地方？"

"在上海找几名日本战犯无疑大海捞针，不过楚老板手下青帮门徒众多，如果全力搜查相信即便是根针也能找到。"秦景天从容道，"楚老板只要把这些人的确切位置找出来，剩下的事我帮楚老板做。"

楚文天慢慢靠到椅子上，嘴角展露出笑意："这倒是一份大礼，可我很好奇你这样做的目的是什么？"

"多一个朋友总比多一个仇家要好。楚老板能在上海滩叱咤风云想必很懂得如何交朋友，与您投缘的人相信不少，可能成为您朋友的就凤毛麟角。我和楚老板没有过命的交情想来一时半会儿彼此也很难相互信任，我替您除掉久保江保治，一来为您报仇雪恨，二来算是纳了投名状。"秦景天将手中酒碗向前一递，"不知楚老板意下如何？"

楚文天沉默良久，端起酒碗相碰："干！"

第五十章　破釜沉舟

秦景天和顾鹤笙在军统站门口被拦下，要求他们下车签字登记。

"谁又别出心裁定的破规矩？"先到的秋佳宁一脸不悦。

"是站长的指示，从今天开始军统站加强考勤制度。"门卫客客气气地解释，看了一眼旁边的名单，"站长还通知秋处长到了之后立刻到会议室。"

"站长已经到了？"

"站长昨晚就一直留在站里。"

秋佳宁回头看了一眼顾鹤笙："你们情报处收到什么风声了吗？看架势不太寻常啊。"

"站长早就想整顿军统站的风纪，之前和我谈过说是感觉站上作风散漫，办事效率低下，打算认真抓一抓纪律。"顾鹤笙淡淡一笑，一边签字一边说，"你就是闲散太久了，突然紧起来有些不习惯。"

"站长让顾处长也去会议室。"门卫核对名单后说。

秦景天签字时看到了谭方德的名字："谭处长从南京回来了吗？"

"昨晚回来的。"

秦景天看到登记时间是凌晨1点："谭处长昨晚也留在站里？"

"好像有什么重要的事，站长让谭处长回来待命。"

秦景天若有所思地回到办公室，今天的反常让他隐约有些不安，又不能确定是否与今天行动小组的见面有关。秦景天看了一眼表，现在能做的只有等待俞志豪的电话。

顾鹤笙和秋佳宁走进会议室，看见谭方德正在擦拭手枪。

"南京的事处理得怎么样？"顾鹤笙随口问道。

"惨不忍睹。"谭方德回了四个字，摇头叹息道，"全没了，我辛辛苦苦训练的人员全都被抓获，南京方面为此震怒。我收到消息周寿亭的命怕是保不住了，还波及了一大批军统高官，撤职的撤职，法办的法办。"

顾鹤笙故作关心："谭处长不会受到牵连吧？"

"我只负责训练，至于渗透潜伏又不归我管。幸好名单不是在上海泄露的，不然站长恐怕都要被问责。想想真是不甘心，可惜了这批千挑万选的潜伏人员，要是名单没有被共党截获这将会是我一生中最成功的一次潜伏计划。"谭方德心有不甘道。

秋佳宁跷起腿，看了一眼谭方德面前被装满的烟灰缸："你从昨晚到现在一直都在会议室？"

谭方德揉了揉鼻梁："别提了，刚下飞机就接到站长立刻返回军统站的命令。一整宿我眼都没有合以为是有什么行动，结果到现在都没见到站长。"

秋佳宁百无聊赖道："站长通知我们来会议室到底干吗？"

话音刚落沈杰韬就走进来。开门的瞬间顾鹤笙瞟见会议室门口已经被安排了荷枪实弹的警卫。三人见沈杰韬连忙站起身。

沈杰韬单刀直入："军统站内有潜伏的共党。"

秋佳宁听闻一脸震惊，而谭方德和顾鹤笙虽表面惊讶但心中镇定，他们只是不明白沈杰韬为什么突然如此郑重地提起这件事。

"据目前掌握的线索看，此人潜伏时间以及潜伏深度都骇人听闻。我曾试图找出这个人，可惜此人行事缜密滴水不漏，我始终没有找到这个人的破绽。"

谭方德听出了沈杰韬的弦外之音："难道站长有了突破？"

"在半年前我秘密策反了一名共党，此人叫傅钧儒，被日军抓捕后一直关押在提篮桥监狱，他变节后指认了一大批共党。因为傅钧儒在上海地下党组织职务很高，我认为此人还有利用价值所以一直没让他暴露。"沈杰韬看向顾鹤笙，"之前让你负责安排释放的共党人员中就有傅钧儒。"

顾鹤笙暗暗一惊："站长在此人身上有新的收获？"

"傅钧儒在通过共党审查后被重新安排了工作，他接管了一个共党行动小组，该小组的任务就是为了协助这名潜伏人员。傅钧儒已经安排行动小组成员见面,时间是今天下午2点,地点在滨江公园,到时候这名潜伏者也会出现。"沈杰韬看了一眼手表胸有成竹道,"再过几个小时,我就能见到这位一直以来让我寝食难安的同行。"

谭方德着急道:"时间紧迫,应该马上对滨江公园进行布控。"

"你知道谁是潜伏共党吗?"沈杰韬反问。

谭方德茫然摇头。

"既然不知道你又怎么确定负责布控的人里没有这名潜伏者呢?"沈杰韬老谋深算道,"整个军统站,除了你们三人之外每个人都有嫌疑,因此这个消息绝对不能走漏出去。昨晚我已经从上海军统站下辖的站点紧急抽调了特勤人员对滨江公园进行秘密封锁监控,就等着共党的行动小组自投罗网。"

顾鹤笙心急如焚,他要想办法向这位不曾谋面的同志发出警示:"站长召集我们是不是有任务安排?"

"我命令!"

三人同时站起身。

"秋佳宁从即刻起秘密监控军统站所有通讯,并切断对外电话线路,确保除了我办公室的电话之外,全站所有电话只能接听不能拨出。行动要保密进行不能让潜伏者有所觉察,对外宣称线路故障正在抢修。"

"是。"秋佳宁挺胸朗声答道。

"谭方德。"

"到。"

"抽调的特勤人员我给你留了三十名待命,你现在赶过去和他们会合。我向各处下达了整风学习的通告,但凡今天请假离开军统站的人全都秘密抓捕。"

"是。"

"顾鹤笙。"

"到。"

"军统内部人员的行程审查一直都是由你负责,你借此事逐一收缴所有在职人员配枪。我担心这名潜伏者一旦发现身份暴露会狗急跳墙，为避免不必要的人员损失我们得未雨绸缪。"沈杰韬心思缜密道，"突然收缴配枪难免会引起潜伏者的警觉，你可以以登记更换新枪械为由，在中午12点之前必须完成配枪收缴。"

"是。"

三人转身准备各自去执行命令，突然被沈杰韬叫住："你们的配枪。"

顾鹤笙回到办公室心乱如麻地来回走动。沈杰韬的部署天衣无缝，自己根本没有办法将消息传递出去。而且从沈杰韬让自己交出配枪那刻起顾鹤笙就明白了他的用意，今天出现在会议室的三人诚然是沈杰韬在军统站最信任的人，同时也是他重点怀疑的对象。

沈杰韬为三人安排的任务还有另一个用意就是让自己和谭方德、秋佳宁始终在他的视线范围之内。沈杰韬直言不讳地跟他们说出抓捕行动的详情，也意味着如果今天行动小组的同志中止了见面，那么泄密者就在他们三人之中。

秦景天抬头看了一眼挂钟，距离和行动小组成员见面还有三个小时。这时顾鹤笙敲门进来，秦景天一眼就看出他心事重重："是不是被站长训了？"

顾鹤笙故作轻松地笑了笑，如果秦景天能看出自己忧心忡忡，那沈杰韬同样也能看出来，现在这个关键时刻自己绝对不能有任何差池："配枪交给我。"

"怎么突然要交枪？"

"这是站长的意思，打算从现在开始整顿站内风纪，所有配枪人员的枪械一律上缴备案，等登记在册后再统一发放。"

秦景天把手枪递给顾鹤笙，不动声色道："下午我要去医院换药，看样子你今天得忙到很晚，需要什么药我帮你带回来。"

"你下午要出去？"

"不去不行啊，惜瑶会唠叨个没完。"

顾鹤笙转身关上门，低声说："今天你最好老老实实待在站里哪儿都别去。"

"怎么了？"秦景天眉头一皱。

"总之你听我的就对了。"

"我去医院的事站长是同意的。"

"今天不行！"顾鹤笙怕隔墙有耳，将秦景天拉到窗边，"你今天下午要是出去了就是跳到黄河也洗不清。"

秦景天已经预感到不对劲："到底出了什么事？"

"共产党一个行动小组会在今天下午2点在滨江公园见面，据站长掌握的情报显示一名潜伏在军统内部的共党人员也会到场。站长已经布下天罗地网就等这个人出现。"

秦景天心中一惊，脑子里瞬间想到叶君怡，自己必须想办法阻止她出现在滨江公园。

突然电话铃声响起，时间刚好是11点半。这是自己和俞志豪事先约定好的暗号，响三声后挂断表示接头地点安全，可见俞志豪还没有觉察到危险。

"电话。"顾鹤笙在一旁提醒。

秦景天拿起电话，另一头的俞志豪没想到会有人接，两人都拿着话筒一言不发。这样僵持了少许，秦景天挂断电话。

"没有声音，估计是串线或者打错了。"

"我今天事情多先不和你说了。"

秦景天叫住准备出去的顾鹤笙："人不能出去电话总能打吧，我得告诉惜瑶一声，不然她又要埋怨我。"

"你今天就忍忍吧，被她埋怨总比监禁审查要好。"顾鹤笙指着电话，"站长已经让佳宁监听了全站所有电话线路，除了站长办公室的电话，其他的只能打进不能打出。这个节骨眼儿上你就别给自己找麻烦了。"

"知道了，谢谢。"

等顾鹤笙出去后，秦景天的笑容瞬间凝固在嘴角。沈杰韬封堵了所有消息外泄的可能，时间每过一秒叶君怡的危险就多增加一分。

秦景天努力让自己冷静下来，反锁上办公室的门后脱掉衣服。腹部的伤口虽然有些红肿但大致已经愈合。秦景天将毛巾塞到口中，拿出匕首硬生生划开伤口，刀刃切入身体的剧痛在他额头上激出一层冷汗。直到鲜血流淌出来秦景天才重新穿好衣服，在镜前整理妥当后拿起桌上的文件去了沈杰韬办公室。

"你脸色不是太好。"沈杰韬一见到秦景天就关切地问道。

"楚医生也这样说，她说我提前出院会妨碍伤口愈合和身体机能恢复。"

"你应该听楚医生的。"沈杰韬说话时瞟见一抹血红，撩起秦景天的外套，看见白衬衣上渗透出的血渍，"怎么回事？"

秦景天故作不知，掀起衣服露出裂开的伤口："刚才我就隐约感觉伤口有些痛还没在意，应该是上楼时不小心踩空让伤口裂开了。"秦景天抹了一把满手是血。

沈杰韬查看伤口发现问题比较严重："开了这么大的口子你居然不知道，幸好我发现得及时，要是再裂开大一点估计血都止不住。"沈杰韬让秦景天先坐下不要走动，叫来站上的卫生员来处理。

"伤口必须重新进行缝合，站上没有这样的医疗条件，得尽快送秦组长去医院。"卫生员查验后说。

沈杰韬一听让卫生员先出去："今天下午2点之前任何离开军统站的人都会被立刻抓捕隔离。"

秦景天故作不知："出了什么事？"

"我暂时还不能告诉你。"沈杰韬来回走动几圈停在秦景天身前，"要不劳烦楚医生来一趟？"

"我听站长的。"

"你现在就给楚医生打电话说明你现在的情况，让楚医生带上必要的医疗工具尽快赶来。"

秦景天本来也没打算通过这样的方式让沈杰韬放自己出去，他心里很清楚，即便能离开军统站也没有机会将消息传递出去，反而还会增加自己暴露的风险。得让其他人把情报带出去，秦景天兵行险着想到了楚惜瑶。

秦景天刚准备去打电话，沈杰韬思前想后还是觉得不妥。这次抓捕行动必须确保万无一失，沈杰韬要将所有可能出现纰漏的地方全都提前预防住。

"你还是不要乱动，万一伤口继续裂开恐怕有性命之忧。"沈杰韬让秦景天就坐在沙发上，自己拿起电话，"还是我来给楚医生解释吧。"

秦景天点点头，沈杰韬拨通电话："喂，楚医生吗？"

"我是，请问你是哪位？"

"我是沈杰韬。"

沈杰韬突然给自己打电话让楚惜瑶感到有些意外："沈站长找我有什么事吗？"

"景天刚才不小心让之前的枪伤伤口裂开了，我瞧着情况还挺严重。"

楚惜瑶一听心中万分焦急："哪一处？"

沈杰韬偏头看了一眼："腹部的枪伤。"

"他的伤口本来就没有完全愈合，加之腹部切口极容易裂开，我让他在医院休养好再出院，可他就是不听。这个部位伤口裂开很容易引发感染，严重时还会导致肠管和网膜脱出，都有可能危及生命。"楚惜瑶越说越心急，"沈站长，麻烦您安排人送他到医院。"

"我让站上的卫生员查看过景天的伤情，考虑到伤口裂开程度严重，卫生员建议景天尽量减少移动，我也是这样认为的。为了稳妥起见我希望楚医生能亲自过来一趟。"

"好，我马上就过去。"

"站长，麻烦帮我转告楚医生，今早忘了吃早饭现在有些低血糖反应，让她来的时候给我带一盒蟹壳黄。"

"楚医生，景天让你帮他买一盒蟹壳黄。"

"蟹壳黄……"楚惜瑶一愣，但很快恢复镇定，"好的。"

放下电话后楚惜瑶突然意识到这次通话另有深意。蟹壳黄是秦景天给自己安排的代号，他不会无缘无故说起，这说明秦景天碍于沈杰韬有什么话不能直言。他提到蟹壳黄代表他需要的不是医生而是搭档。

第五十一章《奥赛罗》

楚惜瑶是被谭方德亲自带进来的。一进屋楚惜瑶就快步走到秦景天面前,查看伤口后立刻明白这根本不是外力导致的裂开,而是用利器切割造成的创面。楚惜瑶抬头看向秦景天,猜到他一定有事急需见到自己。

"严重吗?"沈杰韬在一旁问。

"我看问题不大,重新缝合上就没事了。"秦景天抢在楚惜瑶之前回答。

楚惜瑶心里盘算,按说以秦景天的伤势应该立即送医院,可沈杰韬却让自己来这里医治可见是不想让秦景天离开。当务之急是要搞清到底发生了什么事。

"还好,需要先清理伤口后才能进行缝合。"

"去我办公室吧,免得把站长这里搞得到处都是血。"秦景天说。

"谭处长。"

"到。"

"你扶景天回去,手里的工作先放放,留下来给楚医生搭把手。"

谭方德明白沈杰韬是不想让秦景天和楚惜瑶有单独接触的机会,心领神会地点头:"是,我会全力协助楚医生。"

回到办公室,楚惜瑶动作麻利地收拾出桌子让秦景天躺上去,又小心翼翼地清理干净伤口周围的血渍。谭方德始终寸步不离地站在旁边,根本不给他们单独交谈的机会。

"你不是医务人员,在这里帮不上忙,能不能请你先回避?"楚惜瑶一脸严肃地说道。

"你这性子得改改。我自己不小心导致伤口裂开也怨不得谭处长,你别把气撒到谭处长身上。"秦景天笑着打圆场。

"这事怨我，怨我。"谭方德在一旁满口赔不是，但完全没有要离开的意思，"我真不知道景天伤口还没复原，早知道就强制他住院养病了。"

"现在也不迟。"楚惜瑶一脸不悦，"他都这样了为什么不送医院？你们是在草菅人命！"

"惜瑶！"秦景天沉声呵斥一声，偏头对谭方德赔罪，"她口无遮拦谭处长千万别介意。刚才站长跟我说今天站上好像有什么重要行动，具体细节他没说，不过看架势今天站内人员出入应该被管控，我还是留在站里为好，免得招惹不必要的麻烦。"

秦景天这些话是故意说给楚惜瑶听的，希望她能从话语中知晓现在的情况。

"你能理解最好，今天情况特殊也是无奈之举。"谭方德点到即止不再多说，对楚惜瑶抱歉地笑了笑，"楚医生放心，晚些时候我一定亲自把景天送去医院。"

"蟹壳黄呢？"秦景天岔开话题。

楚惜瑶从包里拿出一袋烧饼递过去，秦景天还没伸手就被谭方德接过去。

"从昨晚到现在我还一口东西都没吃。"

"谭处长要是饿了就先垫垫。"

谭方德打开袋子检查，里面除了几个蟹黄壳之外并没有其他东西，但他还是谨慎起见只拿出了一个给秦景天。

"要不这袋就留给我了？"谭方德不想秦景天经手从外面带进来的东西。

"我吃一个就够了，剩下的谭处长留着吧。"秦景天不以为然。

正在清理血渍的楚惜瑶通过刚才两人的谈话和动作已经隐约能看出事态严重。谭方德在极力阻止秦景天与外界的所有联系，就连一袋烧饼都无法传递到秦景天手中，更别想能与他单独相处了。

谭方德并没有什么胃口，但碍于刚才说的话只能也吃了一个。他也知道留在这里显然目的性太强，只能没话找话闲聊："景天和楚医生郎才女貌，你们什么时候把好日子定下来，处里的弟兄也能沾沾喜气。"

秦景天突然满脸爱意地抚摸楚惜瑶手背："以前姑娘把手给你也会把心给你。可现在不同了，你就是牵了姑娘的手也未必能牵住她的心。"秦景天苦笑着说，"她现在还在考察我，至于我能不能通过考察就不得而知。"

"我瞧着楚医生对你挺好的。"

楚惜瑶专心致志地注射麻药，为了不让谭方德看出自己紧张故意白了秦景天一眼："我十天半月都见不到你一面，你别在外面拈花惹草就谢天谢地了。"

秦景天笑着说："你这样可不好，嫉妒是绿眼的妖魔，沾染上会被它玩弄的。"

谭方德在一旁帮忙开脱："楚医生多虑了，最近站上工作繁重，景天一直都是带伤出任务，哪儿还有时间寻花问柳。"

"你小心点，别把血沾到头发上。"秦景天动作温柔地撩起楚惜瑶的长发，从身上拿出手帕为她系上马尾，还不忘细心地擦拭掉沾在楚惜瑶衣角的血渍，然后玩笑道，"红色挺适合你的，你要是穿红色的衣服一定很好看。"

楚惜瑶只顾着担心他的伤势，没有理会秦景天的戏谑。她动作麻利地缝合好伤口，缠绕上纱布后为秦景天穿好衣服。

"千万不能再用力或者频繁走动，万一伤口再裂开就麻烦了。"楚惜瑶一边收拾一边想着该如何支开谭方德。

"谭处长，我实在不方便就麻烦你送她出去。"

"好。"

楚惜瑶和秦景天对视一眼，他似乎并没有挽留自己的意思。

"对了，上次你说喜欢喝手磨咖啡，我托人买了一罐蓝山咖啡豆。"秦景天捂着伤口缓缓坐起来，从抽屉拿出咖啡递给楚惜瑶，"不知道合不合你口味，要是喜欢我再托人多买些。"

楚惜瑶和谭方德的目光几乎同时定格在咖啡罐上。楚惜瑶心想，自己从来没说过喜欢喝手磨咖啡，秦景天此举想必另有深意。

秦景天把咖啡罐递到楚惜瑶手中时，动作亲昵地抚摸她的头："这罐咖啡价值不菲，好不容易才搞到，你可要留着慢慢喝。"

楚惜瑶认为这是秦景天的一种暗示，是在强调咖啡罐里装着极其重要的东西。她极力让自己看上去很平静："我带回去先尝尝，要是口感不错你就再帮我买点。"

"哟，还真是巧了，我刚好也喜欢喝咖啡，不过现在正宗的蓝山咖啡可不好搞到。"谭方德伸出手，故作羡慕道，"能不能让我闻闻？"

楚惜瑶心中暗暗一惊，若是拒绝反而有欲盖弥彰之嫌疑，但如果咖啡罐里有东西就会让秦景天陷入困境。

"不知道谭处长也喜欢喝咖啡，要不等过几天我再托人为谭处长也搞一些？"

"舍不得？"谭方德似笑非笑，伸出的手并没有缩回，"我对咖啡倒是有些研究，不妨让我帮你鉴定鉴定，万一买到假的岂不是吃大亏。"

楚惜瑶将咖啡罐抱得更紧，心里只有一个念头，无论如何也不能给谭方德："谭处长日理万机就不劳烦你亲自费心了，东西真假等我回去研磨一杯就知道。"

秦景天却没有反驳："我对咖啡还真不懂，既然谭处长深谙此道不如就请谭处长帮我把把关。这一罐还真花了我不少钱，万一真是假的我回头还得找商家好好说道说道。"

楚惜瑶无奈只能将咖啡罐交给谭方德，可他并没有打开的意思。

"我先送楚医生出去，你好好休息。"

"惜瑶，我最近经常头痛，你上次给我开的止疼片效果不错，等我去医院再给我开一瓶。"

楚惜瑶点头："好。"

离开秦景天办公室，楚惜瑶一直惴惴不安地用余光瞟着咖啡罐。

"楚医生稍等，今天情况特殊没有站长签署的通行证任何人都不得离开，我先去向站长请示一下。"

"有劳谭处长，不过麻烦快点，我下午还有病人等我做手术。"

谭方德笑着点头，留下楚惜瑶在门口等候，自己快步来到沈杰韬办公室。

"楚医生临走前秦景天送了她一罐咖啡。"

沈杰韬眉头一皱："打开仔细检查。"

谭方德连忙打开盖子，将咖啡豆全都倒出来，逐一检查一番后发现里面并没有什么东西。

"还东西的时候客气点，她后面还有一个楚文天。这个人对我们还有很大用处，面子上总得过得去。"沈杰韬见没有可疑之处，让谭方德将咖啡重新装好。

"我知道怎么做。"

谭方德刚走到门口又被沈杰韬叫了回去。

"站长还有什么吩咐吗？"

沈杰韬的目光还在咖啡罐上，他沉默少许后拿出另一个装茶叶的铁罐，将咖啡豆倒入茶叶罐，然后把空的咖啡罐交给谭方德。

"咖啡豆还给楚医生，罐子你拿到技术科检查。"沈杰韬老谋深算道，"楚医生要是问起，你自己想办法解释但不要太直白，你既然都唱了白脸就委屈你唱到底。"

楚惜瑶在门口焦急地来回走动，时不时抬头看一眼秦景天办公室的窗户。她故意站在秦景天能看到的位置就是想知道他还有没有其他暗示，可秦景天始终都没有出现在窗边。

谭方德拎着装有咖啡罐的纸袋出来："抱歉，让楚医生久等了，站长已经批准你可以离开。"

楚惜瑶接过纸袋道了声谢就急急忙忙拦下一辆黄包车。

"小姐，请问去哪儿？"车夫拉起车边走边问。

楚惜瑶脑子里一片空白，这时才发现自己手在抖，根本没有目的地，也不清楚秦景天让自己来这里的原因。经过刚才的事楚惜瑶才真正明白秦景天所说的那种令人窒息般的压力。自己只不过经历了一次，而秦景天每天都在这种高压之中，楚惜瑶突然意识到当间谍并不像自己想象中那样轻松。

"往前走。"楚惜瑶现在只有一个念头，就是距离军统站越远越好，她忽然想起秦景天之前教过自己的反跟踪办法，"沿着街边走。"

楚惜瑶拿出化妆镜慢慢探到车外，从镜中观察身后是否有跟踪的车辆和人。转了几条街后楚惜瑶确定自己没有被跟踪，就让车夫停在一条弄堂口，掏出钱也来不及数全都塞到车夫手里。她急急忙忙在巷弄里找了一处没人的拐角，从纸袋中拿出咖啡罐，这才看到里面的罐子已经不是秦景天交给自己的那个，顿时反应过来一定是谭方德让自己等候的时候调换了罐子。

楚惜瑶手忙脚乱地打开罐子将咖啡豆散落一地，见里面什么都没有，瞬间急得快哭出来。万一秘密被秦景天留在了咖啡罐上，他现在很可能已经暴露身份，楚惜瑶懊悔自己太大意让秦景天陷入危险之中。

楚惜瑶心乱如麻时想到了楚文天。她现在只能把救秦景天的希望寄托在父亲身上，毕竟父亲和军统交往甚密，多打点些钱财兴许能保秦景天安然无恙。

"你穿红色的衣服一定很好看……"

楚惜瑶突然想起秦景天说的这句话。

这是一句谎言。上次和秦景天参加酒会，他开诚布公地说过红色并不适合自己。这是一句只有他俩才会懂的谎言，他故意在自己面前说谎应该是在暗示什么。

楚惜瑶努力让自己冷静下来，回想起秦景天说这句话的那天晚上，他一直在利用自己吸引其他人的注意力。他最后给自己的解释是，一名间谍身上最难找到的就是真实！

秦景天每时每刻都生活在谎言和欺骗中，今天他在自己和谭方德面前所说和所做的也不该是真的。如果有，一定隐藏在谎言之中，秦景天是希望自己从谎言中找出真实的部分。

楚惜瑶再次看向手中的咖啡罐。如果自己的判断是正确的，那么这一切应该都是秦景天提前就计划好的，就如同上次他故意让自己穿上红色艳丽的晚礼服去干扰其他人的视线一样。

那袋蟹壳黄以及这罐咖啡都是故意在误导谭方德的注意力。秦景天在交谈中多次暗示过自己不能离开军统站，那么他交给自己的东西一定会受到严密的检查。像他这样心细如尘的人绝对不会将秘密藏在如此危险的地方。

不是咖啡罐！

楚惜瑶渐渐平复下来，还有其他的东西或者秦景天把想要告诉自己的秘密隐藏在了某句话中。可秦景天把咖啡罐交给自己时强调过一句，"这东西价值不菲"，很显然这是最直白的暗示。如果秘密不在咖啡罐里，那秦景天这句话到底是什么意思呢？

楚惜瑶开始冷静回想秦景天对自己说过的每一句话，其中有一句让楚惜瑶感到突兀，"以前姑娘把手给你也会把心给你，可现在不同了，你就是牵了姑娘的手也未必能牵住她的心"。

可事实刚好截然相反，自己早在见到秦景天那刻起就已经把心毫无保留地交给了他。秦景天不会不明白自己对他的心意，因此这句话似乎是另有所指。

楚惜瑶一边来回走动一边思考。这句话把话题引到了女人身上，自己故意当着谭方德的面埋怨秦景天，结果他认为自己是在嫉妒。

嫉妒……

"嫉妒是绿眼的妖魔！"楚惜瑶一怔，不由自主念出声。

"嫉妒是绿眼的妖魔！"

她突然意识到这两句话是莎士比亚创作的四大悲剧之一《奥赛罗》中的经典台词。这也是楚惜瑶最喜欢的一部歌剧。难怪秦景天说出这话时自己总感觉耳熟，好像是在什么地方听到过，只不过当时太紧张没有细想。

当年在德国自己就是因为低血糖发作才与秦景天不期而遇，而那次邂逅的原因正是自己赶着去看《奥赛罗》歌剧。秦景天从一开始就在用低血糖暗示，他想引导自己联想到的正是这部歌剧。楚惜瑶现在要做的就是找出秦景天让自己想到《奥赛罗》的原因。

这是一部关于爱情悲剧的作品，讲述的是骁勇善战的将军奥赛罗因为听信谗言认为妻子对自己不忠而误杀挚爱，最后真相大白追悔莫及在妻子身边拔剑自刎的故事。

"他到底想告诉我什么？"楚惜瑶又开始心烦意乱，双手捂住头希望能让自己平静下来，无意间碰到了秦景天给自己扎的马尾。

这时楚惜瑶突然眼睛一亮。《奥赛罗》里有一样贯穿始终的道具，不仅引出了许多生动的故事，还勾连起许多复杂的纠葛，最终成为酿成这起爱情悲剧的导火索——卑鄙的凯西奥正是用一张绣有草莓花边的手帕让奥赛罗误信了妻子的不忠。

楚惜瑶抬起的手慢慢摸到了秦景天用来为自己扎头发的手帕。她瞬间想起歌剧里那句脍炙人口的台词，"这一方小小的手帕，却有神奇的魔力织在里边……"

楚惜瑶顿时明白一切。秦景天真正想要传递给自己的东西就藏在这方手帕中。当秦景天说"这东西价值不菲"时，谭方德和自己都以为他指的是咖啡。可当时秦景天的手正抚摸在自己的头上。

楚惜瑶解下手帕展开，白色的手帕上空无一物，她翻来覆去看了很多次也没有发现任何潜藏的痕迹。楚惜瑶转念一想，秦景天既然知道所有被带出军统站的东西都会被检查，他绝对不会将秘密直接留在手帕上。

楚惜瑶突然发现秦景天缜密的逻辑令人感到害怕。他做的每一件事、说过的每一句话都是有目的性的，换一个思路，今天交谈中秦景天提到的东西相互之间都是有关联的。

楚惜瑶记起秦景天教过自己在谈话中精炼出关键词，她把今天的对话反复筛选，最后提炼出两个不该出现的词语——咖啡和止疼片。

自己从来没告诉过秦景天喜欢喝手磨咖啡，也从来没给他开过缓解头痛的止疼片。

而这两个词对于学医的楚惜瑶并不陌生，从咖啡中提取的咖啡因刚好具有止疼的效果。如果将这两个词融合在一起，楚惜瑶很快想到秦景天真正要告诉自己的秘密——氨基比林咖啡因片！

秦景天要让自己记住的并不是止痛药而是上次他为自己展示的那个魔术。楚惜瑶清楚地记得化学药剂调配的比例和勾兑方法，连忙去药房买到所需的药品如法炮制将配好的药水涂抹在手帕上，然后用酒精灯对手帕小心翼翼地加热。很快，一行简短的字神奇地出现在手帕上。

楚惜瑶记下上面的内容后立即烧毁手帕，脱掉高跟鞋赤脚跑向最近的公用电话亭。手帕上有一串数字，楚惜瑶只能猜测这是一个电话号码。她在公用电话亭里惴惴不安地按照数字拨通电话。片刻后电话被接通，但电话那头没有声音，楚惜瑶隐约能听到对方轻微的呼吸声。

"喂？"楚惜瑶试探着问了一声。

电话另一头依旧没有回应。

楚惜瑶不知道自己是不是真的领悟对了秦景天的意思，只能鼓起勇气说出手帕上的内容："见面地点暴露，立即撤离！"

电话那头的呼吸声明显加重。

"见面地点暴露，立即撤离！"楚惜瑶担心对方没听清，再次重复一遍。

然后听到话筒传来对方挂断电话的忙音。

第五十二章 LSD

秦景天独坐在办公室静静望着墙上的时钟，指针已过6点。屋外走廊里急促的脚步声从未间断过。顾鹤笙中途来过两次，从他的神色看滨江公园那边一定是出事了。

秦景天刚拿起外套，两名荷枪实弹的警卫闯进来："站长让你去审讯室。"

秦景天点头，跟着警卫来到楼下的审讯室。沈杰韬背负双手表情阴森，指着对面的椅子让秦景天坐下。

"我秘密策反了一名叫傅钧儒的共党，目前他负责共党一个行动小组。这个小组的主要任务是协助一名潜伏在军统内部的共党。"沈杰韬让警卫出去，关上门后坐到秦景天对面，"在今天下午2点，行动小组将和这名潜伏者在滨江公园见面，我提前部署了抓捕行动。"

"抓到人了吗？"秦景天平静问道。

"行动还算成功但没有达到我预期目的。"沈杰韬的手指有节律地敲击着桌面，"抓捕的人员忽略了一名负责警戒的共党。此人身份已经查明，俞志豪，二十七岁，他在抓捕行动开始前开枪示警。我本来是想抓活口的，结果演变成一场乱战。我调派的人死了六个。共党的行动小组准备从江边撤离时被全部击毙，其中还有两个女人中枪后落水，现在还在打捞尸体因此身份暂时无法确认。"

秦景天低垂在桌下的手指轻微抽动一下，不由自主想到叶君怡。沈杰韬说出自己最不希望听到的结果，这说明楚惜瑶没能发现自己留给她的信息，或者她没有及时将信息传递出去。

这时，谭方德急匆匆地敲门进来："傅钧儒带回来了，您看该怎么安置？"

"他的上线和下线都出了事,共党现在已经知道他变节叛变,一枚弃子留着还有什么用。"

"我明白了。"谭方德心领神会。

"你明白什么?"沈杰韬反问。

"站长放心,我会处理干净的。"

"你打算杀了他?"

"站长还有其他安排?"谭方德一脸茫然。

"杀一个废人的意义何在?"沈杰韬老谋深算道,"即便是弃子也要榨干他最后的价值。他叛变时写的《悔过书》和《退党声明》交给报社头版刊登。至于傅钧儒这个人还是好聚好散吧,飞鸟尽良弓藏的事干多了以后谁还愿意为我们卖命。"

"站长的意思?"

"傅钧儒不是想出国避祸吗,咱们就成全他。傅钧儒想去哪儿随便他挑,机票还是船票我们送他,至于以后就看他自己造化了。"

"是。"

谭方德离开后,沈杰韬的目光重新回到秦景天身上。

"抓捕行动是我亲自安排布置的,为了防止走漏风声我特意没用站上的人,因此我排除了抓捕环节出错的可能。但根据现场勘查结果显示,俞志豪刚进入公园就率先开枪,听到枪声后抓捕人员只能采取行动,这直接导致突袭计划失败,随后双方展开交火形势完全失控。"沈杰韬敲击桌面的手指悬停在空中,双眼直视秦景天,"你对此有什么看法?"

秦景天对答如流:"俞志豪故意开枪有两个目的,其一是通知同党,其二是想以此来试探出周围的抓捕人员。"

"我和你想法是一样的,这次抓捕行动的重点不在共党的行动小组,而是那名在军统的潜伏人员。我原本以为今天能拔出这根心头刺,可结果却又一次让我和此人失之交臂。今天2点前离开过军统站的一共有十二人。"

"站长是怀疑这名潜伏者就在其中?"

"我期望如此，可大多数时候期望越大失望也越大，这些人经过初步审查都无疑点大致可以排除嫌疑。"沈杰韬的目光精明老练，"不过这次行动也并非全然没有收获，这名潜伏者没有出现在见面地点和俞志豪开枪示警，这两件事能让你想到什么？"

"潜伏者提前获悉了见面地点暴露并且通知了俞志豪。"

"很好。"沈杰韬点点头，竖起一根手指，"既然潜伏者能和俞志豪直接联系，可见俞志豪是认识这名潜伏者的。"

"站长是想从俞志豪身上找出潜伏者？可您刚才不是说共党的行动小组全被击毙了吗？"

"俞志豪当时还不知道傅钧儒叛变，他在掩护傅钧儒撤离时被其从背后开枪击中，抓捕人员趁机将俞志豪控制。"

沈杰韬起身打开旁边的铁门，秦景天一进去就看见被铐在刑椅上奄奄一息的俞志豪。傅钧儒击中了他的肩膀，经过简单包扎的伤口染红了纱布。

"他开口了吗？"

"我认为他是不会开口的。"沈杰韬肯定道，"我询问过抓捕人员，在俞志豪进入公园之前没有人发现他有问题，他完全有机会从包围圈安全撤离的。假设他事先已经知道见面地点被监控，那么在明知道是陷阱的情况下还选择进来就说明他抱着必死的决心。"

秦景天在门口看向神志不清的俞志豪，内心很挣扎。如果他没有参与这次任务，现在应该已经平安返回部队。

"我和共党打了十几年交道，在经过无数次审讯后我总结出一个经验：信仰是一种很抽象的东西，越是复杂越容易被攻破，相反简单的信仰往往是最坚定的，就比如他。"沈杰韬指向俞志豪，"不惜牺牲自己拯救同伴，这是他对自己信仰最后的精练。"

秦景天认同沈杰韬对俞志豪的评价，他相信任何刑讯都不会让俞志豪出卖自己的战友。

审讯室里除了俞志豪还有一名审讯员，他正在给俞志豪注射针剂。

第五十二章 LSD

"已经是最大剂量了，如果再注射会导致他心脏衰竭。"审讯员走过来低声对沈杰韬说，"考虑到他目前的伤势恐怕会心血管爆裂猝死。"

沈杰韬点头示意审讯员出去："我让人给他注射了LSD。"

秦景天不动声色。

"知道这种针剂有什么用吗？"

秦景天故作不知摇头，但他心里很清楚LSD是麦角酸二乙基酰胺的简称。这个发明不到十年的化合物在医学上对治疗精神病有显著疗效。但它具有强烈的致幻作用，早在"二战"开始前就秘密作为审讯的一种非常规手段。

被审人在被注射LSD后会出现严重的精神错乱，药物会快速抑制神经系统导致被审人进入镇静状态，会在毫无意识的情况下准确回答问题，因此LSD也被谍报机构称之为吐真剂。

对付LSD只有两种办法，要么迅速让自己的思维进入死循环，要么就是受过专业的臆想思维训练。秦景天接受过反药物审讯的训练，他深知这种药物对于普通人的杀伤力，没想到沈杰韬居然会用在俞志豪身上。

"简单来说可以让他说出潜藏在内心的秘密。"沈杰韬简明扼要地解释。

"他说了吗？"

"这个人的意志力超出我预计，他强撑到现在一句话也没说。不过我不需要他开口，趋利避害是人的本性，只要对自己坚信的事或者人有了一丝的怀疑，就会在恐惧和孤独中被自己无限放大。很多时候只是需要一个能说服自己的理由来让自己放弃抵抗，只是这个理由需要自己来认可而已。俞志豪虽然不是这样的人，但他信仰简单就意味着专一，当他的思维在不受控制的情况下，在见到自己认识并信任的人时，他会在药物的作用下表现出来。"

沈杰韬应该就是用这样的办法排除了那些在今天离开军统站人的嫌疑，而且秦景天很清楚这样的方式的确是有效的。同时秦景天也猜到了自己被沈杰韬叫到这里的原因："我能做什么？"

沈杰韬拿出一沓照片："给他逐一看照片上的人，你既然能阅读出秋佳宁的肢体语言，那么他的表情变化也逃不过你的眼睛。"

秦景天心知肚明，沈杰韬真正想要甄别的并不是照片上的那些人，他是想看看俞志豪见到自己的反应。

秦景天接过照片从容不迫地走到俞志豪面前，拿起照片放在他眼前："认识这个人吗？"

沈杰韬跟了上来，目不转睛地注视着俞志豪的表情。思维迷离混沌的俞志豪不停蠕动喉结，显然他并不愿意开口但不受控制的思维还是让他不由自主地摇头。

秦景天换了第二张照片："认识这个人吗？"

俞志豪的视线定格在秦景天脸上，瞬间收缩的瞳孔说明他已经认出自己。只要他表情中露出丁点异样就会被沈杰韬捕捉到，可俞志豪的视线竟然移回照片上依旧是无力地摇头。

这个看似简单的动作却让秦景天大为震惊。俞志豪没有受过反药物审讯的训练，他刚才在认出自己的情况下没有表现出来，完全是凭借自己的意志力在支撑。

在秦景天眼中俞志豪和叶君怡一样都不是合格的情报人员。在大多数时候秦景天都将他们视为负担，可偏偏就是这样让自己瞧不上眼的人却有着惊人的坚毅和忠诚。直到现在他还在用仅存的意志来保护自己。

但秦景天拿起第五张照片时，俞志豪注视自己的时间已远多于照片。即便他极力想将目光移走，可每次秦景天问出"你是否认识此人"时，俞志豪都会不受控制地看向他。秦景天很清楚俞志豪最后的意志正在药物的作用下渐渐消亡殆尽，一旦他彻底被药物支配俞志豪会当着沈杰韬的面指认出自己。

沈杰韬没留意到俞志豪不断转移的视线。直到第七张照片放在他面前时，沈杰韬突然发现俞志豪一直松弛的手突然紧握椅子扶手，伴随着身体轻微的抽搐他的瞳孔也在放大。

沈杰韬以为是俞志豪认出了照片上的人，加重语气追问："和你联络的是不是他？"

对面的秦景天眉头微皱。俞志豪迷离的眼神反而变得清晰。他似乎摆脱了药物的控制，可始终闭着嘴，从起伏的腮帮能看出他此刻正紧咬着牙。

沈杰韬连续追问好几次，俞志豪依旧默不作声，除了不断加剧抽搐的身体外，他的脸色也快速苍白。沈杰韬突然一惊像是猜到什么，大声喊来门口的警卫撬开俞志豪的嘴。

两名警卫拼尽全力硬是无法让俞志豪张嘴。沈杰韬恼羞成怒拿起一旁烧红的烙铁烫在他伤口上。惨叫声中俞志豪一口鲜血喷溅在秦景天脸上，和鲜血一起喷涌出来的还有半截舌头。

沈杰韬大惊失色高喊着止血抢救，可等警卫强行将纱布塞到俞志豪口中时为时已晚。俞志豪在审讯椅上一动不动，警卫伸手摸到他的颈部，再三确认后低语："他死了。"

沈杰韬闭目长叹一声，没想到俞志豪竟然会用如此决绝的方式来保护潜伏者。他拍了拍秦景天肩膀："去洗洗吧，这里没你什么事了，先去医院养好伤。"

阴暗的审讯室里只剩下呆坐在椅子上的秦景天，他缓缓抹去脸上的鲜血，视线变成血红，亦如俞志豪信仰的颜色。看着对面俞志豪的尸体，秦景天有一种前所未有的震撼。他为了防止失去意识而暴露战友不惜选择了咬舌自尽，他不肯张嘴是不想留给敌人救活自己的机会。

秦景天突然意识到自己错了，俞志豪是自己见过的最优秀的间谍。即便他没有过硬的谍报技能，但他所展现出来的勇气和忠诚是大多数间谍都无法比拟的。

秦景天神情木讷地走出审讯室，像一具被抽走灵魂的行尸走肉，脸上未曾干涸的鲜血还带有些许温度。秋佳宁见到他时被吓了一跳："你怎么了？"

"被抓回来的共党咬舌自尽了。"秦景天一脸颓然。

"没什么大不了的，在军统待久了就会习惯。"秋佳宁以为秦景天是因为线索中断而懊恼,"可惜了,好好的抓捕行动居然以无人生还告终。"

"那两个女的身份确定了吗?"

"确定了一个,叫许淑玲,身份是一名小学教员,另一个女人暂时还没下落。"

"会不会逃掉了?"

"不会。根据参与抓捕行动的人说,那个女人身上中了三枪后才坠入江中,即便枪伤要不了她的命也会被淹死。"秋佳宁肯定的语气彻底粉碎了秦景天最后一丝侥幸。

"那就好。"向来善于伪装的秦景天不知道自己的笑容有多苦涩。

"听鹤笙说你伤口又裂开了,万一感染可不是小事,清洗干净赶紧去医院吧。"

秦景天点头,独自来到厕所。

"秦组长,你……"

"出去!"

秦景天阴沉着脸将好意关心的人赶走,反锁上厕所门拧开水龙头,动作迟缓地掏出一支烟点燃。从鼻尖滴落的鲜血滑到嘴角浸染在烟上,在明灭的火光中化作一缕薄烟吸入肺中。烟的辛辣和血的苦涩交织在一起,重重压在秦景天的心上,感觉快要窒息。

在一天之内失去了一位值得尊敬的朋友和一个让自己动了心的女人,秦景天这才发现自己并不是一台冰冷的机器,只是自己的情感从未有人真正触动到过。

洗干净脸抬头看着镜中的自己,秦景天发现那份对俞志豪的亏欠如同印记般烙印在身体之中永远无法洗涤干净。他重重一拳击碎了镜子,镜子里的自己瞬间四分五裂,犹如自己所扮演过的角色。恍惚间秦景天分不清哪一个才是真正的自己。

走出军统站,凛冽的寒风远不及秦景天内心的悲怆。他开着车漫无目的地行驶在大街上,有一种突然失去前行方向的茫然。直到有辆车在穿过第五条街时依旧出现在后视镜里,秦景天这才渐渐恢复了平静,从身上掏出手枪熟练地打开保险后又放了回去。

停在江边路灯下的车格外醒目，无论跟踪自己的是谁应该都不是一名老手。对方在不远处停下车甚至都忘了熄火，从车上下来的人穿过黑暗快步来到自己车旁，秦景天抬起手中的枪正好能瞄准那人的后背。直至那人转过身，在灯光下秦景天看到她脸上的无助和忧虑。

叶君怡也看见了站在街对面的秦景天，所有的担忧和焦灼在那一刻变成眼中那抹潸然而下的泪滴。她不顾一切向秦景天冲去："见面地点暴露，我以为你……"

秦景天突然抱住她，叶君怡僵直的身体任凭他紧紧搂紧。这不是秦景天第一次抱着自己，有过无意的接触，也有过掩人耳目的逢场作戏，每一次秦景天都抽离得云淡风轻不留痕迹。即便他抱着自己，可叶君怡始终无法逾越和他之间那道犹如天堑的鸿沟。

但这一次叶君怡听到他的心跳，不再像以往平稳得如同永远不会出错的钟摆。铿锵有力的心跳伴随着他快速起伏的胸膛，让叶君怡感觉他不再是那个波澜不惊、生人勿近的男人，他第一次真正向自己敞开了心扉。

秦景天一次又一次用力箍紧叶君怡的身体，好似只要松开她就会从自己手中消失，嘴里还一直喃喃自语："我以为再也见不到你了……"

"志豪同志现在怎么样？"叶君怡焦急问道。

炙热而浓烈的情感瞬间被袭上心头的负罪感浇灭，秦景天缓缓松开怀中的叶君怡："傅钧儒叛变向沈杰韬泄露了见面地点，我向他发出了撤离的警示，可……"秦景天埋下头声音低沉，"他牺牲了。"

"行动小组的其他同志呢？"

"无人生还。"

"他本来有机会撤离的，他是为了通知我不要在公园门口停车，所以鸣枪示警。"叶君怡神情悲伤，"我担心你会中敌人的圈套，想到军统站通知你，可等我赶到时军统站戒严，一直没有你的消息。我以为你暴露了。"

"沈杰韬对他用了吐真剂,他为了防止失去意识后指认出我,最终选择咬舌自尽。"秦景天黯然伤神道,"之前我一直错误地轻视了他。他是一名优秀的特工也是一位值得我敬重的战士,可惜我和他相处的时间太短,我想我们应该能成为朋友。请转告上级,俞志豪同志在生命最后一刻依旧忠诚英勇。"

"傅钧儒是我们的上级,他的叛变意味着这条线与组织的联系将中断,除非组织重新派人和我们建立关系,否则……"叶君怡无奈道,"否则我和你再也无法和组织恢复联络,现在我们该怎么办?"

秦景天倒是希望叶君怡彻底和组织失去联络,这样她就会失去利用价值,或许这是让她远离危险最好的办法。

"你先回去,这段时间尽量减少见面。"秦景天把她送上车。

"你呢?"叶君怡担心问道。

秦景天捂着隐隐作痛的伤口,疼痛让他逐渐恢复冷静:"我还有一件事要替俞志豪完成。"

第五十三章　临危不惧

时隔一个月，顾鹤笙终于又见到洛离音，她为顾鹤笙带回了延安的冬枣，顾鹤笙咬了一口甘甜入心。

洛离音这次回来不知何故始终很安静，静静看着吃枣的顾鹤笙欲言又止。

"因为我的一时大意导致上海地下党组织被严重破坏，我请求组织处分。"顾鹤笙没觉察到洛离音的异样，放下手中的枣核，神色愧疚道，"在你回上海前的一个星期，敌人突袭了地下党组织的一个行动小组，有四名同志牺牲。"

"此事和你有什么关联？"

顾鹤笙将事情的始末告诉洛离音："我低估了敌人从而做出错误的判断。我自以为很了解沈杰韬，盲目乐观，最终铸成无法弥补的大错。"

洛离音安慰他："沈杰韬是有备而来，无论你有没有参与此事最终的结果都是注定的。"

"我事后反省过，如果当时我能再谨慎些，就应该想到沈杰韬为什么会留着这批同志没有处决。明明有疑点我却没有深入调查，那四位同志的牺牲我难辞其咎。"顾鹤笙追悔莫及道。

"我们不可能阻止敌人所有的阴谋，至少你当机立断通过其他渠道通知了上海地下党组织。因为你的及时补救确保了绝大多数同志能安全转移。"洛离音握着顾鹤笙的手，"你已经做得很好了，无须太过自责。"

"这个行动小组还牵扯出另一名潜伏在军统的同志，我怀疑此人应该和窃取鸢尾花计划潜伏名单的是同一个人。你尽快向上级反映这个情况，看看能不能向我提供这位同志的身份信息，在必要的时候我或许还能提供掩护。"

"按照你所说这位同志应该隶属于上海地下党组织，我们是两个不同的指挥系统，根据保密条例我们是无权获悉对方信息的。"洛离音摇头，"这同样也是出于对你的安全考虑。现在斗争形势残酷复杂，你的身份需要绝对保密，除了上级下达的命令外你不应该过多擅自行动。"

顾鹤笙若有所思道："我没想到身边居然还会有战友，如果是他该有多好……"

"他？你有怀疑的目标？"

"陈乔礼被枪杀，我给你看过关于此案的调查报告，这其中有很多疑点都不约而同指向同一个人。"

"秦景天！"

"宋林忠和陈乔礼的死以及后来窃取鸢尾花计划潜伏名单，我将涉及这两件事的所有人进行了交叉对比，同时出现在这两件事的人只有秦景天。"

"你该不会认为他是同志吧？"洛离音接触秦景天的时间不多，但他始终给自己一种莫名的危险感。

"我希望能是他，但沈杰韬帮我否定了这个猜想。"顾鹤笙有些惋惜，"沈杰韬为了找出这名潜伏者，对抓获的俞志豪同志注射了LSD。沈杰韬将心中怀疑的对象都逐一安排见过俞志豪，这其中就有我和秦景天。沈杰韬是审讯高手，假若秦景天真是潜伏者的话，俞志豪在被注射药物的情况下应该会指认出他。"

洛离音心事重重道："你既然提到秦景天，我刚好有一件关于他的事要告诉你。这次回去见到上级后我转述了你关于终止对秦景天接触的建议。"

"上级是否采纳我的建议？"

"情况恐怕和你设想的有些出入，根据负责对秦景天进行观察的同志反馈，秦景天值得深入接触，如果条件合适可以进行策反。"

"策反秦景天？！"顾鹤笙霍然起身，"这个决定太冒进了。秦景天和我们之前接触过的军统人员有本质的区别，他是理想主义者，他的信仰不受政见的左右，他一旦确定了目标和方向是不可能被动摇的。我个人认为策反秦景天的可能性几乎为零。"

"我和你的观点是一致的，我也反对贸然对秦景天进行策反，但上级首长态度很坚决。上级让我转告你，观察秦景天的同志斗争经验极为丰富，组织上对这位同志的判断很信任，并且给我看过这位同志对秦景天的评估报告。"洛离音心平气和道，"首先我承认这份报告相当客观，充分分析出策反秦景天的利弊和可能会出现的问题。从中不难看出这位同志对秦景天是极为了解的。报告里着重提到秦景天的价值观，和你的分析一样他是理想主义者但同时他也是民族主义者。他是一个为国家民族而战的人，在大原则上秦景天和我们的信仰初衷是一致的。"

"他天天都和我在一起，我们两人几乎是寸步不离。"顾鹤笙听完后疑惑道，"如果有人接触秦景天我不可能不知道啊，这位同志到底是谁？"

"我和你有相同的疑问，但上级中止了这个话题，只告知这位同志不隶属于上海地下党组织，此人身份的保密级别甚至还在你之上。"

"如果组织上决定策反秦景天我会全力配合。从现在开始我会时刻关注他的思想和行为变化，一旦我发现秦景天有什么异常会及时告诉你。"

洛离音点点头。

顾鹤笙这才发现洛离音有些不对劲，他始终没有在洛离音脸上看到重逢的喜悦。这么多年的相濡以沫让两人有着深厚的感情，每一次分别对于他们来说都是一场生离死别，因此彼此都很珍惜每次相见。可这次，一抹忧色在洛离音眉眼间挥之不去。

"你有心事？"顾鹤笙握住她的手。

"康斯成同志为了防止你的身份被敌人获取，销毁了所有与你有关的档案和资料，可……"

顾鹤笙眉头一皱，发现洛离音这次回来后一直欲言又止："你到底还有什么事没告诉我？"

"在销毁档案的过程中康斯成和保卫科同志遇袭。根据现场交火痕迹看，康斯成和其他同志为确保机密文件不落入敌人手中英勇反击，可寡不敌众……"洛离音低语，"斯成同志牺牲了！"

听到这个噩耗顾鹤笙愣在原地，他曾与康斯成相约在胜利到来的那天重逢，可没想到等来的却是挚友牺牲的消息。

"斯成同志在身中数枪的情况下依旧与特务殊死搏斗，直至那些机密档案全都被付之一炬才倒下。等警卫连赶到支援时特务已经撤离。上级无法确定特务是否获取了与你相关的内容，因此上级让我转告你，是继续留下执行潜伏任务还是立即转移都由你自己决定。"

顾鹤笙这才明白洛离音为什么会问自己是否想回延安："你呢？你希望我怎么做？"

"如果你的身份信息被特务获取，那么你随时都有暴露的危险，从我个人的角度当然希望你马上撤离。"

"既然是如果那就有两种可能。"

"你这是侥幸。"

"不，这是我对斯成的信任，万一敌人什么也没得到而我为了自身安全选择撤退，那组织上这么多年为了让我潜伏而付出的心血全都前功尽弃。斯成用生命换来我的安全，我不能辜负他的牺牲。"顾鹤笙目光坚毅，"请转告上级，继续潜伏就是我的决定。"

第五十四章 温泉关

沈杰韬给秦景天下了"伤不养好不允许出院"的死命令。对此最为高兴的莫过于楚惜瑶，她甚至希望秦景天身上的伤口永远也别愈合。

"想请你吃顿饭。"秦景天倚在楚惜瑶办公室门口。

"为什么？"楚惜瑶受宠若惊。

"没有原因就不能请你吃饭吗？"秦景天笑着反问。

"当然可以，只不过以我对你的了解，你做每一件事都有目的性。"楚惜瑶发现秦景天今天穿得很正式。她尤爱秦景天穿风衣的样子，让她不由自主想起第一次见到他时那身英姿飒爽的德军风衣。楚惜瑶收起桌上的病历："你是请我吃饭还是请搭档吃饭？"

"有区别吗？"

"如果是请我吃饭我当然会欣然赴约，如果你需要的是搭档，希望你能事先告诉我该准备什么。"楚惜瑶一本正经地说。

"我只是想兑现多年前的承诺而已。"

"承诺？"

"你住院时我曾答应过，等你出院会请你吃顿德国菜。"

"哦，你不说我都快忘了这件事。"楚惜瑶换好衣服笑盈盈地说，"我等这顿饭太久了，你可不能随便敷衍我。不过据我所知在上海很难找到正宗的德国菜。"

"我知道一个地方有。"秦景天绅士地做出"请"的动作。

上车后，楚惜瑶对今晚的约会充满期待："你不是说过要和过去完全割裂，矢车菊、克莱士咖啡等所有和德国有关的痕迹都被你擦拭干净，现在为什么要冒险去吃一顿德国菜？"

"说谎和欺骗其实是一件很辛苦的事，何况我每天都在重复这种辛苦。在上海你是唯一能让我褪去伪装的人。在几天前我突然发现自己并不是一台能永动的机器，我也需要调节和放松。"

"谁有这么大的魔力能突然改变你？"

"人就是这样的，在大多数时候不会在意身边一件不起眼的东西，直到当你失去时才会意识到珍贵。"

"你最近失去了什么？"楚惜瑶好奇问道。

"很庆幸我失而复得。"秦景天淡淡一笑，中止了这个话题，"对了，上次的事我一直没有正式向你道谢。"

"你是说那张手帕？"

"是的。"秦景天点点头诚恳说道，"当时情况危急，我把所有希望都寄托在你身上，即便你没有领悟到我的暗示也正常，毕竟你从来都没有接受过这方面的训练。但你的表现超出了我的预想，如果你当初没有选择当医生而是间谍，我想你会成为一名非常出色的情报人员。"

"我有帮到你吗？"

"你成功将示警消息传递出去了。"

"那些会面的人都安全了吗？"

秦景天的笑容有些苦涩："你拯救了很多人。"

车停在港口码头，楚惜瑶望向秦景天手指的方向。悄然降临的夜幕取代了白天的喧嚣，悠扬的笛声响起，在月光的辉映下一艘巨大的邮轮映入眼帘。

船舷上有醒目的英文，Catalina。

"你打算请我到邮轮上吃饭？"楚惜瑶一头雾水。

"这艘凯特琳娜公主号邮轮往返于上海和意大利，虽算不上最奢华的邮轮可上面却有最好的德国大厨，他最拿手的肉肠沙拉用的是地道的法兰克福肠。可惜这艘船明天凌晨就要起锚出港，我托人也没能预定到座位，希望我们今晚能有好运。"

楚惜瑶一听满心欢喜，倒不是因为能吃到正宗的德国菜而是秦景天对自己无微不至的用心，为了能登上邮轮秦景天甚至还买了两张船票。

两人刚来到餐厅就被侍者以预约客满为由礼貌婉拒在外面。对付餐厅侍者显然楚惜瑶比秦景天更有办法，她掏出不菲的小费塞到侍者手中换来进去与其他客人商议拼桌的机会。

楚惜瑶在餐厅转了一圈，每一桌都坐满客人，唯有一间宽敞的包厢内只坐了一个人。

"您好，"楚惜瑶大大方方上前攀谈，"我和我先生忘了预约餐位，您要是方便能否让我们拼桌。当然，作为感谢，您的餐费和服务费我们愿意帮您支付。"

那人似乎有些不情愿："我……"

"我先生胃不是太好加之又有些晕船，我担心他没有按时用餐的话会很难受。您一看就是面善的人，希望您能帮帮我先生。"

那人犹豫片刻终于点头答应，楚惜瑶兴高采烈地向外面的秦景天招手。入座后秦景天发现对面的中年人虽然坐在贵宾包厢却对食物没有太多的欲望，面前餐盘里只有一个面包和几片熏肉。

"二位准备去什么地方？"那人问道。

"度蜜月。"楚惜瑶抢在秦景天之前开口。

"恭喜。"

"百年修得同船渡，今晚咱们能同聚一桌也是缘分，怎么也得喝点酒。"楚惜瑶叫来侍者点菜，还特意要了一瓶葡萄酒。

"你先生胃不好还能喝酒？"

秦景天笑而不语，发现楚惜瑶说谎并不比自己差。

"少喝些无碍还能软化血管，我叫楚惜瑶，我先生叫秦景天。"楚惜瑶落落大方伸出手，"还未请教您尊姓大名？"

"卢沛云。"

"卢先生这是打算去哪儿？"楚惜瑶今晚心情好，所以格外健谈。

"希腊。"

"哦，又一个想去希腊的。"楚惜瑶苦笑一声。

卢沛云问："还有其他人要去吗？"

"我先生想去。"楚惜瑶指着秦景天奚落道,"我先生认为自己能成为阿喀琉斯,可惜他生不逢时,否则指不定他真能攻破特洛伊。"

"秦先生很向往希腊?"

"我喜欢古希腊的英雄时代和他们的悲情色彩。"秦景天侃侃而谈,"卢先生在哪儿高就?"

"我是从事希腊语翻译的。"

楚惜瑶高兴道:"我看过《伊索寓言》《荷马史诗》和《俄狄浦斯王》。不过比起古希腊的悲情主义我更喜欢几位喜剧诗人的作品。"

古希腊这个话题似乎同时引起了三人的兴趣。

"这么说卢先生此次去希腊是公干?"秦景天解开西装纽扣,举止优雅地问道。

"我翻译过太多古希腊的文学经典,从字里行间中我在脑海勾画出这个古典文明的令人沉醉的魅力。这个神奇而古老的国度在我心中犹如圣地,我这次是准备去朝圣并且打算定居留下。"卢沛云一改之前的拘谨寡言,"二位度蜜月如果行程方便,我建议你们去希腊看看。作为西方文明的发源地,她有着太多令人向往的过去。当你们站在雄伟壮观的神庙中,会感受到威严肃穆的奥林匹斯山众神正在俯视你们,这会是一次心灵净化之旅。"

楚惜瑶竟然有些动心,满怀深情地看向秦景天:"你会带我去吗?"

"也许吧,不过我应该不会去膜拜神庙。如果真有机会去希腊,倒是有一个地方我一直想去看看。"

"什么地方?"楚惜瑶追问。

秦景天刚拿出香烟就被楚惜瑶制止。卢沛云很欣赏秦景天的谈吐,提出和他一同出去抽烟。两人站在船头,腥咸的海风扑面而来。秦景天拉起风衣领点燃烟,清澈的目光眺望着浓墨般的夜幕。

"我也很好奇,秦先生想去的地方是哪儿?"卢沛云彬彬有礼地问道。

"温泉关。"秦景天脱口而出。

卢沛云恍然大悟地笑道:"我忘了秦先生崇拜古希腊的英雄时代。是啊,没有什么比温泉关更能代表那个时代的悲壮。"

"卢先生怎么看待温泉关之战?"

"我记得我翻译的著作里有这样一句话,'在那个惨淡的清晨,三百名斯巴达人为了自由也为了荣耀冲向波斯人……'"卢沛云感慨万千,"他们在温泉关谱写了一段不朽的传奇,即便千年之后,他们的名声也像太阳一样光芒万丈。"

秦景天又点燃一支烟,没有抽,放在了船头的挡风板前:"他们其实有机会取胜的。"

"是的,如果不是波斯人发现了通往他们防线背后的小道,凭借温泉关一夫当关万夫莫开的地势,斯巴达人很有可能会击退波斯大军。"

第二支烟被点燃,秦景天同样将其并排放在挡风板前:"事实上波斯人并没有发现小道,而是一名牧羊人出卖了他们。"

卢沛云突然有些语塞,过了良久才说出那个牧羊人的名字:"埃彼阿提斯。"

"如果没有埃彼阿提斯的出卖,他们会安然无恙荣归故里。"秦景天点燃第三支烟,和之前两支整齐地摆放在一起,然后偏头看向卢沛云,在嘴角明灭的烟火中他的目光和声音一样阴沉,"卢先生博学多才,我很想知道这个背叛自己国家和同胞的叛徒最后是什么结果?"

"对不起,我突然有些不舒服想先回房。"卢沛云闪烁其词道。

"'叛徒'这个字眼恐怕会成为你一辈子都挥之不去的梦魇,即便到了希腊你的灵魂也无法得到洗涤。让我来告诉你吧,埃彼阿提斯最后被穿心而死。他的名字和那三百位斯巴达勇士一样流传千古,只不过他的名字成了叛徒的代名词。"秦景天冷冷反问,"我说得没错吧,傅钧儒。"

改名换姓的傅钧儒骤然一惊,刚转过身就感觉胸口一紧。秦景天已贴到他身前,锋利的匕首只剩下刀柄还在傅钧儒胸口的外面。这一刀干净利落,出手极快以至于刀锋没入心脏的刹那他都没感觉到疼痛。

"你不是翻译过《伊索寓言》吗,里面有一句很适合你,那些背叛同伴的人，常常不知不觉将自己也毁灭了。"秦景天面无表情地直视着在痛苦中不断抽搐的傅钧儒，"这一刀我替一位朋友还给你。"

抽出刀的瞬间秦景天顺势将傅钧儒推入江中，这是自己能为俞志豪做的最后一件事。

"风……"

秦景天转过身看见神情惊诧的楚惜瑶。她的视线正注视在那把带血的匕首上，瞬间明白了什么："卢先生应该不会再回来了吧？"

"我想是的。"秦景天反手将刀收起。

邮轮接连鸣笛三下，这是起锚离港前最后的通知。

擦肩而过时楚惜瑶突然拉住秦景天胳臂："我们走吧。"

"好，我送你回家。"

"不，我是说我们离开上海。"楚惜瑶把秦景天的手抓得更紧，"去任何地方都可以，我不想再每天为你提心吊胆。我真的好怕，怕有一天你就像刚才的卢先生，突然就消失了而且再也回不来。"

"对不起，从一开始我就不该把你牵扯进来。我知道没有办法说服你，但希望你能明白上海就是我的战场，除非有一天我倒下，否则我永远不会当一名逃兵。"秦景天的手慢慢从楚惜瑶紧握不放的手掌心中抽离，他脱下风衣披在她身上，"我答应你会离开上海但不是现在。等一切结束后我会告诉你真相，等到那时你再判断我是否还值得你信赖。"

第五十五章　守株待兔

秦景天拿着楚惜瑶亲笔签字的出院许可回军统站报到，在沈杰韬办公室门口被韩思成拦下，被告知沈杰韬正在见客让他过一会儿再来。

顾鹤笙已经有两天没有回家，秦景天来到他办公室看见顾鹤笙正在看文件。

"我还说今天下班去医院看你，最近实在太忙都抽不开身。"顾鹤笙让秦景天坐下，合上文件，"你伤口恢复得怎么样？"

"本来就没什么大事，是站长小题大做非要我休养。"

"晚上咱们找个地方聚聚，我过会儿给君怡打电话，你也把楚医生一同叫上。"

"你最近没见到叶小姐吗？"

"没瞧见我这里堆积如山的公文，估计没十天半月是处理不完的。"顾鹤笙苦笑着抱怨，"我想偷个懒都找不着机会，你倒好非要回来工作。"

秦景天瞟了一眼桌上的公文："什么事还需要你这个情报处处长亲力亲为啊？"

"这些全是共党的口供，站长让我逐一分析看看其中有没有重大价值的情报。"

"这么多口供？"秦景天怔住，"我不在这些天抓获了很多共党？"

"自从上次抓捕共党行动小组后军统站一直没有大的行动，我也很纳闷儿站长是从哪儿搞的这些口供。"

顾鹤笙心里其实十分焦急，两天前沈杰韬突然交给自己大批翔实的口供，但对于口供来源却只字不提。顾鹤笙仔细分析过口供内容，其中有几份竟然涉及上海地下党组织核心层，甚至还有详细的联络方式和暗号。

"一共有多少口供？"

"二十六份，剔除一些无关紧要的还剩下十一份。"

秦景天也有些惊讶："这意味着共党内部至少有二十六人叛变？！"

"有意思的是这些变节人员并不是上海的共党。"顾鹤笙愁眉不展，"从口供看，他们对上海地下党的情况并不熟悉，很多都是通过回忆的方式交代问题，我推测这些共党是曾经在上海工作过。"

这时处员敲门进来告知叶君怡来了。

"你怎么来了？"顾鹤笙掐灭烟头迎上去。

"我逛街路过就顺便来看看。"叶君怡看向秦景天，故作平静道，"景天也在啊，什么时候出院的？"

"今天。"秦景天站起身。自己叮嘱过她要尽量减少来军统站的次数，秦景天不想她过多出现在谭方德的视线中。

顾鹤笙接过话："我刚好准备给你打电话，晚上可有时间一起吃顿饭？我和景天都说好了。"

"真不巧晚上我约了朋友，下次有机会再聚。"叶君怡揉了揉肩膀对顾鹤笙说，"逛了一天街都累死我了。给你买了一套衣服放在后备厢，我实在没力气拿，你自己拿上来试试是否合身。"

顾鹤笙离开后，叶君怡连忙走到窗边，确定顾鹤笙下了楼才轻声说："我接到组织恢复联络的指示。"

秦景天顿时警觉起来："我们这条线是单线联络，傅钧儒叛变后我们已经和组织失去了联系，你怎么会收到恢复联络的指示？"

"我在被委派成为你联络员的时候组织上秘密安排了一条备用联络通道，只有当行动小组与组织失去联系时才能启用。"

"怎么联络？"

"组织会在必要的时候在报纸上刊登一则寻人广告，我在昨天的报纸上看到了这则广告。"叶君怡兴奋不已道，"广告上有新的联络时间和地点，我想是组织需要尽快恢复和你的联络。"

秦景天下意识看向顾鹤笙桌上的文件。突然出现大批变节共党，而且都有曾在上海工作的经历,而偏偏在这个时候地下党要求重新建立联络,这不由让秦景天感觉有些不妥。

"不准去。"

"啊?!"叶君怡一愣,"这是和组织恢复联系唯一的办法,如果不能完成接头,组织上会废弃这条备用联络渠道,那我们将彻底失去和组织的联系。"

"把联络方式告诉我,我替你去接头。"

"不行。"叶君怡态度坚决,"我无法确定这次接头是不是敌人另一个圈套,我不能让你有暴露的风险。"

"万一是陷阱,你……"

"我已经做好最坏的准备。"

在半年前秦景天还迫不及待希望利用叶君怡接触到地下党的高层,可现在自己却极力想让她置身事外。经过上次的事后秦景天认为自己无法再经受一次和她的生离死别。

秦景天脸色一沉:"我现在还是你的上级,我代表组织命令你,没有经过我同意不允许擅自行动。"

"可……"

"服从命令!"

叶君怡无可奈何:"是。"

随后秦景天让叶君怡说出新的接头地点和时间。等顾鹤笙高高兴兴拿着衣服回来时,他身后还跟着韩思成。

"找了你半天原来在顾处长这儿,站长让我通知你去他办公室。"

秦景天刚到办公室门口就看见沈杰韬出来。站在他身边的竟然是楚文天,两人低声交谈着什么,看他们神色似乎不是什么好事。

沈杰韬招呼秦景天过去:"你替我送送楚老板,然后去一趟监狱提人。"

"提谁?"

"把这个交给郭孝成。"沈杰韬递给秦景天一份公文,"前天有人在港口杀了人,本来也不是什么大事,可凶案发生在外籍邮轮上,楚老板在这艘船上有股份担心对生意有影响。你把提出来的人交给警察署尽早结案。"

秦景天心领神会，沈杰韬是打算息事宁人，在监狱随便找了一名死囚当替死鬼。

秦景天把楚文天送到门口，上车时楚文天客气道："有劳秦组长了。"

"楚老板客气了。"秦景天不卑不亢。

"秦组长最近很忙吗？来了好几次都没见到你。"

"上次的枪伤没好利索，这段时间在医院养伤。"

"伤筋动骨一百天，养不好落下病根后患无穷。"楚文天拄着拐杖淡淡一笑，"下次杀人寻个僻静点的地方，船上风大浪急，万一又把伤口弄裂开就麻烦了。"

秦景天一惊，显然楚文天知道自己杀傅钧儒的事，想起刚才他和沈杰韬的密谈，不知道楚文天是否已经将此事告诉沈杰韬。

"我在码头摸爬滚打几十年，有任何风吹草动都瞒不过我的眼睛，秦组长下次恐怕要小心点。"楚文天看透秦景天的疑虑，"你不是想给我递投名状吗，按江湖规矩你得签一份生死契。通常情况下是去杀一名官府的人，这样你就回不了头了。"

秦景天镇定反问："这么说楚老板是接下这份投名状了？"

"多一个朋友总比多一个仇家要好。"楚文天点点头，不过脸上的微笑慢慢变得阴沉，他在秦景天面前竖起一根指头，"但有一件事你要给我记牢。你是什么人或者干过什么我不会过问，可如果你下次再带着惜瑶去干那些见不得光的事，我楚文天向你保证，我会亲手把你大卸八块扔到黄浦江喂鱼虾。"

秦景天为楚文天拉开车门："景天谨记楚老板教诲。"

"你既然向我纳了投名状，我也该给你一份生死契，往后大家同坐一条船才能守望相助。"楚文天抬头看向车外的秦景天，"爱多亚路58号的丁香公馆。"

……

顾鹤笙接到去沈杰韬办公室的通知。

"你有多久没参与一线行动了？"沈杰韬问。

"在上海身份暴露后就回到国统区，然后就开始从事情报收集和分析，算起来有三年了。"

"你这把刀也是时候该磨磨了。"

"有什么任务？"

"上次捣毁共党行动小组在我看来是一次失败的行动，比起击毙几名共党我更看重找出那名让我寝食难安的潜伏者。"

"可惜现在所有的线索都中断了，这名潜伏者的身份恐怕短时间很难甄别出来。"顾鹤笙故作惋惜道，"不过往好的方面想，这名潜伏者即便存在但作用已经不大。共党一直都采用单线联系，行动小组这条线到傅钧儒身上就断了，潜伏者无法再和共党取得联系。"

沈杰韬意味深长道："我们或许可以帮帮此人。"

"帮？"顾鹤笙不明其意，"怎么帮？"

"行动小组里其实还有一名幸存者，就是那名中枪坠江的女人。她命很大，找到她时居然还有气息，经过抢救保住了命。"

顾鹤笙心里咯噔一下："她见过这名潜伏者？"

"没有，但根据她的交代潜伏者代号051，只有联络人知道此人的真实身份。行动小组其实一共是六个人，没有出现在滨江公园的就是051的联络人。这个女人透露了一条重要线索，行动小组在和共党失去联络的情况下有一个备用的紧急联络方式，他们会在报纸上刊登一则寻亲广告，并将新的接头地点和时间写在上面。"

顾鹤笙暗暗一惊："站长是想用这个办法引出潜伏者？"

"潜伏者就在我们身边，为了防止走漏消息这条线索我没有告诉任何人。在昨天我已经在报纸上刊登了广告，联络人为了尽快恢复和组织的联系一定会去接头。"沈杰韬老谋深算道，"我要你守株待兔亲自负责这次抓捕行动，如果我没估计错，这名联络人在这几天就会出现。"

第五十六章 黄金

1

表兄朱铤旭,年幼离家数载未归,弟朱铤耀抵沪寻亲逗留四日,望兄阅后前往白克路66号兰溪茶楼一聚。

顾鹤笙放下报纸正好能看见街道对面的兰溪茶楼。沈杰韬的老练之处在于他将这则广告在相同位置连续刊登了四天,即便上海地下党组织发现这则广告是敌人的阴谋也没有办法阻止。

茶楼里的掌柜和伙计以及朱铤耀都是军统的人。为了防止走漏消息沈杰韬依旧是启用了下级站点的外勤,包括出入茶楼的所有通道和街道上全都安排有便衣。顾鹤笙从监视站的窗户缝隙望向人流拥挤的大街,那名联络员此刻或许就在其中。顾鹤笙心中暗自焦急却想不出办法向这位未曾谋面的同志发出警告。

与此同时,秦景天和沈杰韬正在赶往机场的汽车上。

"楚文天的事处理得怎么样了?"

"从监狱提出来的人已经移交给警察署,当晚试图逃跑被击毙,凶手落网警察署就结了案,邮轮方面也不再追究。楚老板对这个结果很满意。"秦景天一边开车一边回答。

"楚文天昨晚派人送了一盒金条到我家中,说是为了感谢这次我帮他解决了麻烦。"沈杰韬挠了挠头,"你说我是该收还是不该收呢?"

秦景天心里清楚沈杰韬绝对不是想听自己的意见:"收有收的好处,不收也有不收的好处。"

沈杰韬笑道："你这人看似敦厚，可圆滑老练得很啊。你这话说了等于没说。"

"站长替他办好了事，收下金条也无可厚非；若是不收，楚文天重义轻利自然会记站长人情，往后站长有事他也一定会鼎力相助。"

"你这分析倒是挺透彻。那你再给我说说你认为楚文天这个人怎么样。"

"疏财仗义，豪气干云，于国于民都是有功之人。可终究属黑道中人，受其惠者甚多，受其害者也并非没有，可以说有誉有毁也有恩有怨。"秦景天说完抬头从后视镜看了一眼沈杰韬，"我与楚文天只是泛泛之交，比不上站长和他的交情，想来站长应该是最了解他的。"

"了解……"沈杰韬抽笑一声，"楚文天不是一般的人，论秉性倒是有口皆碑，但了解就谈不上了。他从一名苦力成为今天的大亨，可见此人有非比寻常的过人之处。"

"站长今天好像对他特别感兴趣。"

"我和他结交也有十年之久，上海沦陷后楚文天一直配合军统的地下工作。伪上海市市长傅筱庵被杀一事就是楚文天策划并亲自带人干的，还有后来被公开的'汪日密约'也有他参与。"沈杰韬今天的话特别多，一边回忆一边侃侃而谈，"偌大的上海滩只要与楚文天有交情的，没人敢说从没接受过他的钱物馈赠。无论是军政还是商界他都能说得上话，自然不用说他所控制的青帮。日本人当年极力想拉拢他，楚文天一口回绝还和日本人干到底，后来被日本人抓到关了三年硬是没当汉奸。"

"民族大义当先，就凭这一点楚文天还是值得敬重的。"

"关了三年。"沈杰韬看着窗外若有所思，"关了三年就瘸了一条腿……"

秦景天眉头一皱，忽然意识到沈杰韬话中有话："站长此言景天有些听不明白。"

"被抓进76号的人只有两种结果，要么死在里面要么就是当汉奸，没有人能活着从76号的黑牢里出来。"

秦景天一怔："您是说楚文天投靠了日本人？！"

"如果他真当了汉奸事情反而简单了。楚文天的气节毋庸置疑,作奸犯科、杀人放火的事他没少干,但你要让他当汉奸他宁可一头撞死。"沈杰韬目光深邃,语气淡淡道,"你有没有想过,一个对日本人来说负隅顽抗的反日分子,为什么关了三年却没杀了他?"

"楚文天在上海门生众多,日本人若贸然杀了他恐会引发青帮哗变,在杀掉楚文天和维持上海稳定上,日本人肯定会选择后者。再说只要楚文天一天不死青帮就一天不敢轻举妄动,用楚文天节制青帮显然比杀了他更有价值。"

"你也太看得起楚文天和青帮了。"沈杰韬笑了笑。

"难道还有其他原因?"

"民间帮派势力再大终究也是一群乌合之众,淞沪之战日本人把八十万国军都打败了,你认为日本人会忌惮一群地痞流氓?"沈杰韬沉默了少许低声道,"日本人没杀他是因为投鼠忌器,一直对楚文天还抱有一丝侥幸,而楚文天正是抓住了日本人这个心理才撑下来。"

"投鼠忌器?"秦景天意识到沈杰韬今天并非是随意和自己闲聊,"这个器指的是什么?"

"黄金!"

"日本人想要楚文天的钱?"秦景天有些疑惑,"楚文天身上能榨出多少钱,日本人干吗在他身上大费周章?"

"三吨。"

秦景天一惊:"三吨黄金?!"

沈杰韬点头。

"楚文天哪儿来这么多黄金?"

"不是楚文天的,是日军搜刮来的民脂民膏。日本资源匮乏需要以战养战,因此在侵华之前就秘密成立了'山百合会',专门负责搜刮占领区的战略物资,其中最主要的就是黄金。淞沪会战后日军长驱直入攻破南京,中央银行来不及转移的库存黄金全被洗劫一空,加上日军从其他占领区搜刮的,全部经上海运回日本本土。"

"楚文天和此事有什么关系？"

"日本人一直希望通过楚文天掌握的船运来运送黄金，其中有一条经上海起航的日本货船在出港后不久爆炸沉没。日军封锁海域进行打捞，结果发现上面秘密运输的三吨黄金不翼而飞。日本人怀疑楚文天与消失的黄金有关。"

秦景天恍然大悟："日本人抓楚文天其实是为了从他口中逼问出那三吨黄金的下落。"

"上海光复后我查阅了76号的审问记录，无论日本人用什么办法严刑拷打，他始终对这批黄金的下落缄口不提。楚文天是聪明人，知道在日本人心中这批黄金远比他的命更重要，只要他不说出来日本人肯定不敢要他的命。"

秦景天顿时反应过来："您让我接近楚文天也是为了追查这批黄金的下落？"

"上海光复后军统总局向我下达的第一项命令就是密切关注楚文天动向，并试图查明其藏匿黄金的地点。三吨黄金不是小数目，按照现在的市值能兑换天文数字的美金。这件事我们知道，共产党自然也知道，如果让共产党得到这批黄金后果不堪设想。"

"这批黄金属于国有资产，如果楚文天真的私藏完全有理由将他抓起来审问。"

"日本人问了三年都没问出来，你凭什么认为军统就有办法让楚文天开口？而且关于黄金的事始终都没有确凿的证据能证明在楚文天手中，他是抗日功臣总不能用一个莫须有的罪名将其法办。"沈杰韬在后视镜中与秦景天对视，"党国百废待兴加之又要与中共开战，各方面都急需用钱，这三吨黄金若是能找到可解燃眉之急。"

2

车直接驶入龙华机场停机库，里面已经有七八个人早早等着。沈杰韬不让秦景天下车，透过倒车镜秦景天看见沈杰韬上了另一辆车。秦景天观察站在车旁的那些人，从他们的站位和分布一看便知是训练有素的特工。

秦景天并不清楚沈杰韬带自己来这里的原因，今天一早才接到让行动三组待命的命令。将三组组员全部带到这里想来应该是有大行动。

这时那辆车的车窗摇下，车里人对着旁边警戒的人耳语几句。那人听后点头对后面一辆车招手，很快从车上下来一个人被直接安排到秦景天的车上。

这个人看上去有四十多岁，穿着很讲究但神色慌张，一上车就拉上车帘整个人缩在车椅的背后，头埋得很低像一个贼。片刻后沈杰韬回到车上："认识一下，沈杰韬。"

那人怯生生回答："刘定国。"

"先去哪儿？"

"圣芳济中学。"

"今天咱们就陪着刘先生逛逛上海，他说去哪儿就去哪儿。"沈杰韬拍拍秦景天肩膀。

秦景天一边开车一边用余光瞟向后视镜中的刘定国。他似乎不是很健谈，在沈杰韬身边他好像如芒在背，一直紧张地反复搓揉双手，中途还检查了两次车帘，像一个畏惧阳光的怪物见不得丁点光亮。

"刘先生离开上海有多久了？"沈杰韬主动与之攀谈。

"民国三十二年离开的上海。"

"那时上海还是沦陷区，一别两年上海的变化还是挺大的。"

刘定国除了点头无话可说。

"刘先生不用这么拘谨，你现在是军统研究处副处长，你我是一个系统的同僚，以后还有很多事情需要仰仗你。"沈杰韬笑着试图缓解刘定国的紧张，"虽说你这次是旧地重游，可总局指示千万不能怠慢了刘先生，今晚我安排了给刘先生接风洗尘。"

"不，不需要。"刘定国一个劲儿摇头，"我什么时候可以回南京？"

"刘先生在上海的事处理完了就可以回去。"

"沈站长一番心意刘某心领,但在上海这段时间我希望尽量减少外出。还有,我的行程和住址越少人知道越好。"

"刘先生放心,我已经安排妥当,你在上海的饮食起居都由南京总局的人负责。考虑到刘先生身份的特殊性,上海军统站所有人包括我在内都不会知道你下榻的住所。"

"有劳沈站长费心。"

"客气,咱们都是为党国效力,刘先生的安全亦是党国的安全。"

秦景天在前面听两人交谈,始终猜不透刘定国的真实身份,所谓的研究处自己也是第一次听到。观察了良久,秦景天发觉刘定国始终如同惊弓之鸟般惴惴不安,怎么看也不像是军统的人。

车缓缓停在圣芳济中学不远处的街对面,一群朝气蓬勃的女学生正陆续走进校园。刘定国用指头在车帘上拨开一道缝隙,来回张望了好半天后突然神色紧张蠕动喉结,然后指着车窗外:"戴红色围巾,手里夹着书的女人。"

沈杰韬皱着眉随着刘定国手指方向望去:"有两个都戴红围巾,到底是哪一个?"

"上身蓝色大襟袄下面是黑色长裙的就是。"

秦景天偏头看向窗外。刘定国所说的女人一头齐耳短发,看年龄应该是这所学校的老师。

"你确定?"

"确定。"刘定国点头继续说,"陆佳妍,中共党员。民国二十六年,晋察冀中央分局城工部将其从北平调派到上海,主要负责学委工作。她手里掌握有各个学校被赤化学生的名册以及学委骨干成员的联络方式。"

秦景天表明不动声色心里却暗暗一惊,没想到身后这个人竟然直接指认出中共在上海地下党中的重要人物。

"是否立即让三组实施抓捕?"秦景天征询沈杰韬意见。

"不急。"沈杰韬反而一脸平静,"留下几个人从现在开始对陆佳妍进行严密监视,她见过谁,去过什么地方,我都要知道得一清二楚。"

"是。"

"回来，安排人立刻查明陆佳妍现在的住址，争取在最短时间内安装窃听设备，同时她的电话线路从即刻起二十四小时不间断监听。"沈杰韬叫住秦景天再三强调，"只监视不抓捕，这是此次行动的原则，告诉负责监视的人，如果打草惊蛇把人给我放跑了军法从事。"

秦景天按沈杰韬的吩咐挑选了几个机灵的人布置任务，回到车上发现刘定国又拉严了车帘。

"接下来去哪儿？"沈杰韬心情似乎格外好。

刘定国犹豫片刻后说："三官堂路。"

半小时后车停在刘定国指定的位置，他从车帘缝隙中瞄向街边的书店。直到一名穿长衫的中年人出来擦拭玻璃，刘定国的手迅速指向那人："施安庆，中共上海市委组织部联络员。他负责上海地下党主要机关的安全保卫工作，同时他也是中共在上海的警委负责人之一，通过他能找出上海警察系统的共党分子。"

秦景天一听更加震惊，刘定国在不到一个小时的时间内竟然指认出两个职务和身份都非比寻常的共党。这不由让秦景天对刘定国的身份更加好奇。

"我安排人对他进行监视。"秦景天说。

"这个人先缓一缓，施安庆既然负责安保工作说明此人具备反侦察能力，贸然监视有暴露的风险。"沈杰韬的目光移向书店的对面，指着一间店铺，"想办法把这间店铺租下来。对施安庆的监视不能操之过急要长期观察，先摸清他的日常规律再从长计议。既然找到了庙就不怕和尚跑。"

沈杰韬示意秦景天开车离开："刘先生出马果然不同凡响，今天就先到这里。刘先生舟车劳顿想来也累了，先好好休息几天，反正上海的事一时半会儿也办不完，等刘先生养足了精神咱们再继续。"

刘定国点点头，下车时想到什么犹豫片刻后看向沈杰韬："我在上海时有一名交通员代号'精卫'，这个人对沈站长应该很有用。"

"哦，这名叫精卫的是什么来头？"

秦景天的心顿时提了起来。

"据我所知此人能接触到上海军统站的情报。"

沈杰韬眉头一皱立马警觉起来："精卫渗透进军统站？！"

"具体情况我也不清楚，不过此人提供的几次情报都显示源头在军统站，情报级别很高绝非普通人能接触到。我在离开上海移交工作时得知精卫被调派成为051的联络员。"

"你知道精卫的身份吗？"

"不知道。"刘定国摇头，又生怕沈杰韬不相信连忙补充，"她为我传递过一次情报，至于她的身份信息我一无所知。"

"你现在还记得她的样子吗？"

"能记起一些，不过时间太久了，但如果我见到她一定能认出来。"

"景天。"

"到。"

"你安排一名画师，抽时间请刘先生详细描述精卫的体貌特征，让画师尽量还原出精卫的样子，指不定军统站里有人见过精卫。"

"是。"

沈杰韬告诉了秦景天一个地址，到达后又看见在机库那些人。刘定国急匆匆上了那些人的车，沈杰韬像是和他们约定好直接示意秦景天离开。透过后视镜秦景天看见那几辆车向相反方向驶去。

"刘定国原来是中共上海省委副秘书长，三年前调到中共川东临委。在两个月前重庆站意外发现了刘定国踪迹并成功实施抓捕，还没等用刑这个人就交代了一切。最重要的是，到现在中共组织还不知道此人叛变。考虑到此人曾在上海地下党工作多年，我特意请求南京总局将此人送到上海。"沈杰韬信心十足道，"这个人的作用你刚才也看到了，如果能用好刘定国，虽不敢说将上海地下党连根拔起，至少我也有把握毁掉其半壁江山。"

"刘定国如此重要，必须确保他在上海的安全。我想如果让共党知道一定会不惜一切杀他。"

"刘定国的安保由南京总局的人负责，刘定国会通知见面的地点。这段时间你和三组由我亲自指挥，争取在中共发现隐患之前，利用刘定国掌握更多上海地下党的情况。"沈杰韬回到军统站，下车之前神色严肃道，"刘定国的身份属于绝对机密，上海站只有我和你知道此人，务必严格保密不得向任何人泄露。"

"是。"

沈杰韬上楼后秦景天在车上点燃烟。从刘定国说出认识精卫那刻起，秦景天已经宣判了他的死刑。但这一次秦景天不打算自己动手。保护叶君怡和找出明月都是自己必须去完成的事，刘定国的出现反而让秦景天想到一个两全其美的办法。

把刘定国叛变并来上海指认同志的事故意泄露给上海地下党组织，相信这个消息很快就会被明月获悉。刘定国对上海地下党的危害性不言而喻，明月一定会收到处决刘定国的命令。

在明月杀掉刘定国的时候，也是自己杀明月的最好机会，如此一来既可保护叶君怡也能清除明月。但要把这个情报传递出去就必须重新和地下党组织恢复联系。

想到这里秦景天扔掉烟头，在街边拦下一辆黄包车："白克路66号。"

第五十七章　旗鼓相当

1

顾鹤笙从望远镜里观察着每一个从街口走进来的人，他看了一眼手表，距离约定的接头时间还有半个小时。如果这名联络员还没觉察到危险，很有可能已经步入了敌人的陷阱。

就在顾鹤笙放下望远镜的时候秦景天刚好出现在街口，他将帽檐压低尽量遮挡住脸，没有直接去茶楼而是走进一间花店。这里的视线很好，透过橱窗能看清街上川流不息的行人。仔细查看一番没有发现异常后，秦景天向店主买了一大捧郁金香，抱在身前刚好能挡住脸。

秦景天已经能看到兰溪茶楼，刚要准备穿过街道过去，只见一名西装革履的人行色匆匆上了一辆黄包车："去巨福巷。"

"下来。"车夫瞪了那人一眼，"这车不走。"

西装男估计没见过态度如此恶劣的车夫，争执了几句上了另一辆黄包车。秦景天停下脚步。拉黄包车是体力活，常年的日晒雨淋会让车夫皮肤黝黑粗糙，可那车夫穿着干净，头发还抹了发蜡，这不是靠下苦力维持生计的人能消费得起的。车夫的视线一直在街道上来回扫视像是在找寻着什么。

秦景天心里暗暗一紧，发现车夫会习惯性看向站在路灯下挎着香烟匣的小贩，两人有过数次眼神的交流，这说明他们相互认识。

秦景天走到卖烟的人身旁："来一盒哈德门。"

小贩在众多香烟中找了半天才找到。

秦景天递给他钱。小贩在身上摸了好久居然没有找零的钱，干脆直接把钱还给秦景天，不耐烦道："这包烟不收你钱，你走吧。"

"要不别找了,你再拿两包烟给我凑个整。"

小贩心不在焉地从烟匣随便拿了两包烟递给秦景天。这几包烟的价钱远多于自己给小贩的钱。秦景天一直透过花束注视小贩,他的目光始终没有离开过兰溪茶楼的方向。

秦景天瞬间意识到接头地点正在被严密监视转身就往回走。这个动作刚好被顾鹤笙在望远镜里捕捉到,虽然无法看清对方的脸,但从这个男人出现在视线中那刻起顾鹤笙就一直关注着他。

对方总是不紧不慢地跟在行人的身后,加之他手中那束花的遮挡,无论从任何角度都无法看清他的样子。而且他每次都会选择有岔路的地方短暂停留,说明对方随时都准备好了撤退的后路。

这个男人所有的举动都说明他接受过专业的反侦察训练,但顾鹤笙还不能确定此人就是前来接头的同志。还有一点让顾鹤笙有些诧异,对方的身形竟然让自己感到熟悉,出于好奇顾鹤笙很想知道对方到底是谁。

顾鹤笙没有第一时间采取行动,而是等到对方消失在巷口才带人冲下楼。

"刚才和你买烟的人呢?"顾鹤笙表情严肃地质问便衣。

"走了?"便衣一脸茫然。

"买的什么烟?"

"哈德门。"

"给你多少钱?"

便衣从身上摸出钱还不清楚出了什么事。

"你找了他多少钱?"

"我身上没带钱,他说再给他几包凑数。"

"你给他的是什么烟?"

便衣在烟匣指出烟的牌子,顾鹤笙一看重重一巴掌抽在他脸上,命人将他和伪装成车夫的便衣一同抓起来。沈杰韬让自己负责这次抓捕并不是单纯因为信任,相反这是沈杰韬对自己的一次试探。沈杰韬并不清楚军统站目前潜伏着两名共党,他一直以为和行动小组有关系的潜伏者就是明月，之所以把这次行动交给自己，是想借机来验证他的猜想。假如顾鹤笙就是潜伏者那么接头地点是陷阱的情报会被泄露给联络员，这就意味着联络员根本不会出现在兰溪茶楼。

顾鹤笙一边要想办法阻止同志落入陷阱，一边还要想方设法打消沈杰韬对自己的怀疑，而刚才出现的那个男人无形中帮自己化解了所有困境。现在只需要将原因归结于便衣大意暴露了身份导致抓捕行动失败便可让自己置身事外。

顾鹤笙现在要做的就是尽量把事情闹大，越严重反而对自己越有利。

"立刻封锁白克路所有出入口，目标人物男性，身高一米八左右，身穿黑色呢子西服，戴礼帽，手中有郁金香，身上可能会携带武器，符合上述条件者一律抓捕。"

秦景天刚进巷弄就看见在巷口抽烟的人，想来离开白克街的所有通道都被严密把守。他将礼帽再往下拉了一寸，径直走过去。巷口的人看不清秦景天的脸有些警觉，扔掉烟头手摸到腰后的手枪。可还没等他开口询问就被秦景天打晕，拖到僻静处。秦景天换上那人的衣服并将自己的衣服点火烧掉。

秦景天用竹篓将便衣罩住，刚戴上鸭舌帽就听见从街道那边传来刺耳的警哨声。秦景天处变不惊拦下一名卖报的孩童。

"先生要买报吗？"

秦景天从钱包拿出一张大额纸币，对报童而言那是他卖一个星期报纸才能赚到的钱。秦景天把纸币撕成两半，将其中一半连同手里的花束一同交给报童："你到街上去，见到穿西装的男人就送一朵，记住必须送给男的，如果你能把这些花都送出就能得到剩下的一半。"

"真的？"报童喜出望外。

"等你送完了就回到这里找我。"秦景天指着墙下的石块，"如果你回来时没见到我，我会把钱留在石块下。"

顾鹤笙带人赶到街口准备对行人进行盘查时发现已经乱成一团，大街上所有穿西装的男人手里都有一朵郁金香。便衣逐一查问得到的答复完全相同都说是一个报童送的。同时出现这么多和目标人物特征相同的人搞得便衣不知所措。

顾鹤笙当机立断："手里有花的人全部缉拿，通知站上派两辆卡车来将这些人带回去核查身份。"

顾鹤笙心里很确定那个男人一定不在这里，而且意识到这是一位谍报高手，从一开始他就为自己的撤离做好了安排。那束花就是他提前准备好的道具。一个男人手里捧着一束郁金香在人群中会很醒目也很容易被人记住，他是有意让郁金香成为自己的辨识标签。

而顾鹤笙反复向便衣强调目标人物有郁金香，正是为了协助这名同志混淆视听。顾鹤笙发现这个男人的思维竟然和自己高度契合，如果今天身处险境的是自己也会用同样的方式撤离，所以顾鹤笙很肯定这个男人不会出现在街口。

往街口会聚的人越来越多，而顾鹤笙的视线逐一扫视在那些逆行的行人身上，直至那个眼熟的身影重新出现在视野中。虽然换了一身衣服，可他走路的动作以及规避危险的方式都让顾鹤笙肯定他就是之前在望远镜中看见的那人。

这个人自己肯定认识，或者至少在什么地方见过，他的每个动作都让顾鹤笙有一种似曾相识的感觉。这种熟悉感极大地勾起了顾鹤笙的好奇心，他不动声色地在街道的另一边不紧不慢跟了上去。

那人停在电车的候车站台，等车的乘客刚好遮掩住他的身体，然后他随着拥挤的人群上了车。看到这里顾鹤笙突然感到失望，这是一个错误的选择，会断送他逃跑的机会。

顾鹤笙忧心忡忡地快步上了电车，在车尾试图找出那个人，但电车很快就在街口被便衣强行拦下。上车的便衣见到顾鹤笙连忙汇报："一共扣押符合嫌犯特征的人二十二名，对临街商铺和住客也进行了排查没有发现可疑人物。"

顾鹤笙的注意力一直都在对乘客检查的便衣身上。车上的男人都被查了一遍后顾鹤笙惊讶地发现那个人竟然不在上面。

等候指示的便衣见顾鹤笙没有反应:"顾处长?"

"哦。"顾鹤笙回过神,"以防万一车上的男人也全带回去站里核查。"

"是。"

便衣将扣押的人装上卡车后,顾鹤笙才解除对白克街的封锁。回到车上顾鹤笙虽然暗自庆幸自己的同志安全脱险,可还是很疑惑,在严密的封锁下这个男人是如何做到全身而退的。顾鹤笙的目光移到电车站突然意识到那个男人是故意站在这里,很可能他发现了自己的跟踪,有意将自己的注意力引向错误的方向。

顾鹤笙判断,此人绝对不是普通的联络员而是受过专业训练和自己旗鼓相当的特工。可问题是普通的地下党同志根本不具备这样的能力,如果这是一次真正行动的话,自己可以说是败给了这个男人。

他会去什么地方呢?他又是如何避开严密的封锁?

顾鹤笙点燃一支烟,渐渐冷静后开始在心中反问,如果今天前来接头的是自己,在发现接头地点是陷阱后会怎样做?烟抽到一半时顾鹤笙骤然一惊。

白克街上只有一个地方是绝对安全的!

顾鹤笙回到了兰溪茶楼。这里原先的店主和伙计都被扣押,里面的人全是军统的便衣。在搜捕开始后他们全都出去进行抓捕,偌大的茶楼如今空无一人。

顾鹤笙来到二楼,在墙角的茶桌上摆放着茶壶和茶杯。杯中的茶尚有余温,说明坐在这里的人刚离开不久,桌上还有用茶水写的字——再会。

顾鹤笙突然笑了,亦如自己所想的那样,在发现那个男人的同时他也发现了自己。他甚至猜到自己最终会找到这里,桌上的字是胜者的宣言。顾鹤笙抹去桌上的字,倒了一杯茶,坐在那人坐过的位置上慢慢品饮。

曾经坐在这里的是一个极其骄傲的人,顾鹤笙没有感到挫败,更多的是和这个男人失之交臂的遗憾。他让顾鹤笙不由自主想起了秦景天,这种遇到同类的感觉在自己第一次见到秦景天的时候也曾有过。

顾鹤笙用茶楼的电话拨通秦景天办公室的号码。持续的呼叫音让顾鹤笙心中那抹猜疑越来越重。

"喂。"听筒里传来女人的声音而且非常熟悉。

"君怡？"

"正说等你回来呢，你上次不是说一起吃饭吗，我刚才问过景天了他今晚有时间。"叶君怡在电话里问，"你是不是找景天啊，他有事到楼下去了，你等会儿我去叫他。"

"不用了。"听到秦景天在军统站，顾鹤笙分不清是失落还是遗憾，如果这名同志就是秦景天该有多好，"挑好地方了吗？"

"帕兰朵西餐厅。"

"好的。"

"那我和景天先去接惜瑶，你忙完了直接过去。"

叶君怡放下电话锁上门离开军统站。她告诉了司机一个地址，等到了之后让司机先回去，没过多久秦景天上了车。

"你要的衣服在后座。"叶君怡一边开车一边不解地问道，"为什么让我去你办公室等顾鹤笙的电话？"

"他打电话了吗？"

"打了。"叶君怡点点头，"得知你在站上后什么也没说。"

秦景天忽然笑了："我就知道他一定会想到茶楼的。"

2

秦景天在后座一边换衣一边解释："兰溪茶楼被军统监视，敌人可能事先就知道了紧急接头方式。顾鹤笙负责指挥这次行动，在撤离时他发现了我。"

"你身份暴露了？"叶君怡抬头从后视镜中看见裸露上身的秦景天，脸一红，头又埋了下去。

"他没看清我的脸，但我们彼此太熟悉而且有着相似的思维模式，我能想到的撤离办法他同样也能想到。可今天他反应有些慢，差一点就让他发现了我。"秦景天穿上让叶君怡买的衬衣，"不过顾鹤笙心中会有疑惑，所以他一定会打电话去我办公室求证。"

"如果我没能及时接到顾鹤笙的电话会怎样？"叶君怡惴惴不安地问道。

"那就麻烦了。"秦景天笑了笑，"顾鹤笙像一条蛇，大多数时候他都一动不动，甚至会给人很温顺的错觉，而一旦被他咬住就绝不会松口直至猎物毙命。"

"顾鹤笙在你眼里是条毒蛇？"叶君怡有些诧异，"可我感觉你和他关系很好，而且我能感觉到他是真的把你当朋友。"

秦景天一脸平静："我从来都没否认过我和他的朋友关系。"

"你能和一条毒蛇当朋友？"叶君怡想想都感觉后怕。

"顾鹤笙认识的人这么多，你怎么不想想他为什么只有我这么一个朋友呢？"

叶君怡细想半天："在他眼中你也是一条毒蛇。"

秦景天笑而不语，忽然又眉头一皱："你到现在为什么没问过我接头地点为什么暴露？"

"兰溪茶楼是敌人布置的陷阱，应该是行动小组中有人叛变将紧急联络方式透露给了敌人。"

"你怎么知道的？"

"在成为你联络员之前组织上为我单独安排了一个负责传递情报的渠道，是一处单向联络的信箱。在紧急情况下组织会往信箱投递信件，这个信箱只有我一个人知道，在启用一次后便作废。和组织失去联系后我每天都会去查看，在昨天晚上信箱里多了一封信，上面只有一处地址和时间。"

"你去了？"

"如果是敌人的陷阱，他们只需要在信箱设伏就能抓到我，所以我判断这封信是组织留给我的。今天一早我根据地址去了接头地点，见到了我之前的上级吴文轩同志。"

秦景天记得这个人，之前他是用亨士利表行掌柜的身份作掩护："他的身份已经暴露，如果继续和你联系很有可能会牵连到你。"

"你放心，组织上也是这样考虑的，文轩同志会被调往其他地方工作。组织派他来见我主要是为了让我相信。文轩同志告诉我组织在报纸上发现敌人留下的联络广告，意识到行动小组中出了叛徒，敌人想用这种方式来诱捕其他同志，所以让文轩同志第一时间通知我。"

秦景天这才放下心："你和组织恢复联络了？"

"是的。"叶君怡满心欢喜，"考虑到你身份的重要性以及这次行动小组的惨痛教训，组织经过慎重考虑做出三项决定。"

"都是什么？"

"首先你和组织的联络将从上海地下党中单独剥离出去。今后还是由我负责你与组织的联络，但咱们这条线将归地下党组织核心高层直接领导。"

"我们的上级是谁？"秦景天一边系纽扣一边问道。

"和吴文轩同志一起来的人就是我们的上级，按照组织的保密纪律我不能告诉你。我已经获悉了新的接头地点和时间，上级让我转告你，通过这次的失败组织上决定对你身份实施'三不'原则，不记录、不建档、不见面。简单来说在上海除了我之外组织内部没有人知道你的身份。"

秦景天不知是否该感到高兴，因为自己的任务终于有了进展，可这意味着再次将叶君怡牵扯进来："还有什么决定？"

"最后一项决定也是命令，是组织直接下达给你的。"叶君怡拿出一个信封递给秦景天。

秦景天接过信封，打开后看见里面有一行简短的文字：

051同志，八里桥路万家楼102号信箱是备用联络站，只有在精卫同志牺牲的情况下才能启用与组织恢复联络。

秦景天从信封中拿出一把信箱钥匙，不由看了一眼叶君怡。如果有一天自己使用这把钥匙就意味着她已经不在了。

"你就不想知道这封信的内容？"

"上级再三叮嘱，上面的内容仅限你一人知晓，阅后即焚。"

秦景天还是把信中内容告诉了她，并且当着叶君怡的面折断了钥匙扔到窗外。

"你……"

"我不会使用这把钥匙的。"秦景天语气强硬地对叶君怡说，"听着，万一你暴露被敌人抓获，在你的性命和我的身份之间我要你选择前者，如果你选择了后者我会毫不犹豫变节。"

叶君怡瞪大眼睛从后视镜看着秦景天，很确定这绝对不是他的一句戏言："你为什么要这么做？"

"你不是一直希望我能变得有血有肉吗，你给一台冰冷的机器赋予了人性，那么你就不能阻止机器拥有自我意识。我原本可以为了任务牺牲一切，但现在你比这些都要重要，如果你不存在了，我也没有继续坚持的必要。"秦景天开诚布公地回答，"所以，无论是为了组织还是我，都请你好好活下去。"

秦景天让叶君怡停车，将换下来的衣服和信一同烧掉。

叶君怡看着他的背影入神。他用最冰冷的方式说着最动人的情话，叶君怡本来应该感到高兴，可秦景天竟然将自己的重要性凌驾于信仰之上，叶君怡突然分不清自己是该感动还是该质疑秦景天的忠诚。

秦景天让叶君怡坐到后面，一边开车一边问："组织上急着恢复联络是不是有重要的任务？"

"国防部二厅常务次长郑奉先秘密抵沪数日，中社部通过其他渠道获取的情报显示郑奉先此行与日军战犯有关，上级指示尽快查明原因。"

楚文天几天前已经查明了日军战犯所在的确切位置，如果不是因为这段时间出现太多变故自己早就开始着手调查。但现在让秦景天重点关注的是另一件事："你认识刘定国吗？"

"认识,他是上海省委……"说到一半叶君怡捂住嘴,按照组织纪律自己不能透露重要领导的信息。

"上海省委副秘书长。"秦景天说出叶君怡没说完的话。

叶君怡诧异:"你怎么会知道这个人?"

"他叛变了。"

叶君怡大吃一惊:"什么时候?"

"两个月前,刘定国在重庆被军统秘密抓获当晚就叛变。军统单独为他设立了一个中共问题研究室由他担任副处长。因为他在上海工作过的缘故,被沈杰韬秘密带了回来。沈杰韬向刘定国问过关于你的情况,刘定国见过你,如果再让他看见,你会被认出来。这段时间千万不要去军统站。"

"我和他只见过一次面,真没想到他会叛变。"

"你要立刻和上级取得联系。此人在上海工作多年而且身居要职,他对很多还在上海工作的同志极为熟悉并且还掌握着大量组织内部机密。"秦景天郑重其事道,"他今天上午刚抵达上海,就已经向沈杰韬指认了两名同志。"

"刘定国指认了谁?"

"陆佳妍和施安庆。"

"知道这两位同志的身份吗?"

"陆佳妍负责学委工作,她手里有学委骨干成员的联络方式;施安庆是上海市委组织部联络员,他是警委负责人之一,知道上海警察系统中的同志。"

叶君怡越听越着急,让秦景天赶紧停车:"我必须马上向上级反映这个情况,在刘定国对组织造成更多破坏之前转移和他认识的同志。"

"沈杰韬没有安排立即抓捕而是对暴露的同志进行长期监视,目的是为了搞清他们的组织关系网,再将上海地下党组织连根拔起。"秦景天继续开车,冷静说道,"你现在让上级通知他们转移只会让敌人提前实施抓捕。"

叶君怡心急如焚："那现在该怎么办？"

"当务之急是尽快除掉刘定国，他多活一天对组织造成的破坏会成倍增加。"

"刘定国现在住在什么地方？"

"这就是需要你向上级反映的重点。刘定国害怕被组织清算一直对自己的行踪格外保密。他在上海的起居饮食都是由南京总局在安排而且每天都会更换，包括沈杰韬在内都无权知道。我会想办法试图查明但你也要转告上级，务必通过其他渠道尽快找出刘定国藏身之所。"

秦景天不动声色，相信在今晚这个情报就会被传递出去，自己现在需要做的就是等待。一旦刘定国的藏身之所被确定，中共情报系统一定会向明月下达清除命令，到那时就是自己清除明月的最好机会。

戴笠向自己下达的命令是"不惜一切找出明月"，但他并没有说找出的明月是死的还是活的。

3

顾鹤笙在约定地点见到丁三。

"您上次让我查的事有眉目了。"丁三上车后说。

"找到日本人的藏身之所了？"

"您让我留意的那几个车牌在三天前出现在跑马场附近。我派弟兄一路尾随看见那些车开进了爱多亚路58号的丁香公馆。我亲自去查看过，公馆四周都有人巡逻还在附近布置了暗哨，而且就在昨天公馆突然加强了警戒。我推测就在这几天，里面一定会有大事发生。"

"爱多亚路58号丁香公馆……"顾鹤笙在嘴里默默念叨这个地址。

第五十八章 暗流涌动

洛离音织着毛衣偏头看了一眼在床上和衣而眠的顾鹤笙，有一种莫名的心痛。她正准备偷偷关上闹钟时顾鹤笙睁开眼睛。只有在这里他才能不用将上膛的手枪放在枕头下安睡，可即便如此，多年的习惯依旧让他很容易惊醒。

"我睡了多久？"

"刚好两个小时。"洛离音看着倦怠的顾鹤笙一脸疼惜，"其实你都不需要闹钟，你每次都会准时醒来。"

"最近事情太多，如果休息不好我担心会影响判断。"顾鹤笙起身洗脸，"我让你查的事有结果了吗？"

"丁香公馆原来的主人是英国人，对外身份是医药公司驻华代表，暗地里实则从事鸦片倾销。国民党禁烟之后此人为了掩人耳目请荷兰建筑师修建了这座公馆，主要目的是为了藏储鸦片，因此在公馆下面有地窖。"洛离音拿出一张完整的建筑图纸，"同时为了方便转移，整个公馆内部有两条秘密暗道，从地窖能通向公馆各个楼层。"

"上海沦陷后丁香公馆被日军征用，暗道会不会已经被日本人发现？"

"原先住在丁香公馆的是日军驻上海司令官白光义则，在民国二十一年此人在虹口公园被王亚樵和朝鲜人伊奉吉炸死。此后丁香公馆一直空置，直到光复后才被军统接管。"洛离音摇头道，"我提前去勘查过现场，地窖里的暗道布满灰尘，说明已经有很多年没人涉足。"

"图纸从哪儿搞的？"顾鹤笙问。

"英国人聘请的管家。丁香公馆被日军征用后英国人就回国了，给管家留下的东西里就有这份建筑图纸。管家临终前将图纸留给家人，但他们并不知晓暗道的事。"洛离音指着图纸,"这个位置在丁香公馆的对面相隔了一条马路。公馆在建造之初荷兰人就将其中一条的出口留在这里,我已经租下了这间房,你可以从这里进入公馆。"

"你刚才说有两条暗道,还有一条呢?"

"不知道。"洛离音摇摇头,"建筑图纸上并没有标注出来,我推测是建筑师在设计时故意留了一手。另一条暗道恐怕除了公馆的主人和建筑师外无人知晓。"

顾鹤笙给备用弹夹上了子弹:"我准备今晚潜入。"

"我和你一起去。"

"不用,人多了反而动静大。我这次主要是窃听日军战犯交谈内容,不会和敌人发生正面冲突,所以你不用担心。"顾鹤笙突然停下对洛离音说,"另外我还需要组织上帮我核实一件事。"

"什么事?"

"楚惜瑶和秦景天的关系。"

"为什么核实这个?"

"他们在上海的相遇太突然,可两人相处得却又太自然。秦景天不是轻易袒露心扉的人,可楚惜瑶却知道他太多事。但问题是我不认为他们两人的关系已经到了无话不说的地步,因此我感觉楚惜瑶应该知道秦景天不为人知的另一面。"

"你需要组织上如何协助?"

"秦景天和楚惜瑶是在重庆相识的,请组织通过其他渠道核实这段时间两人的情况,包括秦景天住院的记录以及病历,还有楚惜瑶在医院的同事。我想要确定他们在重庆的经历是否真实。"

"我明白了。"

"另外还有一个情况你需要立即向上级反映。沈杰韬最近在让我分析大量口供,从内容看能确定出现了大批变节人员。这些叛徒的交代不约而同都指向上海地下党组织,我推测这些人曾经在上海工作过。"顾鹤笙忧心忡忡道,"我们某个地方的组织一定被敌人破坏,而且这次敌人的抓捕行动极为隐蔽。沈杰韬有意再制造一起'南委事件',从他言谈之中我感觉这次沈杰韬有十足把握志在必得。请上级务必尽快查明漏洞所在并及时通知上海地下党组织做好应对准备。"

洛离音一听大为吃惊:"什么时候的事?"

"我分析口供已经有三天了,推测这批叛徒的变节时间至少有一个月以上。南委事件的教训太惨痛,我们不能再重蹈覆辙。"顾鹤笙冷静道,"沈杰韬最近抽调了秦景天和行动处三组,我猜很可能就是专门负责此事。"

"这个情报太重要,我今晚就想办法送出去。"

顾鹤笙检查好手枪,叮嘱洛离音要小心,之后自己开车来到丁香公馆对面的民房。按照洛离音提供的图纸,他很快找到经过精心掩饰的夹墙,推开后一条布满蛛网的台阶通向地底的黑暗之中。

……

秦景天将车停在一处公用电话亭旁,看了一眼手表后点燃烟:"你和顾鹤笙认识多久了?"秦景天若有所思地问道。

"大半年,上海光复后组织上才开始让我接近他。"叶君怡回答。

"关于他的经历你知道多少?"

"抗日有功之臣、军统新星加之又和蒋经国关系甚好,因此在军统前途极为看好。也正是这个原因组织上才同意我主动与之建立联系。"

"除此之外呢?"

"之外?之外是什么意思?"叶君怡不解,"为什么突然提到他?"

"他在莫斯科中山大学就读的事你知道吗?"

"知道。"叶君怡点点头,"他有和我聊起过,他就是在中山大学和蒋经国成为同窗校友的。"

"在此之前呢?"秦景天继续追问。

"之前……"叶君怡想了半天摇了摇头,"之前的事他倒是没有和我提过。"

"那就对了。"秦景天意味深长道。

第五十八章 暗流涌动

"什么对了？"

"没有人知道顾鹤笙在此之前的事。如果把就读中山大学看作一条分水岭的话，顾鹤笙之后的经历人尽皆知，可之前的事却没人知晓。他让我想起了一个人。顾鹤笙似乎是有意在抹去中山大学之前的所有过往，也许我们现在所熟知的顾鹤笙并不是真实的他。"

"顾鹤笙让你想起了谁？"

秦景天笑而不语，和顾鹤笙接触的时间越长就越能发现他和自己有很多相似的地方。

"这是顾鹤笙的档案，我从军统站的档案室偷拍出来的。"秦景天将冲洗出来的照片交给叶君怡，"如果你仔细看就会发现这是一份干净到无可挑剔的履历，从民国二十三年开始顾鹤笙的档案详尽完整，但之前却极为简单。"

叶君怡仔细看了良久："我没发现档案上有什么问题啊？"

"能在军统任职档案肯定不能有问题。顾鹤笙在各个时期都有人能证明他履历的真实性，这些军统都会派人核查，只要有丁点出入都不会被启用。"

"那你在质疑什么？"

"我也不知道。"秦景天夹着烟，"可能是出于直觉吧，如果我推测没错，档案中民国二十三年前那些能证明顾鹤笙履历的人现在应该一个都找不到了。"

叶君怡终于听明白："你是说顾鹤笙早期的履历是假的？"

"答案需要你给我。我不便出面调查顾鹤笙。你想办法依据档案上的时间追溯他的过去，他就读过什么学校，同学有哪些，老师又是谁，在进入中山大学之前做过什么甚至包括他的家庭关系我都要知道。"

"你为什么突然调查顾鹤笙？"

"是他先开始调查我的。"秦景天目光深邃道，"只有同类才会嗅到相同的气味，如果他真和我是同类那这件事就有意思了……"

叶君怡收好照片："刘定国叛变的事我已经向上级汇报，组织指示尽快查明刘定国藏身之所并实施清除。考虑到此人存在对组织的危害性，组织采纳了你的建议准备利用其他渠道同时采取行动。"

秦景天不动声色地点头，心想自己距离见到明月的时间不会太久了。

"三个小时后给警察署打电话，告知在丁香公馆发现潜逃的日军战犯。"秦景天让叶君怡对表，指着公用电话亭，"然后再给上海主要报刊打电话，内容一致。"

叶君怡重复一遍后下车。

秦景天开车来到距离丁香公馆不远的后街，确定四下无人后撬开一处漏水盖，下到阴暗潮湿的排水通道。秦景天打开手电，根据一张图纸来到一堵石墙前。他用手电光照射在石墙上隐约能看见一个斑驳模糊的三角符号。

楚文天在告诉秦景天日军战犯藏身之所的同时也告诉了他丁香公馆不为人知的暗道。秦景天找到开启的机关按下，石墙裂开的缝隙中露出一条通往上方的台阶。